中国古典英雄传奇小说

〔清〕李亮丞 著

血痕

河海大学出版社
HOHAI UNIVERSITY PRESS
·南京·

图书在版编目（CIP）数据

热血痕 /（清）李亮丞著. -- 南京：河海大学出版社，2025.6. --（中国古典英雄传奇小说）. -- ISBN 978-7-5630-9584-1

Ⅰ. I242.4

中国国家版本馆 CIP 数据核字第 202544QG00 号

丛 书 名 / 中国古典英雄传奇小说
书　　名 / 热血痕
　　　　　REXUEHEN
书　　号 / ISBN 978-7-5630-9584-1
丛书策划 / 未来趋势
责任编辑 / 齐　岩
文字编辑 / 李河沐
特约校对 / 李　萍
装帧设计 / 未来趋势
出版发行 / 河海大学出版社
地　　址 / 南京市西康路 1 号（邮编：210098）
电　　话 /（025）83737852（总编室）
　　　　　（025）83722833（营销部）
经　　销 / 全国新华书店
印　　刷 / 三河市元兴印务有限公司
开　　本 / 880 毫米 ×1230 毫米　1/32
印　　张 / 8.375
字　　数 / 266 千字
版　　次 / 2025 年 6 月第 1 版
印　　次 / 2025 年 6 月第 1 次印刷
定　　价 / 69.80 元

前言

《热血痕》,清末武侠小说,成书于1907年,共四十回。

《热血痕》以男侠陈音和女侠卫茜为主角,演绎了春秋时期吴越两国之战的历史。小说从吴王夫差击败越国这样一个局势严峻的关头开始,在越王勾践百般受辱、越国百姓惨遭蹂躏的背景之下,叙述了一些不甘忍受异国非人压迫的越国子民为了复仇雪耻、重振国威而进行的一系列活动,颂扬了那些以国家的兴亡为己任的江湖豪士可歌可泣的事迹。

《热血痕》塑造的主要英雄人物陈音,个性突出,形象鲜明。他是一位越国百姓,父亲陈霄曾经充军,战败后被迫在吴国为奴。他从小练就了一身本事,正在准备为国效力,但越国战败,使他的抱负无法施展。他在去吴国搭救父亲的途中,遇到吴国恶少以强凌弱的不平之事,激发了他拔刀相助、不惜耽延自己私事的侠义之心;亲眼目睹父亲被吴国贵族毒打致死的惨景,又燃起了他奋起反抗的复仇报国意志。他首先亲手杀死不但是杀父仇人,而且也是侵略自己国家的元凶吴将原楚;然后又多方联络爱国义士,共同回到祖国,为国分忧;最后,在吴越激战中壮烈殉国,终于完善了他不但是侠士,而且也是爱国英雄的形象,可以说,也是实现了他报效祖国的志向。

《热血痕》是讲史小说中的优秀之作,通过以古喻今的手法,对晚清时期黑暗腐朽的政治有颇多揭露。中国文艺理论批评家、文学史家阿英在《晚清小说史》中指出,"晚清的政治社会,在这一部公案里,是透露了不少情况"。《热血痕》的主旨就是要国人牢牢记住外人之侮,雪耻自立,在国难当头之时,卧薪尝胆,共同对敌。小说所塑造的爱国志士不畏困苦、复兴亡国,表现了作者的胸怀和理想。

从武侠小说的视角来看,《热血痕》行文洗练精致,情节惊险曲折,多有精彩之处,具有很强的可读性,是当时畅销一时的通俗文学作品。

比如，小说描写亡国后的非人苦痛，处处动魄惊心。《热血痕》的缺点是下半部忽然掺入仙法作战等情节，与作品主要风格不相协调，给人以突兀之感。但总的来看，《热血痕》是一部不错的历史武侠小说，可谓开文公直"以侠写史、以史论侠"风气之先，对后世产生了重要影响。

在这次再版中，我们约请了相关学者对原书进行了大量的较为精细的校勘、补正和释义，尽量为读者扫除阅读障碍。由于时间仓促，水平有限，难免有疏漏之处，望各位专家及广大读者予以指正。

编者

2024 年 11 月

闲煞英雄,销不尽,填胸块垒。徒惆怅:横流无楫[1],磨刀有水。侧注鹰瞵横[2]太甚,沈酣狮睡呼难起。叹鲁阳、返日苦无戈,空切齿。

局中人,都如此,天下事,长已矣。且抽毫摅臆[3]撰成野史。热血淋漓三斛墨[4],穷愁折叠千层纸。愿吾曹、一读一悲歌,思国耻。

——调寄《满江红》

---

[1] 横流无楫(jí):楫,划船的短桨。指无桨的船在水中行不由河道。引申为放纵恣肆的意思。
[2] 瞵(lín)横:眼光闪闪。无所顾忌地看。
[3] 抽毫摅(shū)臆:指提出自己的主观看法,以抒发自己的感情。
[4] 三斛(hú)墨:斛,量器名,亦容量单位。古代以十斗为一斛,南宋末年改为五斗。这里是形容词。

目录

第 一 回	作臣妾勾践权忍辱	舍妻儿陈音独寻亲……001
第 二 回	逞横豪诸公子夺剑	争判断唐大尹挂冠……008
第 三 回	激义忿独盗盘螭剑	蹈危机再上绾凤楼……015
第 四 回	洒热泪大哭毛狮子	冒奇险三探绾凤楼……021
第 五 回	忍辱难堪勾践随辇	衔仇图报陈音磨刀……027
第 六 回	勇陈音挥刀报父仇	老宁毅擎杯谈国事……033
第 七 回	考军器楚国宝臂弓	入盗群利颖锄蟊贼……039
第 八 回	黄泥冈陈音救弱妇	苦竹桥赵允款嘉宾……045
第 九 回	败晏勇大闹洪泽湖	劫昭王独霸云中岸……051
第 十 回	收雍洛陈音得臂助	杀蓝滔蒙杰留爪痕……057
第十一回	王孙建随征云中岸	皇甫葵大战燕子矶……064
第十二回	芦花港水擒皇甫葵	燕子矶夜战郝天宠……071
第十三回	受箭伤屈将军死战	凿船底老英雄解围……077
第十四回	偃月塘屈采报兄仇	飞云渡洪涛施神勇……083
第十五回	破卧云王翼中奇计	探铁崖陈音奋雄心……090
第十六回	听高歌陈音遇赵平	行秘计蒙杰劫通理……097
第十七回	离泛地洪涛落圈套	解重围蒙杰逞雄威……103
第十八回	因敌出奇陈音变计	裹创请战屈采争先……109

第 十 九 回	劫楚营洪龙受大挫	攻旱寨斗辛困重围……116
第 二 十 回	献鸩果迅机破巢穴	寻宝物设计赴漩潭……122
第二十一回	习弩弓陈音留楚国	失宝剑卫老毙监牢……129
第二十二回	卫茜儿忍死事仇家	杨绮华固宠施毒计……136
第二十三回	碎宝器妖狐陷孝女	跃寒溪义犬救娇娃……143
第二十四回	雪天樽酒郑妈倾生	日夜笙歌杜鹃设计……149
第二十五回	拒奸淫独奋霹雳手	惧强暴同作鹧鸪啼……156
第二十六回	闻喜信合家敬烈女	艳娇姿大盗劫饥民……163
第二十七回	崆峒山卫茜习剑术	蓼叶荡陈音试弩弓……169
第二十八回	诘囚徒无心了旧案	射猛兽轻敌受重伤……175
第二十九回	激义愤群英挑恶战	读遗书豪杰复本宗……181
第 三 十 回	忧国难赵平抒伟论	归神物卫茜报大仇……188
第三十一回	敌猿精山前施妙技	诛鼠贼庙里救表亲……195
第三十二回	寻旧仇兄妹欣聚首	入险地盗寇共惊心……201
第三十三回	诛余党陈音逢故人	论世事宁毅抉时弊……208
第三十四回	昆吾山越王铸八剑	演武场卫英服三军……215
第三十五回	试弩弓陈音显绝艺	叩剑术卫茜阐微机……222
第三十六回	泄龙精村妇贪重赏	治蛇毒唐懿传妙方……229
第三十七回	战西鄙越王初试兵	截江口陈音大破敌……235
第三十八回	御强暴雍洛得佳偶	报仇恨越王获全功……241
第三十九回	破笠泽陈音殉国难	战吴都卫茜显奇能……248
第 四 十 回	大报仇勾践灭吴国	深寓意晏冲留箴言……254

第一回

作臣妾勾践权忍辱　舍妻儿陈音独寻亲

太史公曰:"怨毒之于人甚矣哉!"嫠妇[1]衔仇,嘤嘤啜泣;匹夫饮恨,霍霍磨刀。人生不幸而为人所辱,辱我者我仇也,彼岂真有所恃,而敢于相辱?我实不克自立,而自取其辱。人将辱我,我不能预防之,是无谋;人方辱我,我不能抵制之,是无勇;人既辱我,我不能报复之,是无耻。无谋者愚,无勇者怯,无耻者鄙。一事辱我,事事相逼;一人辱我,人人效尤。迁延隐忍纷至沓来,不唯人不齿我于人类,即自问亦不堪以人类自待。酒阑灯灺,倚枕沉思:我之受辱始于何人?我之辱不胜辱,受无可受,始于何事?蓦然记忆,历历在心。遂觉辱我之仇,非但不戴天,不反戈,不足以泄我之恨!我即左手把其袂,右手抶其胸,吸仇之血,寝仇之皮,剁肉成泥,剉骨扬灰,仇死矣,且无噍类[2]矣,犹嚼齿作恨恨声。当时观者,群哗然以为快事;后世论者,咸俶然以为美谈。无他,乘间辱人,尘世间每有此不平事,报仇泄愤,交际上以此为平等。吾窃不解受辱者何所甘而不思报?更何所畏而不敢报?吾为受辱者悲,吾为报仇者欢。然而受辱易也,报仇抑何难耶!修睚眦[3]之怨,殊非雄才,逞血气之勇,尤易偾事[4]。力不能敌千人,万人未足多,时不可乘十年,百年未为晚。唯事事为受辱计,刻刻为报仇计,一身受辱,若手,若足,若皮,若毛,均为报仇用。一家受辱,若妻,若妾,若子,若孙,均为报仇用。至于一国受辱,若妃,若储,若勋,若戚,若臣,若民,若草,若木,均无一不为报仇用。存一不甘终受之心,立一必有以报之志。众口不能间,百折不能回,事机未至,如倦鸟伏丛阿;事机既来,如怒马脱羁勒。利

---

[1] 嫠(lí)妇:寡妇。
[2] 噍(jiào)类:能吃东西的动物,特指活着的人。
[3] 睚眦(yá zì):瞪眼睛,怒目而视。引申为小怨,小愤。
[4] 偾(fèn)事:犹言败事。

剑断沤麻，疾风扫败叶，填胸积恨尽泄无余，宁非快事！非然者，受辱不报，身不能立，有身者耻；家不能立，有家者耻；国不能立，有国者耻。此《热血痕》一书所由作也。

看官：你说这件事出于何时？何地？说起这件事来，不但读过书的人都晓得，就是那驵僧菜佣[1]也有多半晓得的。不过此事的原委，就中的曲折，大半不能尽悉，只因书上所载，或仅撮其大略，或又出以深文，看书人每每囫囵看过。且此事之旁见侧出者，不暇一一搜考，遂致绝好一段传奇故事，不能尽人而知，绝好一副救世妙药，不能对症而愈。你说可惜不可惜！待小子先将这事的源头铺衍[2]起来。

这件事出在周朝列国时，大江南面有一吴国，是泰伯之后，国势强盛。吴之东邻，有一越国，大禹之后，国势与吴相等。吴越两国世世积仇，其先越之宗人为吴王祭余所获，使守艅艎[3]。宗人乘祭余大醉，解祭余佩刀刺杀之，吴人共杀宗人。周敬王二十四年，吴王阖闾[4]领兵伐越，时越王勾践在位，统率大军与吴王战于樵李。越国先锋灵姑浮挥戈刺阖闾，中其右足，伤其将指，血流如注而死。太子波早死，太孙夫差嗣位，使内侍十人轮流立于庭中，夫差出入，内侍必扬声呼其名曰："夫差！尔忘越贼之杀尔祖乎？"夫差应曰："不敢忘！"时时警惕，誓报祖仇。周敬王二十六年春二月，吴王夫差起倾国之兵，命伍子胥为大将，伯嚭[5]为副将，带领一班战将，从太湖泛舟，直攻越国。樯帆[6]顺风，戈矛耀日，吴国军士一个个摩拳擦掌，大有平吞越国之势。探子报到越国，越王勾

---

[1] 驵（zǎng）僧菜佣：驵，骏马。这里指车夫、和尚、菜农、佣人。泛指地位卑下的人。
[2] 铺衍（yǎn）：详细陈述、叙说。
[3] 艅艎（yú huáng）：大舰名。
[4] 阖闾（hé lú）：春秋末年吴国君。名光。吴王诸樊之子。公元前514—前496年在位。他用专诸刺杀吴王僚而自立。曾灭亡徐国，攻破楚国，一度占领楚都郢（今湖北江陵西北），因秦兵来救及其弟夫概反叛而受挫。后在樵李（今浙江嘉兴西南），被越王勾践打败，重伤而死。
[5] 伯嚭（pǐ）：人名。春秋时吴国大夫，即"太宰嚭"。
[6] 樯帆：樯，桅杆。这里指帆。

践临朝，召集群臣商议迎敌。大夫范蠡[1]，字少伯，出班奏道："吴国衔槜李杀其祖父之仇，朝夕图报，养精蓄锐，至今三年。大志既愤，众心必齐。与战必不得利，不如敛兵坚守，伺其有隙，乘其稍疲，或望幸胜。若此时会战，必败之道也。"勾践沉吟未答，大夫文种，字会，亦出班奏道："以臣愚见，不如遣一能言之士，卑词请罪，以乞其和，俟[2]吴兵退后，再作良图。"勾践道："二卿言守言和，未免长他人志气，灭自己威风。吴与我世仇，若不出战，必为所轻，后将侵陵不已。二卿且退，看孤破吴，直如迅风扫秋叶耳！"范蠡、文种咨嗟[3]而退。勾践尽起国中丁壮，共三万人，命诸稽郢为大将，宁须为副将，仍命灵姑浮为先锋，畴无余、胥犴[4]为左右翼，勾践亲督大队，往椒山进发，与吴兵相遇。

次日，越国先锋灵姑浮挥戈讨战，夫差命牙将仇良出阵。仇良手横大刀，带领小舟二十只，军士五百人，来至阵前，大骂："越狗死在于头，还敢对敌！"灵姑浮亦骂："杀不尽的吴豕[5]，焉敢犯吾边境！"挺戈直进。仇良接住交战，至十余合，仇良力弱，刀法已乱，被灵姑浮拨开刀，一戈刺入肋下，挑落太湖中而亡。五百军士杀死百余人，余俱逃散。勾践闻报先锋得胜，大喜，整队直进。约行数里，夫差大军已到，雨下，不及布阵，一场混战，只杀得波涛矗立，蛟鳄潜逃。鏖战两时之久，吴兵渐次失利。夫差趋立船头，亲自秉枹[6]击鼓，激励壮士。伍子胥、伯嚭挥动两翼，阵势坚固，排墙而进。夫差爱将王子地、原楚、诸无忌各将莫邪宝剑一口，吴鸿扈稽神钩二把迎风挥动。这三件军器都是神物，只见光芒射处，越兵头颅如滚瓜撒豆一般，越阵大乱，纷纷倒退。时值北风大起，灵姑浮正与伍子胥酣战，渐渐不支，忽见阵势已乱，急欲棹舟回阵，无奈风力太大，桡轻浪急，舟忽倾覆，可惜一员勇将，竟自溺水而死。胥犴敌住伯嚭，正在拼命相搏，被吴将原楚暗放一箭，正中胥犴

---

[1] 范蠡（lí）：人名，春秋末政治家，越国大夫。
[2] 俟：等待。
[3] 咨嗟（jiē）：叹息；赞叹。
[4] 犴（àn）。
[5] 吴豕（shǐ）：豕，猪。骂人的话，把吴兵比作猪。
[6] 秉枹（fú）：枹，鼓槌。指拿着鼓槌。

面门，也落水而死。越国副将宁须急忙来救，奈吴兵势大，又有莫邪宝剑、吴鸿扈稽双钩飞跃伤人，如何能敌？正想奔逃，被伍子胥赶上，手起一鞭，把头打得粉碎。勾践大败而走，奔至固城，闭关自守。吴国分三路追赶，追至固城，围得铁桶相似。夫差意在绝其汲道，不出十日，越兵自乱。哪知山顶有灵泉，勾践取嘉鱼数头，以馈夫差，夫差大惊，攻打愈急。勾践留范蠡守固城，自率残兵五千余人奔会稽山，叹曰："孤悔不听范、文二大夫之言，致遭大败！"文种进计曰："为今之计，不如请成[1]为上。"勾践道："吴不许成，如之奈何？"文种道："吴太宰嚭贪财好色，忌功嫉能，与子胥有隙，吴王畏子胥而昵伯嚭。若私入伯嚭之营，结其欢心，伯嚭言于吴王，无有不听。事成后，子胥虽阻之，亦无及矣。"勾践道："孤方寸已乱，任卿为之。"

　　文种乃选宫中美女八名，加以白璧二十双，黄金千镒，夜入伯嚭营寨，卑词下气，屈郄[2]致词，竭力谄谀。伯嚭大喜，收了礼物，许在吴王前方便，留文种在营中。次日引见夫差，伯嚭备道那勾践使文种请成之意。夫差初意不允，经伯嚭再三劝说道："孙武子有言：兵，凶器，可暂用而不可久。越虽得罪于吴，而今勾践请为吴臣，其妻请为吴妾，宝器珍玩尽贡于吴，所乞于王者，仅一线之宗祀耳。王盍怜[3]而许之？"夫差乃唤文种入道："汝君请为臣妾，须从寡人入吴。"文种俯伏道："既为臣妾，生死在君，敢不服左右！"夫差乃许。文种正要谢退，忽见伍子胥满面怒气，趋至中军，问吴王道："王许越和乎？"夫差道："已许之矣。"子胥连叫道："不可！不可！"吓得文种倒退数步，垂头静听。子胥谏道："吴越世仇，势不两立，吴不灭越，越必灭吴，越已归吾掌握，舍之必贻后祸。况又有先王大仇，今日不灭越，往日立庭之誓谓何？！"夫差不能对，目视伯嚭。伯嚭奏道："相国仇楚，何以不灭楚，竟许楚和耶？相国自行忠厚之事，而使王居刻薄之名，忠臣断不如是。"夫差喜道："太宰之言有理。"只气得子胥面如土色，叹道："吾悔不听被离之言，与此佞臣同事！"原来伯嚭自楚奔吴，

---

[1] 请成：请和，求和。
[2] 屈郄：屈身降服，奉承。
[3] 盍（hé）怜：何不可怜之意。

第一回　作臣妾勾践权忍辱　舍妻儿陈音独寻亲　‖ 005

是子胥引见阖闾，得为大夫。大夫被离曾告子胥道："伯嚭鹰视虎步，其性专功，贪佞擅杀，不可亲近。"子胥以伯嚭同忧苦，不听。至是果应其言，恨恨而出，谓大夫王孙雄道："越十年生聚，加以十年教训，不出二十年，吴其为沼[1]矣！"王孙雄漫应之。

　　文种回见勾践，备述前事。勾践虽免目前之危，念及臣妾于吴，不觉双眼流泪，因王孙雄在越守押，伯嚭屯兵一万于吴山守候，只得回至越都，布置一切，将国事交文种治掌。带了夫人，只范蠡一人相随。先见伯嚭，谢其覆庇之德。伯嚭又一力担承，许以返国。勾践心中稍安，随伯嚭至吴，引见夫差，勾践肉袒，伏于阶下，夫人侧跪。范蠡将贡单呈献勾践，再拜而言道："东海役臣勾践，不自量力，得罪大王，乞大王赦宥，使执箕帚，以保须臾之命，不胜感戴！"夫差道："寡人若念先王之仇，今日安有生理！"勾践叩首道："臣实当死，唯大王怜之。"时子胥在旁，目若闪电，声如巨雷，进谏道："勾践机险，今为釜中之鱼，命制庖人，故诡词令色，以求免。一日得志，如虎归山，如鲸入海，后患实大！唯大王察之。"夫差不听，使王孙雄于阖闾墓侧筑一石室，将勾践贬入其中，去了衣冠，蓬首垢衣，斫莝养马。夫人衣无缘之衣，汲水洒扫。范蠡拾薪炊饭，面目枯槁，真是苦不堪言。这一段勾践臣服吴国的故事，不能不铺叙出来，原是这部《热血痕》的源头。看官作正传观也可，作楔子观亦无不可。

　　话说夫差胜越之后，论功行赏，自不必说。将所擒越国军士计六百余人，分给与随征的将官为奴，给数多寡以战功高下为差。战越之时，夫差爱将原楚箭射胥犴落水，这回分给官奴，原楚派给十二名。此中单讲一人，姓陈名霄，本是楚国人，随他祖父到越经商，在越四十余年，也就算越国人了。此次被擒，拨给原楚为奴。原楚这人，性情暴躁，只因膂力[2]过人，临阵奋勇，为夫差所爱，官封右戎，宠幸无比。自从陈霄到了原楚府中，日里割草养马，晚间支更守夜，不得一刻安闲。府中大小人役还要不时地私差私派，稍有不到，非打即骂。陈霄到了这步地

[1] 沼：陷没，攻取。
[2] 膂（lǔ）力：体力。

位，只得敢怒而不敢言，又想："我国君王尚且如此，何况于我，只是我的儿子现已成人，近来不知怎样？但愿立志向上，将来或者有个出头日子，替国家出点力，替祖宗争口气，也不枉我抚养一场。"偷着写了一封家信，便寄回家。原来陈霄年届五十，妻室早故，只有一个儿子，名叫陈音，现今二十七岁，生得眉浓眼大，鼻直口方，膀厚腰圆，身长力壮。从小儿就好武艺，不是蹿山逐兔，就是泅水摸鱼。虽说每日照例到学校里读书，什么《三坟》《五典》总不在意，不过略略得大概而已。放学回家，便抡刀舞棍，越弄越有精神。陈霄因世道扰攘，能文能武都是一样博取功名，就不十分管束，有时还请几个名师教导他。陈音到二十岁时，习得通身武艺，马上马下无一不能。娶妻韩氏，是越国土著儒家之女，深明大义，夫妻甚是和好。次年生下一子，取名继志。当勾践点兵时，陈音一心要代父出征，陈霄只是不肯，教他好好操习本事，将来自容易出头。一入军籍，杂于行伍，每每奇技异能，无由表现。这本是陈霄一片苦心。后来越国打了败仗，陈音不知父亲是死是活，朝夕号啕，寝食俱废。还是韩氏娘子解劝道："爹爹死活尚无得信，你像这样悲伤，苦坏了身子，岂不辜负爹爹期望？你总要保重身体，爹爹若在，你也好到吴国探视爹爹；若死，你更要整顿精神，替爹爹争口气！你想想我的话是也不是？"陈音本是个聪明人，不过思念父亲，急痛昏迷，经韩氏一席话提醒得明明白白，焉有不听之理？渐渐地温习旧业，照常寝食，只是不知父亲下落，心中总是郁郁不乐。光阴易过，到了十月，忽然接得父亲的家信，知道父亲未死，略略宽心。想起父亲给人为奴，书中虽未说出光景如何，看来定是苦楚难堪。想到这里，便是心如芒刺，坐卧不安，恨不得插翅飞到吴国，看看父亲。心中一急，将主意打定，把信念给韩氏娘子听了。韩氏听毕道："爹爹既在，你须往吴国探视一遭。儿子虽只得六岁，身体颇好，容易长成。家中薄田二十余亩，尽可度活，你不必替妻子担心。今晚将随身衣物打点妥当，明朝吉日就可动身。"陈音听了，不禁满心欢喜，道："娘子这样贤淑，真是我陈音终身之福！我也不必多说，总望娘子宽心，抚养孩儿，看他骨格不凡，将来定能发达。我此行到吴，能设法赎回父亲最好，倘吴国不许赎回，我就留在吴国，陪父亲一世，恐不能一时回来。"说到这里，不觉凄然下泪，咽喉哽塞。韩氏也自酸楚，因见丈夫如此，不敢哭出,只得说道:"这些话妻子自然明白,不必多嘱。你在路上须事事着意,步步留心,不可恃着自己本事弄出事来,最是要紧。"陈音点头应了。当夜,韩氏备了几样果菜,替丈夫饯行。陈音哪里吃得下,不过略为领意。韩氏又将家中所有的金银全部搜出,一共也有三十余两黄金,一百二十余两白银,通共放在包裹里。陈音道:"你将家中所有全数付我,难道你家中不要过活吗?"韩氏道:"丈夫出外,盘费自然要多带些。且到了吴国,或吴国准赎人回,那时若是不够,你一个异方孤客,向谁告贷?妻子在家,现存的柴米,尽可支持三五月,到了明春,田中所出自能接济,即或一时短缺,本地本土也好通融,你只依我就是了。"陈音听了,也就无话可说。一夜已过,第二天清早陈音起来,韩氏已将茶饭端整[1]好了。陈音用过饭,拜了宗堂,背了包袱,带了一把牛耳尖刀防身。看了看儿子继志睡熟,也不惊醒。他只对着娘子,说了句诸事宽心的话,韩氏点头,也说道:"路上保重,早去早回!"夫妻二人洒泪而别。陈音出了门,大踏步向吴国而去。正是:

丈夫当有四方之志,忠臣出于孝子之门。

不知陈音往吴,一路有何事故,且待下回分解。

---

[1] 端整:备办,收拾。

第二回

逞横豪诸公子夺剑　争判断唐大尹挂冠

　　周敬王二十六年冬十月中旬，陈音出门，径往吴国，沿路无事，无非是饥餐渴饮，晓行夜宿。一日到了吴越交界的地方，地名西鄙，两国货物总汇于此。越国设一关尹在此征税，兼理词讼，本来是越国地方，凡是越货出口，吴货进口，均应越国征取，吴国从不干涉。近因吴国大败越国，勾践夫妇俱为臣妾，吴国便干涉越国地方的事，也在西鄙设一监事，名为保护吴国商人，实则干预越国政治。初时吴国监事尚与越国关尹遇事相商，积久玩生[1]，吴国监事直把越国关尹视同赘瘤，动辄欺凌，硬行武断。越国关尹自知本国衰弱，无力与他相抗，只得事事隐忍，不过把些不紧要的公事分办几件，也就算尽心供职了。凡词讼系吴越两造，关尹须与监事会讯；断结一案，必须监事应允，方算定谳[2]。若是监事断定，关尹以为未允，任你说破嘴唇，写秃笔颖[3]，也是无用。最不平的是越人犯法，监事可以惩办，吴人犯法，监事将犯事人交回吴国办理，关尹不敢过问。这都因国势强弱使然，虽有实心任事的关尹，只好付之于无可如何而已。

　　是年，吴国在西鄙开一赛珍会，先期关照各国，凡有奇珍异宝，带至西鄙竞赛。愿出售者，会都事定价，务求平允，成交后，售货者纳十分之一于都事，以充会费，纳费后两无反悔，著为定例。于是齐、秦、楚、晋、卫、陈、宋各国均带珍品来西鄙赛会。会场之中各有陈设所，国大则货场大，国小则货场小。越国本是地主，且在大国之列，论来货场自应宽敞，无奈新为吴败，会都事哪里看它得起，把一个偏僻场角，覆点席棚，算

---

[1] 积久玩生：日子长久了，种种弊病便相继发生。
[2] 定谳（yàn）：审判定案。
[3] 笔颖（yǐng）：笔尖。颖，尖端。

第二回　逞横豪诸公子夺剑　争判断唐大尹挂冠

是越国的陈设所。越国关尹也不敢争辩，只得叫越国商人将就地方陈设，总算与了赛会，开了眼界。那些讲志气的越商，有不肯来的，有到了会场，看此光景，掉头便去的，不过一些糊糊涂涂的商家随众热闹，也觉得十分高兴，内中间有一二家藏奇宝，不肯埋没，携到会场，显显藏珍的。一时各国商宦齐至，真个呵气成云，挥汗成雨。

会场热闹之时，正陈音行到之日。陈音到此寻下寓所，也就随众观览。仔细品评要寻一稀世之宝，实系没有。看来看去，走到场角，见本国的陈设所这般简陋，心中着实不快，只好付之长叹。正感叹间，忽然瞥见一个案上，横放一口宝剑，装制古雅，剑出鞘寸余，恰如旭日初辉，寒泽欲泻。一个年逾六旬的老汉，端坐一旁，相貌十分质朴。陈音上前声喏道："老丈宝剑可否赐借一观？"那老汉抬头见了陈音堂堂仪表，随即起身还礼道："大哥尽可赏鉴。"双手将剑递与陈音。陈音接剑在手，仔细审视，见鞘上镂刻精致，浑然天成，柄是錾金的，系两束淡绿穗绦。拔剑出鞘，约长三尺六寸，霜锋凛凛，冷焰逼人。剑柄握处镌的两字细如蝇头，凝目细看，是"盘螭"两字，知系宝物，苦不知此剑来历。赏玩半响，仍然将剑入鞘，双手奉还，料道价值贵重，力不能买，不敢请价。那老汉似觉会意，说道："老汉列剑在此地，并无求售，不过世代家藏，无人识得，今日之会，各国均有人来，想遇一考古专家，考明来历，此神物不至淹没。无奈老汉守此七日，从无一人过问，真真可叹！今得大哥把玩一回，爱不忍释，总算是此剑的知己。敢问大哥尊姓大名？"陈音一一说了，转问老汉。老汉道："老汉姓卫名安素，今年六十七岁，世居此地，先祖曾有人授过武职，到老汉时，只以读书为事。"正谈论间，见一垂髫女子走至老汉面前，叫声："阿公，回家吃饭。"老汉将女子手挽住，含笑答道："我此刻腹中不饿，乖孙孙，你先回去，我停一会就回。"说罢将手一松，女子就庄庄稳稳地向北去了。陈音见这女子，年纪不过十四五岁，生得剑眉星眼，琼鼻樱唇，说话之时，露出两行细齿，白润如玉，前发齐眉，后发披肩，身材虽极窈窕，眉宇间却有一股英爽之气，令人可爱而不可狎。心中十分爱慕，问老汉道："此女子系老丈何人？"老汉叹口气道："此是老汉孙女，名叫茜儿，父母俱已亡故，有一阿姊，去年又病故了，有一阿哥，名叫卫英，九岁时失去，至今八年，杳无下落。

茜儿今年十五岁，颇识文字，朝夕相依，堪娱老景[1]。"陈音听罢，赞叹几声，随即告别。又往各处游览，偏见满眼俗物，不胜烦厌。

正想转回寓所，忽听人声喧嚷，抬头看时，见一人方巾朱履，红氅绿衫，满脸的奸邪，浑身的骄傲，手拿宝剑一口，笑容满面。后跟二人，似仆从模样。陈音见那人手中宝剑，很像适才所玩之物，据卫老说来是不卖的，如何又到此人手里？心中正在诧异，忽见卫老随后奔来，满面遑急[2]，口中喊道："青天白日，如何肆行抢夺！若不还时，老汉的这条老性命与你拼了！"一路喊，一路跑，已经赶出会场，看看赶上，不防东面来一醉汉，跄跄踉踉颠扑而来，正与卫老相撞，两人一起撞倒在地。卫老急急爬起，喘气吁吁，正待要跑，那醉汉早已爬起身来，劈胸把卫老扭住，竖起帚眉，圆睁环眼，大喝道："你这老狗头，如何撞我？我活活将你这老狗打死，出口恶气！我毛狮子岂是被人欺负的吗？！"说罢，握起拳头，刚待打下，陈音正要上前解劝，只见卫老抬起头来，连声叫道："毛大哥，不要动手，是老汉！"只见毛狮子停住手，定睛片刻，改了笑脸道："原来是卫大爹！为何这样慌张？"卫老道："我的宝剑被诸伦那厮抢去了！"毛狮子道："诸伦在哪里？我替你夺回来！"卫老用手向南指道："去此快半里了。"毛狮子也不言语，一洒步向南追去，卫老在后紧跟。其时旁观的人都说道："今日姓诸的惹着毛神，倒有一场好热闹看。"一窝蜂儿都向南跑去。陈音也随后赶去，约一里之遥，见毛狮子已经将那人赶上，抢步上前，一个冷不防，劈手将剑夺过，道："宝剑把我！"那人蓦吃一惊，见宝剑被人夺去，大喝道："你是什么人？敢夺我宝剑！"毛狮子将双眼睁得圆彪彪的，喝道："你夺得别人的，我就夺得你的！你把老爹怎么样？"那人见毛狮子凶恶，自己不敢向前，喝后面两个跟仆道："你与我打这恶棍！"二人趋步上前，毛狮子左手握紧宝剑，伸出右手，握起毛拳，对准前面一人劈脸打去，打个正着，鼻血直流，两眼立时肿起，蹲在地，捧着脸嗳哟连声。后面一人正要回头跑去，被毛狮子赶上前，抬起右边的毛腿一脚踢去，正踢着那人的腰际，也就扑地倒了，毛狮子抢一步，一脚踩着那人的背心，

---

[1] 老景：老年的景况。
[2] 遑（huáng）急：惊惧慌张的样子。

毛脚毛手乱打了一顿。大骂道："你这般倚势欺人的小毛虫，老爷今日活活将你打死，出口恶气！"倒是卫老已到面前，连忙劝说道："毛大哥，剑已到手，饶他去罢。"毛狮子又将那人踢了两脚，始将那只脚松开。那人连爬带滚地去了。毛狮子还在眼光四掣[1]，意欲寻觅夺剑那人。卫老连忙挽了毛狮子的手道："去罢，且到酒店喝三杯。"毛狮子听了，笑容可掬道："怎好又扰大爹？"说罢将剑递过道："大爹收好。若是这般小毛虫再来吵大爹时，我来替大爹出力，打死了他我去偿命！"卫老连劝带拖，把毛狮子拖至西面一家酒店去了。陈音想："这人虽说粗鲁，倒是个有肝胆有血性的人。哎！若是我越国的人都能这样，何至被别人欺负到这般地步！"

只听毛狮子在酒店里拍桌狂叫道："这般吴豕，动辄欺负人！我们的主上又被他制住了，事事由他们摆布，我受这般吴豕的腌臜[2]气不少。我如今打定一个主意，遇着他们一个不讲道理的，我就一顿毛拳，打他一个臭死，纵然抵命，替我国的人出出气也是好的。一半也是我国的人不好，见别人强盛，就去趋奉他，奴颜婢膝，反被别人看得不值一个狗屁！这样下去，我国还能够……"一句话未完，忽然人声鼎沸，由南来了一个黑大汉，带领二三十人抢进店去，势甚汹汹。陈音急速趋至店首一看，只见黑大汉同毛狮子扭作一团，桌凳碗碟纷纷落地，余者二三十人也有帮黑大汉打毛狮子的，也有将卫老扭住，夺了宝剑的。先前夺剑那人骑一匹白马也到了门首，此时夺得宝剑的，将剑递与那人。那人在马上接了，挂在腰间，厉声喝道："打死这个恶棍不值个屁！"陈音见毛狮子被众人打得头破眼肿，遍体鳞伤，跌倒在地，不能动弹，又见卫老周身衣服撕得稀烂，额角流血，不由心中火冒。正待向前打个不平，忽见来了七八人，像是公门人役的模样，走进酒店，将那黑大汉与卫老一并带住。黑大汉面上也是皮破血流，二三十人一哄而散，马上那人先自去了。毛狮子不能走动，用板门将他抬起，一行人到关吏衙门去了。

陈音知道今日不能审讯，只得闷闷地转回寓所，行至半路，忽见卫

---

[1] 四掣（chè）：指向各方察找。
[2] 腌臜（ā zā）：脏，不干净。

老的孙女儿哭哭啼啼向关吏衙门而走。陈音知道是去看她阿公的,叫道:"茜姑娘,不必去,来,我告诉你。"茜儿猛听有人叫她,停住脚,拭了眼泪,一看认得是午间同她阿公说话的,就叫了一声:"伯伯贵姓?怎么说?"陈音将姓说了,又将她阿公的事细细告诉一遍,说道:"谅来此事不甚要紧,如今你阿公已同那黑大汉收隶起了,你到衙门去也是不能见面,且待明日过堂再说。"茜儿竖眉睁眼,为难了一会,道:"多谢伯伯,凡事还望伯伯照应。"说罢向北走去。陈音道:"我送你回去,以后你不必出来。"茜儿谢了,前行引路,陈音后跟,行不半里,已经到了。茜儿让陈音进屋款茶,陈音道:"不消了。"见茜儿住的是平屋两间,左倾有一竹篱,内种蔬菜。房屋虽不高敞,却甚雅洁。茜儿叩门,是一个中年妇人开门,挽了茜儿的手进去,茜儿还回过头来望陈音,大有凄惨之状。

  陈音循路回寓,一进寓所,听得店中客人一个个都是议论毛狮子的事。一个说:"毛狮子是个热性人,虽然嗜酒无行,却专肯扶弱抑强。世界上这等人倒不可少。可怜今朝吃了大亏,恐怕性命难保嘞!"一个说:"毛狮子这个人专于醉酒骂世,惹是生非,倒是死了清净。"一个说:"今朝的事与毛狮子什么相干?恃着几分蛮力,硬行出头,这苦恼是自己寻出来的。"一个说:"诸伦那厮平日倚着他叔父的势力,惯行欺人,我们越国人不知吃了他多少的苦!"陈音听了,接口道:"兄台,那诸伦是个什么样人,就这样无法无天嘞?"那人望了陈音一眼道:"兄台有所不知:他是吴王爱将诸无忌的侄儿,广有家赀[1],在这西鄙的生意真真不小,平日间夺人田地,淫人妇女,谁敢正眼觑[2]他一觑。"陈音道:"难道官府也不能制他吗?何不告他!"那人叹气道:"吴国的官府都是巴结他的,越国的官府更不敢侵犯了。如今又得了个勇士,就是今天打毛狮子的那个黑大汉,此人姓椒名衍,本是我们越国东海的人,他的父亲名叫椒邱䜣,从前在淮津饮马,马被淮神吃了,入水与神决战,伤了一目。后到吴国,自夸其勇,为要离所辱,心中怀恨,欲刺杀要离,被要离折辱他一番,自己触窗而死。他这儿子椒衍自小时便有勇力,只是横行好赌,

---

[1] 家赀(zī):同"家资",家中财产。
[2] 觑(qù):细看。

第二回　逞横豪诸公子夺剑　争判断唐大尹挂冠 ‖ 013

为乡邻所不齿。目前来此,光景十分狼狈,后来与诸伦的仆人交好,得近诸伦身边,无论奸淫掳抢,都是椒衍向前。诸伦有钱,椒衍有力,谁敢奈何他!"陈音听了,沉吟道:"椒衍是我们越国东海人吗?"又问道:"诸伦住居在什么地方嘞?"那人道:"就是向南一直去,离此不过三里,一座石桥过去,转西,一座三层楼的大庄院,周围俱栽棘刺,听说里面设的有机板伏弩,怕人谋害他。所以盗贼从不敢去偷他。"

陈音也不言语,别了众人,回房用了晚饭,倒在床上,心中踌躇道:"我此回出来是寻找父亲,万万不可在此耽搁。只是卫老丈今日所遭之事,我心中实实忍受不得,若不是寻亲之事在身,我今天早把诸伦这个狗头打死了。"停了一会,又道:"难道我就恝[1]然而去了吗?想起那孙女儿那样光景,实在不忍。咳,且待明日再定罢!"翻来覆去也就睡了。次晨起来,已是巳牌时候。只听一客说道:"椒衍那厮昨晚已被诸伦要出去了。"陈音诧异道:"难道我国关尹就全不做主吗?"那客道:"我国关尹为此事与吴国的监事抗辩,怎奈监事总说诸伦是他吴国人,要依他吴国的法律。关尹也就无法了。"昨日同陈音说话那人在旁叹口气道:"你们还不知道,毛狮子今晨已经伤重身死了!"陈音一听,着实难过,急问道:"毛狮子死了,我国关尹难道不向监事索凶手来办吗?"那人道:"何尝不索凶手?监事说道,他吴国的法律杀人的不办罪,罚银十两作为死者的殓费。如要办罪,殓费不科,将凶手交他本国定办,我国关尹不能过问。"陈音又问道:"卫老汉的宝剑何如嘞?"那人道:"还问宝剑!监事说他价卖之物,反悔图诈,又勾串恶棍行凶滋事,要罚他二百两银子才得脱罪哩。"陈音复问道:"卫老汉卖剑有何凭证?"那人道:"据监事说来,会都事处诸伦已经缴有会费银一两,说剑是十两银子买的,此刻剑是归于诸伦了。椒衍之罪已由诸伦缴银十两,逍遥无事了。毛狮子无亲人领埋,已拖向丛冢里窨[2]了。卫老汉此刻只有措办罚款赎罪了。这件事就算结了。"陈音正待开言,忽见一人由外走进,对着那人叹气道:"二哥,你晓得么,我们关上的唐大尹今日为诸伦的事,与吴国监事极力争论,

---

[1] 恝(jiá)然:不经心,无动于衷。
[2] 丛冢里窨:乱葬在一起的许多坟墓。

几至用武,怎奈不能争转分毫,一时气愤不过,现已挂冠而走,不知去向。你看可叹不可叹!"陈音听罢,捺不住心头火起,一股愤气直往上冲,鼻子里哼了几声,匆匆出店而去。一些人见了陈音的光景,也不知什么道理,仍然聚在一块说那不相干的闲话。正是:

燕雀不知鸿鹄志,蛟龙岂受鱼虾欺!

不知陈音匆匆出店,做出些什么事来,下回分解。

第三回

激义忿独盗盘螭剑　蹈危机再上绾凤楼

　　话说陈音愤恨出店，口中私念道："杀人的倒无事，苦主反监禁起勒罚；杀人的倒只罚银十两，苦主反罚银二百两。天下竟有这不公平的事！"一路恨声不绝，不觉已到茜儿门首，见茜儿正立在门口，眼睁睁朝南翘望。陈音到了面前，茜儿方才看见，叫道："陈伯伯屋里坐。"陈音应了，进得门去，也不暇看屋中的布置，开口问道："你阿公之事你可晓得么？"茜儿道："晓得了。今朝早起有关上的衙役来此，说道阿公罚款二百两方得脱身。"陈音道："姑娘的意思如何？"茜儿道："只要我阿公无事，已将家中所有的衣物全部典质，凑足二百两之数，烦我干妈带至衙门去缴，想来阿公快要回来了。"陈音道："姑娘干妈可是昨日替姑娘开门的？"茜儿道："正是。"正谈论间，卫老已同一中年妇人进门，见了陈音颇觉诧异，道："陈大哥如何光降寒舍？"陈音急忙站起道："老丈受惊受屈了，小子因此放心不下，特来探听。"卫老连声称谢。一面叫茜儿泡茶，一面叹气道："这样的黑暗世界真真令人气闷死！只是诸伦那厮夺我的宝剑，老汉拼着性命定要同他拼一个死活。可叹毛大哥因老汉受伤而死，老汉实实痛心！"说着双泪长淌，说话不出。陈音也是伤感。茜儿将茶端整好递上，见她阿公在那里伤心，也靠在身边流泪不止。陈音道："已过之事不必提起了。老丈说要与他拼个死活，看来卵石不敌，也是枉送了性命。依小子之见，若将宝剑弄到手里，还是离开此处为妙。"卫老道："若不与他拼命，宝剑如何能到手里？"陈音道："老丈就拼了命，此剑还是不能到手。事宽则圆，老丈暂时忍耐，小子以三日为限，定来回复，再作商量。"说罢立起身来告辞一声，出门而去。卫老意欲挽留时，见陈音已去了一箭之远，只得说道："恕不送了！"

　　陈音也不回头，一直向南行去，过一石桥，向西一望，果见一个大庄院，墙高檐耸，周围都是合抱不着的大树，间有几处垂枝墙内，墙内大树也有垂枝墙外的。树外一壕，约有三丈的水面，深浅不知，安设吊桥七八处，大约是日间放下，夜里收起，大门向南设有木栅三层，排列刀矛，均有人看守，东西北三面都是如此，不过路径窄些。墙内北面一楼高峙，看来若是站在楼上，四围百十里地面定行都归眼底，庄内的情形不必说了。偏西有草屋一带。陈音作为闲游，仔细看了一遍，转至大街，买了几件应用的东西，回至寓所，也不与众人交谈，进房歇息。躺在床上，肚里筹划了一番。渐渐天晚，用过晚饭，仍然躺下，略睡至二更时，一听寓中客人都已睡尽，寂无人声，陈音起来，将牛耳尖刀带在身上，又带了一个皮囊，内装石块铁弹钩索等物。换了一身黑色衣裤，蹬了薄底快靴，先将灯火吹熄，轻轻把房门一开，侧身出房，一听无人惊问，仍将房门拽好，轻步点地去。至后院空地，踊身一蹿，上了墙头，四顾无人，随落墙外，一直向南。

到了石桥，见诸伦庄内人声未静，北面高楼火烛之光正亮，隐隐有弦索歌唱之声。庄中更鼓已二更三点。忽见高楼窗外一个人影，头向下，脚向上，是个倒垂帘式，一眨眼人影已不见了。心中疑惑：难道另有贼盗今夜也来偷他不成？踌躇半晌，听更鼓早已三更，急忙洒步由西转北走去，到了壕边，一纵步已蹿过壕沟，沿壕转北，都是树林，曲曲折折穿林而走。看看已近墙头，见一槐树，大可十围，沿树而上，有一粗枝朝南垂入墙内，挨枝雀跃到粗枝上，缘枝蛇行，缘至墙头，轻轻落下，站定一望，墙外通是棘刺，墙内不知是何光景，不敢下去，只得沿墙而走。近高楼处有桂树一株，花开正盛，相离不过二丈，正拟踊身蹿去，忽听下面当厅一人高声叫道："公子吩咐，刻已三更二点，守夜人等切须小心，机板可曾安放，伏弩可曾整顿，稍有疏忽，尔等担罪不起！"一时人声嗷应，听得嘣咙嘣咙的响声，大约是安放机板，整顿伏弩。移时声寂，陈音奋身一跃，扑上桂树，爬至树梢，见楼是三层，树梢已拂过二层楼檐。将腰一伸，已到二层楼檐，身轻步健，毫无声息，一个摘月势，将手一探，已翻上三层楼，扳着栏杆爬至南面，星光之下见一横匾，三个大金字隐约是"绾凤楼"。楼中灯光未灭，不敢落地，抱着柱，盘旋而上，攀着横木，挨近窗棂，伏在窗缝一看，暗暗叫声惭愧，只因那把盘螭剑正挂在此楼梁上。

第三回　激义忿独盗盘螭剑　蹈危机再上绾凤楼

一听更鼓正打四更，见时不早，用手把窗扇轻轻一拽，里面却是系好的，身上取出牛耳尖刀，插入窗缝，探至系处，用刀尖一拨，内簧已脱，乘势一推，窗扇随手而开。忽听"嗖"的一声，急急把头一偏，从耳畔刷过窗外，柱上"噌"的一响。陈音知道伏弩已过，钻进窗去，留神张望，见东西摆设桌几，桌角上尚有烛泪两堆，余火犹明。当中悬一大琉璃灯，灯光四照，宝剑悬在梁上，四围都是光滑滑的，万万不能着手。心内十分作难，细细一想道："他既能挂上，我就能取下，只要寻着他挂剑的路道就容易设法了。"定睛细看，看出宝剑不是钉在梁上，却是一绳系定，绳从天板眼里穿出。端详一会道："是了，定是一绳扯拽而上。只要寻着他绳的结头，就容易到手了。"凝神审视，四壁空空，楼中除两副桌儿外，只当中一只铜凤高约八尺，双脚直立，粗如人臂。一想不错，绳的结头定在这只铜凤里。正要纵身而下，恐有声响惊动防守的人，反为不好。双手扳住窗扇，伸脚坠下，踏到楼板，一手松开，脚力一沉，楼板忽然活动，一面下塌，一面上翻，拍、拍、拍接连三声。陈音知道不好，幸得一只手未曾松开，紧紧扳牢窗槛，双脚一弯，将身向上一挺，忽听楼下一片声喊道："有贼人在此了，快快发火！"霎时火把齐明，庄内外一起哄动。陈音这一惊真真不小，想道："性命休矣！"忙扳窗棂蹲上横木，溜柱而下，沿着栏杆爬至北面，纵身一跳，到了桂树上，伏着不动，手握牛耳尖刀，四下一看，见正厅上灯光照耀，许多守夜的人绑着一个大汉推进厅去。

晓得适间声嚷不是为的自己，方才把心放下。于是蹿到屋脊，一直到正厅屋上，伏在檐口看时，见诸伦当中坐定，大汉下面挺立，生得面黑睛黄，声粗气猛，厉声骂道："今夜被你所擒，剐杀由你，像你这欺天蔑理势横行倚的狗奴，终究有碎尸万段的一日！"只见诸伦气得满脸发青，指着大汉喝道："你这贼到底是什么人，敢来犯我！"大汉吼骂道："你抢夺我的妹子，勒逼死了，我是来替妹子报仇的！总是你这狗奴死期未到，我既被擒，任你处置！"见一个家人走近诸伦面前道："这人就是小人前日说过东村的司马彪，那日触墙死的就是他的妹子。"诸伦点头，吩咐众人道："把这贼子拖至树林内，与我乱棒打死，死了挖个坑窖了就是。"众人答应一声，将大汉拥出庄去，诸伦回房去了。

陈音想道："此人性命眼见送掉在此，我不去救有谁来救？"随即连蹲带跃，跳在墙头，轻轻一纵身，攀着槐枝，溜至树杈坐歇片时，听更鼓已是五更，料来盗剑之事万来不及，正在烦闷，忽听人声喧嚷，约有十余人将大汉拥入树林，择一大树将他绑起来。陈音一想，许多人在此，我如何救他嘞？心中一急，想出个主意来了，不敢迟延，在树上如鸟移枝到偏西处，幸得也有一株槐树，不过离墙稍远，只得尽力一纵，已上墙头。在皮囊中取出引火之物，发燃火种，向草屋一掼，顷刻之间火光上冒，正值西风骤起，火势愈猛。庄中人众一起惊醒，听正厅上当当钟响，接连不绝，满庄的人都向起火处拥来。陈音一看，料道树林中的必然来了。急转身蹿至林内，举眼一看，地下火把尚自未熄，而两个人躺卧不动，仔细看来，喉间流血，想是被人杀了的。树根处几段绳索纵横，树上所绑的人却不见了。心中好生惊疑，想来总是他同来的人救去了。忽听鸡声四唱，天将放晓，不敢再延，几步跑至壕边，蹿过壕沟，由石桥转回寓所后面，跳入墙内，回至房中。

不一刻，天已大亮。靠在床上细细想昨夜的光景，忽然恨声道："我陈音如何恁地鲁笨！昨夜楼下拿人之时，全庄之人通在正厅，我何不趁此时摘取宝剑？真可惜！"懊恼一回，又想道："把楼中情形看来，系剑的绳头大约定在那铜凤身上，据这楼名'缩凤'二字想来更无疑义。不过铜凤立在当中，四围无靠，楼板上必设机板，如何走得拢去？"忽想起扳窗下楼时那样危险，心中又觉凛凛。停一会发狠道："我不将此事做到，算什么男儿！今夜再去，定将宝剑取回，方了我一片心事。"一夜辛苦，随即沉沉睡去。午后方起，洗脸用饭，到赛会场闲逛一回，归寓时天已傍晚，用过夜膳，静睡一会，又是二更天了。陈音照昨夜装束，仍由后院越墙而出，到了石桥，望见诸伦庄内灯毯火把照得内外通明，更鼓之声络绎不绝，想来必是昨夜拿了贼人，今夜分外防守得紧。在桥头略歇片时，仍由西面转北，蹿过壕沟，穿林而进。及到了昨夜所攀的槐树，却吃了一惊，原来今晨诸伦带了椒衍四围查看，说道："我这庄院与铁桶相似，贼人如何得进？"椒衍看了一回，指说道："贼人一定是从这些大树的垂枝翻越进墙。"诸伦看了点头，即吩咐家人将这些靠墙的树枝全行砍去。因此陈音来到槐树上一看离墙过远，大费踌躇，扬头四望，都

第三回　激义忿独盗盘螭剑　蹈危机再上绾凤楼　‖019

是一般，只急得搓手搔头，无法可想。往树枝上一靠，突一小枝撑住皮囊，皮囊一侧叮噹有声，蓦然想起囊中钩索来，心中一喜，急将钩索取出，把索一理，溜下树来，走到墙根，见靠墙处通是棘刺，约有一丈之宽。陈音将钩索用力一抛，却好端端正正搭在墙上，正要挽索而上。一想不好：此时向上身子尽可腾空，下来时岂不坠在棘刺里？想到此处便不敢动，对着棘刺闷闷地筹算半晌，想起壕上的吊桥来。它此刻收起不用，我将来靠在墙上，就无阻碍了。即将绳头拴在树上，去到放吊桥处，且喜不见一人，用尖刀割断绳索，弯弯曲曲将吊桥板拽至墙边，平斜靠墙，板长三尺余，一头抵墙根，倒十分稳靠。陈音解了树上的绳索，一步步走上桥板，至板尽处挽索而上，直上墙头。取了钩索装入囊中，又掏出粉石在墙上画了暗记。向北行去，且喜那株桂树未动，踊身一跃，扑上桂树，仍照昨夜由二层楼翻上三层，绕至南面缘柱而上，转眼已到窗棂，侧着身把牛耳尖刀拨簧，簧脱后窗扇一开，弩箭已出，蹲在窗棂见宝剑仍系原处，楼中摆列的同昨夜一样，想来楼板是不能踏的，东西两张桌离铜凤不过七八尺，窗离桌约有一丈二三尺，谅来尚可一纵而到。只是一来怕桌上设有机弩，二来怕脚点桌时略有声响，便要误事。想来想去，忽然醒悟道："夜来他们既在这桌上饮酒，此桌必然稳实，所虑不过响声。"停一晌，发狠道："咳！事已至此，也顾不得许多，且把靴子脱去，赤着脚跳去，就有声响，也小了。"主意打定，将靴子脱了，顺手搁在窗棂上，往上提劲，奋力一纵，已落桌上，真个稳实，毫无响声，心中甚喜。再一纵落在铜凤背上，乘势一骑，用手把凤头凤尾凤背凤肚细细摸过，哪里有点缝隙，好不着急。摸了三四遍都是如此，心就呆了，气恨不过，把手中的牛耳尖刀在那凤身上乱拄，不料拄到翅上，忽觉得翅处有点活动，便用手细细地按，果然按着机关，凤翅一张，现出一个窟窿，心中大喜。于是一只手按着机关不肯放松，一只手探入窟窿内，摸着一卷绳索拴在一个铜钩上，知是到手，将绳头理出，取下铜钩，把绳一松，抬头望那宝剑已缓缓地坠下，只是离铜凤约有五尺，伸手不能取到。人急智生，蓦然又想起囊中的钩索来，将剑放至分际，便把绳拴在凤翅内铜钩上，那剑便不动了。将钩索掏出，向剑鞘系处一抛，搭住了往怀中一带，剑已入手，用刀把绳割断，这只手一放，凤翅依然收好。

听更点已是四更三点,不便久延,拿着剑纵回桌上,再向窗棂一纵,将身坐定,把牛耳尖刀带好,把宝剑搁在窗盘上,取了靴子一一地穿上。私念道:"剑已到手,去罢!"伸手去摸剑,吃惊不小,剑不知哪里去了!急往窗内外仔细一看,何曾有点影响[1]。这一惊比昨晚踏住机板还要厉害。定了定神,只得溜上横木,沿着楼柱一直往上,攀着檐牙,摘月势翻上楼顶,爬至瓦脊上,四围看了一会,只见满天星斗,远处朦胧看不清晰,近庄处都是黑鸦鸦的树影,树外是壕,流水潺潺,除五更转点外寂无声息。看来时候不早,天又快亮,久耽搁便去不了。顺着瓦沟爬至檐口,一个倒垂檐势抱着楼柱溜下,踏住栏杆,叹一口气,见窗棂仍旧开着,望那悬剑处一口宝剑却依然端端正正悬在那里。这一惊比适才不见了剑的时候更加厉害。心中一横道:"我还是要把它取下,方才转去。"正要盘在窗棂上脱靴,耳边忽听一阵声响,惊得陈音手足无措。正是:

　　　　漫夸摘月拿云手,还有惊天动地人。

不知陈音听见是何声响,弄得手足无措,小子若不说明,看官定猜不着。请看下回。

---

[1] 影响:影子和声响。

第四回

洒热泪大哭毛狮子　　冒奇险三探绾凤楼

　　看官你说陈音听的是何声响,这样惊慌?原来五更已尽,四邻鸡声乱唱,天时发晓[1]。陈音一想,再延片时便不能脱身了,只得循楼而下,由杨树蹿上墙头,寻着暗记,将钩索搭好,一步步挽索而下。到了桥板,撆下钩索,几步跑至树根处,将钩索收在囊中,仍将桥板弯弯曲曲拽回原处,安放停当。蹿过壕沟,急急跑回寓所,越后墙而进,悄地进房,窗上已白。坐在床上想来,此事真正古怪:"我明明白白将剑取下,为何霎时不见?及上楼顶张望转来,为什么又端端正正挂在那里?若说是他本庄人取回,就该惊起防夜的,何得毫无动静?若说是外面去的人,就该掣剑而去,何得又归还原处?好生令人难猜!"猜疑一会,身子困倦,沉沉睡去。巳牌时方醒,起身梳洗用饭毕,出得房来,听同寓的说道:"今日有许多不相干的人去丛冢[2]里追悼毛狮子,听说甚是热闹,我不懂得这些人为什么喜欢做这些不要紧的事?"陈音听了,默无一言。走出寓所,向丛冢处走去,果见许多人,有执着束刍[3]的,有挑着纸钱的,有携着壶酒的,有扛着花圈的,纷纷扰扰,甚是热闹。仔细看来,不是与毛狮子相契的屠狗辈,就是与毛狮子至交的卖菜佣,又有的是彼此同场的博往[4]、朝夕同醉的酒友,求一摺绅世家读书士子,半个也没有。大众到丛冢里寻着毛狮子的新坟,具束刍的焚束刍,有纸钱的化纸钱,壶酒列于坟前,花圈放在坟顶。也有搔首无言的,也有顿脚长叹的,也有满面戚容的,也有放声痛哭的。内有一人像是毛狮子的酒友,大声号啕道:"毛大哥!你每到醉时,便讲做事要热肠,待人要血性,遇有不平不是挺身

---

[1] 发晓:"破晓",指天刚开始发亮。
[2] 丛冢(zhǒng):隆起的坟墓。
[3] 束刍(chú):用纸扎的牲口,用以祭祀。
[4] 博往:一起赌博的同伙。

向前，就是拔刀相助。你而今受了委屈而死，谁有热肠，谁有血性，挺身拔刀替你申辩？反被那鼓唇舌弄笔尖的人说你是恃蛮多事！想你九泉之下定然不肯甘心。你我交好一场，携得白酒三杯，你须要像生时那样爽快吃个大醉，从此沉沉大睡，再莫管世间的闲事，倒落得个身安意适，反有那鼓唇舌弄笔尖的人赞扬你是安分良民！"

大众正哭得沉痛，忽见来了十余个监事处的巡役，手执短棒没头没脑地乱打，将众人赶散。焚不尽的束刍掼得遍地纵横，化不尽的纸钱摔得满天飞舞，壶酒齐翻，花圈乱转。骇得一些人东奔西窜，一哄而散。此时毛狮子若是有灵，想来决不肯甘休，无奈孤坟横亘，万唤不应，只付之无可如何而已。且喜众人奔逃得快，没有一人被巡役拿着，还算幸事。

一路转来倒听得许多人说长道短，无非是讥笑这般悼毛狮子的人无味可笑。陈音听了仍是默无一言，闷闷地转回寓所，进房来躺卧在床，想起如今的时势，满腔热血正如波翻鼎沸一般。此时天气尚燥，不觉浑身出汗，坐卧不安。作书的：十月下旬为何天气尚燥嘞？原来周朝正月建子，周朝的正月是如今的十一月。陈音在西鄀时是十月下旬，照此时是八月杪[1]。所以西风虽起，余暑未退。不然诸伦庄中的桂树如何花开正盛？放火时如何西风骤起？此处述明，后不再赘，看官自然明白。闲话休提。陈音发热一会，心定片时，也就无事。吃了夜饭横卧床上，忽见灯光一隐，窗上人影一晃。赶紧立身起来，开门出去，到窗外一看，哪里有个人影？只听得天边雁唳[2]，草际虫鸣，夜色沉沉，满天星斗。心中诧异，私笑道："莫不是我的眼花了？"仍然横卧，天已二更，收拾停妥，照样将门虚掩，越墙而出。到了诸伦的庄上，蹚过北面壕沟，去至吊桥，正要将桥板拽起，忽听树林内一声大喝道："贼人休走！"喝声中火把已燃。陈音见一人挺戈而前，当胸便刺。陈音不慌不忙，身躯一侧，恰恰躲过，趁势一步抢进，逼近那人胸膛，一牛耳尖刀当心一刺，刀快手沉，鲜血直喷，那人倒了。又听树林内锣声不绝，蓦地跳出两人，一人手执硕刀，一人手执长枪，都不言语，对准陈音便刺，枪先到时，陈音一手接个正

---

[1] 杪（miǎo）：末尾。
[2] 雁唳（lì）：大雁的鸣叫。

着；砍刀已向头上扫来，陈音把头一低，用力把枪一拖，使枪的扑地倒了，枪已脱手。使刀的又把刀从脑后砍下，陈音往前一蹲，刀砍个空，乘势翻身转来，正待举枪刺去，使刀的早已赶上，劈头砍下，陈音一枪敲开刀，顺手一刺，正中那人的咽喉，刀丢一旁，倒地死了。先倒地那人却已不见。此刻锣声四面不绝，东北角跑出三人，两人挥鞭，一个就是适间使枪的，仍然挺着一杆枪，陈音弃了手中的枪，拾起砍刀在手，三人一拥而上。陈音抡动砍刀，只见刀光闪灼，霍霍有声，先听使枪的"哎呀"一声，枪已两段，此回不倒地，就拽开步跑了。两个使鞭的拼命相斗，刀光过处，又听一人叫声"不好"，躲闪不及，削去半边天灵盖，却见活不成了。还剩一个心慌手乱，被陈音用刀隔开鞭，转手一刀杆打倒，加一刀杀却。左右一望，见东南两面灯龙火把蜂拥而来，看看快到。陈音弃了砍刀，一挺身蹿上树去。顷刻之间，两边合拢来不下五六十人，举火四照，见地下杀死四人，贼人不知哪里去了，两面为头的道："贼人谅在近处，大家须要留神，多燃火把，四面照看。且把尸首搬在一处。"此时庄内锣声大作，前后照得通红，更鼓声中隐约听得刀矛相撞、剑戟相碰之声。陈音在树上一想："桥板不能取用，万难进庄，且庄内警觉，防守甚严，进得庄去也难济事。眼见盗剑之事也成画饼，宝剑不能到手，叫我怎么回复卫老？咳！"真个剑不到手，不但陈音不能回复卫老，我作书的又怎么回复看官嘞？事情到此真真难了！且莫性急，想来总有个交代。

只说陈音在树上为难了半晌，想道："此刻由墙头进去的话不要说完了，我想且由树上直到大门，既已绕过三道木卡，或者大门地方倒不十分提防，可以进去，亦未可知。"定了主意，攀枝拂叶，矫捷如猿。走不多远，下面有人喊道："乙哥，你看那树上不是一个人吗？"陈音吃惊非小，心中一急，伏在树上不动。听得一人答道："你真喝醉了，这时候什么人肯到树枝上去？走罢！"陈音听了，心中一宽。又听那人道："乙哥，你不要说我醉，你仔细看那里一团黑影，那人还在那里摇摇摆摆哩！"陈音听了心中一急。一人答道："就是你手指的地方吗？"那人道："正是。"一人笑道："说你酒喝多了，醉眼蒙胧，你只是不服，那是一棵权槎，一团黑影是个鸦巢，风吹着摇摆。不要在此胡混，快快巡哨去！"倒听那人笑了，口中糊糊涂涂道："乙哥，到底多几岁了，吃了酒，眼睛有点发花。"说着话,掌着火把去了。陈音才宽了心,一口气蹿至正南,望那三道木卡,更鼓不绝,恰是三更一点。火球照耀,刀矛整齐,所踏的树枝离大门不到二丈,果然人都集在三卡,大门处不过三五人坐在那里。一纵身上了大门的门楼上,循墙而进,蹬至第二层屋脊,虽说下面防守的人不少,却无一人瞧见。望正厅上火光照得透亮,往来巡哨的络绎不绝。望绾凤楼上仍似前两夜静悄悄的,望南的门却大大敞开。想来必是前两夜开窗踏板有了形迹,因此另设机彀[1]。却正望着一口剑,仍是清清白白、端端正正悬在原处。到了此际,顾不得许多利害,连蹿带跃直上正厅。正待扑上桂树,眼前黑影一现,风声一响,一件兵器劈面打来。陈音急向左边一蹿,恰恰让过。那人已出声大喊道:"屋上有贼!"下面声如雷轰,内外俱应。陈音见势已急,只得稳住心照应四面。那兵器又横腰扫来,陈音用手中牛耳尖刀一隔,却十分沉重,虽被隔开,一只膀臂已震得麻木,急急转身逃走。哪晓得那人蹿高的本事也不弱,紧紧追赶,赶至二层屋上,四面火光冲天,陆续有人扒上房来,有用箭射的,有揭瓦打的。陈音此时眼观四面,耳听八方,哪里敢丝毫怠慢。火光中见追赶那人正是椒衍,手中兵器是根齐眉铁棍,一眨眼已离身不远,一根棍由背后挂来,恰恰侧面又有屋瓦飞到,陈音把身一伏,棍摔个空,只听"哗喇喇"一片声响,却是飞瓦碰在棍上碰得粉碎。陈音用个鲤鱼奔滩势,早蹿在大门的门楼上,见大门一带刀戟如麻,齐声呐喊:"贼已到此,快快放箭!"一霎时箭似飞蝗般向上射来。陈音或拨或躲,幸喜未着一箭。焦躁道:"不将椒衍退去,怎能脱身?"无奈手中的刀太短,不能得力。心中一急,计上心来,用手在囊中掏取铁弹,正待发出,只听椒衍喊道:"休使暗器!"陈音一惊,私念道:"他如何就会知道?"回头一看,见椒衍用棍一隔,一个金黄色的家伙"噔"的一隔格去数丈远。陈音趁这空里回手一铁弹,恰好打着椒衍的右眼,血光一冒,"嗳哟"一声倒在屋瓦上,一根铁棍"哗喇喇"从屋瓦上滚下,却听有人在下面也是"嗳哟"一声,与椒衍相应。这些人见椒衍伤了,就成了蛇无头而不行。诸伦虽在下面吆喝,瞎吵瞎闹有何用处?陈音此刻抖擞精神,铁弹蝉联而出,向前的都被打倒,在

---

[1] 机彀(gòu):机关。

大门口放箭的也被打伤三五人，大势便乱了。陈音从箭林中一蹿到了树枝，跳跃如飞，不敢向木卡处走去，转到西面树枝尽处，早到壕边。虽远远听得人声鼎沸，眼前却无一人，蹿过壕沟，径上石桥，回头见火光蜿蜒已到壕边，更鼓早已四更。

闷闷走回，越墙进房，将门拴好，将灯点起，坐在床沿懊恨道："今夜一闹，绾凤楼是不能再去了。且今夜杀死四人，连前夜共杀六人，势必惊动官府。我的面目众人通已认得，此地亦不可住了。我离此地原是容易，只是卫老处如何回复？"越想越难过，闷闷沉沉倒在枕上，用手将枕一移，觉得有物触手，一翻身坐起来，取出一看，看官：你道是什么物件？正是陈音三次冒险、到手复失的那口盘螭剑！正不知此剑如何到了陈音枕上，只见剑鞘上夹着一张纸条，陈音取来在灯下一看，上写的是十六个字：

取真易假，释彼之疑；牤山不远，与子为期。

陈音此际倒发了呆，手握宝剑坐在床沿细细揣想，忽然醒悟道："是了！第一夜救司马彪必是此人；第二夜趁我着靴之时将剑取去，必然亦是此人；今夜椒衍追我甚急，助我暗器的必然又是此人。但不知那口假剑又是几时悬上的嘞？哦，我上楼顶探望的时候，他就趁这个空悬上了。呀！我晚饭后窗外的人影想来还是此人。难道那时就送宝剑来吗？定因寓中人多犯眼[1]，恐有不便，等我出去，门是虚掩的，他将剑送来枕上，一些也不错！"心中一动道："此人这时候在我窗外也未可知。"立起身，轻轻开门出去，四围一张，连雁唳虫鸣都不听得。回房坐下道："牤山不知在什么地方，好叫人难猜！"

只听得更鼓已转四更二点，心中一急道："时候不早了，我明晨就要动身，不趁此时将剑送还卫老，少迟就要误事了。"在包袱中取了一锭银子带在身上，忙忙地吹灭了灯，轻轻地走出了房，将门拽好，依然走至后院，一纵上房，向北而去。不消一刻，早到了卫老屋上，侧耳一听不闻声息。轻轻落在天井里，见朝东一房灯光未灭，伏窗一听，听得卫老叹口气道："乖孙孙睡罢，此时不来是绝望了。明日我与诸伦拼命去！"又听茜儿道："阿公，千万不可，

---

[1] 犯眼：让人瞧见。

不要枉送了性命，丢下孙女靠着何人？总要慢慢想法才是。"陈音用手敲窗，卫老惊问道："什么人？"陈音应一声："是我！"随听脚步响，将门开了。陈音知卫老家中别无眷属，跨进门去，卫老见陈音手握着盘螭剑，不待开言，倒身先拜。陈音急忙扶起道："快休如此！时候不早了，早定计较为是。"茜儿也走拢来扶起阿公，一起坐下。卫老问道："大哥此剑是如何到手的？想来不知受了几何惊骇，费了几何力气！"陈音道："此剑到手，另外还亏一人，我也不及细表。我劝此刻收拾动身为上，恐到明日，诸伦那厮定然发作，就有许多不便。我明日就动身的。"卫老听了，看着茜儿道："我们此刻就动身可来得及？"茜儿道："所有值钱的前日已经典尽了，所剩的不值什么。随身物件容易收拾。"陈音道："如此，愈速愈妙。"公孙二人即时收拾起来，略微有几两银子放在包裹内作盘缠，宝剑卷在铺盖里。茜儿道："隔壁干妈不必惊动了。"一听已是五更，陈音催促道："好动身了。"卫老背了铺盖，茜儿揹[1]了包裹，所有粗件家具一概弃了，匆匆出门。茜儿忽喊道："阿公，北面墙上是什么影子，一晃就不见了！"卫老看不清白，兀自痴痴地张望。陈音料是送剑那人，也不提出，只催快走。随即问道："老丈向哪里去？"卫老道："我有妹丈在山阴，此时且到山阴栖身。"茜儿道："陈伯伯，我太姑爹姓伊名举。陈伯伯若到山阴，务到我太姑爹处。"陈音见茜儿精细，越是喜欢。此时约走了半里之遥，卫老：'大哥请便。"陈音道："天尚未明，我送你几里，到了可以雇车的地方，我就放心了。"卫老知是不能推却，只得高一步低一步向前走去。走了五里，到一地方叫乔村，看看天将发晓，一行人歇在一株大树下。陈音道："老丈，天快亮了，恕不再送。"身上取出银锭递过："老丈在路上贴补茶水之费，沿路小心，早到山阴为妥。"卫老愕然道："这是什么道理？萍水相逢，多蒙费心，取回宝剑已是感谢不尽，如何敢领厚赠？老汉有几两银子尽可用到山阴，大哥也是出门人，留着自用。"万不肯收。陈音执意要送。二人虽各有意思，倒弄出客套样子来了。只是茜儿立起身道："阿公，听我说……"正是：

　　世路崎岖何足异，英雄意见总相同。

　　不知茜儿是何说法，且看下回分解。

---

[1] 揹（qián）：用肩扛。

第五回

忍辱难堪勾践随辇　衔仇图报陈音磨刀

　　话说陈音将盘螭剑取还卫老，送至乔村，更送银一锭，卫老决意不收，彼此推却。茜儿立起身道："阿公，听我说：我们承陈伯伯的美意取回宝剑，护送到此，因见我们一老一小，心中不忍，加赠银两，这是陈伯伯救人救彻的意思。我们若是不收，陈伯伯心中定然难过，就是我们替别人做了这样的事，也是要照此做去方才心安。天快亮了，我劝公公率性收了罢！"陈音听了，满心大悦，默说道："此女将来未可限量。我今番出力冒险真值得了！"卫老也就不再推辞，但道："老汉只得愧领大哥之恩，老汉只有图个结草相报！"言罢涕泣交流。陈音立起身嘱咐道："一路小心，我去了。"卫老随即立身道："大哥好走！"心中甚是凄惨。倒是茜儿毫无恋恋不舍之意，只说一声："陈伯伯，恕不转送了！"

　　陈音急急转回西鄙，越墙而进，到了房间，舒了口气道："这才了结我一桩心事了！想来他公孙此去定然平安了。"哪晓得依旧弄出事来，卫老丢了性命，茜儿受尽苦辛，后文自有交代。此时只说陈音挨至天一发晓，将包裹打好，给清店赀，出了寓所，足不停趾向吴国而去，思父心切，毫无耽延。十一月初旬到了吴国，到了盘门，一见人烟辐辏[1]，市面繁华。正行之间，只听鞭声不绝，行路的人都纷纷向两边分开，一人说道："大王出来了，快站向旁边去！"陈音知是吴王出来，也随人众挤在一旁。少时人声寂寂，马蹄得得，金瓜铁斧，白钺黄旄[2]，以及豹帜龙旗、朱幡翠羽依次而过，又见香气氤氲，乐音沉细，军仗过去，方是珠围宝盖，玉辇金鞍，吴王端坐车上，气象十分尊严。忽见车前一人手执马箠[3]低

---

[1] 辐辏（fú còu）：车辐凑集于毂上，比喻人集聚一处。
[2] 白钺（yuè）黄旄（máo）：钺，古代兵器。旄，古时旗杆头上用旄牛尾做的装饰，因即指有这种装饰的旗。比喻白色的兵器、黄色的旗。
[3] 马箠（chuí）：马鞭子。

头而行，气如槁木，面似死灰。陈音心里正在疑惑，私念道："吴王车前杂着这样一个人，是何缘故？"恰好身边一人指着吴王车前后面一人说道："那手执马箠的，就是越王勾践。"陈音一听，仔细一看，果然是越王。原来越王低头而行，加以面目改色，一时认不出，此刻认清，霎时面如喷血，连耳根通红了，不觉两脚都软，不忍再看，埋着头挤至众人背后。吴王过去时看的人议论纷纷，有叹惜越王的，有讥笑越王的，有说此时不诛勾践，将来难保不报仇的，并有说像这样人谅不能做出事来的。陈音一一听在耳里，真是刀扎心肝，油煎肺腑！

沉闷一会，慢慢地转过气来，信步行到蛇门近处，寻一寓所。小二引进房，放下包裹，洗脸吃茶不必细说。小二搬饭进来，陈音问道："你可晓得原楚原将军么？"小二正放碗箸，倒停了手，眼望着陈音道："你认得他吗？"陈音道："虽不认得，却与他有点交涉。他的府第在哪里，你可晓得？"小二安好杯箸答道："离此甚近，就在蛇门内东面，门口有'右戎府'三字的就是。我怕你认得他哩！"说着出房去了。陈音吃过饭，见天色尚早，换了衣服，一路问人，到了蛇门向东一望，果然一座高大府第，较之诸伦庄院气象格外整肃。见府门口坐着几个彪形大汉，不敢造次，缓缓地踱来踱去，总不见父亲的面。天已不早，只得转回寓所。一宿已过，次日起来，侵早[1]就往蛇门逡巡了一会，仍是不见。回寓用了几口饭，又往蛇门。刚到蛇门，瞥见几个人各牵一匹马由东而来，向蛇门外走，一一挨身过去。末后牵马的一人正是父亲，面目黧黑[2]，越显老了。正待开口，陈霄早已看见，递一眼色，陈音不敢声张，远远跟随在后，一径出了蛇门，约走两里，转向西去，又一里许，到了旷野，疏疏落落有几株树木。陈霄随众放马，不时偷觑陈音，见陈音趐[3]至南面一个土堆上，有五六株小树，隐身在那里。陈霄放了一会马，匆匆地将马系在一株树上，携了斫草的家伙向东行去。此时众人通牢牢地系好了马，也携了家伙斫草，纷纷四散，各行各路。陈霄趁众人不留意，由东转南，几步上了土

---

[1] 侵早：天刚亮，拂晓。
[2] 黧（lí）黑：黑色。
[3] 趐（xué）：来回走或中途转回。

堆。陈音见父亲来了，双膝一屈，伏在地上，放声痛哭，一句话也说不出。陈霄眼中扑簌簌也掉下泪，问道："我儿是几时到此？今日得见我儿一面，为父虽死也是瞑目！媳妇与孙儿可好么？"陈音挥泪答道："父亲放心，媳妇孙儿都好。父亲为何这样憔悴？"陈霄叹气道："儿呀！为父既然给人为奴，哪里还有得安闲的日子过。这是为着国家的事，为父死是应该，毫无怨恨，只望我儿努力向上，将来挣得一官半职，为国出力，替为父争一口气，方不辜负为父的苦心。儿在此万万不可露面，恐生别祸，要紧要紧！"陈音道："儿此来些须带得有点金银，一心赎父还家，不晓得吴国准赎不准赎？"陈霄道："近两日听说有许赎的话，不知真假。儿在司马衙门仔细打听就晓得了。我儿在何处栖身？"陈音道："儿在这蛇门西头鼎新客寓。转去儿就到司马衙门打听，父亲须要宽心，保……"

一句话未完，忽然一片声喊道："陈霄的马跑走了！"陈霄脸上立时变色，也不顾儿子，迸着一口气跑去。陈音不敢后跟，只得探头瞭望，远见一匹马前蹄高举，鬃毛纷披，向东跑去，一竹篱拦路，一闯而倒，内是花园，菊花满眼，大甏[1]小盆，高下罗列，被马一冲，纷纷乱落，地上的菊花蹂躏得秋影迷离，寒香四散。惊动了园丁，上来两人左右拦截，费尽气力始行将马扣住。见一人进内去了，父亲随后追赶，三步两跌，汗气上冲，不由一阵心酸。好一会方到花园处，见父亲向扣住马那人连连作揖，那人掉头不理，父亲用手去接马勒，被那人一推，父亲一个踉跄跌倒在地，苦爬爬地站起来，见那人一手扣住马，一手指着父亲大骂，只因隔得远些，听不出骂些什么。正在心内凄楚，忽见先进去的一人出来，后面跟着五六人，一起围上，将父亲扭住，取出绳索绑在一棵树上。里面又走出一人来，身躯高大，看不清眉目，后跟四人，到了花园，一些人都垂手侍立。这人指着父亲，嘴唇略动，众人一起应声。这人仍带四人进去了。众人手中各执皮鞭，轮流上前向父亲身上乱打。此时心中哪里还按得住！几步跳下土堆向东跑去。半路里已见众人放下父亲，一个人扛在背上，一拥进去了。一个人牵着马，到草场里招呼众人，都带着马回转蛇门而去。

---

[1] 大甏（bèng）：大瓮，坛子。一种小口大腹的陶制盛器。

陈音此时把这花园周围一看，连着是一个大院落，大门朝西修得十分整齐，大约里面至少也得五六十间房，但不知是什么人的住宅。离宅一箭之地，见一老头儿弯着腰在那里剉草。急走上前去，向老头儿声喏道："老丈辛苦！"老头儿抬起头见了陈音，伸起腰来答道："什么事？"陈音指着那宅问道："请问老丈，这是什么人的住宅？"老头儿听了，瞪了陈音一眼，摇头道："大哥想来不是此地人，这住宅里的人都不晓得吗？这就是原楚原将军的别墅，日常来此。刚才一个放马的溜子缠，把花园闯坏了，原楚恰在此地，出来吩咐人将那放马的打得九死一生。这些放马的尽是越国的囚虏，由他作践，听说死得不少，也是可怜。"陈音听了，称谢一声，转身而走，老头儿依旧在那里弯腰剉草。陈音绕墙走了一遭，打定主意夜间进院相机行事。看看日已偏西，正待回寓，忽听"呀"的一声，向北的侧门大开，见两人扛着一个蒲席卷筒，上插锹锄，不觉心中突突地跳，不敢上前动问，只得远远跟着，不到一里，一片荒地杂树丛生。二人歇歇，抽出锹锄挖了一个坑，把蒲席卷筒掼下，远望着露出一双脚，套着草鞋，脚肉枯黑，认定是自己父亲，心中一痛，眼睛一黑，一跤跌在草地上，昏了过去。直到扛尸的两人掩埋好了，转来时见草地上僵卧一人。一个道："这人想是发痧[1]倒了。"一个道："这样天气不见得是发痧，不如行了方便，叫醒他，也算是件好事。"说着用脚踢了两踢，叫道："快快起来！"陈音此刻悠悠苏醒，回过气来，狂叫了一声，睁眼见两人立在身边，一蹶站起来称谢一声。一个对着那人道："可是好。"回头对着陈音道："你为什么躺在此地？"陈音道："小子在此寻人，走迷了路，一时昏晕，不知不觉地倒了，多蒙二位关念，感谢不尽。"两人也不回言，一径去了。

陈音呆立一会，对那几株杂树哑哭一场，闷闷沉沉，转回寓所茶饭一点不进口，躺在床上泪如泉涌，只不敢哭出声。挨到天晚起来，取出一套衣服鞋袜，扎束停当，锁着房门，对寓主人道："今夜在友人处有事不能回来，烦费心照应则个。"主人应了。陈音离寓一直出了蛇门。月钩挂天，露珠布地。急忙忙跑至坑边，四顾无人，身旁取出牛耳尖刀将土

---

[1] 发痧：痧病，也称臭毒、瘴气，是一种常见的流行病。

挑开，新堆之土通是松的，不一会现出蒲席，跳下坑去将蒲席拦腰抱起，挣上坑来，放在平地，将蒲席抖开，月光下一看，正是父亲，满头是血，眉青目肿，身上衣服破碎不堪，透破处血迹模糊，肉开见骨。真个肝肠碎裂，呼天抢地，不觉号啕[1]大哭起来，直哭得宿鸟惊啼，树枝乱颤，天地失色，星月无光，泪尽血流，悲痛不止。心想将尸移埋别处恐露了眼，倒有许多不便，不如仍埋此处，再行设法搬归。慢慢地将身上的破衣撕下，血肉粘连处不敢用力去撕。心中一想道，不如寻个有水的地方洗拭干净。放下父尸，立起身来四处张望，寻来寻去，且幸靠北不远就是个溪涧，连忙跑回，抱了父尸一步步走至涧边放下，就将尸身上脱下来的破衣蘸水来洗，浑身洗得干净，血肉粘连处通收拾好，把带来的衣服取出穿上，又换了鞋袜，仍然抱回原处放下。跳下坑去，用刀连挖带掘，足足一个更次，约有六七尺深，走上坑来，四面去寻些落叶衰草，陆续抱至坑边，匀匀地铺理平整，然后将父尸轻轻放下，上面盖了蒲席，脱下的破衣卷作一团塞在身边。又痛哭一回，方将土照旧堆上。去寻了一节竹枝，插在土堆侧边，做个记号。大约已是四更，坐在土堆侧边，哭了又哭，伤心道："我若不来，父亲不同我说话，马不至逃跑。马不逃跑不至闯坏花园，又何至鞭打而死！倒是你儿把父亲害了。只是原楚那厮这样横暴，我不能替父报仇，何颜立于人世！"想到此际，便觉气往上冲，提起精神来，睁目剔眉，真有一刻不能容忍的光景。只是认不清那厮的面目，心下一沉道："事怕有心，总有窄路相逢的一日！"天将发白，向着坑磕了几个头，默祷道："父亲阴灵不远，儿不能替父报仇，枉为人也！望父亲在暗中保佑，儿总有日来此搬取父亲回家安葬。"

祷罢起身，曲曲寻路而回。到蛇门时城门恰开，入城回寓，开了房门进去，不脱衣服睡下，直睡到午后方醒。起身来略吃了一口饭，走到街上逛来逛去，只想碰见原楚，认个清白，以便寻仇。一连十余日总不一遇，心里焦躁起来道："似此耽延岂不把人急死！"沉闷一会，恍然道："是我自己昏聩了，那日刈草的老头儿不是对我说过吗，原楚那厮日常到别墅去，我何不在别墅近处守候他，总容易碰见。"定了主意，便去

---

[1]号啕（táo）：号哭，大哭。

原楚的别墅前后远远游眺[1]，见那些放马的日日照着时限来爬山沿涧四处刬草，不得一刻闲空，触目伤心，自不必说。原来原楚这十余日受了感冒，卧病不出，所以陈音寻了多日从不一遇。这日，原楚病好了，骑了一匹骏马出了府门，带了人役一直向别墅去。陈音正在悬望，突见一个骑马的，身躯高大坐在马上，神情很像那日颐指众人的那人。心中一想是了，急急转至路旁缓步迎上，见那人生得浓眉方面，眼光凶恶，脸肉横生，一双眼直往陈音身上一起一落地盯视。陈音面不改色，垂手在一旁不动。顷刻过去，径入院中。陈音放开大步一口气奔转寓所，心中犹自乱跳。想道："原楚那厮倒恁地厉害呀！他把眼光注定我身上，必有疑我之心，我若不快走，必为所害。今日无事总算侥幸。"果然原楚进至院中，便吩咐人役道："我看适才在院前路旁立着那人，眉气眼光大大的，不怀好意。尔等派几个精干的出院去，不问皂白与我抓进来，待我细细地盘问他。"人役听了，便议出几个精干的，出得院来，四处寻觅，那人早不见了。试替陈音想想，真算危险！真算侥幸！陈音既然认清了原楚，勉强按着痛父的悲伤，到了夜间，带了牛耳尖刀，去到寓屋后面的溪边细细地磨。溪中水声呜咽，天上月色清凉。磨了又磨，把刀锋磨快了，又把刀尖锋铓磨好，连刀背刀柄通身磨得雪亮，在溪边扯了些乱草，把刀拭得明晃晃的，用指头在刀口试一试，真个吹毛可断，刹石立开，心中大喜，掌着刀默祷道："刀呀！我自小儿把你佩在身边，从未离开。今日望你脔割[2]仇人的头，饱吸仇人之血，你须要替我好好地出力，方不负我平日宝重你的意思！"刚刚祷毕，忽听树枝上戛然长啸，扑的一声腾起一只老枭[3]，飞过溪那边去了，溪中的水一股风吹得波纹绉绿，浪影翻青，月色刀光，照耀得闪灼不定。正是：

　　急难相随唯白刃，雠仇不报岂男儿！

不知陈音如何报仇，下回自见。

---

[1] 游眺（tiào）：行走、远望。

[2] 脔（luán）割：切割的意思。

[3] 枭（xiāo）：猫头鹰。

第六回

勇陈音挥刀报父仇　　老宁毅擎杯谈国事

话说陈音衔原楚杀父之仇，心中苦痛，溪上磨刀，磨好了藏在身边，朝夕踩探原楚行止，总不得个下手之处。光阴荏苒，早已十二月，正是"草枯鹰眼疾，霜落马蹄轻"的时候。陈音心中急痛不过。那日一夜，正筹划好第二日探好原楚的宿处，夜间前去行刺，就是冒险也是说不得了。挨至次日午饭后出寓，行至大街，突见人众拥挤，刀枪旗帜络绎而来，又有人驾着猎鹰，牵着猎犬，负弓挟矢，夹在中间。后面一匹大白马，鞍上驮着一人，恰是陈音横亘在胸、提念在口的原楚。后面有一二十匹马，都驮的有人，簇拥过去。陈音想道："必是城外射猎，我何不跟到城外，远远窥伺，或者有个机会也未可知。"一直跟在后面，出了胥门，径到石子山，人马一起屯住。原楚指示放火烧山，札下围场，霎时火光遍野，烟色漫空。陈音望见左面有一小山，树木蓊蓊，高与石子山相埒[1]，相离不满三里。只因原楚凶狡，不敢由正路行去，恐露了眼，反受其害。因此拨草牵藤，藏藏躲躲地爬至小山，钻进树林去，沿山脚的地方一片平地，不过时常有人来采樵，斫了树木，剩下树桩，又夹些桠桠杈杈，颇碍行路。陈音道："我不过要上山顶去瞭望，此地看它做什么！"东弯西转，爬上山顶，远望围场处，火熄烟消，刀枪旗帜已排列得整整齐齐。一时豺狼乱窜，狐兔齐号，遍山都是。围场中树的白旗临风挥动。一些人纵鹰嗾犬[2]，弯弓放箭，人声嘈杂，马足纵横，兴高采烈，争先恐后，乱纷纷的，缭得眼花。骑马的东驰西突，认不清谁是原楚。陈音叹道："照此情形，今天又无望了！"坐在地上丧气垂头，闷坐一会，抬头时忽见山脚

---

[1] 相埒（liè）：同等，相等。
[2] 嗾（sǒu）犬：指使狗。

左面一人骑着马驰骤[1]而来，大约是追赶野兽。心中一动道："莫不是原楚那厮吗？"立起身，正想奔下山来，再细看时，骑的是匹青马，且马上人的身躯也不及原楚高大，心便灰了。又眺望半晌，想来无益，重叹了一口气，懒懒地从右面曲折下山。到了山脚，瞥见一只大鹿腾踔[2]而来，眨眼已从眼前过去，后股上中了一箭。忽听辔铃声响，急急扭过头来一看，一匹白马驮着一人，拨风似的急骤而来，一认正是原楚！急急抽出牛耳尖刀，一想那厮马快势猛，断然拦遏不住，一眼瞥见树根处有一巨石，约六七十斤，叫道："好了！"急急摇出土来，举在手中，抢一步向前，在路边一株大树后隐身，尚未站定，马已奔至前面。陈音举起石，喝声"着！"，一石砸去，恰中马头，石巨手重，将马头击破，那马一声长嘶，前蹄一跪，后蹄一掀，把原楚颠下马来，倒在地下。陈音纵步上前，举起牛耳尖刀，对准原楚头颅刺去。原楚忽然腾身一跃而起，齐巧躲过，手上的弓已经落地，顺手拔出腰间宝剑。陈音第一刀刺了个空，复一刀对原楚的咽喉刺来，原楚用剑一拨，"当"一声响，火光乱迸，两人通吃一惊。原楚一看，认得是那日在别墅前路旁立定那人，不敢怠慢，把剑舞得滚圆，恰如蛟龙夭矫[3]，一股白光上下旋绕。陈音的牛耳尖刀连挑带划，好似穿梭往来，闪灼不测。战到酣时，两道光芒绞作一团，两人身躯忽伸忽缩，四个脚步乍合乍离，好一场恶斗！陈音刀法虽熟，无奈尖刀太短，原楚剑长，终占便宜，若非陈音矫捷，早着原楚的手了。陈音见不能取胜，又恐后面有人追寻来反难脱身，心中一急，不敢恋战，把刀对他肋下喝声"着！"，原楚横剑一隔，陈音挚回刀，趁空转身迈步而走，钻进树林。原楚哪里肯舍，大喝："贼人休走！"跃步追来。陈音左穿右跳，十分矫便。原楚本是马上的将官，步战之时已是吃力，又在树林左追右赶，直累得浑身是汗，气喘眼花。陈音正往前蹿，忽听背后一声响，回头看时，原楚扑地倒了。急转身一跃上前，向原楚背上坐。原楚飞起右脚一蹬，想踢陈音，哪里能够着身？倒将一株拱把大小的树踢断，力真不小

---

[1] 驰骤：驰骋，疾奔。
[2] 腾踔（chuō）：跳跃，凌空。
[3] 夭矫：屈伸。

了。陈音左手撑着原楚的颈项尽力一按，只听原楚哼一声，手中剑就松了，陈音右手的牛耳尖刀向颈项一截，鲜血一喷，截下头来。陈音立起身，把头摔在地上，骂道："势贼，你也有今日！"见原楚衣甲绊在一个木桩上，桠杈穿插，好像经人用手扎上似的，才晓得原楚是因此倒地。一阵牛耳尖刀把头砍得稀烂，又在身上戮了几十刀，方说道："这才出了我一口无穷恶气！"

陈音喘息一会，步出林来一望，后面无人追寻，死马倒在地上，见那脚镫黄澄澄，知是金的。又见勒口也是金的，心想道："寓所不能回去，包裹中的金银通丢了，不如把这两件金器取作盘费。"先将金镫割下，再用刀尖去马口里一绞，挖出金勒，也割了下来。怎奈没有包袱，又将原楚身上的里衣撕下一块卷好镫勒。忽听辔铃之声络绎不断，知是有人追寻来了，捎了包裹，急急钻进树林，由原楚尸身上践踏而去。

原楚将士等寻到那里，见马死在路旁，又在树林内寻获原楚尸身，刀眼无数，头颅剁得粉碎，即时号召别路追寻的人到来，告知此事，四处捕贼，毫无影响。只得将原楚的尸首收拾，扛回城中，报奏吴王，自然有一番大搜索。鼎新寓的主人听得此事，过了几日不见陈音归来，甚是疑惑，投凭里正，扭锁进房，查点什物，包袱内黄金三十余两，白银八十余两，以外只有衣服两件，铺被一副，床角挂一皮囊，内装钩索铁弹等物。里正惊疑，研问来客情形，后由小二口中话出："此人来时，开口就问原楚原将军的府宅，是我告了他，余者从未提起。"里正沉吟半晌道："是了，目前原将军被人刺杀，想来就是此人了！"又蹙着眉问寓主人道："此客是几时出去的？"寓主人道："初九夜里出外，次日绝早回来。二十三日午后出去，至今未归。"里正跌足道："越发是了！原将军正是二十三日被人所刺。"随附着寓主人的耳悄悄道："你窝藏刺客，伤害长官，你这罪名可了不得。你想想！"寓主人听了，吓得面上青黄不定，呆了一会，用手悄悄地把里正衣服一扯，里正会意，一同到一僻静房里。寓主人向他咕噜了半天，里正闭了眼坐在那里，忽而点首，忽而摇头，忽而皱眉，忽而叹气。主人又向其央求了半天，将一个包裹塞在他手里，他又故作为难了一会，只说一句："客人包袱内的怎样？"寓主人又轻轻地说了两句。里正慢慢睁开眼，先咳嗽了两声，方道："我与你至交好友，这是天大祸事，我不替你担待些儿，如何对得住平日的交情？银钱两个字算得什么！你我大丈夫做事，还要替换生死，全凭的一副热肠，满腔血性，才算得是好汉子，银钱值个狗屁？只是我若是不收下，你又不放心，我暂时替你存着，你要用时只管来取。"又拍拍胸脯道："此事都交在我身上，你快将客人的东西全交给我，不可少了分毫，我自替你布置，包管无事。"寓主人急忙将查点之物全行交与里正，里正解开包袱仔细看过，收好告辞。寓主人还说了多少承情不了、后报有期的话，方才分手。大约这等事，他们里正一般做公的人要蒙蔽起官府来，官府们只图省事，没一个不甘心俯首听他的，还要称赞他些"公事谙练，办公勤能"的上等考语。多少大有出入的要案都由他们上下其手[1]，何况这点无人发觉的小事，就算冰消了。

且说陈音杀了原楚，一直向西爬山越岭，牵藤附葛而行，都走的丛林荒岭，幸未遇着一人。大约走了二十余里，离石子山已远，天色渐渐地快黑下来了，想道："此时十二月下旬，到了夜间，全无月色，又值北风凛冽，寒气侵人，身边又无铺被，荒山之上寒气愈大，如何度夜？"四顾近处，不见一个人家，心中着实为难，便坐在一块大青石上停息，见身上斑斑点点血迹不少，一想倘若遇着人必然盘诘，许多不便。一看寒烟影里白茫茫一个水荡，我不如往水荡那里把血迹洗去，再寻个栖身的地方。立起身转下山来，到了水荡，放下包裹，将身上的盖衣脱下，一一地将血迹洗洁净，对着水光一照，脸上也有几点血痕，掬水洗过，挣身立起，忽听清磬一声，穿林度水而来。其时冷雾横山，晚烟笼树，陈音顺着磬声听去，料来相隔不远，急急跑至山腰，四下张望，见北面山坳[2]里，树林丛中露出绀瓦[3]，鱼鳞层叠，鸱吻[4]高撑。进口气向北跑去，一刻到了，果然是座庙宇，门额"太清宫"三字，只是清荡荡的，山门虚掩。陈音叫道："可有人么？"连叫数声，方见一人，年逾五十，驼背跛脚，慢条斯理地出来，问道："什么人，大呼小叫？"陈音向前声喏道："失路之人，求借一宿，万望方便！"那人把陈音上下打量一回，又问道："你姓甚名谁？是哪国人？

---

[1] 上下其手：比喻暗中勾结，串通作弊。
[2] 山坳（ào）：山间平地。
[3] 绀（gàn）瓦：指天青色的瓦。
[4] 鸱（chī）吻：我国古建筑屋脊上的一种装饰。

到此何事?"陈音道:"小子陈音,越国人氏,迷道到此。"那人也不再问,只说一声:"且随我来。"进得庙去,那人关好山门,将陈音引至西廊,指着一个房道:"你就睡在此间。"陈音谢了,进房一看,倒还干净,支板作床铺草为褥。见那人已经去了,就坐在板上歇息。少顷,那人携了一盏灯,夹着一卷布被进来,陈音连忙将灯接了,那人放下布被道:"夜间寒冷把来盖身。"陈音感谢不已。那人道:"肚中想是饿了,我去与你端整茶饭来。"说罢出房,一会用大盘托了进来,摆放在一张桌上。陈音一看,一碗肉汁,一尾鱼,一盘麦粉卷子,三碟菜蔬,还有一壶酒,两双箸,两个杯。陈音甚是不安。那人将大盘倚在当壁,随即坐下,叫陈音坐了,道:"大哥,你的肚子饿了,先吃几个卷子,再喝酒,我先喝酒陪你。"陈音也不客套,用了十来个卷子,随意吃点菜,已将饥焰塌下去了。只因那人如此举动,颇为疑惑,陪着喝了几杯酒,问道:"请问居士在此几年了?庙中另外有什么人?"那人此刻酒已半酣,撑着杯叹口气道:"不消问起,喝酒罢!"陈音越是疑惑,再喝几杯又问道:"寒夜无聊,居士何妨略道一二,以解岑寂[1]?"那人又满喝了一杯,方答道:"你不是说你是越国人吗?"陈音道:"正是。"那人道:"越国自会稽大败,臣妾于吴,此刻不知越王在吴是何光景?越国的时势又不知是何光景?"陈音听了,触动满腔的心事,也叹口气道:"越王在吴受尽屈辱,每日砍草饲马。吴王出游,越王手执马箠,步行随辇,观者任情讥笑。夫人身穿无缘之衣,汲水除粪。范大夫柴炊爨[2],石室相随,真是难堪!"那人听了,早噙着一包眼泪,更问道:"越国近来时势嘞?"陈音道:"国事是文大夫掌管,一班旧臣仍旧分任各事,均以国耻难堪,尚能实心任事。"那人听了点点头道:"还好,但不知可有洗刷国耻的一日?"陈音问道:"居士莫非也是我越国人吗?"那人道:"何尝不是!我是甬东人氏,姓宁名毅,椒山之战我亲在行间,副将宁须是我族兄,死于伍员之手,我为右翼牙将,与伍员所部左翼相持。族兄战死,我死命抵御,手刃吴将三人,杀死吴兵不少,怎奈莫邪宝剑与那吴鸿扈稽二钩十分厉害,把我胸前筋骨划断。所以我的背至今驼了,把我左脚的腱

---

[1] 岑(cén)寂:寂静。
[2] 柴炊爨(cuàn):砍柴、烧火、做饭。

骨戳伤,所以我的脚至今跛了。当时多亏了我部下一个步校名叫利颖,平日受我深恩,舍命把我从乱军中背出来,离了船,凫水上岸,将身上的衣甲换些银两,买药敷了伤痕,一路千辛万苦问道逃至此处。路上就听人传言,知是君王夫妇臣妾于吴。我那时一恸几绝,利颖再三劝解,自念天不祚越[1],受此大辱,你我都是越国的一份子民,食毛践土,世受国恩,太平之世仰赖君王抚育,无虑不周,无微不到,省刑薄敛,救灾赈荒,哪一点不是君王的仁厚?不幸否运相乘,国势衰弱,强邻压制,欺夺随心,真令人裂眦[2]滴血,握拳透爪,恨不得以颈血相溅,出口恶气!其实这般愤激,每每偾事,不但毫无益于国计,且反使国家多受其损。只要把这'国耻'两字镌在心里,联络众心,筹划远计,大家在富国强兵上用一番精力,心坚气奋,艰险不辞,哪有做不到的事?!就说身不列朝位,言不入公卿,伏在草茅作几部稗官野史,吐一吐胸中的义愤,提一提国民的精神,也不枉国家有这个子民,方是郑重国耻的道理。你说是不是?"陈音听了,甚是佩服,连连点头,又接着说道:"我此时成了残废,空怀幽愤,莫遂壮心,可望天可怜我,眼睛里亲看着把国耻雪了,死在九泉也自瞑目!"不禁点点滴滴洒下泪来。陈音尤觉伤感,涕泪模糊,立起身道:"原来是上官,失敬了!"宁毅道:"快休礼套,酒冷了,且喝两杯再说。"大家喝了一会酒,吃了几样菜。陈音问道:"上官到此,难道这庙从前无人居住吗?利颖这人如何不见?"宁毅道:"此话慢讲。我观大哥气象不凡,且眉宇之间大有一种沉郁悲壮之气。何妨对我提说一二?"陈音把自己的事细细说出,宁毅一面听一面称快,听到刺杀原楚时,拍案大叫道:"快事!我要满饮一杯!"斟满酒一汲而尽。陈音说完,宁毅道:"足下既这样的忠孝,且有这般的本事,又在英年,正是分君忧雪国耻的伟器。但不知此刻的主意作何计较?"陈音道:"匆忙之际,主意尚未打定,还望上官赐教!"宁毅默然片刻,拍案叫道:"有主意了!"正是:

喜同老将联杯饮,更为英雄借箸筹。

宁毅替陈音打个什么主意,下回自有分解。

---

[1] 祚(zuò)越:保佑越国。
[2] 眦(zì):指眼角。

第七回

考军器楚国宝臂弓　入盗群利颖锄蟊贼

　　陈音此时侧耳静听，宁毅捻着几茎髭[1]道："战阵之事与时为变，方今列强并峙，考求战务精益求精。我国军政腐败，器械窳钝，用以制境内萑苻[2]尚能得用，倘以国家之兴衰系于一战之胜负，此等军械只好借以壮仪表，张虚声耳！遇战辄北令人愧死！苟有深思渺虑之士能审其所短，设一奇想创一奇器，制其所长，何难称雄一世。想来一物之兴必有一制克之物，盾兴而矛艰于攻，牌出而箭失其利。只要肯专心致志，哪里有想不出的道理。不过如今的人总没有恒心，遂至别人随意创一物件，便震而惊之，缩颈挢舌[3]，你说可笑不可笑？就是依样葫芦，学人步武[4]，袭其貌似遇其神真，也是事事受制于人，有何用处！我替你一想，现在楚国的弩弓天下无敌，弩之所向鸟不及飞，兽不及走，楚国之强，恃此以御邻国。你何不去到楚国学习弩弓，学成回越，教习一军，吴不足灭矣！"陈音道："听说楚国的弩弓，其中施机设枢，不肯传人，恐到楚国没一个投师处，如之奈何？"宁毅道："大哥既然原籍楚国，到了楚国或者弄出机会来，得偿所愿，也未可知。大凡丈夫做事，只要拿定主意，振起精神，立一个做不到不止的心，总是十有九成的。"陈音甚以为然，道："承上官指示，我而今就一心往楚国去。"喝了一杯酒，又问道："上官且把来此的情形，何妨说个大概。"宁毅道："我同利颖是三月间到此，此处已不是香火地方，早成了盗贼巢穴，共是七个强徒，盘踞在此，白

---

[1] 髭（zī）：嘴上边的胡子。
[2] 萑苻（huán fú）：泽名。《左传·昭公二十年》："郑国多盗，取人于萑苻之泽。"杜预注："萑苻，泽名，于泽中劫人。"后因称盗贼出没之处为"萑苻"。亦作"萑蒲"。
[3] 缩颈挢舌：缩脖子直惊讶。
[4] 步武：样式。

昼杀人,黑夜放火,毫无忌惮。贼人见我已成残废,没得用了,便想杀我,因见利颖身强力猛,一心要利颖入伙。我同利颖悄地商议,若不相从,定为所害,不如暂时相附,慢慢设法剪除他。利颖便应允了。他们出去,我就留守,利颖听我计划,把这般贼人明诱智陷,陆续诛了五人,现今只剩两个,一个唤做辛都,一个唤做蒙劲,这两个比那五个尤为狡悍[1],今日午后带了利颖出去,说离此十余里有一富家,名叫曹渊,那人一身好本事,广有积蓄,近来新买两匹好马,十分神骏,两个贼人久想去劫掠,只畏曹渊了得,不敢冒昧。昨日打听得曹渊有事往鸠兹去,今日动身,家中不过些幼妇小孩杂役佣工,毫不足畏。动身之时我嘱利颖好生留心,善觑方便,不知可能除此两贼?大约也快回来了。倘是两贼同回,你只将灯光吹灭,不出声息,天明即去,我也不来照应你。"陈音听了奋然道:"既有贵部,小子不才,与贵部合诛此贼,谅也不难!"宁毅道:"这样也好。两贼回来,你总须吹灭了灯,免他动疑,到得下手的时候,我自来唤你。"陈音应了。

正说间,山门拍得声响,陈音卟的吹灭了灯,静悄悄坐在铺板上听候信息。宁毅点烛在手,出外开了山门,只听马蹄得得,连着人的步声一路进来,又听得关山门的声响。到了西廊停了,听得两人哝哝唧唧了一会,忽然宁毅大叫道:"甚好,甚好!只可惜蒙劲那贼逃了。陈大哥快出房来!"陈音摸出房门,到了廊沿,烛光中见一年约三十岁的人,面如削瓜,气象猛厉[2],一手拿根铜棒,一手牵着一匹铁青色的马,马背上驮一革囊,不知装些什么,立在那里,知是利颖。宁毅指着陈音,告利颖道:"这是我越国人陈音陈大哥,真算个忠孝汉子!"利颖把陈音一相,知是一个豪杰,挽着缰绳,恭恭敬敬作了一揖。陈音还礼不迭。宁毅道:"此处不便说话,叫利颖把马拴在后院,到东廊房里再谈。"利颖牵马去了,陈音跟着宁毅先到东廊,宁毅推开房门让陈音进去。陈音见房内虽不华丽,却十分整洁,箱笼什物堆得不少。宁毅将烛插好了道:"待我去西廊把酒菜收拾拿过来。"陈音道:"上官步履不便,且待我去。"说罢携烛到了西廊,

---

[1] 狡悍:狡猾凶悍。
[2] 气象猛厉:样子凶猛异常。

将桌上的酒食全放在大盘内,捧过东廊。利颖已将革囊抱到房中。宁毅问利颖道:"想来你也饿了,厨下酒菜现成,快去搬来,大家吃个饱,你好把今天的事细细表说,虽不能下酒,大约总可以喷饭。"说罢一笑。利颖出房去,顷刻也是用大盘托来,摆满桌上。陈音一看,又添了一大碗焖猪肉,一只大肥鸡,一碟卷子,一碟馒头。宁毅招呼坐下,通不言语。利颖一口气喝了两大碗酒,然后将鸡肉馒头往口中乱塞,像是饿极了的光景。三人狼吞虎咽饱吃了一顿,利颖一起撤去,拭净了桌面,大家用汤漱过口,坐下吃茶。宁毅笑道:"只因此刻吃饭要紧,耽搁工夫,倘若将来有人把我们今天的事做成书,照此做去,看书人倒要急坏。闲话休提,你把今天的事说来听听。"利颖道:"今日我同二贼出去,到了曹渊庄上一打听,曹渊果然往鸠兹去了。我们见天色尚早,伏在近处树林里,挨至黄昏,计划停妥,辛都去庄外草堆上放火,我同蒙劲持械闯进,辛都后来接应。照计而行,辛都先去,一霎时哔哔剥剥,草堆上火起,烈焰腾空,黑烟乱滚,曹渊庄上的男子都拿了水桶铁钩救火去了,我同蒙劲手执器械大吼着闯进庄门,一些妇女正立在阶上望火,见了我们,吓得乱跑乱窜,好似蝴蝶纷飞,躲藏得影子俱无。我同蒙劲直扑正房,见房门紧闭,两脚踢开,冲将进去,听得床下窸窣有声,知是有人躲在那里,不去管他。蒙劲便去开箱倒笼,搜刮金珠宝玩,装入革囊,还想奸淫妇女。经我再三搁阻,说恐久延误事,方肯出房。去到马房里,只见这一匹铁青马,那一匹枣骝想是曹渊骑去了。我牵了这匹马出来,就将革囊搭在马背上,刚刚走出庄,救火的人把火救熄转来了,见了我们,齐喊有贼,又不敢向前,倒被辛都挥动钢鞭打得个鸡飞狗跳墙,也是藏躲得影子俱无。"陈音插口道:"你们闯进庄去,难道这些妇女通不叫喊一声吗?"利颖道:"妇女们的胆是最小不过的,一见是强人进屋,魂也不知飞到哪里去了,就是有个把胆略壮些的,叫喊一两声,那救火之时呼呼的风声、轰轰的火声、泼水声、钩索声、更加些众人的嘈杂声,哪里还能听见?"陈音就不言了。宁毅道:"后来怎么样?"利颖道:"我们出了庄时,蒙劲牵着马在前,辛都紧跟马后,我又在辛都后各执火把。一路转来,走到一个山麓边,左面逼山,右面悬崖。我在后面屡想将辛都推下岸去,恰好这匹马一只后蹄掀起来踢辛都,辛都一退,紧靠着我,我口叫一声'辛大哥当心'，暗用铜棒在辛都腰眼上一挺，脚下一扫，辛都骨碌碌地滚下崖去。蒙劲回头来问道：'怎么样？'我故意惊惊慌慌地喊道：'怎么了？怎么了？辛大哥被马踢下崖去了！'我也照着蒙劲一样向崖下张望一晌，不但听不着人声，连火把的影子一些也不见。原来此崖高有十余丈，崖底是一条小溪，溪边通是怪石嶒崚，如刀似笋，从高处跌下去不成个肉丸，总成个肉饼。我日间早看在眼里，两面通不能下去。我只得照着蒙劲叫了几声呵呵而已。"

陈音、宁毅听到此处，都哈哈地大笑了一阵。宁毅忽然道："陈大哥的包袱然何[1]不拿过来？今夜作个竟夜之谈，不必睡了，快去拿过来！"陈音急急地去至西廊，把包袱并牛耳尖刀连布被通卷过来放下。宁毅道："陈大哥包袱硬挺挺的，什么东西？"陈音道："就是刚才对上官说道的那副金马镫同那金勒口。"宁毅道："我倒糊涂了，且放在那里，明日再说。"向利颖道："你往下讲，蒙劲那贼嘞？"利颖道："我那时仍想照样处置蒙劲，只是山径太窄，不能由马身边挤过去，心想只剩蒙贼一人，尽能对付他，心便稳了，慢慢的总有隙可乘。走过山麓，蒙贼一时内急，将马缰索递给我，便蹲在草地里出恭，铁锏握在手中，火把掼在地上，口里再三说辛大哥死得可怜，我们明日定要来寻寻他的着落。我一面答应一面想道，不趁此时下手，更待何时？用左手挽着缰索，右手举起铜棒，对着蒙贼劈头打下，叵耐那贼眼明手快，把头一偏，用铜来挡却来不及，一铜棒正打在那贼左肩窝上，蒙贼狂叫一声，连爬带滚向草地里跑进树林里去了，远远地大骂道：'我誓不与你这负心贼甘休！想来辛都之死也是你这负心贼所为。两日不着三日着，总有死在我手里的时候！'我也不理他，夜黑林深，不敢追赶，我就跨上马背一径回来了。"陈音道："这样看来，此贼决不肯甘休，早晚须得提防。"利颖道："蒙贼那厮本不是我的对手，如今又伤了左肩，越发不必虑他了。"宁毅道："蜂虿尚然有毒，祸根不除终是后患，他焉肯容易把这巢穴离开？这里许多东西又焉能舍却？"正说话间，果然听得墙外大喊道："负心的贼，快快与我滚出来！"利颖听了，便抓了铜棒跑到前面，开了山门，大喊道："蒙贼快来领死！

---

[1] 然何：为何。

第七回　考军器楚国宝臂弓　入盗群利颖锄蟊贼

不把你这一窝儿贼诛灭净尽不显我的手段！"黑影一冒，蒙劲早到庙前，挥铜便打。利颖舞动铜棒乱戳乱捣，蒙劲左肩伤重，哪里招架得来，只得趁个空，一溜烟往右面逃跑，跑至转角。利颖忽然一声大喝："贼人往哪里走？"黑暗中白光一掣，蒙劲叫声"不好"，把头一低，刀锋过处，挑脱裹巾，连头发削去一半，只吓得魂不附体。利颖早已经赶到，蒙劲脚快，往刺斜里便跑。利颖要赶，陈音叫道："利大哥，穷寇勿追，况在黑夜。"利颖止住脚大喊道："蒙贼，你要是不想活命，你尽管多来几次，谅你这孤鬼游魂能做什么！"蒙劲跑进树林里，千负心贼万负心贼地骂个不了，又骂道："你们这两个负心贼，一个废物，一个饿鬼，若不是我等收留，早已填了沟壑，哪晓得是这样的狼心狗肺！"利颖还在门外骂，陈音道："骂有何益处？进去罢。"二人转身时，又听蒙劲骂道："你勾引党羽来占道儿，难道我就不能邀请别人吗？你这负心贼，好好留心！"二人也不理他，进厅关门，到了东廊，对宁毅说了。宁毅蹙眉道："蒙贼不足虑，若是真个勾结人来，倒是厉害。况且明枪易躲，暗箭难防。此人未除，须善作计较。"陈音极口称是。宁毅道："贼赃不下二三万，我的本意把贼除尽，将来散给贫苦之人。如今此事办不及了，现在年节已近，陈大哥就过了年去，一则可以畅叙，二则防备那贼，三则缓缓想一个或行或止的善法。陈大哥以为如何？"陈音想来不错，点头应了。

　　谈论一会，天就大亮。用过早饭，利颖又问了陈音的事情，陈音又说一遍，利颖听了，只乐得跌脚拍掌道："可惜这送剑的人不晓得他叫什么名字，我要遇着他那才乐嘞！"陈音道："不但名姓不知，连面貌还不知是个什么样哩！"利颖道："磨刀报仇，大是快事。我要在那里，替你加戮几刀也畅快畅快！"宁毅道："我昨夜细细想来，这二三万贼赃好在都是轻便之物，容易收拾，不如此时扎束好，趁这两日悄然搬回越国，将来济我越国的贫苦，多培得本国的一分元气，也算略尽得个人的一份心思，何必在这吴国地界担惊受怕。二位以为何如？"陈音道："好是最好，路上须加意谨慎，不可大意。"利颖把所有的积蓄通搬出来，黄的金、白的银、珠宝古玩，璀璨满目。宁毅道："陈大哥没有碎银，此有碎银一包，带在身旁，路上方便。被盖甚多，随便拣一套带上，夜间方能御寒，皮棉衣服却也不少，可随意取几件。陈大哥的金镫勒，不如换了金锭，以免累赘。"陈音也不作假，一一收好，将金镫勒交出。直至午后方才收拾妥当。陈音去到马房，把马相了又相，头至尾八尺，背至蹄七尺，倒也神骏。相毕转至东廊，宁毅道："今夜蒙劲那贼来不来不可知，大家总要防备，若不来时，我们明日就动身，也不在此过年节了。"陈音、利颖闻声称是。宁毅见天色不早，去到正殿，击盘烧香毕。大家吃了晚饭，且喜一夜无事，天明收拾动身。宁毅对陈音道："大哥到楚国弩弓习成，早回越国，只在军政司处就可打听我的居址。"陈音应了。利颖将马牵出庙来，扶宁毅上马，背了包裹与陈音洒泪而别。

　　陈音见他二人去远，放开大步向西而行。只因离吴都太近，不敢走大路上，只拣小路行走。行路多少不计，走至天已傍晚，看前面只有一座茅屋，周围土墙，靠墙处大小不一有几十根杂树，壁缝里漏出灯光。陈音道："我就在这人家借宿一夜，明日再走。"一直行去，到了门首，正待叩门，忽听里面有妇女哭泣之声，甚是凄惨，便停了手。想道："里面的妇女哭泣得这样，我如何好去惊动她，只不知她为着什么事如此伤心？我不免[1]就在这屋旁边寻个地方歇宿，慢慢地去窥听，或者听出原委也不可料。"想罢，见离屋不远有一草堆，便走至草堆南面，放下包裹，轻轻将草拨一窝铺，被盖摊好，余物作了枕头。取出干粮吃饱了，正想去寻水吃，忽听妇女之声哭喊救命。正是：

　　　　世间坑陷难填尽，夜半啼声不忍闻！

　　不知陈音听了作些什么举动，下回详叙。

---

[1] 不免：不如。

第八回

黄泥冈陈音救弱妇　苦竹桥赵允款嘉宾

话说陈音听得哭喊救命之声，急在包裹上抽了牛耳尖刀，两步赶至那人家东面墙外，里面哭喊之声越是紧急，大有喉破声嘶之状。急急一纵步跳进墙去，一听声在南面房间，一个健步抢至房门，灯光之下，见一妇人仰卧在地，一个男子骑在身上，把妇人的上下衣服乱扯。听妇人哭喊道："恶叔强奸嫂嫂，天雷救命呀！"陈音听了，心内火起，一步跨进房去，向男子屁股上一脚踢去，用力太猛，男子"哎呀"一声从妇人身上一扑过去。陈音赶过去，正想用脚踩在那男子背上，男子早已一蹶劣[1]站起来，在腰间掣出一根铁锏，劈面打来。陈音眼快手快，伸手接着，将牛耳尖刀顺着铁锏削去，那男子又"哎呀"一声松了手，想寻路逃跑。陈音早已颠转[2]他的铁锏，趁势向他胸膛一挂，那男子立不稳脚，仰面而倒。陈音用脚踏住胸膛，正要把牛耳尖刀刺下，一想不可，事情未知底细，杀死了人反要遗害别人。此时地上的妇人已经爬起，整理了衣服，见外面来一大汉把叔子脚踏在地，急喊道："好汉，不要放走他！"陈音道："嫂嫂可寻一根绳索递我，将他绑起再说。"妇人连忙在门后取了一根绳掷将过来。陈音接着，用手去擒那男子的两手，男子用右手支拒，陈音擒牢了去擒左手，倒毫不费事，一擒过来，将绳绑好两手，转过身来绑两脚，两脚乱蹬乱踢，陈音拖过铁锏在脚盖上一敲，呛一声便不动了，一起绑好，绳索一紧，两头一凑，弄成了一把弓，卧在地下。

陈音正待跨出房门，妇人爬在地下磕头不止道："今夜若非恩公，小妇人性命必丧于此贼之手。万求恩公莫去，替小妇人做个主！"陈音道："嫂

---

[1] 蹶劣：疾起貌。
[2] 颠转：反拿过来。

嫂请起,有话好说。"妇人又磕了几个头,方才起来,端了一个杌子[1]安放房门口,道:"恩公请坐。"陈音坐下,方看那妇人,年纪不到三十岁,生得眉目清秀,举止端庄,虽是满脸泪痕,却没得一点悍泼的样儿,只觉凄婉可怜。问道:"嫂嫂到底是件什么事?地下卧着这人可是亲叔叔?"妇人正待开口,不觉触动伤心,号啕大哭起来,哭了一回,方拭了眼泪道:"恩公不知,此地名黄泥冈,小妇人姓孙,今年二十五岁,丈夫姓蒙名杰,春初往楚国去了。家有一个婆婆,年纪六十二岁。"指着床上道:"一个孩子,今年两岁,名叫阿桂。"指着地下绑着那人道:"那贼是丈夫的叔伯兄弟,名叫蒙劲。"陈音立起身道:"原来却是此贼!"举灯一照,蒙劲紧闭双眼只是哼。妇人道:"恩公认得他吗?"陈音道:"虽不认得,却晓得他的行为。嫂嫂且说今夜的事。"妇人道:"恶贼近年来专与强盗结党,杀人放火,无恶不作。丈夫在家就不准进门,他也一二年从不到此。今日午刻忽然来家,小妇人吃了一惊,问他来此做什么,他说他的积蓄被人霸占了,弄得腰无一文,要到潜邑去寻个什么朋友,没有盘缠,晓得婶婶有点银两,借我一借。小妇人的婆婆道:'我能有几两银子?你哥哥不在家,不知几时回来,家中用度正没法支持,哪得有来借你!'这恶贼听了,恶狠狠地去抢我婆婆的箱子,婆婆拖住不肯放手,恶贼丢了箱子,将婆婆一推,可怜婆婆年老的人,跌倒在地,箱子压在身上。恶贼就拧住箱向婆婆胸脯上拄了又拄,四无邻居,无从喊救,小妇人拼命上前,怎奈恶贼力大,一掌将小妇人打倒。小妇人爬起来时,婆婆已经呕血死了!"说着,眼泪像断线的珍珠一般。陈音一眼瞅着蒙劲,皱了皱眉,鼻子里哼了一声。妇人道:"婆婆此刻尚停在西屋里,未曾收殓。恶贼扭断锁开箱搜寻,只搜得白金十余两,口口声声道'断不止此',硬逼小妇人将所有的快快取出。小妇人此时见把婆婆殴死,同这恶贼拼命,恶贼把银子抄在怀里,说道:'此刻我有别事,夜间再来摆布你!'一直去了。小妇人此刻丈夫不在家中,儿子又小,婆婆死了,又无钱安埋,一直哭到点灯时。恶贼来了,反说出雷劈火焚的话来,道:'哥哥不在家,你不如跟了我,带你去一个地方,包你终身快活。'小妇人气得要死,大

---

[1] 杌子:一种非正式的坐具。

第八回　黄泥冈陈音救弱妇　苦竹桥赵允款嘉宾

骂：'你这豺狼不如的恶贼，总有天雷劈头、天火烧身的一日！'恶贼见小妇人不从，便把小妇人推倒在地，硬行强奸。幸得恩公来救，想必是恶贼恶贯满盈了！总望恩公做主。"说罢又恸哭起来。陈音道："既然如此，这贼万不可留了！只是嫂嫂寡妇孤儿，此地也不可住。不知蒙大哥几时才回？嫂嫂可别有栖身之处？"妇人道："栖身之处只是相隔太远，在齐国的济南，是小妇人的舅父，姓赵名允，住在济南苦竹桥。小妇人孤孤单单如何走得去？"陈音道："这个地方你丈夫可晓得？"妇人道："晓得的。"陈音道："既有地方，再作商议。且把恶贼收拾了，以便办理别事。"

蒙劲此时倒告饶了道："我从今后再不敢了，饶了我罢！我以后做好人就是！"陈音笑道："你认以前不是好人还算明白，世上多少做一辈子的恶人，至死也不肯认嘞！你要饶你，你能叫你婶婶活转来，我就饶你。"妇人喊道："恩公饶他不得！"陈音也不答言，把蒙劲拖向西屋去。妇人也随后跟来。到了西屋，见床上停一死人，点了一盏灯在脚下，把蒙劲拖至床前，叫妇人道："嫂嫂可有香烛？拿来点上。"妇人进西房里取出香烛点起来，又倾了一碗酒放在床前杌子上。陈音道："我要看看你这恶贼的心肝是个什么样子？"一手撕破胸前的衣襟，牛耳尖刀向胸脯里一戮，顺手一绞，把心肝挖出来摆在杌子上。妇人哭道："婆婆！恶贼心肝在此，婆婆阴灵不远，早升天界！"陈音已将蒙劲抛至天井里，用手巾拭净了手。妇人道："恩公肚中想是饿了，小妇人且去烧饭来。"说罢去了。陈音仍还转到南房门口的杌子上坐下，细细筹划此事如何办理。心中想来想去，总难十分妥当，却又不能不走。沉吟一会道："顾不得许多，凭心罢。"

妇人已将饭搬在正屋里安放好，请陈音吃饭。陈音蓦然想起自家的包裹，对妇人道："我去就来。"抢行几步，蹿出墙去。妇人不敢阻拦。见陈音去了，蒙劲尸首横在地下，心中害怕起来，去至房里，看见儿子仍然沉睡未醒，就坐床沿，蓦然想起家中只自己一个年轻妇女，不觉满面发热，心中突突地跳，周身都觉软瘫了。灯影一晃，陈音已挟着包裹被盖转来了。妇人忽然醒觉道："这人来去并不开门，都从墙头蹿进蹿出，到底是个什么人？"心中越觉害怕，见了陈音倒弄得手足无措。陈音见了，心中明白，道："嫂嫂请放心：天地在上下，鬼神在四旁，我陈音是个戴发嚼齿[1]、抑强扶弱的男子汉，稍有亏心，天地鉴察，鬼神不容。嫂嫂请放心！"妇人听了，立时回过脸色，立起身拜道："恩公原来姓陈，小妇人一命悬于陈恩公之手。陈恩公这般居心，真是小妇人重生的父母。"陈音道："且吃饭去，好作筹商。"妇人引至正屋，陈音坐了，见妇人立在一旁，便说道："嫂嫂休拘礼数，想来已是饿了，且坐下同吃，我好把我的来由对嫂嫂略说一二，也免嫂嫂心疑。"妇人也就坐下，一同吃饭。陈音把自己的事说了个大概，妇人心中一块石头方才放下。陈音道："吃过饭将你婆婆的尸首安埋在屋后，恶贼的尸首，走时一把火烧了房屋，就灭了迹，只怕烧房屋之时惊动乡邻，倒有些不便。"妇人道："这事休虑。陈恩公来此之时，难道不见吗？周围通无人家，谁来管账？倘是乡邻逼近，恶贼断不敢这般凶恶了。只是烧了房却如何处？"陈音道："我送嫂嫂到济南。"妇人一听，便不言语，甚有为难之状。陈音道："我的话说明在先：一路之上兄妹相称，就无妨碍。我包裹中颇有金银，尽可用到济南，嫂嫂请放心。"妇人倒身下拜，涕泣道："陈恩公这样用心，我孙氏只有供奉长生禄位牌，朝夕跪祝，尽我的心！"陈音连忙起身道："快休如此！天色不早了。"孙氏起身来，等陈音用过饭，递上一碗茶，陈音喝了。孙氏要收碗碟，陈音道："不消了，且将你婆婆安埋好要紧。"孙氏取了两床棉被将婆婆裹好，当作棺木，寻出一把锄头，孙氏掌灯，陈音掘土，一个更次安埋好了。孙氏进房将随身用的衣物打成两小包，卷了一副被盖，余物不要了。对陈音道："陈恩公，后面有一匹驴儿，是婆婆买来磨麦粉的，倒好骑着上路。只是陈恩公如何嘞？"陈音道："再不要这样称呼我，我今叫嫂嫂是妹妹，妹妹就叫我做哥哥罢。我只步行，总赶得上。"孙氏道："真正僭分[2]了，容后再图报罢。"商议定了，天将发亮，陈音将蒙劲拖至房里，等孙氏牵出一匹黑驴，抱了阿桂先走出门，陈音一把火烧起来，草房着火，轰轰地燃起来了。背了包裹出门，等孙氏背了孩子上了驴儿，包袱被盖搭在驴背上，扬鞭而走，陈音后跟。

一路兄妹相称，往济南进发。日间分桌而食，夜间异房而居。走不

---

[1] 戴发嚼齿：形容路见不平、愤慨之状。
[2] 僭（jiàn）分：越过分寸。

第八回　黄泥冈陈音救弱妇　苦竹桥赵允款嘉宾

多几日,眼见户户桃符,耳听声声爆竹,已是新年。逃难之人哪里还管什么年节。走了十余日,看看离济南不过百十里。那一天大雪纷纷,好似鹅毛乱滚,龙甲纷披,把那远山近树都如银装玉琢一般。朔风怒吼,湿云低垂,全身上下冷如水浇。这一匹驴儿一步一滑,孙氏在驴背上用布裙兜好阿桂,步步留心,生怕跌倒。卯时起身,行过午牌,只走得二十余里。歇下吃了午饭上路,走不到半里,陈音忽然腹痛起来,让驴儿先行,寻个僻静处出恭[1]。一会站起,即往前赶,约走了一里地,哪里有孙氏母子的影子?连忙爬上一座土山,四围一望,只见白茫茫一片平阳,有几株老松雪中压倒,有几竿枯竹雪里横斜,远远的虽有一二处人家,都是茅屋,被雪封满,成了雪堆。这一急,不但把寒冷忘了,就是腹痛也立时好了。站了一会,忽然得了主意道:"我不免寻着驴儿的脚迹跟去,自有下落。"跳下土山,果见路上驴儿的脚迹分明,又夹些人迹,看来不止一人。情知有变,急急跟寻。不到半里,见脚迹尽处是个茅屋,一排三间,矮小得很,后面围着竹篱,一扇竹门开在那里。绕至后面由竹门进去,走到檐下一听,孙氏在屋里大嚷大哭。一个年老声慢的妇人道:"狗儿,你又做出这宗事,恐天下不容你嘞!"一男子吼声道:"你这老厌物,总有许多屁放!不做这宗事,活活把你这老厌物饿死!"又一男子懒声慢气道:"二哥,我们商量正事,她老人家的话不要听就完了。"先前那男子道:"江老爹前日不说要寻个媳妇么?我们把东西留下,把人送给江老爹,连孙儿都有了,必然重重地酬谢我们,你说好不好?"那个男子尚未回言,陈音早将包裹卸下,藏在乱草堆里,扯出牛耳尖刀,大喊一声:"蠢贼,做的好事!"一脚踢开后门抢进来。一个男子先跑了,一个拖了一根木棒,一言不发对陈音打来。陈音左手接住,右手从木棒下往上一弹,"喳"的一声成了两段,对准那人小腹一刀戮去,只听"哎呀"一声,鲜血直喷倒在地上。急出门寻那一个,踪影全无,哼一声道:"便宜了这狗贼!"见驴儿拴在檐柱上,孙氏此时已走出西屋,叫声:"哥哥!倘若稍迟一步,妹妹的性命就没了。"陈音又到房里寻那老妇人,已在东屋里用带自勒死了。陈音道:"妹妹,此地不便久停,速速上驴动身为是。"孙

---

[1] 出恭:如厕。

氏将包袱等物搭上驴背，抱了阿桂上驴。陈音已将包裹取出，上路而行。当夜寻了宿头，一夜无事，次日雪仍不止，也只走得三五十里。第三日雪霁，午前就到了济南。问到苦竹桥，孙氏下驴，见门前坐一庄汉，上前说了。庄汉认不得，转身进去，片刻跟一年约五十余岁的人出来。孙氏一见，上前称舅父，陈音一见，知是赵允，也上前声喏。赵允一起让进庄中，庄汉牵了驴儿进去。陈音见这庄内虽是耕种人家，倒也十分洁净。赵允让陈音坐在东偏房，问了姓名，递了茶，跟着孙氏进里面去了。少时出来，对着陈音深深一揖道："外甥女若不是恩公搭救，哪有性命！又蒙千里相送，真令人又感又敬！"陈音谦让了几句，立起身道："小人有要事在身，就此告别。"赵允哪里肯放？叫人杀鸡宰鸭，留住陈音，款待得十分恭敬。至晚收拾一间洁净房间让陈音睡觉。陈音连日辛苦，倒睡了一个十足。次晨起身吃过饭，定要动身。赵允再三苦留不住，只得送了二十两路费，不由陈音不收。孙氏出来，手拿一封信叫道："恩公到了楚国，若遇见拙夫，务乞交到。但愿恩公前程万里，一路平安！"说罢洒了几点泪，将书递与赵允转付陈音。陈音收好了道："当得[1]留心。"辞谢了赵允便行，赵允与孙氏一同送出庄门，见陈音走远，方才进去。

　　陈音上了路，向楚国而走，约行十日，到了一个地方，但见洪涛滚滚，浊浪滔滔，虽是水落天气，仍是一望无涯。沿岸寻觅船只，忽见枯芦败苇中缕缕烟起，急走向前叫道："可有船只？渡我一渡！"听得有人一连应了几声，又听推开芦蓬声、解缆收板声、咿咿呀呀摇橹声，一只小船摇出芦林，一人立在船头掌篙，一人在船后摇橹，四只眼睛望陈音。到了陈音立处，前立的一人叫道："客人请上船。"陈音不问皂白，一步跳上船去。正是：

　　　　客里孤身须着意，世间跬步有危险。

　　陈音到了船上，几乎丢了性命，且听下回详解。

---

[1] 当得：一定要。

第九回

败晏勇大闹洪泽湖　劫昭王独霸云中岸

却说陈音在苦竹桥辞了赵允,向楚国而行,到了一个大湖,叫洪泽湖,寻了一只小船过渡,跳上船去,"咚"的一声,将包裹丢到舱里。船上二人打了一个眼照,齐问道:"客人想已饿了?这洪泽湖有四五十里的水面,一时不能过去,且做饭吃了,再行开船。天色又不早,大约今晚就在船上过夜。"陈音道:"做饭吃了开船也好,出门人随便哪里好歇。"二人听了大喜。一个瘦小的跳下船系了缆索,一个黑壮的烧火做饭。瘦小的系好了缆索跳上了船,对陈音道:"客人可要喝酒?"陈音道:"喝点御寒最好。"陈音一面解了包裹,打开被盖,一把明晃晃的牛耳尖刀抖在舱板上。瘦小汉子吃了一惊,问道:"这把刀可是你自己用的?想来武艺不弱!"陈音笑道:"出门之人将来防身,讲什么武艺。"做饭的黑壮汉子道:"这洪泽湖常有水贼,抢劫客人,可要小心些!"陈音道:"三五十个蟊贼不在我眼里,来了你们不要惊慌,自有我对付他。"二人通不言语,呆望了一会。那黑壮汉子道:"这样很好,我们才放心哩!不知客人到哪里去?"陈音道:"到楚国去。"黑壮汉子道:"既往楚国去,何不搭船,直由淮河转到大江?楚国此时迁都于鄀[1],号曰新郢[2]。至夏口转入汉水,直到新郢,岂不比旱路方便?"陈音道:"好是最好,何处有此便船?"黑壮汉子道:"这不难,离此不过五里水面,有个白云荡,时常有那长行的船,我与那些船主大半相认。吃过饭我送你去,可好么?"陈音道:"很好。"须臾饭熟搬来,大家吃了几碗,酒便忘了,收拾好。

解缆开船,慢慢摇去,傍晚已到,果见一只大船,帆橹齐备,篷窗

---

[1] 鄀(ruò):古国名。允姓。有上鄀、下鄀之分。上鄀:作若,在今湖北宜城东南,后灭于楚,春秋后期为楚都。下鄀,金文作"蠚"或"蛞",在今河南内乡、陕西商县间,后灭于晋,为晋邑。

[2] 新郢(yīng):古都邑名。在今湖北江陵西北。春秋楚文王定都于此。

关好，泊在那里。瘦小汉子喊道："晏大哥，我替你送财来了！"叫了两声，后梢上钻出一个人来，年纪四十以外，颧高额阔，脸黑睛黄，微有胡须，应声道："老三，谢你关照，今日不巧。"瘦小汉子道："怎么说？"那人道："船被人包了。"瘦小汉子道："我们船上是个单身客，只有一个包裹，偌大的船，搭一个客人碍什么事！"那人还在迟疑，黑壮汉子道："待我上去对他说说罢。"将小船挨拢去，一步跳上大船。那人道："老大舱里去坐。"一同进去，好一会出来道："行了。"对陈音道："我替客人费几何[1]唇舌！客人请过去。"陈音称谢，取出一块银子，约有五钱，递与他，二人也不争论，收了。陈音卷了被盖，掮上大船。大船上那人招呼水手在后梢寻了一个空地。陈音铺了被盖，见小船已去，倒身就睡。忽听中舱连声叫船主，船主应声后，中舱有人喝问道："此船既经包给与我，然何又搭外人？速速撑下船去！"船主央告道："夜黑水深，将他撑向哪里去？只求贵人暂容今夜，明日定行撑他。"中舱的人道："一夜原不要紧，晓得是个什么人？万一是贼，做出事来，你可承担得起？总总撑去为是！"船主再三代恳，中舱的人道："带来我看看，到底是个什么人，只经我的眼睛一看，是好是歹自不失一。"船主来叫陈音，陈音此时无法，只得随船主去到中舱，有仆役带了进去。陈音见正面坐一年约六旬的人，像个贵人模样，面圆体壮，气象倨傲。旁边一个少年，不过十五六岁，生得甚是清秀。那贵人见了陈音，瞪着眼，歪着头问道："你是什么人？为什么这时候赶到我船上来？我看你这样儿断断不是个好人，你与我快快下船去罢！"陈音正待申诉，那贵人又道："我的眼睛不知看过多少人，说你不是好人，决乎不错。你也用不着分辩，快快与我滚！"只气得陈音眼中火冒，鼻内烟生，一口气冲出中舱，忽听那身边的少年道："爹爹这时候撑他，实系无处走，望爹爹且容留他过了一夜，明晨撑他，想来不见得就出坏事。"那贵人为难一会道："你年轻人，不曾在外边经练过，哪晓得外面的厉害？稍有点不留心就要吃大亏。既是我儿替他求情，且容他过一夜罢。"又对船主道："我将此人交给你，你要留心提防，有了错误，我只问你！"船主应了一声，同陈音到了后梢，敷衍了几句就去了。

---

[1] 几何：许许多多。

第九回　败晏勇大闹洪泽湖　劫昭王独霸云中岸　‖053

　　陈音越想越气，翻来覆去，哪里睡得着。不一时人声寂静，连日辛苦的人，气过一会也就沉沉地睡着了。忽然满船大乱，人声闹嚷，睁眼看时，火光照得通红，正想跳起身，哪里能动？两手两脚通通绑好，面前站着一人，正要举刀劈下。陈音一想是了，只得哀求道："饶我个全尸罢，死了也感激你！"那人倒停了手，把陈音提起，"扑通"一声掼下湖去。此时是正月下旬，天气寒冷得很，湖水又深，掼下去焉想活命。哪晓得陈音自小儿水内的工夫就练得十分纯熟，水内可伏得一个昼夜。陈音落到底，用口把绳头咬松，慢慢地退脱两手，再将两脚松开，进口气向上一冒，加一劲冒出水面。听船上哀告之声，正是那个贵人，又夹着妇女啼哭之声。陈音轻轻泅到船尾，此时船上的人都在中舱，且喜船尾无人，急急把湿衣脱下，又去了袜，扭作一卷塞在舵眼里。身上只穿一条裤，无奈两手空空没有寸铁。蓦然想起上船之时，瞥见篷上插的有一把鱼叉，悄悄摸上去，且喜鱼叉尚在，抽出来捏在手中，去摸包裹被盖，哪里还有。想扑到中舱，又恐人多地窄，施展不开反而吃亏。可惜铁弹不在身边，不能远取，忽想起一个主意，摸到烧饭舱里，取了十来个碗，在舵眼里扯出湿衣，用一件将碗裹紧，余下的仍塞进去。鱼叉夹在肋下，碗包系在背上，摸到桅杆，滑溜溜爬上桅去，双脚夹紧，将碗包移至前面，大声喊叫："救命呀！救命呀！"果然中舱有两个人钻出头来。陈音喝声："着！"一碗飞下，听得一声"哎呀"，再一碗，又是一声，二人连声呐喊："桅上有贼！"火光一晃，中舱拥出十余人，仰头上望，齐喊拿贼。陈音一手一碗如连珠弹一般，手不停挥，碗不虚落，只打得一个个头破血流，眼珠突出。忽见一人爬上桅杆，陈音只作不见，仍用碗打下面的人。内中一个手拿板斧的正是船主，对准一碗飞下，船主用斧一挡，碰着旁边一人，伤了额角，爬桅的人已相离不远，陈音一鱼叉当头戮下，直透脑门，那人双手来拖鱼叉，被陈音用力一提，趁势一挑，将那人"扑通"一声掼下湖去。不知那人是否是掼陈音下水的人，不必问他。船主此时急得暴跳如雷，大叫道："且把桅杆砍倒！"有三五个未受伤的正待动手，陈音早已溜下来，大喝道："鼠贼，怎敢害人！"鱼叉一摆，对着船主当胸便刺，船主用斧敲开，回手砍下，陈音掉转鱼叉又一拨，叉尖已至船主面门，船主头一偏，把右耳划去半个。一连几叉，杀得船主手慌脚乱，大叫众人快快动手。先时众人看得呆了，此时听得叫，大家短刀长棍围上前来。陈音不慌不忙，舞动鱼叉，忽左忽右，忽上忽下，火焰横飞，响声不绝，杀得落花流水，只剩船主一人，招架不及，虚砍一斧，回头一跳，扑下水去。陈音想下水追赶，一则夜黑难防，二则恐带伤的贼坏了船上的客人。此时带伤众贼见船主赴水逃去，一起跪在船板上叩头讨饶。陈音道："尔等要留狗命，都去船头舱板下伏着，少时自有发落，若是动一动，就追了你的狗命！"众人喏喏连声，揭了舱板伏在下面。

陈音跨进中舱，见那贵人被绑了手脚，像个捆猪模样，额角上受了伤，血流满面。那少年也被绑了，倒在一边。后舱里有个人影，贴着门帘还在那里发抖。陈音到了贵人面前道："贵人受惊了！"贵人初时被贼人细绑了手脚，只骇得魂飞魄散，口中乞命，心里发昏，后来听见有人杀贼，心中一喜，醒过来私念道："不知是个什么样的英雄！什么样的豪杰！"叫佛叫天叫个不住。此刻对面一看，就是适才说他决乎不是好人的那人，真羞得面如血泼，头似火烧，自骂道："我是个老杀才，老瞎狗！我的大恩公，千万不要记我老糊涂的过！"陈音只当不听见，拾了一把板刀，把鱼叉靠在一旁，走近贵人身前举起刀来，那贵人惊得面如土色，大叫："饶命！"陈音不理，把上下的绳索割断，又将那少年的绳索挑脱。此时贵人伸手伸脚，一会儿，扑地跪在船板上，那感激涕零、糜顶捐躯、莫报高厚的官样文字，此刻倒是真而又真了。陈音连忙跪下扶起道："贵人不必如此，折煞小人了！"此时少年也跪了，后舱的人影也出来跪了，却是个十七八岁标致女子，并有两个人从前舱板下钻出来。陈音倒吃了一惊，仔细一看，不是贼人，却是那贵人的仆役。先时贼人动手就钻进舱板下去的，此时听得清清楚楚。知道主人无事，放胆钻出来也跪了。陈音一一让起，扶贵人立定，贵人一定让陈音坐，陈音再三口称不敢，贵人倒急了，立起身道："恩公不肯坐，我们大家仍然跪下。"说罢就要跪下去。陈音连忙拦着道："小人坐，小人坐！"于是贵人正坐，一男一女坐在肩下，陈音对面斜签着[1]身子坐下。两个仆役寻了茶水来送过，立在舱门口。贵人问道："恩公尊姓大名？贵府哪里？此行何往？有何贵

---

[1] 斜签着：侧斜着。

干？"陈音通了姓名籍贯，把投楚学弩的话说了，转问道："贵人尊姓大名？是何贵国？如何坐了此船？"贵人道："老夫王孙无极，"指着少年道："小儿王孙建，"指着女子道："小女季华。楚国人氏，右尹王孙繇于是我胞兄。昭王返国时，我曾授职宗伯。今因小儿患病，在本国百般医治总是无效。此行在齐国就医而回，由陆路到此，雇得此船，哪晓得是只贼船！适才得罪恩公，竟把好人认作贼，把贼认作好人，我这对瞎眼应该挖去才是！贼人动手时将我绑了手脚，那船主举刀待砍，小儿情急拔剑救护，怎奈年轻力弱，加以众寡不敌，格斗一会儿也被贼人绑了。"指着舱门口道："这两个狗才不知躲在哪里，小女哭哭啼啼推开篷窗意欲赴水，贼人围拢去拦阻。正在危急，幸得恩公搭救了我一家性命。且喜恩公要到敝国，正好同路，再图报答。"陈音立起身道："贵人不可这样称呼。倘蒙贵人携带，自愿随侍，到了贵国，诸事还望照应！"王孙无极拍着胸道："一概在老夫身上！"又说道："老夫有一句话相屈[1]，务望恩公应允。"陈音道："贵人有话尽管吩咐。"王孙无极道："老夫一生只此一儿一女，爱如掌珍。小儿年纪虽幼，专好武事。老夫见恩公英雄，十分倾爱，叫小儿拜恩公为兄，小儿朝夕得恩公教导，老夫感谢不尽，且路上也方便些，恩公万不可推却！"陈音听了，心中暗喜，说道："小人怎敢高攀？"王孙无极道："这是什么话！"王孙建早已立起身来，对着陈音磕头下去，口称"哥哥"。陈音急忙跪下还礼。季华小姐也过来见了礼。陈音与王孙无极磕头，口称"老伯"。王孙无极哈哈大笑，吩咐仆役道："从此尔等称呼大恩主，早晚要小心伺候，与小主人一般。"仆役同声应了"是"，上前叩了头。

此时大家高兴，几乎把刚才的事都忘了。王孙无极要吩咐暖酒备菜，畅饮快谈。陈音道："待小侄把这班蟊贼开发了再行陪侍。"王孙无极道："要紧要紧！"陈音觉得身上冷了起来，才想起身上只得一条湿裤。跳至后梢，细细地寻着包袱，取了衣服穿好。从包袱中取出牛耳尖刀，去船头上掇开舱板，叫道："快快出来！"两个仆役掌灯照着，见这些人都是头破眼肿，共有十三人。到了中舱门口一字儿跪倒。陈音立在舱门口，在灯光之下仔细一看，见一个个身强气壮，喝问道："好好从实直说，饶

---

[1] 相屈：相麻烦，使屈就。

尔等的狗命，若有半句支吾，休想活命！"两个黑面汉子爬一步向前，一个道："小人王成"，指着一个道："他叫逢魁。船主叫晏勇，武艺了得，水中本事也不弱，专在这洪泽湖劫夺客商。我与逢魁驾着小船四路招揽客商。今日招揽得王孙贵人，见他行李富足，送上大船。刚才送好汉来的两个也是一党。我们下了手，得了财，他们有份的，大约此时也快来了，这是实话，冒犯好汉，真正该死！"说罢磕头，众人也跟着磕个不了。陈音又问道："晏勇赴水逃到哪里去，你可晓得？"王成道："我们的党羽各处水路都有，总巢穴在楚国云中，为头的叫做洪龙，本是大商，被囊瓦勒财逼逃在云中为盗。此人生得碧眼虬髯，满身筋络暴起，两臂有千百斤气力，能在水中伏个昼夜，使两根水磨鸳鸯拐，二三百人不能近他的身，年纪不过五十。楚昭王逃难到云中，就是洪龙劫了，一个楚臣叫王孙繇于代昭王中了一戈，此刻听说做了楚国的右尹。昭王回国命斗辛在云中筑了一城，派人驻守。哪晓得洪龙的势大，守护巢穴的船只有二三百艘，四路行动，往来劫掳的不下五百只，哪里把驻守的几百老弱兵丁放在眼里！日常听得晏勇说，洪龙的意思，说江汉淮泗，羽党早经布满，俟有机会，先夺楚国江汉一带，顺流而取吴越，占了江南，再图西北，立志甚是不小。晏勇是否到那里，不得而知。"陈音正待往下盘问，忽然船头上一声大喝："匹夫休得夸口！""嗖"的一声，一个铁弹向陈音面门飞来。正是：

　　本来兽困犹能斗，更有枭雄不易图。

　　不知陈音如何对敌，下回分解。

第十回

收雍洛陈音得臂助　杀蓝滔蒙杰留爪痕

　　话说陈音正在盘诘群贼，忽听"嗖"的一声，一颗铁弹飞来，急将手中牛耳尖刀一匾，一声响，碰在船板上。接连又是一弹，陈音接在手里回手掷去，正碰着第三弹飞来，弹碰弹火花迸出，一起碰向湖中去了。陈音抢步向前，忽然脑后风声一响，知是暗器，头一低，从顶上飞了过去，只听得船头上叫声"呵唷"，"扑通"一声，那人倒下水去。陈音急回转身来，一步蹿上船篷，船尾上也是扑通连声，不见一个人影，四面一望，黑邓邓[1]的毫无声响，倒在大船侧面一只小船如飞而去。急下篷来，船已去远。前后搜过，转到中舱，群贼见陈音霍掷腾跃如狮子一般，只吓得垂头缩颈，环跪求饶。陈音用刀指着王成、逢魁道："你这两个贼徒，饶你不得！"二人骇慌了，把头磕得应山响。陈音哪里睬他，伸手提起王成到船头上，一刀剁了头，抛下水去。逢魁立起身要跑，陈音抓着他的背脊也提到船头，照样地剁下水。还剩十一人，真是身似筛糠，头如捣蒜。陈音笑说道："像你这宗脓包，也配作贼！尔等既想活命，明日好好地驾舟，把贵人送到地方，自有重赏。尔等可愿？"众人连忙磕头道："蒙好汉不杀之恩，决不敢有丝毫怠慢！"陈音道："谅尔等颈上只有一颗头，倘有些须差池，我且把牛耳尖刀的滋味与尔等尝尝就结了。"众人齐声道："不敢，不敢！"陈音见内中三人带伤甚重，指着道："你三人留此无用，我放你逃生，速速去罢！"三人连连磕头，流泪哀告道："我三人伤势已重，眼见不能活命，承蒙好汉厚恩，死在这船上也自瞑目，倘或挨得出活命来，情愿一生侍候好汉，赴汤蹈火，死也不辞！"陈音愕然道："你三人此话可是真心？"众人都和声道："若有假心，神天鉴察！"陈音大笑道："很好，很好！既是这样说，通通起来，各人去将息，天明时好开船。"众人

---

[1] 黑邓邓：黑灯瞎火，没有一点灯光。

欢欢喜喜，叩头起来，陈音带进中舱，与王孙无极叩了头，方出来到后梢去歇息，说不尽许多感激的话。

王孙无极见陈音处置妥当，心中甚是喜悦，大家坐下饮酒，细谈一会，天已亮了。那带伤轻的八个人早已收拾好篷帆桨索，专等示下开船。陈音甚喜，便吩咐开船。八人一起动手，推篷打桨，齐声吆喝，却又作怪，船不行动，大家诧异。陈音忽然记起，笑道："是了，舵眼里塞的湿衣未曾取出。快取出来就行了。"众人向舵里一看，果然一卷湿衣，取出来递与陈音。一时打桨如飞，船发如箭。陈音见这十一人心真，也放了心。王孙无极叫人取了陈音的被盖到中舱铺好，略为安歇，船由洪泽湖经淮转江。一路上陈音把己身的事详细说出，王孙无极甚是畅快，王孙建尤为倾服，赞叹不绝于口。陈音在路上日间安睡，夜里巡防，有时与十一人讲论武艺，逆江而上，转入汉水，一路无事。直到新郢，一行人收拾上岸，雇了人夫扛行李。正要动身，船上十一人一起跪倒，为首的叫做雍洛，道："一路上蒙好汉开诚相导，又指点武艺，我们通是父母所生，也晓得点忠孝廉耻，从前误入匪党，行些没王法没天良的事，此回算是死中得活，我们大家商议定了，不论如何总跟着好汉过一世，有用我们的去处，我们舍命向前，就是丢了性命，落得个好名声，总胜如作贼。好汉若是不肯收留，我们十一人通死在好汉面前，表白我们的心事！"说罢磕头，一个个流下眼泪。陈音听见，又是欢喜又是为难。王孙建在旁听了道："哥哥收了他们罢，莫辜负了他们这片心！"陈音道："贤弟有所不知，愚兄承老伯不弃，借着庇荫，总是仃伶一身。这十一人作哪样的安顿，将什么来留养嘞？"雍洛急说道："好汉放心！我们早经筹商好了，现成的偌大一只船，我们只在近处趁些生意，尽可过活。只要好汉不抛弃了我们，早晚听候驱使，有一个效力处，替好汉出点力，略略有点报答，就是我们十一个人的心了。"陈音尚未开口，王孙无极听了道："贤侄不要为难了，就收了他们罢！"陈音方才应允。十一人欢天喜地叩头起来。留两个人看守船，其余九人也帮着招呼行李进了城。

陈音见这新郢都城宫殿巍峨，市廛[1]热闹，人烟稠密，货物丰盈，

---

[1] 市廛（chán）：古地城市平民的房地。

称羡道:"果然新建的都会,另有一番气象!"不一时到了王孙无极的府宅,自有府中人役收接行李,一番忙乱自不必说。王孙建陪陈音在客厅上坐,王孙无极带了季华小姐先进内宅,良久良久,有婢女出来招呼道:"夫人叫少主人陪陈小恩主到上房去。"王孙建陪了陈音走到上房,陈音见王孙无极对面坐个五十余岁的妇人,面貌十分慈善,下首坐一个二十余岁的妇人,珠围翠绕,生得十分娇艳。王孙建先上前向年老的叩了头,再向年轻的请了安,方对陈音道:"这是母亲,这是姨娘。"陈音也向前照样地叩头请安。都立起身来还礼,年老的道:"此回多亏贤侄救了一家人性命,我们把贤侄当作亲骨肉看待,贤侄不要客套,尽管诸事随便,小儿还望教导。"又向王孙建道:"你哥哥初次到此,地方不熟,无事时可同哥哥去游玩游玩,只不可生事。"王孙建应了。王孙无极道:"你就同哥哥在东花园住,一路辛苦,去歇息罢。"陈音辞了,同王孙建出来,叫来的九个人回船去,"我无事时再到船上来。"九个人应声去了。陈音同王孙建住在东花园。王孙无极摆酒洗尘,又与陈音制办衣服,不必多赘。

陈音一心只想学习弩弓,闻说二太子章精练弩弓,教习弓队都是太子章,无奈不能近身。心中闷闷不乐。王孙建见陈音不乐,就约同出外闲逛,到了一家酒楼,叫做醉月楼,十分宽敞热闹。二人拣了座头[1],酒保放下杯筷,搬了酒菜来。二人慢斟闲谈,甚是畅快。见对座一人坐在那里,自斟自饮,生得削瘦,尖鼻薄嘴,鼠眼狼头。酒保去添酒上菜,说不尽那巴结的媚语。这时来了个老头儿,满脸枯黄,浑身褴褛,双眼挂泪,轻轻地走到那人身边,低声下气咕咕噜噜不知说些什么。忽听那人把桌一拍,大喝道:"再休放屁!有一点不照我所说的话办到,你只当心你这几根老骨头!"那老头儿吓得倒退了一步,不敢作声。那人只顾吃酒,也不理他。老头儿为难了一会,又走近一步,先作了一个揖,忍着气复又在那里苦苦哀求,只是听不出所求何事。忽见那人把手一扬,"哗喇"一声,却将一碗汤泼在老头儿的头上,淋淋滴滴,碗已砸破,老头儿的额角被破碗打伤,流血不止。那人怒冲冲指着老头儿喝道:"再放屁,打死你这老狗!"老头儿用衣袖揩掉头上的汤,倒弄得满脸是血,退得

---

[1] 座头:座位。

远远的放声大哭。此时闹动了酒楼的人，围上来观看，见了那人都不敢作声。

正巧楼梯上走上一个人来，生得面如油漆，剑眉环眼，身材七尺以外，年纪三旬以内，气象甚是勇猛，衣服却甚敝坏[1]。见一些人围在那里，用手把人丛一分，看的人纷纷倒退，挤到里面见了光景，也不知是个什么事由，因见老头满脸是血，就走到老头儿面前问道："老头儿，什么事被人家打得这个样子？快快对我说，我替你出力！"老头儿尚未回言，那人把黑汉瞅了两眼，立起身来，哼了两声，先下楼去了。老头儿对这黑汉道："大哥，你不晓得我的苦楚！"说着又痛哭起来。黑汉道："哭有什么益处？你快说罢！"老头儿拭了泪道："老汉名叫屈永，走了那人名叫蓝滔，是我外甥，他的母亲是我的妹子。老汉今年六十七岁，住在东门外渔湾，先年家道殷实。蓝滔的父亲名叫蓝国璜，甚是忠厚，却贫苦得了不得，老汉一力关顾他，求名不成，改作商贾，都是老汉资助。又将妹子许配他，结了亲戚，就生蓝滔一人。且喜营运[2]得法，不到五年狠狠地发了财。老汉的运气一年不如一年，也不到五年，真真的一败涂地，妇人死了，儿子已经成立，去年又死了，只剩下一个女儿名叫玉英，今年二十岁。蓝国璜在时倒凭良心随时周济，不料三年前也死了。蓝滔掌了家私，就大变了样子。老汉上他的门，动辄辱骂，还说老汉欠他家的银钱无数，受过他多少气不要说了。如今他巴结上蓝尹亹[3]大夫，认了同宗，气焰更大了。去年十二月，他因晓得小女有几分姿色，他就捏造凭据，指出证人，说老汉亲收了他五百两身价，许与做妾，硬要娶去。老汉哪里肯服，与他理论，他不由情讲，反将老汉送到有司衙门，有司不由分诉，昨日将老汉笞责[4]五百板，硬断老汉将小女送给他家。小女晓得了，在家中寻死觅活，老汉无法，只得去哀求他，他那守门的又不准进去。今天打听他在此饮酒，所以赶到此地哀告，他不但不准情，反将老汉作践得这个样儿。大哥想想，老汉虽穷，总是世宦人家，焉肯将

---

[1] 敝坏：破旧衰败。

[2] 营运：运营，经营。

[3] 亹（wěi）。

[4] 笞（chī）责：用小荆条或小竹板敲打臂、腿或背的刑罚。

第十回　收雍洛陈音得臂助　杀蓝滔蒙杰留爪痕 ‖ 061

女卖人做妾？况姑表至亲，何能做此乖伦背理之事！他这样凶横，老汉父女只有拼着两条性命对付他罢了！"说罢恸哭不已。黑汉听了，气得暴跳如雷，狂吼道："这等忘恩负义、猪狗不如的匹夫，与那样谄势欺贫、奴婢不如的贱贼，岂可容留在世害人？这匹夫住在什么地方？你引我去，我替你出气！"一手挽了老头儿，踉踉跄跄下楼而去。一些围着看热闹的人一哄散了。陈音对王孙建道："这个黑汉倒是个直快侠义的汉子，怕的弄得不好，反使老头儿吃亏，本想问问黑汉的姓名，恐人多口乱，闹出事体来，连累老伯。好在老头的姓名居址通晓得了，再听信罢。"王孙建称是。又饮了几杯，会账下楼而回。

到了第二日，听得哄哄传说渔湾的蓝滔，昨夜被人窬墙[1]而进杀了七口，粉墙上各处留下血手印，一只左手是枝指的，只盗了三百银子。渔湾的巡司夫妻二人也被杀死，仍然留下枝指血手印。这个强盗倒厉害嘞，杀了人还敢留下血印！现今渔湾挨户搜索，哪里有点影响。又听说前日被蓝滔送到巡司衙门，打了五百板的屈老头儿父女两个也不知去向了。都猜杀蓝滔与巡司的人定是屈老头儿支使的，两个人通搜寻不获，真真是桩奇事。陈音听了，心中甚是快活，对王孙建道："世间原有仗义扶危的人，可惜此人姓名不曾问得。"王孙建也甚是叹惜。这件事过了一月半月也就冷了。

陈音总想学习弩弓的机会，无奈呆呆痴想，机缘不凑，心中甚是烦闷，叹气道："我越国受吴国的压制，君王受辱，人民被欺，真有不可终日[2]之苦！似此天不从人，淹滞楚国，不但人寿几何，转眼老大，到了精力衰颓，虽有报国之心，苦无任事之力，只好挥挥老泪，于国事丝毫无补。且恐积久成惯，人心大半苟安，为人奴隶，为人犬马，渐渐地隐忍习惯，把国仇国耻通撇在九霄云外，那还了得吗！"想到此处，不觉毛骨悚然，汗出如雨，大有坐不安席、睡不安枕的光景，甚至有时或怒或笑或骂或哭，像个发了痴的样子。王孙建不时劝解，哪里劝止得住。王孙无极夫妇也十分感叹，时时替陈音想法，时时替陈音留心。过了月余，一日王孙无

---

[1] 窬（yú）墙：从墙上爬过去。
[2] 不可终日：形容局势危急或心中极其恐慌不安。

极归来,对陈音叹气道:"贤侄,天下竟有这等不凑巧的事,真要叫人气死!"陈音摸不着头脑,问道:"老伯为着何事这样焦急?"王孙无极道:"我今日去参见二太子,二太子问我到齐国的情形,我趁此把洪泽湖遇盗,盗贼如何凶狠,我家如何危急,贤侄如何英勇,仔仔细细铺张得天花乱坠。二太子听了甚是高兴,问贤侄是哪国的人,如今人在何处。我也说了。二太子听说是越国人,心中加倍喜悦。"陈音听了不明白,问道:"二太子喜悦越国的人,是何缘故?"王孙无极道:"你还不晓得吗?如今我楚国王妃是你越国的宗女。从前王妃生大太子启,王妃自尽了。现在王妃生二太子章,吾王十分敬重,二太子甚承宠眷,故此吾王把这弩弓的事专委于他,是二太子教习弩弓队。我想二太子既然喜欢贤侄,我就趁此把贤侄引进二太子身边,岂不是个绝好的机会?哪晓得正谈得入港[1],忽然闹了乱子,真要叫人气死!"陈音惊问道:"却是为何?"王孙无极道:"只因二太子听说郑国有一个翡翠瓶出售,高过三尺,宝气精莹,十分欣慕。去年派人往郑国,不惜万余金买得这瓶带转来,路过云中,被云中岸的水贼洪龙劫去了,杀死十余人,逃得性命的赶回来报信。二太子听了,赫然震怒,拍案道:'洪龙那贼,从前劫我父王,至今未曾拿获,今又劫我的翡翠瓶,真真目无王法了!那守城的人在干什么事,难道耳聋目瞎了不成?!我定然奏明父王,先把这庸懦无能、尸位旷饷的狗才正法了,再起兵到云中,捣那洪贼的巢穴,擒着那贼碎尸万段,方泄我胸中之气!'我听了就对二太子奏道:'臣在洪泽湖遇着的水贼晏勇,正是洪龙贼的党羽,若不剿除,后患甚大。'太子点首,立时就要进宫,我就辞了回来。贤侄,你说气人不气人!"陈音听了,踌躇了一回,道:"既然如此,小侄倒有个计较[2]。"王孙无极道:"什么计较?"陈音道:"还是求老伯再去见二太子,出兵之时,小侄愿随大军同往,效一臂之力,如能拿获此贼,得二太子的欢喜,岂不是个好机会吗?"王孙无极顿脚道:"你看我真个老糊涂了,遇着这样的好机会,我竟不晓得把贤侄引进,岂不可惜!这也是我当时气昏了。还好,还好,我此刻就去!"说罢就要起身,陈

---

[1] 入港:投机。
[2] 计较:办法。

第十回　收雍洛陈音得臂助　杀蓝滔蒙杰留爪痕

音拦阻道："老伯不必性急，二太子不知几时出宫，出宫来又要派兵选将，总有几日的忙乱，明日再去不迟。"王孙无极点头道："贤侄这样英雄，又这样的精细，我真是喜欢得了不得！"对着王孙建道："你将来要学你哥哥这样才好。"王孙建立起身，先应了一声"是"，随叫声父亲，道："哥哥去时，儿也要去，一来替国家出点力，二来替哥哥分点劳，也不枉为人在世！"王孙无极道："你年轻骨嫩，从未经过战阵，断断去不得！"王孙建道："儿同哥哥相处几个月来，多蒙哥哥随时指点，遇事教导，受益不少，颇觉得胜前百倍。若说不曾经过战阵，自古的元戎大将，哪个是生出来就经过战阵的？孩儿定要同哥哥去！"王孙无极听了，同陈音商议道："贤侄与小儿朝夕相处，小儿的本事贤侄是尽知的，贤侄看来到底去得去不得？"王孙建此时一双眼睛光溜溜地望着陈音，生怕哥哥说他去不得，心中的急切通露在满脸上。正是：

初生之犊不惧虎，至小之蚊能食牛。

不知陈音是何说法，王孙建能否同去，下回分解。

第十一回

王孙建随征云中岸　　皇甫葵大战燕子矶

　　话说陈音要随征云中岸,借此替二太子出力,为学习弩弓地步[1]。王孙建听了,鼓动了少年的锐气,豪杰的雄心,一心要同陈音前去。王孙无极不知道儿子近来的本事如何,到底去得去不得,问于陈音。陈音道:"论贤弟近来的本事,水斗陆战俱有进步,去是尽去得的。只是贤弟年纪尚轻,老伯只有贤弟一人,云中岸地势险恶,攻取甚难,倘有疏虞,如何是好?依愚兄相劝,贤弟暂时按捺性子,历练几年。大丈夫生当乱世,只愁没有本事,何愁没有用本事的去处?"王孙无极连连点头称是。王孙建愤然作色道:"这就是哥哥的不是了!"陈音愕然道:"然何是愚兄的不是?"王孙无极笑道:"你哥哥是一片金石良言,你倒派[2]起他的不是来了!岂不是胡闹吗?"王孙建道:"爹爹休说孩儿胡闹,哥哥时常对孩儿道:'人生一世,总以忠孝为先,任你天大的本事,若把忠孝两字亏了,不但算不得英雄豪杰,连那知君臣的蜜蜂儿、跪母乳的小羊儿都比不得。'"面对着陈音:"这话可是哥哥说的?"陈音道:"正是。"王孙建道:"这就是了。云中岸的水贼洪龙,从前吾王出奔之时,乘危劫夺,岂不是君仇吗?洪龙那贼以戈刺王,是伯父以身代受,至今伤处尚未痊愈,岂不是父仇吗?君仇不报,如何是忠?父仇不报,如何是孝?哥哥刺杀原楚是报父仇,来楚学弩要报君仇。自己要忠要孝,如何叫小弟不忠不孝?倒要请教哥哥!"一席话说得激烈响亮,不但陈音听了心中甚是佩服,王孙无极听了也是欢喜,随对陈音道:"贤侄,你就带他去罢!倘有差误,能够忠孝两全,就是膝下无子,也是快活的。"又对王孙建道:"你此去事事要听哥哥的约束,不可任性狂为!"王孙建立起身来,答应了

---

[1] 地步:方法。
[2] 派:怨,责备。

第十一回　王孙建随征云中岸　皇甫葵大战燕子矶

几声"是"。王孙无极道："你们把随身用的东西收拾好，以免临时错乱。"陈音道："此去云中岸，水战当先。求老伯唤两个好手缝工来，缝两套水靠[1]。贤弟你还要制件短兵器，长枪大戟水里全无用处。"王孙建道："小弟就制哥哥说的鹅毛刺罢？"陈音说"好"。王孙无极进内去了，王孙建心中的高兴自不必说。陈音向雍洛等十一人告知此事，雍洛十一人个个踊跃，准备一切不提。

次日王孙无极见了二太子，陈奏此事，二太子允奏，着将二人带领进见。二人随王孙无极进去叩头礼毕，二太子吩咐起立，一见二人英姿卓越，气概雄豪，心中十分欢喜。先问陈音履历，陈音从从容容对得简明。二太子道："壮士原籍楚国，越是好了。而今既入越籍，暂为客将随征，有功之日从重封赏。"陈音叩头谢恩。二太子又问王孙建几岁，王孙建奏道："十六岁。"二太子道："如此英年，勇于报国，甚是可嘉。暂时不加封号，到了营中再行授职。大军起行时，你二人自行投见元帅，孤这里自会嘱咐元帅看觑。到了营中好生努力，擒得洪龙转来，孤再与二位把盏贺功。"王孙无极父子也叩头谢了恩，随即辞出，回到府中。过了数日，朝命下来，斗辛为水陆大元帅，蘧[2]季高为陆路先锋，申黑为水路先锋，孙承德为参谋，武城庸为陆军接应，却勃为水军接应，屈光督运粮草。战将百余员，水陆兵丁四万。王孙无极带了陈音、王孙建二人去斗辛府中参见。斗辛已领了二太子的嘱咐，又见二人英勇，十分钦敬。命陈音带小船三十只为巡绰官，王孙建不愿另行授职，愿随陈音一船。斗辛允了，二人就留营中，王孙无极自回。

此时五月天气，莺飞草长，日暖风和。斗辛统带水陆人马往云中岸进发，真个旌旗整肃，盔甲鲜明。陈音与王孙建带了雍洛等，把自己的船当了座船，督率[3]三十只小船，陆续而进。风平浪细，船稳桡轻，不多几日到了云梦城。城中驻防的将官名叫卢伯，平时也夸说些行伍的本事，到了需用时却就模模糊糊起来。驻防云中将满二年，颇有积蓄。那日传

---

[1] 水靠：古代用鱼皮等制作的一种潜水衣。
[2] 蘧（qú）。
[3] 督率：督促率领。

齐哨弁[1],正言厉色地吩咐道:"诸位可晓得斗元帅领率水陆大军来剿水贼么?"众人应道:"晓得。"卢伯道:"诸位须知道,此回是个大差,与往常的差事不同。诸位赶紧传示下去,叫满营军士要把旌旗儿弄得齐齐的,刀枪儿擦得亮亮的,衣甲要鲜明,船只要洁净,不可一毫怠慢!还有一桩顶要紧的事:大队到时,唱名迎接要提起中气,放开喉咙,跪下去要一字儿排齐,站起来要一起立好。趁着笙箫并作,铙鼓齐鸣,何等的威风!方显得我云中城驻防的军队办公勤能,操练精熟。大帅见了,只要得他个含笑点头,你我的升官发财就不难了!这是行伍中秘密要诀,不可不知!"众人齐声应是,各人吩咐各哨准备。卢伯又亲自查看,试验几次,方放了心。不一日前队已到,卢伯一番迎接,自不必说。接着元帅到了,卢伯顶盔贯甲,挂剑负弓,迎着船头跪接,手擎红简[2],高声唱名,驻防的五百军士果然都听哨弁的指挥,齐齐整整一跪一起,很有步伐。元帅见了,真个含笑点头,吩咐中军官传见。卢伯听了,立起身来,凝神屏气,小步徐行,上了座船。中军官领进中舱,行了参见礼,侍立一旁。元帅命坐,卢伯打一躬道:"大帅虎威在此,末将何敢僭坐!"元帅道:"有话细谈,将军不必推逊[3]。"卢伯又打一躬,方斜签着坐下,用半边屁股尖搭在几上。元帅问道:"卢将军在此驻防两年,这云中岸里外的形势,贼人出没的踪迹,虚实如何,请道一二。"卢伯应了个"是",停了好一会,说道:"云中岸的形势险恶得很……"就不说了。元帅问道:"究竟如何险恶?将军可详细告我。"卢伯此时一张脸急得通红,哼噔一阵,却一句话也答应不出。元帅皱了皱眉,又问道:"贼人的出没,将军当可晓得?"卢伯踌躇半晌,对道:"贼人出没,诡秘得很。"也就不说了。元帅问道:"究竟如何诡秘,将军可探听得一二?"卢伯此时更急得项胀筋粗,满头滴汗,连哼哼也不能哼哼了。元帅发怒道:"你这虚糜国帑[4]、纵贼殃民、侵吞粮饷、庸懦无能的狗才!国家的武官都要像这个样儿,那还了得吗!本帅此来,奉了大王之命,拿问你这狗才!本帅恐有委屈,特传你面试面试,

---

[1] 哨弁(biàn):古时低级武职。

[2] 红简:红颜色的木笺。

[3] 推逊:谦让,谦逊。

[4] 国帑(tǎng):国库所藏的金帛。

第十一回　王孙建随征云中岸　皇甫葵大战燕子矶　‖067

果然一事不知，要你这狗才何用？"说罢，看卢伯已不在椅上了，低头一看，却匍匐在船板上，捣蒜般地磕头，连连口称大帅的恩典。元帅冷笑道："像你这样卑鄙不堪的东西哪里配做官！"吩咐中军官押下去，摘了印，解回郓都问罪。中军官应了一声，卢伯知道不能挽回，又磕了两个头，方爬起来，双眼挂泪，随着中军官出去，摘印交代，不必多赘。

斗元帅派了牙将孟经驻防，申黑众将扎下水寨，蘧季高、武城庸等陆军已到，扎了旱寨。陈音与王孙建等结了一个小水寨在后，不时巡绰。斗元帅传令：无论军民人等，有晓得云中岸的形势，贼人的踪迹者，许其报名进见，本帅不次拔用。次日，有云中城驻防的一个老火军王庆报名求见，斗元帅传进，赐了一个小座，问道："你是何处人？可晓得云中的形势，贼人的虚实？"王庆道："小军王庆，本地云梦人，今年五十四岁。这云中岸未被洪龙占据的时候，小军一径在里面打柴捕鱼，水道山路颇甚熟悉。云中岸离此三十五里，前十余年洪龙占据了，小军卖点零物小食，仍然不时进去。里面靠北一山，极其险峻，名叫插天岭，洪龙做了正寨，累石成城，作为第三关。当中横亘一冈，名叫卧云冈，冈的右面有一个鸦嘴滩，左面有一个铁崖，是卧云冈的两支膀臂。鸦嘴滩水面虽平，却弯弯曲曲，水里都设的有铁练暗弩，尖桩水栅，船只不谙水道万难进去。铁崖水势最陡，直向崖脚冲去，日夜奔腾，船不能到，作为第二关。前面一石，靠着江边，形同燕子，名叫燕子矶，沿岸钉下木桩，船的暗道忽左忽右，不是熟手断难拢岸，作为第一关。三关的后面，石崖孤悬，下面通是流沙泥淖，不但船不能行，人也不能走到。两旁的小道都被洪龙塞断，汊港纷歧[1]，最难认识，只有节节攻打，步步为营，方能济事。这就是云中岸的形势。"斗元帅听了，瞑目沉吟，一会又问道："贼人的踪迹嘞？"王庆又对道："贼首洪龙，本国汉川人，年纪五十岁，气雄力大，善使两根水磨鸳鸯拐，水中岸上俱甚了得。从前本是富商，只因小事被前任令尹勒罚了万金，还吃了许多亏，一口气不忿，约了平日结识的好汉，掣家至此，霸据称雄，江汉滩泗，党羽不知多少。第一关的守将皇甫葵生得面如蓝靛，暴眼红须，使一支点钢枪，重七十余斤，

---

[1] 纷歧：众多，杂乱。

运动如飞,本事十分高强,性情却十分急躁。两员副领,一名韩燮,一名东郭煌,都是一般的骁勇,手下喽兵五千名。第二关的守将王翼,生得身材瘦小,深通水性,武艺虽不十分了得,却是足智多谋。四名勇将:一名周奎,一名王子虎,一名张信,一名游龙,一个个都有万夫不当之勇,手下军士五千名。鸦嘴滩的守将黄通理,是一员老将,年纪将近七旬,使一柄大砍刀,万人难近。铁崖的守将洪涛,是洪龙的侄儿,年纪不过二十岁,精悍矫捷,贼中号为'飞虎将军',使一支方天画杆戟,运动时洒水难透。各人手下喽兵五千名。第三关正寨洪龙镇守,谋士名叫华勋,是宋国华督之后,此人诡计百出,江淮一带多布党羽,云梦地方,扼守形势,都是华勋的主谋。骁将八名:一名蓝建德,一名颜渥[1],一名卜崇,一名郝天宠,一名唐招,一名西门铎,一名苏飞,一名严癸,通是勇悍绝伦。副将数十员,喽兵一万,船只计五百余只,各关分派,真似铁桶一般。离燕子矶东面五里有一烂泥沟,扎下一个旱寨,守将牛辅,副将洪铸,喽兵三千名,结为犄角,以便接济。这就是云中岸的形势。"斗元帅听了,略点了点头,问道:"贼人的财用出于何地嘞?"王庆回道:"云中岸纵横二百里的地方,多出鱼虾,贼人到有事时充作兵丁,无事时捕鱼为业,出产也就不少了。插天岭一带从前都是荒地,华勋命人开垦,谷米桑麻,十分饶足,以及蔬菜果实,无一不产。贼人不过四万人,尽够吃用。还有那各处的羽党,俱有常例,不能计算,兵械旗帐明目张胆地源源运来,所过之处,谁敢盘问他一声?"斗元帅问道:"难道这云中岸纵横二百里的地方都听他的管辖吗?捕鱼的人难道就不同他争利吗?"王庆回道:"地方虽不归他管辖,洪龙这贼从不扰害附近的居民,且时常得他些好处,因此相安。只有捕鱼一事,非有云中岸的牌记,是无人敢私取一鱼,妄捞一虾的。风闻近来有一个老头儿,倒许他各处捕鱼,却只准驾一小舟,只准载人五名,不知是何缘故,未曾探听详细。"斗元帅见王庆说得有条不紊,心中甚喜道:"不想你一个火军,倒能这样的留心!暂时充作向导,有功之日从厚封赏。"王庆磕头谢恩起来,自有中军官带了下去,听候差遣。

---

[1] 渥(wò)。

第十一回　王孙建随征云中岸　皇甫葵大战燕子矶

斗元帅次日升帐，众将参见已毕，斗元帅吩咐道："昨日听王庆说来，洪龙这贼既然这般骁杰，加以党羽众多，形势险恶，诸位须得戮力同心，固不可贪功躁进，一则误了自家的性命，二则挫了国家的锐气。若是畏葸不前，贻误军机者，本帅定行按法惩治！"众将齐声应诺。随传令命蘧季高带了本部人马往烂泥沟屯扎，武城庸随后接应，只要择要扼守，不许牛辅等往来接应，便算功劳。蘧季高与武城庸领令去了。又命申黑带领船只一百号，水军三千，直取燕子矶，却勃随后接应，王庆为向导，须要小心在意。申黑等领令，督率水军直逼燕子矶，结成阵势。

此时皇甫葵正由大寨回来，把守水栅的军士报知：楚国水路先锋申黑，带了三千水军前来讨战。皇甫葵听了，立时披挂起来，令东郭煌守关，带了韩燮并小头目数名，拨船五十号，开了水栅，将船一字儿排开。皇甫葵立在船头大叫道："楚国不怕死的，快来领死！"申黑手提金蘸斧，举眼一看，见敌将生得蓝脸红须，威风凛凛，知是皇甫葵，又见战船坚洁，兵械整齐，料来是个劲敌，便应声道："来者想是皇甫葵？朝廷哪些薄待尔等，胆敢啸聚亡命，占据险隘，蔑视王法，扰害客商！今日大兵到此，还不悔罪投诚，乞饶狗命，反在阵前耀武扬威，少时就擒，碎尸万段，悔之晚矣！"皇甫葵呵呵大笑道："你这般狗官，开口朝廷，闭口王法，平日剥削百姓，欺蔑公家，居心行事哪一件不比强盗还狠！手辣心毒，无恶不作，我们做强盗是朝廷的罪人，像你这般狗官又是强盗的罪人！人说强盗假仁假义，强盗尚晓得'仁义'两个字是好的，肯去假它，像你们这般强盗不如的民贼，竟不晓得仁义是何物，假也不肯去假，反在人前装腔作势，真真是不知羞耻的蠢料！"申黑听了，气得面红颈胀，大喝道："狂贼休得逞口，照斧！"劈头一斧砍下，皇甫葵用枪架住，喝道："匹夫通下姓名！"申黑厉声道："楚国斗元帅麾下，水军前部先锋申黑便是！"说罢又是一斧，横腰砍去，皇甫葵使动点钢枪，连架带刺，舞得呼呼风响，不上二十个回合，只杀得申黑力软筋酥，汗如雨滴。楚阵上的偏将涌上四人，刀枪并举，围住皇甫葵，大声喊杀。皇甫葵哪里放在心上，一支枪横遮直隔，左刺右挑，片刻之间，偏将中一人丧命，一人落水，申黑见势不好，只得虚掩一斧，拨转船头，败下阵来。皇甫葵也不追赶，哈哈大笑道："这样不济事的脓包也要充作先锋来吓唬人！"

说罢收队,闭了水栅进关。申黑见敌将不追,方放了心,慢慢地将船收拢,虽然失了两员偏将,且喜船只兵丁无甚损伤,就在离燕子矶五里的小渡结了营寨。次日却勃已到,二人见面,申黑诉了败阵的情形,却勃道:"胜负兵家常事,何足介意!此时天色正早,待我前去会他一阵。"申黑道:"皇甫葵那厮真个骁勇,将军不可小觑他!"却勃道:"难道怕他骁勇,就罢了不成吗?"说得申黑无言回答,只好催动战船,一起进发,不消一个时辰,已到了燕子矶,抵栅讨战。皇甫葵得报,仍带韩燮出阵,两阵排开,却勃挥起双鞭,直冲过去,皇甫葵正待接战,韩燮早已挺戈向前,接着厮杀,战到十余合,皇甫葵见韩燮战不下却勃,舞枪夹攻。申黑见了,急忙挥斧抵住皇甫葵,四人绞作一团,只杀得阵云乱卷,骇浪横飞。正酣斗间,忽听叫声"哎哟","扑通"一声,一将跌下水去。正是:

战死沙场号雄鬼,磨砻[1]铁戟认前朝。

不知阵亡是谁,且看下回分解。

---

[1] 磨砻(lóng):磨。

第十二回

芦花港水擒皇甫葵　燕子矶夜战郝天宠

　　话说申黑、却勃与皇甫葵、韩燮四人正在酣战，韩燮敌不过却勃，战到三十个回合，被却勃一鞭敲开长戈，横腰扫去，将韩燮打下水去。皇甫葵见失去了韩燮，气得暴跳如雷，撇了申黑，来战却勃，却勃接住厮杀，皇甫葵枪杆沉重，骤如风雨，不敢怠慢，舞动双鞭，死力抵敌，申黑挥斧，双战皇甫葵。枪影与鞭斧交飞，鼓声与波涛并作。皇甫葵越战越有精神，战到一百余合，申黑二人不得半点便宜，料难取胜，看看天色渐晚，申黑用金蘸斧架住皇甫葵的点钢枪，喝道："天色晚了，明日再来取你的首级！"皇甫葵哪里肯依？大叫道："不取你两个的头首，誓不回关！天色晚了，举火再战，逃的不是英雄！"一面说，一面抡枪穿梭般向二人刺来，二人只得拼命相斗，又战三四十个回合，便觉得支持不住了。此时两边已将灯球火把发燃，照得水面通红。正在危急之间，忽然一队船只从刺斜里如飞而来，船头一员大将，金甲绿袍，神威抖擞，面黄如蜡，吼声如雷，手使截头大刀，大叫："贼徒休得逞能，某来擒你！"申、却二人认得是督粮官屈光，心中大喜，一时精神陡长，一柄斧、一把刀、两条鞭忽上忽下，忽左忽右，围定皇甫葵。这屈光是楚国的头等上将，皇甫葵虽勇，战了半日，气力也就溜乏了，哪里当得起屈光这支生力兵？又战了三十余合，皇甫葵把枪向却勃的咽喉一点，喝声"着！"，却勃一闪，皇甫葵趁势尽力用枪杆把申黑的斧头敲开，震得申黑两臂麻木。屈光的大刀砍下时，皇甫葵从刀口钻过，跳离船头，掉船逃去。屈光等见皇甫葵骁勇，又因地势险恶，天色黑暗，不敢穷追，只得收队，仍回小渡结寨。原来斗元帅知道皇甫葵猛勇，深恐先锋有失，命参谋孙承德同屈光前来助阵，却好战败皇甫葵，救回二将。申黑与却勃见了孙参谋，备说皇甫葵十分骁勇，连日交战的事。孙参谋笑道："匹夫之勇，何足道哉！三位将军辛苦了，且去安息，明日自然有计擒他。"三人谢了，各自安寝。

孙参谋唤王庆近前，详细问了附近的地势。

到了次日，便令却勃前去引战，许败不许胜，只往西面沿岸插有尖角红旗处走去，自有救应。又令申黑领战船五十只，去西面芦花港尽头处埋伏，皇甫葵到时，截住去路，用铁索将港拦断。又令屈光领战船五十只，在芦花港口埋伏，望见皇甫葵进了港口，领船截住港口，船上多备弩弓柴火，以防冲突。又令王庆领弩弓手一千名，去芦花港两岸芦苇深处埋伏，并带挠钩手二百名，趁势夺取船只。王庆领令，带同二将去了。孙参谋督率偏将另做准备。却勃领率战船，到了燕子矶抵栅讨战。不到一刻，皇甫葵已带领船只，开栅而出。却勃见皇甫葵去了盔甲，头上扎的青绢包巾，身穿细软短甲，脚登黄皮快靴，手仗两条虎尾铜鞭，唿哨[1]而出。战船未曾列齐，却早直冲向前，并不言语，挥鞭便打。却勃见皇甫葵来势凶暴，急急举鞭相迎，尽力抵敌，勉强支持了七八合，无奈皇甫葵双鞭沉重，雨骤风驰地上下不定，实实招架不住，只得败下阵，棹船而走。皇甫葵哪里肯舍？紧紧追赶。却勃一直往尖角红旗处鼓棹[2]如飞逃去，将皇甫葵引至芦花港，进了港口。皇甫葵大笑道："哪怕你飞上天去！"说罢催船赶来，刚进港口，忽听一声唿哨，屈光领了战船，将港口截断。皇甫葵毫不在意，催船直进，忽见却勃的船只四散，港尽头处申黑领着战船一字儿拦截水面，口中大叫道："皇甫葵狂贼！你今日已到绝地，插翅也难飞出，好好地卸甲投降，或者饶你一死，若是恃强不悟，稍时擒住，碎尸万段！"皇甫葵听了，也不言语，挥鞭来战申黑，鞭斧交加，狠命拼斗。却勃招集船只围裹上来，呐喊助战。王庆伏在芦苇丛中，急忙招呼弩弓手放箭，一声梆子响，两岸箭如飞蝗向贼船队射去，皇甫葵船上的喽兵纷纷落水。皇甫葵将双鞭舞得蛟龙腾踔一般，夹岸的箭射来，一箭也不曾着身。酣战两时之久，皇甫葵看看自己船上的喽兵死了大半，谅难取胜，只得拨船转来，想冲出港口。屈光早已将战船摆列得齐齐整整，立在船头大叫道："皇甫葵！此时还不投降，更待何时？"皇甫葵见了，知道不拼命恶战一场，断难冲出，咬紧牙关来战屈光。

---

[1] 唿哨：又作"呼哨"，把手指放嘴里用力吹，发出尖锐的像哨子一样的声音。
[2] 鼓棹：划桨。

屈光并不接战，只命弩弓手放箭，将浇了鱼油硝磺的柴草着了火，向皇甫葵的船上抛去。片时火发，布帆橹索一起都燃，趁着风势，黑烟四塞，烈焰腾空。申黑、却勃早已赶到，喊杀之声震动山谷。王庆也带着弩弓手，驾着小船，围将拢来。皇甫葵见所领船只烧毁殆尽，自己的船上只剩自己一人，船已横了，只得右手挥鞭，左手摇橹，冒烟突火，奋勇冲突，拦路的都被打下水去，无人敢阻皇甫葵的去路。屈光觑得亲切，见皇甫葵将次冲出重围，急取一张铁胎硬弩，搭上一支狼牙箭，对准皇甫葵的咽喉射去，喝声"着！"，皇甫葵正在奋力冲杀，一时人声风声火喷涛喧，哪里听得弦响，只觉得一股冷气冲到面前，知道不好，将头一偏，却中在肩窝上，弩劲镞利，直透骨里，左手立时运动不得。又见船上四处着火，只得踊身一跃跳下水去。屈光见了，正待命人下水，瞥见一只小船冲波破浪而来，船上共是四人，两个立在船头上的，早已跳下水去。屈光急忙招呼小船摇拢来，问船上的人："下水去的两人是谁？"一个面黑的应道："小人名叫鲍皋。"指着那个黄瘦的道："他叫鲁直。跳下水去的两个，一个年长的叫雍洛，一个年幼的叫王孙建。雍洛与我两人都是巡缉官陈音的部下，王孙建是王孙宗伯的令嗣，陈音结拜兄弟。今日奉命巡哨，来至港口，恰遇交战，正待上前助战，见皇甫葵赴水，因此下水追赶。"正说话间，忽然水面一开，王孙建与雍洛已把皇甫葵擒获，提出水面。鲍皋急叫道："快提到这里来！"雍洛听了，与王孙建扛着皇甫葵踏水如平地一般，到了屈光船头，先将皇甫葵抛进船中，随即跳上。此时皇甫葵已弄得气如游丝，面如金纸，双眼紧闭，四肢不动。原来皇甫葵虽然猛勇，水性却不精习，跳水之时，不过想逃性命，却被王孙建二人不费丝毫气力将他擒获，哪里还能动弹。屈光先叫人救熄了火，对着王孙建、雍洛道："若非二位到来，此贼势必漏网，二位之功不小！"王孙建等二人谦逊一会，仍回小船，各处巡缉去了。屈光命人将皇甫葵衣甲剥了，用牛筋粗索捆绑起来。会齐申黑、却勃、王庆等，领率战船往小渡而回。

行不到五里，忽听战鼓雷轰，人声鼎沸，屈光催船直进，早见本营的探船迎面而来，一人手擎令箭，高叫道："屈将军速速督率全队前去破贼！"屈光接了令箭，问交战的情形，探子道："自屈将军一行动身后，孙参谋命人在沿江一带来往梭巡，见皇甫葵追赶却将军过去，知已中计，随即着人留心贼人的探船，遇着时将贼中探子杀了，取了衣帽腰牌，扮作贼谍，去骗东郭煌从速接应。东郭煌果然倾巢而出。孙参谋带领满营偏裨[1]伏此等候，恰好等着，正在厮杀。孙参谋有令：命申将军带队四面围裹，不准逃脱一船一人，千万要紧！屈将军同却将军作速前去助战！"屈光听了，即使申黑照令而行，带同却勃、王庆等杀上去。果见孙参谋正在督战。那东郭煌生得面如削瓜，使一支方天画戟，喝咤霍跃，如狂虎一般。虽然十余个偏将围住喊杀，都只是左右遮拦，并没得一人敢当其锋。屈光心中大怒，吼声道："匹夫休得猖獗！照刀！"手挥砍刀劈头盖下，东郭煌用画戟一隔，敲在旁边，回手便刺。屈光不敢怠慢，抡刀接战，却勃又到，双鞭并举，丁字儿厮杀，大战三十余合，东郭煌一人怎当得两员骁将，左盘右旋，没得半分儿放松，只杀得喘气呼呼，满头如汗，渐渐招架不来，被屈光觑着一个破绽，急用砍刀一卷，逼住画戟，纵一步跳过船去，轻舒猿臂，拦腰一把横提在手，掷过船来。却勃挥起一鞭，打得脑浆迸出，死在船上，拔出腰刀割下首级。此时屈光已将贼船上的头目擒斩殆尽。偏裨众将见屈光擒了贼将，一个个勇气百倍，枪挑剑劈，如破瓜切菜一般。贼众见首将被杀，齐跪船头乞命。孙参谋急急传令不准妄杀一人，叫贼人脱了衣甲，缴了军械，一起过船听候发落。其余逃走的都被申黑四面围得水泄不通，或杀或绑，真个不曾逃脱一个。

孙参谋即时传令，命本国军士将贼人的衣甲装束起来，仍用贼人的船只，命申黑带同王庆假作东郭煌赚[2]进水栅，得了关隘，放火为号。屈光、却勃随后接应。又怕栅内水路不熟，误触木桩，在降兵中选了几个生得诚朴的，抚以好言，许以破关后从重录用。几个降兵得了性命，又望日后的封赏，都已齐声答应，真心效力，一个个给还衣甲，在前引导。到了水栅，大叫开栅。守栅的喽兵见是本关的船只，将栅开了。此时天色傍晚，申黑督船进栅，一路弯弯曲曲，到了关前，陆续登岸，发燃火把，见关门大开，几个贼目在关门口迎接。申黑一声暗号，大家动手，众贼措手不及，杀得半个不留。守关的喽兵见势不好，"呐"一声喊，四下逃奔。申黑叫人寻

---

[1] 偏裨：偏将。
[2] 赚：欺哄，诳骗。

第十二回　芦花港水擒皇甫葵　燕子矶夜战郝天宠

些柴草堆积起来，放了一把火，霎时火光烛天。屈光见了，知已得手，督众急进，正待上岸，忽见正北上一队船只，火光如龙，急骤而来，转眼已到面前。火光之下，见前面两只大船上立着两员贼将，一个面如嚯血[1]，五绺长须，红袍金甲，手横两面三尖刀，认旗上斗大一个"郝"字，料是贼将郝天宠。一个面如傅粉，厚膊细腰，白袍银铠，手捻撒缨烂银枪，认旗上斗大一个"苏"字，料是贼将苏飞。齐声大喝道："匹夫！焉敢入吾重地？"屈光知是贼兵救应，见来的两将一般的威风锐气，只因苦战一日，又饥又疲，正想入关休息，无奈贼将来得疾骤，一时回避不来，只得强打精神，横刀立在船头，大喝道："尔的巢穴已破，还敢肆口猖狂，速速退去，暂缓尔等一死！"苏飞挺枪便刺，屈光举刀相迎，枪似雪花乱落，刀如电火飞腾，大战二十余合。却勃在旁，见屈光有些招架不及的光景，急挥双鞭上前助战。郝天宠见了，举起两面三尖刀拦住厮杀。火把齐明，喊声大作，四员骁将恰如猛虎争餐、游龙戏水一般。无奈屈光、却勃竟日苦战，未曾片刻歇息，怎当得郝天宠、苏飞都是健将，看看要败下阵来。恰好孙参谋领了全队赶到，见屈、却两将渐渐支持不住，急忙吩咐偏将八员，四员从左，四员从右，一起绕至贼阵后呐喊放火，搅乱贼的阵势，贼将退时休要阻挡，即速退回。八员偏将领令而去。郝天宠与苏飞正在抖擞精神奋力厮杀，忽然阵后喊声雷动，火焰冲天，霎时之间阵势大乱，恐中敌人之计，不敢恋战，急急撇了屈光、却勃往后救应。屈光、却勃不敢追赶，约住船只，缓缓而退。少时八员偏将已陆续退回。孙参谋即命屈光督同八员偏将就此设立水寨，不许出战，夜间小心提防劫寨。军士传餐，轮班休息。吩咐毕，带了却勃等，命人扛着皇甫葵，到了燕子矶，申黑迎接入关，将皇甫葵囚禁起来。略为休歇，分派众将四处搜查，各守要隘，连夜申报元帅，大兵从速前进，以便大举不提。

却说郝天宠、苏飞二人退后救应，见敌将已去，扑灭了余火，休息半晌。苏飞道："军师恐燕子矶有失，才命我二人前来救援，不想头关已失，皇甫葵等不见下落，谅来凶多吉少。楚兵此时业已入关，我二人谅难夺回。依我之见，今夜去劫他的水寨，定能得胜。"郝天宠道："暂时休动。头关

---
[1] 嚯（xùn）血：嚯，喷。喷血，指红色。

失了，定有逃脱的喽兵到此，问了详细，再作计较。"果然关上的逃兵络绎不绝地奔来，郝天宠唤至面前，细细地盘问。逃兵道："今日午前，皇甫头领带队出关，留东郭头领镇守。午后，东郭头领得报，说皇甫头领被围在芦花港，即时带领全队前去救援，只留几个小头目守关。黄昏时分被楚兵冒作两位头领，赚进水栅，部下军士与我们一般的装束，一时不防，被他冲进关去。几位小头目都被杀了，小的们见大势已去，只得逃来报信。"郝天宠问道："皇甫头领等的生死，你们可曾听得？"逃兵道："一些[1]不曾晓得。"苏飞道："皇甫葵等的生死问之无益，此时且去劫了他的水寨，再作道理。"郝天宠道："孙承德那厮机谋百出，屈光匹夫力敌万人，贤弟休得任性，依愚兄之见，且将船只扼住要路，连夜申报大寨，从速添派大兵，夺回头关，方见万全。"苏飞道："哥哥之言固是，只是被他布置周密了，要想夺回，越是费手，不如趁他初到之时，尚未布置，楚兵今日大胜，必不准备，且去劫了屈光的水寨，乘势去夺头关，一个迅雷不及掩耳，有何不妙！"郝天宠再三不肯，无奈苏飞执意要去。只得命人一面申报大寨，一面整顿船只，同苏飞来劫屈光的水寨。三更以后，到了水寨，远远望去，灯火分明，细细听时，更鼓络绎。郝天宠道："我说那厮必有准备，你只是不信，不如趁早去，扼住隘口为是。"苏飞哪里肯听，忿然道："既已到此，不论他如何准备，也要与他决个胜负！"说罢，吩咐擂鼓。鼓声大起，一声呐喊，直向屈光的水寨冲去，渐渐逼近，水寨中毫无声响，好像全不知觉的光景。郝天宠见了甚是疑惑，急向苏飞道："看此光景，屈光定有诡计，不可前进，速退为妙。"苏飞道："就是龙潭虎穴，我也要去搅他一搅！"说话未了，水寨中一声梆子响，弩箭如疾风骤雨般射来。楚国的弩箭与寻常的弓箭不同，一箭可杀三五人、七八人不等。黑夜之间，如何抵敌。苏飞正待退回。忽见右面水湾火势冲天而起，鼓声如雷，一队战船冲波而来。苏飞急欲向前迎敌，左面水泊里火光又起，鼓声相应，也是一队战船破浪而至。两面一起大叫："休得放走贼将！"正是：

月湾映水鱼惊避，树曲如弓鸟脱逃。

不知苏飞二人如何抵敌，且看下回分解。

---

[1] 一些：一点。

第十三回

受箭伤屈将军死战　　凿船底老英雄解围

　　却说苏飞同郝天宠二人去劫屈光的水寨，忽见两路船只冲波破浪而来。苏飞的意见要与郝天宠分头迎敌，郝天宠道："屈光那厮既有准备，黑夜之间恐中他的诡计，只宜约住战船，缓缓而退，谅他也不敢追来，方为上策。"苏飞听得有理，吩咐转舵，郝天宠在前，苏飞押后，缓缓退回。楚军果然不追，两路的火光也不见了，四围的鼓声也不响了，远远望去仍如前静悄悄的，不过灯光几点，更柝数声而已。二人退到六七里时，停船商议，一面吩咐喽兵造饭。郝天宠道："天将发晓，我二人留此无益，不如退到二关，与王头领商个长策，夺转头关，方为稳妥。"苏飞允了。吃饱了饭，鼓棹向二关而去。

　　且说屈光见来船退去，吩咐军士四路紧守，不可疏忽，自己也就卸甲安息。到了次晨，孙参谋到了，迎入寨中。孙参谋道："据王庆说来，二关的守将王翼，此人足智多谋，手下的勇将不少，加以鸦嘴滩、铁崖左右犄角俱是能将，不可轻敌，且待大军到来再作计较。将军此处紧要，须加意提防，倘有疏失，关系不小。"屈光道："参谋不必过虑，谅洪龙等不过乌合之众，久罹天诛，便尔猖獗。末将今日愿督率本部直取二关，生擒王翼，捣入贼巢！"孙参谋道："将军忠勇，素所钦佩。但行兵之道，不可畏缩以偷生，亦不可躁进以取败……"屈光不待说完，急躁道："参谋只管催取大军随后而进，末将就此前去，如有疏失，甘当军令！"随即立起身来，催取盔铠，立时披挂。孙参谋此时心中又是钦敬，又是为难，谅难阻挡，只得说道："将军既是执意要去，定卜成功，我自命申先锋随后接应。大军一到，即时进发，将军总宜小心谨慎为是。"屈光点头应了，孙参谋辞去。吩咐陈音，拨人随后照料，陈音分派去了。屈光命军士起锚鼓棹，直取二关。此时足有十分锐气，鼓勇前进。不到两个时辰，早到了卧云冈。说也稀奇，不但不见旌旗之影，并且不闻金鼓之声，静荡荡的，真有空山不见人之象。此时屈光的锐气早去了一分，只得停了船只，自登船楼四下瞭望，哪里有点影响，真正猜测不出。此时锐气早去了二分。下得船楼，选几个精细水军，各驾小舟分两路去侦察，速来回报。水军领命分头去了。屈光立在船头，呆呆地等候，急切不见转来。此时锐气早去了三分。又停半晌，只见从西路去的小舟转来了，到了大船头，屈光急问道："如何？"水军道："小人驾着小舟从西绕去，约有五七里水面，都是静悄悄的。一路汊港甚多，湖草铺满四处。张望又寻不着一土人[1]探询，只得转来回复。"屈光听了，沉闷不言。又半晌，从东路去的小舟也转来了，到了大船头，屈光急问道："如何？"水军道："小人驾着小舟从东绕去，约有六八里，水面都是空荡荡的，一路沙石甚杂，水势急溜，往来许久，只见一只小小渔船，船头坐一年逾六旬的老汉，注视小人目不转睛。小人正要向前探询，那渔船却斜掠过去，似箭离弦，霎时不见。只得转来回复。"屈光听了，越是沉闷，此时锐气早去了四分。呆呆地望着卧云冈，想不出一个主意，只得命军士造饭，独坐舱中暗想道："似此情形定有诡计，不如将船约退，徐图进取，方为妥当。"随命水军立时起锚，退五里结寨。此时锐气去了一半。军士听了，起锚驾橹，正要掉转，忽听卧云冈上鼓声如雷，眨眼之间遍山遍岭都是旗帜，乘风招展。又听四下里鼓声相应，大有山摇浪涌之势。屈光大惊，急命停橹，准备厮杀，手横大砍刀，立在船头等候敌军。好一会，始见一队战船由西面荡出，来约有二十余号，缓缓地向北棹去，好像不见敌人一般。屈光急命人上船楼瞭望，少时回报道："向北望去，湖草甚深，贼船向草丛里钻进去了，不见动静。"屈光正在惊疑，又见一队战船由东面荡出来，仍是二十余号，慢慢地向南棹去，也像不见敌人一般。屈光又命人上船楼瞭望，少时回报道："向南望去，沙碛[2]辽阔，贼船向沙滩嘴转过去了，不知去向。"屈光此时被弄得莫名其妙，进退两难，锐气直去了六分。心中忿然道："既已到此，总要与他厮杀一场，任他布下天罗地网，我也要去闯他一闯！"

随点壮丁五百名，快船二十余号，余者退五里结寨。屈光带领船只

---

[1]土人：世代居住本地的人。
[2]沙碛（qì）：这里指沙漠。碛，浅水中的沙石。

第十三回　受箭伤屈将军死战　凿船底老英雄解围

从西面向南直进，果然行了五七里，静悄悄的，一个土人也不见，日影西斜，波光平泛，仍往前进。又行了五七里，还是静悄悄的。心中正在纳罕，忽听前面大声叫道："屈光向哪里去？某在此等候多时了！"屈光急抬头看时，只见靠北岸处斜排二十余号战船，船上一杆认旗，斗大一个"周"字。当中一只船头上立定一人，面黄睛暴，结束整齐，肩担长戈，威风凛凛。急命人将船掉转迎上前去，不问姓名，举刀便砍。那人挥戈接战，上上下下战了二十余合，那人虚掩一戈，掉船而去。正待追赶，又听后面大声叫道："屈光不必赶他，这里来，我与你战三百合！"回头看去，见一队战船由北冲出，一字儿横截湖心，船上一杆认旗，斗大一个"苏"字。屈光认得是苏飞，厉声叫道："杀不死的狂徒，焉敢犯我！"急掉回船与苏飞相拼，来来往往也战了二十余合，苏飞用枪架住屈光的刀道："日已西沉，让尔回去，明日再取尔的首级！"屈光哪里肯舍，无奈苏飞已将战船约退，依旧向北棹去。屈光意欲紧追，果然天色已黑将下来，汊港纷歧，恐有失误，只得约齐船只，徐徐退回。约行三五里，下旬天气，满天星斗，月色毫无，四望茫茫，不辨方向。心中颇怀疑虑，此时锐气已去了七分。忽然前哨报道："湖心有船阻路，黑暗暗不见灯火，呼之无人应声。"屈光听了，急将坐船抄上前来，朦胧望去，果然约有二十余号船只屯扎湖心，声影俱无。正待命人呼唤，一声鼓角发于水上，霎时火把齐明，船上一杆认旗，斗大一个"游"字，认旗下立着一员贼将，黑面虬髯，乌盔黑甲，手提双斧，杀气腾腾，大声喝道："屈光休想转去！快快弃刀受缚，免污吾手！"屈光大怒，挥刀便砍，那人举斧相还，反反覆覆又是二十余合。屈光早被周奎、苏飞遛乏了，见那人斧沉手快，谅难取胜，正想退下，忽然二十余号战船从汊港里唿哨而出，围裹上来，又换了一杆认旗，火光之下斗大一个"郝"字，知是郝天宠，横着三尖两刃刀，急骤向前，大叫道："屈光匹夫已入重地，还敢猖獗吗？"举刀助战。屈光想要勉勉强强再战二十余合，实在精力困乏，万难支持。此时锐气足减了八分。没奈何，只好拼命招架，正在苦战，忽听贼人大叫道："你的船只均被烧尽，还不投降，更待何时！"屈光听了，向北一望，果然火光烛天，人声鼎沸，知是本寨有失，又见随身的船只也是七零八落，不由心中慌乱，手一松缓，被郝天宠劈面一刀砍来，屈光叫声"不好"，将头一偏，额角上早已划破，血流如注，急急抖擞精神，舍死接战。贼船中一声梆子响，箭如雨点般射来，屈光纵有三头六臂也难招架，将大砍刀横挑直隔，右盘右旋，任尔手脚溜滑，左肩窝里中了一箭，直透骨里，左手立时无力，又被游龙一斧敲开砍刀，当胸一斧砍来，屈光虽穿重甲，斧刀过沉，甲裂胸伤，鲜血喷出。屈光知难脱身，大叫道："今日是我尽忠之日了！"此时锐气直减去了九分。

正待横过刀锋自刎，忽听贼船上一片声嚷道："坐船舱里通进水了，快快靠岸！"霎时之间纷纷向西岸移去。屈光见了十分诧异，随带船只冲回原路，船也不见一只，人也不见一个，又见所带壮丁只剩一半，大半受伤，所带船只虽是全数，多半毁坏。心中忿恨，顿足道："我一时负气，不听参谋之言，以至于此，有何面目去见参谋？不如死的干净！""嗖"的一声，腰间拔出宝剑，向咽喉抹去。忽然船头侧面水中冒出两人，一纵上船，倒把屈光大吃一惊。两人抢步向前，齐声道："将军快休如此！"屈光定睛一看，方认得是水擒皇甫葵的王孙建、雍洛。问道："二位何得到此？"王孙建正要申说，雍洛道："且休讲话！屈将军伤势过重，必须收拾[1]才好。"王孙建看时，果然胸脯上鲜血模糊，左肩窝里一支箭深入骨里，心中甚是难过。屈光此时十分锐气变作十分疼痛了。雍洛命人将盔甲解脱，取盆水来，用净巾揩去血迹，裂下一片旗角把胸膛束好，又在舱板上铺好被褥，嘱屈光睡下，双手去拔箭，说道："将军且忍痛楚。"屈光笑应道："死且不惧，忍痛何难！"雍洛用力一拔，倒将箭杆拔断，箭镞仍在骨里，分毫未动。王孙建及左右军士无不失色，屈光却神色如常。又见雍洛蹲了下去，用口衔着箭镞，用劲把头一扬，"嘶"的一声，把箭镞咬脱，肩窝里血流不止。雍洛起身，也将净巾揩去血迹，用旗布把肩窝扎好。问道："将军身体如何？"屈光早挣起身来应道："虽觉有点疼痛，无大妨碍。"众人无不叹服。

大家坐定，王孙建方说道："我二人擒了皇甫葵之后，不分昼夜四围巡绰。今晚黄昏后，奉了陈巡官分拨，驾只小船悄悄往卧云冈左近[2]哨

---

[1] 收拾：整治，诊治，安顿。
[2] 左近：附近。

第十三回　受箭伤屈将军死战　凿船底老英雄解围

探，听得喊杀之声，知是将军与贼人交战，本想向前助阵，自量船小人单，无能为力。远远望见将军被围，心中好不焦急。依小将的意思要舍死冲进重围，是雍大哥拦住道：'徒死无益，还须想个急法方妙。'正在愁苦，忽然来了一只渔船，船上共有五人，一个老汉坐在船头，凑近前来低声问道：'船上的四人可是楚将？'我们倒不敢作声。那老汉道：'老汉并无歹意，快休瞒我，我有话讲！'我们见他人也不多，想来惧他做什么？应声道：'我们正是。有何话说？'那老汉道：'既是楚将，你国屈将军身陷重围，死在转眼，不去救援，在此何益？'我们听他说话很有意思，答道：'正在此无法可设。'老汉笑道：'你四人既来巡绰，水性谅来精通，可随老汉来。'说罢一腾身钻下水去，声息毫无。他的船上又有三人陆续下水。我二人命鲍皋、鲁直守船，也跟着下水。老汉在前，我等在后，到了交阵处，老汉从腰间皮袋里取出钻锤凿破贼人船底，我二人恍然大悟，也用随身军器向几只大船底乱凿乱挖。那老汉甚是矫捷，领着三人，半响功夫凿漏了贼船十余只，我二人也挖破了三五只。听得上面声嚷：'将船撑到岸边去。'正要约同那老汉上船，与将军见面，早已一人不见了，心中好不诧异！"屈光急问道："二位可问他的名姓？"王孙建道："慌忙之际，哪有功夫问他的名姓。"屈光也十分叹惜。王孙建又道："我二人因寻那老汉，耽搁片刻，将军的船也离远了，急急赶来，幸得将军未曾下手，稍迟便误大事！"屈光叹道："现在身受重伤，死何足惜！贼人如此猖獗，不知何日方能扫除！"

正在说话，忽听汉港里鼓声大作，冲出一队战船横截去路，却是周奎、苏飞由汉港抄出，齐声高叫道："屈光匹夫！尔的巢穴已毁，还不投降，求免一死！"屈光听了，双眉倒竖，切齿有声，立起身索取衣甲。王孙建二人拦住道："将军身负重伤，只宜休息，我二人不才，愿退敌军！"屈光只是不听，经左右的人再三劝止。王孙建取了一支画戟，雍洛取了一柄大砍刀，扎束停当，各到一个船头上，大喝道："鼠辈偶然得志，如此狂妄！着家伙！"王孙建战住苏飞，雍洛战住周奎。火把高举，战鼓齐鸣。屈光立在舱口见王孙建手腕灵活，一支戟如苍龙戏水，丹凤翔林，私念道："此子倒有这般武艺，将来未可限量！吾国又添一员健将。"又见雍洛的大砍刀也是运动如法，十分叹美。无奈周、苏二贼手段强硬，只杀得个平手，死战不退。正在焦躁，忽见从北面来了一队战船，如流星赶月般急骤而来，声势甚猛。屈光骇然道："再添敌兵，吾命休矣！"一转眼，战船已到，火光之下，见认旗上是个"申"字，方晓得是申黑的援兵到了，满心大快。申黑挥斧冲入贼队，直劈横砍，势如猛虎，贼兵纷纷退去。王孙建、雍洛见有救兵，精神陡长，一支戟、一柄刀风驰雨骤。周、苏二贼见阵势已乱，又见敌将猛勇，只得唿哨一声向两面退去。申黑还要赶杀，屈光高叫道："申将军不必追赶，屈某在此！"申黑方才把船队约住，跨上屈光的船头，见了屈光模样，知受重伤，说道："救援来迟，致伤将军，心实惶愧！"屈光笑道："将军上阵，不死带伤，何足介意！"王孙建、雍洛又来相见。屈光道："此时不暇[1]细谈，你二位可去寻着鲍皋、鲁直回营。申将军在此助我，誓复一败之仇！"申黑道："临行之时参谋敦嘱道：将军胜了，须择扼要地方扎营，徐图进取。将军若败，务必从速转去，守护燕子矶水寨，以防他变。千叮万嘱，深恐将军违拗致误大事。"王孙建二人也从旁苦劝。屈光此时虽不气馁，也觉得带伤过重，万难力战，只得应了。王孙建二人辞去。屈光与申黑带领船只折回，一路上始将被围遇救、受伤自刎的情形详细告知。申黑十分叹息。不到两个时辰，早到了水寨，却是火影全无，一人不见。屈光惊问道："难道我去了，水寨就撤了不成？"申黑也吃惊道："我动身之时，参谋是派却勃替将军镇守，为什么此时人影俱无？好令人难猜！"屈光道："我留此地，将军且到关上探看转来再议。"申黑应了。船靠了岸，申黑叫人牵过马，带了十名军健，匆匆上岸而去。屈光独卧舱中纳闷。不过半个时辰，随申黑上岸的一个军健急急跳上船来，直进中舱，气急败坏地道："启禀将军，大事不好了！"屈光这一惊也足有十分。正是：

  未泄出十分锐气，转吃了一番大惊。

  欲知后事，且看下回。

---

[1] 不暇：没有时间。

第十四回

偃月塘屈采报兄仇　飞云渡洪涛施神勇

却说屈光大败而回，独卧舱中纳闷，忽然随申黑上岸的军健回报道："大事不好了！"大吃一惊，一蹶劣挣起身来，急问道："何事不好？"军健回道："小人随申将军上岸，约行三里，到了高阜，听得鼓声大作，遥望关上火焰冲天。申将军顿足道：'关上必然有失！'急命小人转报将军，火速带兵前往。"屈光听了，心中一急，眼前一黑，胸脯窝疮口齐裂，"哇"的一声，吐出一口鲜血，倒在舱板。左右大骇，上前看时，早已咬牙关，面如黄蘖[1]，突然大叫一声："气死我也！"须臾气绝。

　　　　可怜赤胆忠心将，化作黄泉异路人！

左右见屈光死了，惊得手足无措，面面相觑，只有流泪而已。倒是军健略有主意，对左右道："屈将军已死，留此无益。此处离烂泥沟不远，且将船只移向烂泥沟近处，报知蘧将军，再定计较。"左右听了有理，用锦被将屈光的尸身盖好，急急开船向烂泥沟而去。

原来屈光被围之时，即却勃战败之际。只因苏飞、郝天宠折回二关，对王翼说了备细，王翼道："头关既失，皇甫葵等谅来凶多吉少，明日必有楚兵到此。"既命周奎、游龙、苏飞、郝天宠四人四面埋伏，以待敌军。果然杀败屈光。又命王子虎、张信绕到燕子矶，先破他的水寨，破寨之后，如此如此，头关可复。王子虎、张信受计而行，到了水寨鼓噪[2]而进，却勃却未防备，被他冲进。片时水寨大乱，却勃披挂不及，抢鞭在手，向前抵敌。怎奈王子虎、张信十分凶猛，张信用力逼住却勃的双鞭，王子虎觑得真切，举起铁锏当头劈下，正打着却勃的右肩，立时握鞭不牢，掉在船板，只将左手的鞭来支隔，被张信一刀撇开，纵过船头，拦腰一

---

[1] 黄蘖：枯萎的荷叶。
[2] 鼓噪：指擂鼓呐喊。

把提起来,掷过本船,贼兵用绳索绑了。楚兵见主将被擒,纷纷上岸逃走。王子虎、张信令人将死楚兵的衣甲剥下百十套,把与贼兵穿好,就用孙参谋赚关之计,照样做去。百十余名喽兵依计而行,一拥上岸,赶着楚兵混在里面,一起向头关跑去。到了关门,一起乱嚷道:"水寨被贼人破了,却将军已被擒去。速速开关,救我们的性命!"守关的牙将[1]听了,不敢做主,急急报与孙参谋。孙参谋听说,急上城楼,命人用火把往下一照,果然通是楚兵,叫关的声音一阵紧似一阵。抬头往后一看,却不见有贼兵追赶,心中略一踌躇,便对逃兵道:"黑夜之间难分真假,且喜贼兵尚远,尔等可向山径僻处暂躲一夜,明晨进关不迟。"一起楚兵皱着眉头哀恳,一起楚兵挺着颈项乱闹。孙参谋越发疑心,大声喝道:"不到明晨决不开关!尔等速去!"说罢急下城楼,传集牙将等从速布置一切。传命众军饱餐,准备抵御攻关。城垛上竹木礌石备得十足。不到一个时辰,果然贼兵咆哮而来,火势冲天,鼓声震地。王子虎、张信挥兵一拥而上,即有数十架云梯向城垛靠来。哪晓得贼兵一松手,云梯通共倒了。王、张二人心中疑骇,不知是何缘故。原来孙参谋早防他云梯攻城,用些粗竹巨木支在垛口外,参差不齐,云梯如何依靠得稳。王、张二人见云梯无用,命人多用火箭射上关去,垛口上却擎起竹排,沿城一带的房屋早用水浇过,火箭射上去,一起都熄了掉下来。关上转将滚木礌石向贼兵多处打下,打死贼兵不少。王、张二人被弄得无计可施,又不敢逼城攻打,相持两时之久,毫无半点便宜。看看天将发晓,孙参谋目不交睫[2],四面巡视,一点不敢疏虞。忽然贼队扰乱,晨光中见申黑挥斧而前,王子虎接住厮杀,约战十余合,张信上前夹攻,申黑看看抵敌不住,瞥见西面火光闪灼而来,势甚急骤。少时一队人马早到关前,当先一员大将,紫袍金甲,手挺方天画戟,恶狠狠闯进贼阵。贼兵当之辄靡[3]。王子虎让张信战住申黑,提起铁铜拍马向前,那将舞动画戟,呼呼有声,杀得王子虎骨软筋酥,满头是汗。张信见了想去助战,申黑哪肯放松,双斧一起一落,势如风雨。

---

[1]牙将:古代一种军衔。

[2]目不交睫:夜间不睡觉或睡不着。

[3]当之辄靡:阻挡的人纷纷被打败。

第十四回　偃月塘屈采报兄仇　飞云渡洪涛施神勇 ‖ 085

王、张二人只有招架之功，并无回击之力。孙参谋此时看得清晰，见阵中一杆认旗，斗大一个"蘧"字，知是蘧季高到了，心中大喜。即派四员牙将，各带三百人，从东西两门出去助战。亲自在城楼上援枹[1]擂鼓。楚兵见蘧季高得胜，一个个奋勇当先，只杀得贼兵东逃西窜，人头如瓜滚，鲜血似水流。王、张二人见大势已败，不敢恋战，一起退走，奔至水寨上了船只，押着却勃转回卧云冈去了。

孙参谋见贼兵退尽，大开关门迎接，蘧季高连忙下马，同申黑走进关中，一同步行，到了帐中坐下。孙参谋对着蘧季高道："若非将军相救，此关断然难保。"蘧季高道："末将因屈粮官的部下，将屈粮官的尸身载至烂泥沟……"孙参谋急问道："怎么，屈粮官死了吗？"蘧季高将屈光战败气死的情形一一对孙参谋说了。孙参谋痛哭道："屈粮官忠勇性成，遇战当先，今日身亡，楚国失一股肱[2]，不才[3]折一膊臂矣！"说罢，号啕不止。蘧季高与申黑也是泪流满面。孙参谋急命人去烂泥沟迎取屈光的尸身。忽又想却勃，急问左右道："水寨失守，可知却将军的下落？"申黑道："末将到水寨时，人影俱无，甚是疑惑。水寨的逃兵难道一个都不曾到关吗？"孙参谋道："我真是糊涂了，逃兵到关口，称水寨打破，却将军被擒。我因恐中贼人的诡计，不敢开关，此时天已发晓，大约逃兵也快进关了。"须臾水寨逃兵纷纷投进关中。孙参谋命人点名归伍，幸无贼人混在里面。唤两个来问了详细，果然却勃被擒。大哭道："只因屈粮官一时气愤，致失大将二员，我将何颜去见元帅！"蘧季高与申黑竭力劝解道："胜败兵家常事，俟大兵到来，谅此小寇，难逃天诛！"孙参谋默默无言。左右搬上酒饭，大家胡乱用些，暂时安息。孙参谋倒在床上，翻来覆去，哪里睡得着。忽然坐起道："如此如此，可复此仇。"午后屈光的尸身已到，一番的哭奠不必细说，香汤沐浴，棺殓停妥，就葬在关外。

不一时探子报道："元帅的大队已到关下。"孙参谋等出关迎接，斗元帅进关，立了帅府。众将参见毕，孙参谋将以上的情形一一禀知。斗

---

[1] 援枹（fú）：支援，帮助。
[2] 股肱：比喻左右辅佐之臣。
[3] 不才：古代对自己的谦称。

元帅听说屈光战死,却勃被擒,只气得长髯飘动,虎目圆睁,愤然道:"擒尽狂贼碎尸万段,方泄我胸中之恨!"孙参谋献计道:"不才想得一计在此,如此如此,可复此仇。"斗元帅听了,点头称善,拔了一支令箭去传陈音。少时陈音进府参见,元帅吩咐道:"明日如此如此,速去准备。"陈音领令,正要退出,斗元帅问道:"王孙建等可曾回寨?"陈音答道:"今晨已经回寨了。"斗元帅道:"二人替屈粮官解围,力敌贼兵,忠勇可嘉。照此努力,本帅自有重赏。"陈音鞠躬道:"为国效力,分所当为,何敢望赏!"说罢禀辞出府,自回船上准备。

到了次日,孙参谋写了一封书,命人去到卧云冈投递。书中所说,要将皇甫葵调换却勃,大家在飞云渡会齐对换。王翼见了书,批了准字,付与来人去了。对众人道:"孙承德来书,将皇甫葵来换却勃,倒无折[1]便宜之处,只怕他另有诡计,不可不防。"众人称是。王翼唤过周奎吩咐道:"周头领领战船二十号,押了却勃去飞云渡对换皇甫葵。对换之后,他若没有动作,头领也不必妄动;他若来冲杀,只须略战数合便向绿杨湾退去,我自有接应。"又换过游龙吩咐道:"游头领领二十号战船,去绿杨湾埋伏,让楚兵追了过去,截住他的归路,周头领转身夹攻,定可获胜。"又唤过王子虎吩咐道:"王头领领二十号战船,去飞云渡左近埋伏,他既敢冲阵,后面必有接应。且等楚兵追赶周头领之后,他的接应兵必起,便截住厮杀。"又唤过郝天宠吩咐道:"郝头领领二十号战船,也去飞云渡侧近埋伏。见王头领与楚兵接战不必相助,领战船向北而去,作出打燕子矶之势。如另有接应兵,此时必起,可接住厮杀。若无另起接应兵,前路楚兵必退,郝头领与王头领两面夹攻,何患不胜!"又唤过苏飞吩咐道:"孙承德因屈光败死,却勃被擒,心中愤恨,必尽起燕子矶的全队拼命而来,燕子矶必然空虚。苏头领带二十号战船到燕子矶,四面纵火烧关,若无大将镇守,军心必乱,头关可复。"又唤过张信吩咐道:"张头领领二十号战船,随苏头领进发,在燕子矶水路埋伏,楚兵败回锐气已失,拦住厮杀,楚兵必败,可乘胜夺回头关。"六员贼将称赞道:"王头领有此谋略,哪怕楚兵百万!"王翼摇首道:"孙承德那厮机诈百出,我虽然这般调遣,终

---

[1] 无折:没有什么。

第十四回　偃月塘屈采报兄仇　飞云渡洪涛施神勇

有点放心不下。"又唤过两员副头领吩咐道："二位可分路去鸦嘴滩、铁崖两处,报知黄洪二将军:一面紧守汛地,一面来飞云渡近处救应[1]一切。"又命一员副头领去烂泥沟报知洪涛:趁蓬季高不在,作速出战,我自紧守此关,谅来无大妨碍。六员头领和三员副领各领命而去不提。

且说楚营下书的人回转燕子矶,将回批呈上。斗元帅即时升座,唤过屈采密嘱道："如此如此。"这屈采是屈光之弟,武艺不在乃兄之下,性如烈火。屈光死了,屡次哭讨令箭,要去报仇。斗元帅与孙参谋极力劝止[2]。此刻得了将令,摩拳擦掌,带着王庆而去。又唤过成允密嘱道："如此如此。"又唤过斗荡密嘱道："如此如此。"又唤过养子敬密嘱道:"如此如此。"又唤过公子申密嘱道："如此如此。"又唤过斗必胜密嘱道："如此如此。"又唤过公子成英、梁邱密嘱道："如此如此。"又唤过蓬季高密嘱道："速转烂泥沟,如此如此。"九员大将各受密计而去。斗元帅督同申黑守护燕子矶,另做准备。孙参谋带了一队战船相机策应。安排已定,一夜无话。到了次日,屈采押了皇甫葵,带了战舰,直到飞云渡。周奎早到,列齐船只,立在船头大喝道："我皇甫头领何在?速速献上,还你的却勃!"屈采命人将皇甫葵带至船头,大喝道："还我却将军来!"周奎也将却勃带出,两面都是去了衣甲,赤着身体,剪着两手。周奎道:"各放小船一只,当中对换。"屈采应了,两边俱用小船荡至适中之地,两船相接,却勃、皇甫葵互跳过船。楚兵催桨归阵。贼兵荡桨转去,将近大船,忽然水面起两个漩涡,冒出两个人来,扳着船边用力一撑,喝声"下去!"立时船翻,皇甫葵与荡船的通落水中。周奎见了大骇,霎时之间,水面上泛出血色,见两个人各提一个头首,从水面上走到楚阵,如履平地。骇异一阵,不觉勃然大怒道:"匹夫焉敢欺人!"顿忘了王翼的吩咐。挺戈直上,来战屈采。屈采挺枪相迎,略战数合,掩一枪便退。周奎哪里肯舍,鼓棹追来。屈采弯弯曲曲引到一个所在,四面都是芦苇,屈采停了船,笑叫道:"这里来,与你战三百合!"周奎一看是偃月塘,蓦然醒悟道:"不好了!"一句话未完,成允带了一队战舰截去归路,横矛大叫道:

---

[1] 救应:救援接应。
[2] 劝止:劝人不要做某件事或进行某种活动。

"周奎！留下头颅，让尔归去！"周奎到此没法，只得抖擞精神，与二人厮杀。怎奈两将都异常骁勇，略一松手，被屈采一枪挑入左肋，倒在船头，血流如注。成允跳过船去，拔出宝剑，割了头颅，提在手中，厉声喝道："敢动者以周奎为例！"贼兵吓得胆战心惊，齐跪船板上乞降。屈采要一起洗杀，替兄报仇。成允附着耳说了几句，屈采方才依允，问了贼兵的口供，叫贼兵穿了楚兵的衣甲，楚兵穿了贼兵的衣甲。对陈音附耳道："如此如此。"陈音领计，带了假楚兵，屈采、成允带了假贼兵，屈采、成允在前，陈音在后，向绿杨湾而去。游龙正在扬头扬脑地张望，忽见周奎的认旗过去，后面楚兵紧接而来，认旗上一个"屈"字，一个"成"字。游龙急将战船横截出来，举斧便砍。陈音假意跌下水去，可怜一些贼兵仓促之间不能分诉，只杀得头颅乱滚，鲜血长流。屈采、成允早折转船头，逼将拢来。游龙见了，急来船头问话。屈采觑准[1]咽喉，一矛刺去，刺个正着，游龙叫也不曾叫一声，跌下水去，谅来不能活了。贼兵弄得糊糊涂涂，哪里还敢厮杀！识水性的凫水而逃，不识水性的只好伸颈挨刀。屈采倒杀得畅快，洗戮净尽，伸了一口气道："此刻方出了我十分的怨气！"成允道："我们快到卧云冈要紧。"陈音上船扮作周奎，带了假贼兵在前，屈采、成允带了楚兵在后，离了绿杨湾直向卧云冈而去。

却说斗荡带了一队战舰，来至飞云渡不远，果见二十号贼船，认旗上是个"王"字，一直棹来，大叫道："认得王将军否？"斗荡大笑道："区区小丑，何足道哉！"王子虎大怒，舞起铁锏向斗荡劈来。斗荡舞动泼风刀急忙相架。双锏似流星赶月，大刀如滚雪飞花，酣战四十五个回合，正在相持不下，郝天宠领了二十号战船掠阵而过，大叫道："尔的巢穴尚且不保，还敢在此恃蛮[2]！"说罢催船向北棹去。养子敬舰队恰到，拦住去路，手执长锋宝剑，大喝道："匹夫向哪里去？养将军等候多时了！"郝天宠急举三尖刀迎面刺去，养子敬舞剑相还，长锋枪似苍龙探爪，三尖刀如银蟒翻身，两处杀声相应，约有半个时辰。公子申与斗必胜却从两面抄来，公子申舞动双枪，帮着斗荡，斗必胜舞起双锤，帮着养子

---

[1] 觑准：看清，瞅准。
[2] 恃蛮：依仗蛮横。

敬，只杀得贼兵七零八落，王子虎、郝天宠死力抵敌，满面是汗，喘气呼呼，看看就擒。忽来一队贼船，直冲向前，船头立一少年贼将，银盔银铠，面如傅粉，唇若抹朱，相貌堂堂，威风凛凛，挺一杆方天画戟闯入阵中。斗必胜撇了郝天宠来战那员小将，那员小将"唬唬唬"一连几戟，戟沉手快，势如撒豆，哪里招架得来。公子申瞥眼望见，撇了王子虎来帮斗必胜，那员小将全不在意，运戟如飞，戟锋总不离二人的面门喉颈，只杀得二人眼花缭乱。斗必胜一错眼[1]，手腕上早着一戟，戟杆过处，将公子申右手的枪杆碰成两截，二人吃惊，不敢阻挡，只得退开。王子虎、郝天宠见有救兵，方才定一定神，那员小将早冲近前去，戟尖上弹起一个花圈，把斗荡的泼风刀、养子敬的长锋剑"当"的一声一起荡开，只震得二人两膀酸麻，汗流浃背，急急退下。小将在前，王子虎、郝天宠在后，一冲出围，无人敢挡。四将面面相觑。养子敬愤然变色，回顾左右叫道："取弓箭来！"这子敬是养由基之子，神手世传，箭不虚发。按过手来，搭箭拽弓，对准那小将的脑后射去，喝声"着！"正是：

  啼猿神手惊天下，射虎奇能试彀中。

  未知小将性命如何，下回自见。

---

[1] 一错眼：一不留神。

第十五回

破卧云王翼中奇计　探铁崖陈音奋雄心

话说养子敬见那员小将救了王子虎、郝天宠冲出重围，心中愤怒，取弓搭箭，对准那员小将脑后射去，喝着"着！"无奈两膀酸麻，弓力不足，箭头不准，一支箭从那员小将耳轮擦过去。那员小将毫不惊觉，一直向卧云冈去了。楚将四员商议一会，只得遵着密嘱，跟向卧云冈去，策应屈、成二将。

却说陈音扮了周奎，假作败兵之势，逃回卧云冈。屈、成二将紧紧追赶，直到卧云冈，人声鼓声哄成一片。王翼听了，直上城楼瞭望。探子报道："周头领被楚兵赶杀甚急，特来报知。"王翼急下城楼，派了四员副领守关，自己带了五百名精兵冲下关来，拨了船只来救周奎。快到面前，周奎早被屈采一枪挑下水去，周奎的认旗也飘飘荡荡地倒了。王翼吃惊非小，督率四将向前，屈采、成允略战数合便退。王翼把一些假贼兵救上岸去，一拥进关。屈、成二将领了楚兵跟踪而至，逼关攻打。王翼急急上关策应，忽然关内人声鼎沸，四面火起，却是王孙建、雍洛等十一人及所带楚兵二百名发作起来，关内大乱。王翼情知中计，急急下关，带了十余员小头目并亲随数十人，开了西关逃出关去。王孙建、雍洛斩关落锁，迎接屈、成二将进关，将却勃安顿养息伤痕。屈采问道："王翼何在？"王孙建道："王翼弃关逃了。"屈采道："谅去不远，我追他去。成将军在此安抚。"说罢，带了本队也向西关而去。遥见一起人正在上船，屈采着急，急急招呼本队战舰向西移来，少时船到，一拥上船。此时王翼已离去三里水面。催船紧赶，看看赶上，大叫道："王翼奸贼，还不束手受缚，逃向哪里去！"王翼着急，正想泅水而逃，忽然鼓似雷鸣，船如箭发，一队战船冲到面前，当先一船，认旗上是个"洪"字。王翼见是洪涛，心中狂喜，大叫道："飞虎救我！"洪涛命王子虎守护王翼，命郝天宠押着后队，挺戟在前。屈采已到，见洪涛年幼，哪里放在心上，

第十五回　破卧云王翼中奇计　探铁崖陈音奋雄心

笑喝道："乳气尚臭，也来逞狂！速速退去，饶尔一死！"洪涛并不回言，挺戟便刺，屈采横枪一隔，觉得十分沉重，心中吃惊，用尽全身气力，接着厮杀。枪戟飞腾，如两条蛟龙搅海一般，约战二十来个回合，屈采已是气喘汗流，渐渐支持不及。却好养斗四将赶来，一拥上前，围着洪涛，刀枪锤剑上下翻飞，洪涛不慌不忙，把方天戟舞得呼呼风响，挡开刀口，隔着枪尖，架过双锤，逼转长剑。屈采见策应兵到，抖擞精神，一支枪穿梭般只在洪涛面前胸脯上弄影。郝天宠见了，恐洪涛有失，急舞三尖刀来战屈采。屈采回过枪尖，向郝天宠咽喉一划，郝天宠横起三尖刀往上一隔，屈采早将枪头掉转，用个拨草寻蛇势，向郝天宠两脚一扫，喝声"下去！"郝天宠立脚不住，跌下水中。王翼见了，急跳下水救起郝天宠，抱上自己船上，郝天宠早吞了几口水，弄得腹胀头昏。洪涛见郝天宠落水，又见屈采枪法厉害，谅难取胜，恋战无益，用力把戟杆一弹，戟尖上起个大花圈，五件军器一起挡开，虚掩一戟，掉转船头，保住王翼便走。斗养四将还要追去，屈采道："二关已得，且到关上守护要紧。洪涛那厮必来攻关，再擒那厮不迟。"

众人听说得了二关，大喜，急急向卧云冈来，进得关去，见孙参谋已经入关。相见毕，孙参谋道："我已探听明白，苏飞、张信去攻燕子矶，谅他必败。屈将军同陈巡官速去策应。众位留此守关。"屈采、陈音领命而去。屈采在路上与陈音道："又好痛痛快快杀他个血溅肉飞！"陈音道："将军英勇，不亚督粮官，末将十分佩服。"屈采笑道："什么叫作英勇，不过不要命罢了！"陈音道："武将上阵，只要有个不要命的念头，便能建立奇功。多少偷生怕死的深恐坏了[1]性命，退退缩缩，到底把性命丢了，不但误了国家大事，还落个骂名千载，你说可笑不可笑？"屈采听了，对陈音十分敬爱，二人谈谈笑笑，早离燕子矶不远。却见一队船来，是公子成英与梁邱二将。屈采跑至船头，高叫道："二位何往？"公子成英也与梁邱出立船头，应道："我二人奉了元帅将令去卧云冈。屈将军何往？"屈采道："难道燕子矶就没事了吗？"公子成英道："张信那贼被我二人杀败，只剩得只身逃走。苏飞那贼去攻关，

---

[1] 坏了：被伤害。

被元帅督同申先锋用埋伏兵杀得一个不留。元帅亲斩了苏飞，即命我二人到卧云冈策应。"屈采哈哈大笑道："好极好极！"就此合兵一处折回卧云冈。到得关前，果然洪涛会齐鸦嘴滩的守将黄通理前来攻关，正在攻打甚急。屈采对众人道："洪涛小子十分了得！听说黄通理那个老贼也是个骁杰，我们总得想个法子退他才是。"公子成英作色道："难道他二人是三头六臂不成？我倒要试他一试！"屈采摇头道："我是已经试过了，厉害，厉害！"公子成英只是不服。梁邱道："我们不如分兵去攻他鸦嘴滩、铁崖两处，卧云冈之围自然解了。"公子成英、屈采道："好计！"陈音摇头道："大难大难！"公子成英问道："却是为何？"陈音道："末将与王庆等各处俱已哨探明白，铁崖的山势如削，全无进兵之路，沿崖一带水势紧急异常，不但船不易到，就是深通水性的人也难泅过，是个明险。"公子成英道："他的兵难道是飞出来的不成？"陈音道："他出兵时只在南面悬梯而下，过后即将悬梯拽起，我们如何得近？"公子成英又问道："鸦嘴滩却又为何？"陈音道："鸦嘴滩外面似甚平衍，水里都设有铁链暗弩，尖桩木栅，是个暗险，仓卒[1]也不能攻入。"公子成英与屈采、梁邱俱皱着眉头："难道这两处就不攻取了吗？"陈音道："那两处须得慢慢设计，自有攻破之时。此刻只想这卧云冈如何解围，的是[2]紧要。"众人想了一会，陈音道："末将想得一计在此，如此这般，诸位以为何如？"众人拍手称妙。各人将船只移至僻处，到了黄昏后，带了火绳焰硝悄悄去卧云冈，分四面上去，各做准备。此时王翼督同洪涛等攻打半日未能取胜，已是疲倦，暂时休息。二更以后，忽然西面山坳里火光冲天而起，鼓角之声震动山谷。王翼急命洪涛前去迎敌。洪涛急急提戟上马，带了本队向西跑去，约走二里，火影全消，人声俱寂。勒马四望，黑黝黝的不见影响，只得回营。将待下马，东面山坳里又是鼓声大作，火势烧空，喊杀之声不绝。王翼听了，急叫洪涛休得下马，速向东去迎敌。洪涛带着本队向东去了，不到一刻，遥望火光已绝，喊杀无声。正在心疑，西北角又是火起。急命黄通理前去哨探，黄通理

---

[1] 仓卒：亦作"仓促"，指非常匆忙急迫。
[2] 的是：确是，实在。

尚未起身，东北角喊声又发，急命王子虎前去。霎时之间，几处的声响全无。三人陆续转来报知。王翼道："此是孙承德疑兵之计，只须紧守营寨，不必理他。"顷刻之间，忽东忽西，忽左忽右，不是鼓鸣，就是人喊，不是火势飞腾，就是火星起灭，一连十数次，已闹到四更。贼寨中料是虚张声势，全不在意，大半偷空歇息。不料楚兵从四面扑进营去，火光毫无，人声不作，逢人便砍，遇马便杀，好似千百只猛虎在营中东闯西突。立时贼营大乱，洪涛与黄通理手执军器要寻人厮杀，却不得一个头脑，乱糟糟无处用力。城上早见贼寨扰乱，知有人去劫寨，急派斗荡、公子申从西关出去接应，养子敬、成允从东关出去接应。城上擂鼓助势，四将冲进贼营，斗荡、公子申遇着洪涛，一场恶战；养子敬、成允遇着黄通理，丁字交锋。王翼一见大势已坏，同王子虎落荒而走。却说斗荡、公子申哪里敌得住洪涛，看看遮拦不住，且喜公子成英冲到，大叫："小儿休得逞强，着枪！"一个怒龙探爪势，直扑洪涛的心窝。洪涛将戟一竖，一个旋风，三般兵器一起碰开。公子成英暗吃一惊道："真好手段！"说时迟，三人举起兵器攒蜂[1]地递上前去，那时快，陈音却好扑到，一蹲身，把牛耳尖刀在马腹上一划，立时腹破，将洪涛撞下马来。公子成英急用枪向洪涛咽喉戳去，洪涛左手握着枪头一跃而起，右手的戟一摆，一个大撒手，好似一匹白练，"丁丁当当"将四般兵器一裹，洪涛趁势向乱军中一钻，早已不知去向。公子成英此时惊得呆了，叹口气道："此贼不除，终是后患！"陈音道："贼既逃去，不必说了。东边喊声正高，我们速去策应。"大众向东跑去，却是成允、养子敬同黄通理厮杀，梁邱也在助战，三人裹住老将。黄通理的一口刀风车一般，舞得呼呼有声，三员将只有招架之功，并无还手之处。公子成英正待骤步上前，黄通理用刀杆荡开成允、养子敬的枪矛刀锋，向梁邱劈去，梁邱侧身一躲，黄通理把马一挟，"哗喇喇"乘势突围而来，向黑暗处逃去，众人赶去，声影全无。公子成英道："这一老一少倒是一对儿，以后须好生对付他！"众人莫不惊叹，只得把些贼兵乱杀，尸首堆山，枪刀满地，跪着乞降的一一收了军器，却不见了王翼。陈音道："且进关去再作计较。"

---

[1] 攒蜂：如簇拥攒动的蜜蜂一样。

大家一同进关,孙参谋接着,大喜。陈音忽然失声道:"屈将军然何不见?"大众一起惊觉,都发起慌来。孙参谋唤过王庆吩咐道:"你熟此地路径,速领众人前去寻觅。"王庆领了众人正走出关,忽见屈采横枪在肩,满面是血,右手提了两个人头,低头走来。众人齐叫道:"屈将军何处去来?"屈采方抬起头,见了众人,立定脚长长地舒了一口气,两只手把人头擎起道:"你们来看,是何人的首级?"陈音用火把一照,见一个是王翼,一个是王子虎。众人问道:"你从哪里取得来?"屈采道:"贼寨乱时,我一时内急,去草地里出恭,正蹲下去,见两个人影匆匆过去,我便悄悄地随后追赶,足赶了三里方才赶上,王子虎在前,王翼在后。只听王翼道:'只得去见大王,请兵来复此仇!'我蹑步凑上前去,用枪向王翼背心一戳,王翼"哎哟"一声扑地倒了。王子虎回过头用铜来劈我,不到三两个回合,也被我一枪糊里糊涂地戳去,戳翻在地,割下两个首级。此时也不内急了。"众人道:"屈将军报了兄仇,又得大功,明日同你贺喜!"说说笑笑已进关门,见了孙参谋述了一遍。孙参谋道:"令兄九泉之下谅来也是快活,畅畅地出一口怨气!众位且去安歇,我自申报元帅,速进大兵。"众人谢了,各去饱餐一顿,高枕而眠。

孙参谋备了申文,派人去报元帅,默默画计[1],攻打鸦嘴滩、铁崖两处。左思右想,毫无计策。次日斗元帅已到,众人迎接进关,参见毕,孙参谋将众人的战功叙明呈上。斗元帅见了,唤过屈采、陈音道:"攻取二关,是你二人的首功!"此时申黑镇守头关,屈采拔充先锋,陈音拔充水陆都巡官。二人拜谢。余者各有赏赐。只有却勃忧愤成疾,病卧在床。斗元帅一面告捷,一面命人修整城垛,盘查米粮,编插降贼,磨砺刀枪,忙了数日。与孙参谋商议攻打鸦嘴滩、铁崖之计。孙参谋道:"此二处不取,不能制贼人的死命。数日来,洪龙那厮不见动静,久闻华勋奸诈百出,须防他的暗算。"斗元帅道:"无论他有何暗算,总须取鸦嘴滩、铁崖两处。只是两处地势奇险,守将凶悍,参谋可有妙策?"孙参谋道:"不才连日思索,实不曾有善法。"陈音近前鞠躬道:"末将承元帅的起拔[2],愿宽限

---

[1] 画计:筹划,打算。
[2] 起拔:推荐举拔。

第十五回　破卧云王翼中奇计　探铁崖陈音奋雄心 ‖ 095

三日，去到两处，或者寻个路径，遇个机会，也未可知。"斗元帅大喜，允了。

　　陈音退下，只带王孙建、雍洛二人，离了卧云冈，先到鸦嘴滩巡视一回，无路可进。然后转到铁崖，见正面东向崖石如斧劈剑截，高约八九丈，寸草不生。崖之南面有铁栅一道，围着船只。水里通罩铁网，多系铜铃，利刃如笋，万难挨近。岸之北面水流浪涌，一泻如注，奔腾有声。大家呆看了一会，陈音道："不知崖的西面是何形势？我到夜间泅水过去探个明白。"王孙建道："这样水势如何泅得过去？大哥不可造次！"陈音道："事已至此，只得冒险一行。"王孙建、雍洛再三劝止。陈音道："二位贤弟好意我岂不知？只是我来楚国何事，若不冒险立功，何能遂我来楚之意！"王孙建道："既是大哥要去，我愿同行。"陈音不允，只令他与雍洛在此守候。用了夜膳，陈音带了牛耳尖刀，穿了水靠，往水里一扑，浪花回旋，人影不见。王孙建对雍洛道："大哥的水性真令人羡煞！"雍洛点头，四只眼睛望着水急处，只见波翻浪滚，心中甚难放下。却说陈音到了水里，逆流而行，看看快到崖根，一个巨浪拍胸而来，把陈音打退两丈之远。陈音定一定神，又并一口气，排浪而上。那浪势如排山倒海般对面压来，陈音挺一挺身子，只想抵过这个浪头便好拢去。无奈浪势太大，仍被打退。只得冲出水面换一换气。此时六月中旬，月明如昼，见那北来水势堆银滚雪，月光入水如万条金蛇，蜿蜒不绝，浪沫溅胸，涛声震耳。陈音此时甚是为难，忽然想到君房父亡，大仇在身，不觉一股热气从腿跟直透头顶，哼了一声，泅下水去，顶浪前进。却也作怪，一股劲早冲透浪头，直到崖根。看官：看到此处，切莫疑神疑鬼。大凡人生做事，要想博个美誉，建点奇功，总没有便易得来的。到了那艰难险阻的地方，心一灰颓[1]，越觉得艰难险阻，一步也行不动。只要打定个虽死不辞的主意，任他刀锯在前，鼎镬[2]在后，毅然直进，艰难处也就容易了，险阻处也就平坦了。精神专注，真个像有神鬼扶持，天地呵护一般。那曹娥投江负尸，周处入水斩蛟，岂不是个榜样吗？陈音到了为难之际，只因想到君父之仇，

[1] 灰颓：心灰意冷，十分颓废。
[2] 鼎镬（huò）：古代两种烹饪器。

心中便定了个虽死不辞的主意,便觉全身出神,浪头无力,一直冲到岸根,急急冒出头来向北一望,不禁大喜,叫声:"奇怪!"正是:

　　精神到处鬼神避,意气专时金石开。

欲知后事如何,且看下回分解。

第十六回

听高歌陈音遇赵平　行秘计蒙杰劫通理

话说陈音到了崖根，冒出头来，向西一望，叫声"奇怪！"原来铁崖之水本不急骤，只因春夏之交，水势一发，北面一股涧水横冲而下，便把铁崖的水势冲动，弄得浪势拍天，涛声震地，涧水之西仍是平荡荡的。陈音大喜，急急泅过对岸，却是绿茸茸一片平地。上了岸，坐在草地上，见铁崖西面一带丛林紧接后关，离水五六丈，仍是崖石如削，只有一株老崖树倒垂向下，离水面约有三丈，记在心里。再向西望去，一带绿杨，月光之下觉得拂露笼烟，葱茏可爱。陈音立起身，向西行去，到了绿杨深处，忽听"啪啪啪"乱响，一会有人高歌，歌曰：

自平王之东迁兮，叹王纲之解纽；齐桓仗义以勤王兮，实为五霸之魁首。拔管仲于囚房兮，爵宁戚于牛口。豪际具有雄才兮，每遭时之不偶；颜憔悴而气衰颓兮，觉面目之可丑。无人赏于风尘兮，甘与草木而同朽。虽有赫赫之侯门兮，豪际不屑于趋候[1]。世有重贤之齐桓兮，薰沐举火以援手。贤臣得志君享令名兮，列辟奉命以奔走。我生不逢其时兮，急急如丧家之狗。发斑白而齿摇落兮，痛残年之不久！日饱一尺之鱼兮，夜醉一杯之酒。呜呼噫嘻，富贵功名兮，于我何有！

陈音听来，音节沉雄，词调悲壮，觉得满怀怅惘，百感俱生。呆立了一会，叹道："功名两字，成者不必自负，不成者不必自悲。时命所限，虽有奇才异能，从何表现？这副眼泪，古今来不知多少人洒过！听他歌中之意，必是个年老英雄。我不免上前去同他谈论，或能把他牵引出来建功立业，岂不是桩美事？"主意定了，趁着歌声寻去，到了岸边，几株垂杨下系着两只小小渔船，一只船上一个老汉盘脚而坐，左手撑着船

---

[1] 趋候：去等候、等待，接洽。

板，右手举个大杯，翘起头在望月。陈音轻轻走向前去，叫道："老英雄何悲愤乃尔？"老汉倒吃一惊，见一人身穿水靠走到船边，连忙将杯放下，一蹶劣挣起身来问道："什么人？"陈音声喏道："小人陈音，特来趋候。"老汉听了，觉得十分欢喜，道："陈巡官缘何到此？请上船来，屈坐一坐。"陈音倒诧异起来，暗道："他如何会认识我？"心中虽是这般想，却早已一步跨上船去。老汉让了座，唤人起来烧茶暖酒，陈音拦阻不住，只得由他。须臾茶已备上，老汉叫人将残羹收去，重新添菜换酒。吩咐毕，对陈音道："老朽久慕巡官大名，今承枉顾，荣幸无比。但不知巡官何事到此？"陈音道："素昧平生，老英雄从何相识？请问老英雄尊姓大名？"老少道："'英雄'二字，承当不起。老朽姓赵名平，齐国济南苦竹桥人氏。"陈音听了"苦竹桥"三字，急问道："赵允是老英雄什么人？"赵平道："是嫡堂兄弟。巡官如何认识？"陈音大喜，将夜救孙氏，送至苦竹桥之事大略说了一遍。赵平听了，心中十分钦敬，谢了又谢道："此事真真好极了！孙氏之夫蒙杰正在此地。"此时船上的人正来上菜，赵平接来摆列好了，即对那人道："快去叫蒙大哥起来，他的大恩人在此。"

那人跳过那只船去，不到一刻，带了一个大汉跨过船来。赵平面对着大汉，手指着陈音道："这位陈巡官是你的大恩人，快快上前叩谢！"大汉弄得糊糊涂涂，睁起双眼，望着陈音。陈音一见大汉过来，先立起身，凑近一看，心中大惊，私念道："这人可不是那醉月楼上，替那屈老儿抱不平的人吗？如何到了此地？"急急问道："大哥几时到此？我与大哥曾有一面之识，大哥自不觉得。"赵平大惊道："巡官如何认得蒙大哥嘞？"却又奇了，蒙杰也是大惊，暗想道："据舅父说来，他是我的大恩人，我实不认得他。据他说来是曾经认识我，我实在记忆不起，真叫人闷煞！"陈音道："不必拘礼，大家坐定，畅谈畅谈，倒是一桩快事。"彼此坐定，赵平方将陈音救他妻儿的事，照样说出。蒙杰听了，"哎哟"一声，连连称呼大恩人，立起身来，扑翻虎躯，在船板上拜个不停。陈音也立起身，连忙搀扶，哪里扶得住？蒙杰道："既承大恩人拔刀救命之德，又累大恩人千里跋涉之劳，叫小子如何承当得起？"说了又叩，叩了又说。赵平起身，帮着拦阻，方才歇了。蒙杰道："适才恩人道，曾经认识小子，小子却不明白，还望大恩人说明。"陈音道："快休如此称呼，反为不便。"便将醉

第十六回　听高歌陈音遇赵平　行秘计蒙杰劫通理

月楼之事说了一遍。蒙杰哈哈大笑道:"大恩人那时也在醉月楼吗?"陈音道:"嘻!你又是这样的称呼,该打该打!"蒙杰道:"这个称呼出在我心坎里,叫我如何改得过来!"赵平道:"陈巡官既是这般说,照我称巡官罢了。"陈音道:"也太客气,不如以弟兄相称,方觉亲热。"蒙杰跳起身来道:"好极好极!我有大恩人这般一个哥哥,我真是快活一辈子!"陈音笑道:"却又来,你只说渔湾杀人,可是你不是你?"蒙杰伸出右手道:"大哥看我的手指。"陈音一看,大指边一个枝指,点头道:"是、是、是,此事做得爽快明白,是英雄举动,佩服佩服!蒙大哥然何到此?"蒙杰瞪眼道:"如何叫我是大哥?也是该打该打!"陈音笑道:"是我不是,从此大胆叫你贤弟。"蒙杰笑道:"这样我才快活哩!大哥问我然何到此,可问舅父。"赵平接着说道:"这是前月的事。那一天我叫小徒去前村里沽酒,转来道:'酒店里病倒一个大汉,生得如何的魁伟,衣服却是破烂。店主人要扛他到荒郊去,许多旁人劝解总是不听。我身上且喜带得有碎银,取出四五钱来递与店主人,叫他行点方便,在近处请个医生诊视,或能救转,也是一件阴功事[1]。店主人见有银子,方才允了。'我听说,酒也不吃,急急带了小徒,赶到前村,一见面却是他。命小徒将他抬回,请人医治,才脱病不十日哩。"陈音道:"听说蓝滔被杀,失了银子三百两,贤弟拿向哪里去了?"蒙杰道:"小弟岂肯用这样的银两?我通把与屈老儿作盘费,往他亲眷处避祸去了。"陈音听了,称赞不止。又道:"尊嫂交我一信,可惜不在身边,明日取给贤弟。"

　　三人立着说了一会,烫酒上菜的人穿梭似的来往,听了这些话,一个个都觉得神气飞扬。赵平道:"我们要紧说话,站了半日,大家坐下用酒。"三人坐了,略用了酒菜。赵平道:"来踪去脉都交代清楚了,我们也要像说大书的,把惊木一拍道:'花开两朵,各摘一支。剪断闲言,书归正传。'我认得巡官的话啰,巡官来此巡哨几次,我都看见,就是假扮周奎那一天也在我眼里。我见巡官水势精练,心中甚是佩服。巡官到此是什么意思?请说明白。"陈音道:"只因洪涛那贼矫悍绝伦,铁崖又十分奇险,想来四围探巡,或者有点路径,碰个机会。幸遇老英雄,可有

---

[1]阴功事:不为人知的善行。

什么计较？"赵平皱着眉，叹口气道："老朽正为此事为难。前日屈粮官被围，老朽遇着巡官的部下。"陈音急急接口道："是了，那日凿船底就是老英雄了！斗元帅十分倾慕，屡屡嘱我留心探访。天赐良缘，幸得相遇！老英雄既有这举动，胸中定有成见，务乞赐教！"赵平道："巡官言重。老朽到这里的因由未曾奉告。月刚过午，且多饮几杯酒，待老朽一一告诉。"蒙杰连三叠四地催酒，大家又酣饮一会。赵平道："老朽幼自略通经史，酷爱刀枪，那马上纵横、水中起伏的勾当颇知一二。本想生当乱世，立点功业，无奈家世寒微，出身不易。做那微员末秩[1]、媚上求荣的事情，心中想来，非但不屑，抑且不值，不如株守田间，清苦度日，倒可身由自主。近来我们齐国，陈氏专权，一些无知愚民受了陈氏的小恩小惠，都倾心悦服，眼见就有移祚之患[2]。老朽手无尺寸，徒唤奈何！只好独自一人，着些空急，发点牢骚而已。今春正月，就是这里镇守鸦嘴滩的老将黄通理，是老朽的表兄，寄书与老朽，说这里洪龙如何的英雄，如何的仗义，如何的行仁，劝老朽来这里，一来帮着济困扶危，二来显显自家的本事，将来有机可乘，吐气扬眉。连接数函，意思恳切。老朽因家中困守，甚是无聊，也就应了。带了几个小徒，一直到这里来，沿途探听，倒是劫杀财命的事多，救人危难的事少，江汉淮泗布满党羽，立志原也不小，居心却是不端，往后乘难劫了昭王，今年又夺了二太子的翡翠瓶，这不是明明的有意犯上吗？老朽见他这样行为，哪里肯为他用！屡次劝表兄舍此还乡。表兄近来也略略有些醒悟，所以洪龙那厮屡次要派老朽的职守，老朽总是婉言推宕[3]。斗元帅领兵到来，洪龙要在飞云渡结个水寨，派老朽镇守。老朽诡辞道：'三关雄壮，又兼鸦嘴滩、铁崖两处拱卫，百万楚兵，谅难深入。何必零结水寨，徒分兵力。容老朽照常来往，探听楚兵动静，遇便策应胜于结寨。'洪龙允了。老朽不时把些不要紧的消息申报几件，敷衍塞责。洪龙甚是欢喜。那日屈将军被围，老朽因屈将军忠勇过人，十分钦敬，见他身受重伤，一时不忍。恰好遇

---

[1] 微员末秩：职位卑下的人员和低级官职。
[2] 移祚之患：帝位被篡夺以致改朝换代。
[3] 推宕（dàng）：推迟，拖延。

着尊部，略为效力，救屈将军出围，并没有别的意思。如今洪龙因头二关俱失，守将败亡，烂泥沟的旱寨也被蘧将军用埋伏计赚了。洪涛、牛辅不敢出战，心中愤恨，屡欲倾巢相拼，都被华勋劝止。现在调取江汉淮泗的羽党，将次调齐，不日定有一场恶战。"蒙杰插口道："我替大哥出力，去杀他个倒海翻江！"赵平笑道："楚营中几多勇将，哪里用得着你！"陈音道："将来恶战，暂时不必管他。现今只要设法破了他的鸦嘴滩、铁崖两处，贼势自然穷蹙[1]，便容易扑灭了。"赵平沉吟一会道："鸦嘴滩一处不必虑它，老朽自与表兄计较。只须设法攻破铁崖，擒了洪涛，便好成功。"陈音道："总求老英雄帮助一膀之力！此时天已破晓，不才回营禀明元帅，定了主意再来此地请教。"赵平一看，果然天已破晓，命人收了残羹剩酒，立起身来道："巡官不必久延，老朽送巡官转去。以后不必来此，若要会面，只在绿杨湾靠西一个湖荡，老朽在那里系只渔艇，日里张网船头，夜间笼个渔灯，就是暗号，那里相聚，彼此近便。"陈音应了，辞别要行。赵平吩咐徒弟解缆，鼓棹向南。陈音道："如何向南行去？"赵平道："向南而去，自有小港绕到绿杨湾，可免铁崖之险。这条水路，只有我船上的人晓得，是老朽近日寻出的，略有些水草碍路，已叫小徒们拔去。"说话之间，已到绿杨湾。赵平身靠船篷，用手指着一株大杨树，柔枝拂水，嫩叶舒眉，葱葱郁郁，好像极大的一柄翠盖，道："相约之地即是此处，巡官切记。"陈音点头。赵平道："已到绿杨湾，巡官自识归路，老朽不便远送。"蒙杰道："舅父不送大哥，大哥又无船只，如何转去？"陈音笑道："不用不用！"一扑入水，声响毫无。蒙杰看着水面，只见波纹荡漾，乐得手舞足蹈，哪晓得双脚一跳，船小力微，船一侧，把蒙杰颠下水去。赵平急忙跳下水，把蒙杰提上船来，弄得一身湿透，吐了两口水。赵平笑道："你此刻真是淋漓尽致了！"蒙杰也笑个不止。棹船转去不提。

陈音泅到铁崖，上了船，换了水靠，对王孙建二人说了详细，二人称快，随即搬上早膳，大家用过。陈音略为歇息，即到卧云冈禀见元帅，详细说了昨夜之事。斗元帅大喜道："何不将赵、蒙二人带到这里来？"

---

[1] 穷蹙：窘迫，困厄。

孙参谋道："耳目众多，泄了消息转为不便。既有这个机会，陈巡官且请坐下，大家商量一个计策。"陈音鞠躬道："末将自应侍候驱遣，何敢僭坐？"斗元帅命人安了座椅，强令坐下，陈音只得告坐。筹商一会，孙参谋道："如此如此，定能成功。"斗元帅与陈音同声称妙。陈音禀辞，到了夜间，取了孙氏家书去会赵、蒙二人。船到绿杨湾靠西，果见大杨树下一只渔艇，笼个渔灯，急急拢去，早已有人望见，招呼过船。王孙建等在船守候。陈音过船去，见了赵、蒙二人，先把书交与蒙杰，蒙杰接了，不暇拆看，塞在怀中。陈音把孙参谋所定之计细细告知。蒙杰跪起身来叫道："妙极！妙极！就是这样办。"赵平踌躇半晌，方说道："此计固妙，觉得心上有点过不去。"陈音道："成大事者不顾小惠。老英雄若如此瞻徇[1]，平生自命，其谓之何？"赵平毅然道："谨受教，两日后再会。"陈音与蒙杰见赵平允了，欢喜。陈音又唤过王孙建等过船，大家相见，通了姓名。赵平道："王孙公子青年贵介[2]，如此英勇，令人欣羡。"又对雍洛等道："诸位改邪归正，屡立奇功，不愧豪杰。"众人谦逊几句，各自分手。次日，赵平带了蒙杰去至鸦嘴滩，屏去从人，同黄通理细细说知。黄通理低头不语，好一会方说道："洪龙虽非成事之人，却待你我不错，如此行去，总觉问心不安。"赵平再三劝说，黄通理只是不肯。蒙杰在一旁，见赵平说了又说，只说得舌燥口干，翻来覆去，几句话已是重三叠四了，黄通理执意不肯行，陡然一双环眼睁得圆溜溜的，油漆面上透出光来，用手在衣底下"嗖"的一声，抽出一柄匕首来，冷气森森，寒锋凛凛，一腾身凑近黄通理面前，左手拧着黄通理的领衣，右手扬起匕首，恨一声道："事已至此，行也要行，不行也要行！你牙缝里若进一个"不"字出来，立时头血相溅，休想活命！"

正是：

　　豪杰只知行大义，英雄未忍负私恩。

　　不知黄通理如何对答，下回分解。

---

[1] 瞻徇（xún）：瞻前顾后。
[2] 贵介：尊贵的搢绅处士。

第十七回

离泛地洪涛落圈套　解重围蒙杰逞雄威

　　话说赵平去说黄通理归向楚营，暗图洪贼，黄通理因洪龙待他有恩，执意不从，蒙杰一时愤急，抽出匕首，拧着领衣相逼，黄通理神色不变，冷笑道："死了倒干净！"赵平忙走拢去，夺了右手的匕首，劈开左手的领衣，大喝道："休得鲁莽！"将蒙杰推开。蒙杰仍自怒气勃勃，侧着环眼，光灼灼瞪定黄通理，一声不响。赵平赔笑道："表兄不必固执，大凡英雄做事，大义为重，私恩为轻。洪龙虽有私恩于表兄，他所作所为不是劫财杀人，便是恃强犯上，将来青史上不过是云中一盗，表兄又算作什么人？我同表兄虽非世家巨族，总是清白门庭，一时失足混于贼中，没有机会还要想个全身远祸之计。今日斗元帅奉命来剿，头二关俱已打破，洪龙虽在调取羽党，谅来也不是楚军之敌，所恃者，表兄与洪涛左右犄角耳。洪涛那贼勇而无谋，终究必败。铁崖一破，鸦嘴滩孤立无援，焉能独存？万一失手，表兄以为以死报恩，别人议论起来，黄某是云中贼的死党。某日失守，某日伏诛，岂不污辱了你我的家声！就利害上起见，表兄也不可固执。"黄通理听了这一席话，倒觉得毛骨悚然，额角出汗，苍颜中泛出红色，甚是不安。见蒙杰在旁睁目竖眉，大有不能相容之势，又见赵平在旁，柔声下气，大有凄然欲泣之状，自想一生困顿，此际危难，不觉老眼中滴下泪来，软瘫在椅上，叹了一口气，瞑目不语。赵平见他醒悟过来，又说道："表兄是明白人，谅来不以愚弟之言为非，请速定主意，商量正事要紧。"黄通理道："愿从表弟之言，愚兄不替洪龙出力便了。"赵平道："我们去取铁崖，表兄原不必出力。除了洪涛之后，表兄须依孙参谋之计而行，方能成功。稍为游移，便误在事。表兄从速决断为是。"黄通理应了。赵平大喜，急将衣服脱开，露出膀臂，即用匕首一刺出血，对黄通理道："有渝此盟，神天不佑！"黄通理立时变色，也立起身来，露出膀臂，接过匕首，刺出血来道："今日之盟，神实凭之！"蒙杰急趋至黄通理面前，磕头下去道："我的老亲翁早要如此，岂不爽快吗？"黄通理急将蒙杰扶起，一起坐下，搬上酒饭用过。

赵平与蒙杰辞回，去至铁崖，见了洪涛道："少将军枯守此地，何济于事？何不去夺还二关？"洪涛道："二关被斗辛那厮布置得十分严整，夺还甚不容易。且此地关系不小，我若轻离，倘有疏失，大局坏矣！"赵平道："少将军虑的甚是。何不申请大王，添派一二员勇将来此镇守？少将军会同别将去夺二关，岂不胜似枯守！"洪涛大喜道："多承指示，即当遵教而行。除了老英雄，谁能当此重任！还望相助。"赵平道："久叨大王恩惠，愧无尺寸之报。如有驱遣，万死不辞。老朽还有个舍侄婿名叫蒙杰，虽然生性粗鲁，却有千百斤气力，诸般武艺无不通晓。老朽带来，现在帐外伺候。"洪涛大喜，急命从人相请，须臾蒙杰进来，洪涛离座相迎。赵平立起身叫蒙杰叩见。蒙杰叩头下去，洪涛扶起，见蒙杰生得身长气猛，品貌不凡，甚是喜悦，命人设座。蒙杰略为推让，彼此坐定。洪涛问蒙杰的来历，蒙杰说了。洪涛道："我的意思，就烦老英雄替我镇守铁崖，蒙壮士帮我去夺二关，不知二位意下如何？"蒙杰道："倘承不弃，愿随左右。"赵平道："铁崖关系重大，老朽独力难支，少将军还须申请大王另派能将前来坐镇。老朽帮着照料，庶免[1]误事。"洪涛道："老英雄的本事，久已佩服，何必过谦！我就此申请上去，看大王如何，谅来总是劳烦定了。"款了酒饭，随即备文申请。次日令下，派了王受福来铁崖帮助赵平镇守，另派淮水头领晏勇带领水军来帮助洪涛夺关，蒙杰随营，有功之日从重封赏。王受福已到，大家相见毕，王受福向着赵平道："自头二关失守后，大王焦急万分，昨见少将军的申文，甚是欢喜，说老英雄肯如此出力，何惧楚兵？特恐老英雄过劳，特派不才来供驱遣，老英雄休得见弃[2]。"赵平暗笑，想道："何尝是派来帮我，明明派来监我。谅你这宗蠢才有何用处！"只得随口应道："老朽蒙大王的厚恩，愧无以报。见今大势何危，特来少将军处筹划筹划。少将军不弃，以重任相托，力辞不允。今幸将军到此，老朽愿听指挥。"洪涛道："二位不必谦逊，天

---

[1] 庶免：以免，或许可以避免。
[2] 见弃：嫌弃我。

第十七回　离泛地洪涛落圈套　解重围蒙杰逞雄威

色尚早，我就此去夺二关。"立时披挂起来，另取一副黑色盔铠给与蒙杰穿了，问蒙杰喜用什么军器，蒙杰道："还是大刀爽利。"洪涛拣了一柄六十四斤重的九环大刀，蒙杰接在手中量了一量，道："将就好用。"洪涛见了，谅来勇力不小，甚是快活。随带蒙杰督领喽兵三千，别了赵平、王受福，下了铁崖，会齐晏勇，去夺二关不提。

且说陈音到了是日夜间，悄行到绿杨湾，会着赵平。赵平把两处的话说了，又道："王受福那厮没甚用处，洪涛起身后，我让他在前关镇守，我在后关照应，他甚得意。他对我说各路的贼党均已到齐，内有两人甚是了得：一个汉水的头领名叫聂刚，楚国蕲水[1]人，使两把截头刀，一件惊人的本事惯用飞锤，百发百中。一个江水的头领名叫邓环，秦国咸阳人，使一柄钢叉，一件惊人的本事惯用飞镖，也百发百中。现今洪龙自带悍将唐招、严癸、西门铎、蓝建德，在平山口结了水寨。华勋带了悍将郝天宠、张信、卜崇、颜渥，在三关结了旱寨，十分严密。鸦嘴滩添派了魏子楚协助我表兄。又派泗水头领公孙权督同费恭，会合洪涛，两路去夺二关。聂刚、邓环各领一队悍贼四路游弋。孙参谋之计虽妙，但恐蒙杰一人深入巢穴，万一失手，何堪设想。老朽想来，暗取铁崖、鸦嘴滩之后，用一个献果伏鸩[2]之计，这般这般，尊意以为何如？"陈音听了，拍手称赞道："老谋深算，真好真妙！我转去便与孙参谋议定，照此而行。"赵平道："老朽此刻到这里来，是诳[3]王受福，到自家船上取几件应用的物件，不可久延。巡官请转。"陈音点头而别。赵平带了徒弟自回铁崖。陈音回头，见卧云冈四面都有贼船，自家的战舰沿岸相拒，悄悄绕过贼寨，上岸进关。见了孙参谋，把赵平的话详细说了。孙参谋道："我定之计，原为破他的左右犄角。赵老所定献果伏鸩之计，好是好极了，但是机栝[4]甚紧，稍些露点破绽，为害不浅，接应必须紧凑。临时我自有斟酌。此刻洪涛等已到此地，你速派王孙建等潜往铁崖，准在明夜二更行事。"陈音应了，回到本营，吩咐王孙建并雍洛十一人，挑选二百名精壮，陆续绕过贼营，到绿杨湾聚齐。王孙建等甚

---

[1] 蕲（qí）水：古县名。
[2] 伏鸩（zhèn）：隐藏起来，用毒酒害人。
[3] 诳：欺骗。
[4] 机栝：弩上发矢的机件。

是高兴，结束停当，先后而去。陈音见了，说不尽心中的喜爱。

到了次晨，洪涛带了蒙杰、晏勇从西面索战，费恭随了公胜权从东面进攻，战鼓雷轰，势甚猖獗。楚营中西面是斗荡、成允，东面的公子申、梁邱，各遵密计，坚守不动。贼兵几次冲上，两面俱被弩箭射退。洪涛等晓得弩箭的厉害，不敢十分相逼，早被射伤百余人，心中烦躁，只气得暴跳如雷，直到黄昏不得一战。此时王孙建等已在绿杨湾会齐，从小路绕至铁崖西面，到了老树倒垂处，恰好初更，见有巨绳七八条坠下，王孙建大喜，挽着巨绳攀援而上，约离二尺，一个结扣，手挽脚蹬，不费大力，转眼之间已到树根。雍洛等见了，吩咐众人陆续而上，不过两刻光景，二百余人俱上，只留五六人守船。王孙建带了众人去至丛林里，见硝磺柴薪放得不少，刀枪矛戟摆得甚多，各人取了称手的家伙，分带柴薪去寻高处堆积好，派四十人在此守候，只听前关杀声一起，便放火呐喊。随带雍洛等各挟硝磺柴薪，绕到前关，分头堆积，也派四十人照样守候，余人偷进关去，暗处伏着。须臾之间，斗必胜带了一队战船，一拥而到，火光照耀，旗帜飞扬，在崖下排列，做出攻关之势。王受福早到关上，见了大笑道："漫道有我在此，我就高枕而卧，谅你也不能上来！这般举动，能够吓唬人吗？"正在狂笑，忽然一片声喊，暗中跳出人来，或左或右，或前或后，都是短装。关外霎时火起，络绎不绝，内外喊声与崖下鼓声相应。方才吃惊，提了蛇矛，一面命人去后面报与赵平，一面带了随身军士寻人厮杀。此时全寨惊动，忽然又听得后关呐喊，火势冲天而起，关内一时鼎沸起来。王孙建手挺画戟，早扑到王受福面前，劈胸便刺。王受福手忙脚乱，横矛接战。贼兵虽有二千人，分散在四面，一见火势烧空，杀声震耳，一个个吓得目瞪口呆，哪里能够向前，不过王受福身旁几十名亲随，还能勉强厮杀。怎当得王孙建少年英勇，一支戟神出鬼没，王受福哪能招架。雍洛等都是身强气锐，奋勇当先，把贼兵杀得尸横遍地，血流有声。王受福心慌手乱，被王孙建一戟刺中左腿，正想负痛逃走，鲍皋见了，横腰一铁锤，将王受福打倒在地。王孙建正要举戟刺下，却见赵平带了一百余人抢步上前，用枪把戟隔住，顺手一枪，向王孙建面门挑来，王孙建不敢怠慢，挺戟相还，一个皓首苍颜，枪到处似神龙探爪，一个朱唇玉面，戟来时如猛虎翻身，果然各显神通，切莫视为儿戏。王受福在这个空里，早被亲随拖起，往暗地里观战，见赵

第十七回　离泛地洪涛落圈套　解重围蒙杰逞雄威　∥107

平愈战愈健，王孙建招架不来，不到二十合，虚掩一戟，回身便走，楚兵一涌而逃。赵平紧紧追赶，楚兵纷纷跳下关去，跳不及的都被赵平用枪打倒，赵平左右的人上前擒了，用绳绑好。王受福大喜，扶着亲随一步一跛走到明处，接着赵平声谢道："今夜不是老英雄，命早休矣！"赵平道："救应来迟，头领受伤，多多有罪！老朽正在后关巡视，听得前关呐喊，又见火光冲天，急切要来前关，忽然后关火起，喊声大作，因此不敢离开。老朽准备迎敌，想前关自有头领支持，谅无妨碍。哪晓得等了一会，毫无话作[1]。老朽醒悟过来，后关是敌人的疑兵，吩咐几个小徒在后关紧守，带人来前关策应。且喜头领未遭毒手。"王受福感谢不尽。

赵平命人将擒获的贼人好好监禁，一个个问了姓名，方带去了。赵平忽然跌足道："与头领闲话，误事不小！"王受福也惊道："误了什么事？"赵平发急道："铁崖四面壁立如削，贼从何处上来？此刻逃走又向何处下去？"吩咐军士多燃火把，速速开关追赶。众人听了，一起醒悟，点火的点火，开关的开关。敌兵去了，大家声势起来，齐声呐喊拿贼，倒比先时喊杀的声音还大，前后相应，声震山谷，追赶一阵，哪里有个人影？连崖下的船也不知哪里去了。赵平又吩咐多点些火把，丛林里、崖石缝都要寻到，免生后患。众人加起火把，嚷个不住。这个火光直惊了攻夺二关的洪涛。洪涛索战，直到三更，楚兵不出。正在包躁[2]，忽然军士报道：铁崖火起。洪涛急上船楼，一看果然火势冲天，知是有变，急下船楼，唤蒙杰、晏勇吩咐："我去铁崖救应，你二人紧守在此，不可妄动。"二人应了。洪涛带了二十只船，一千喽兵，急回铁崖。约行三里许，鼓声大起，一队楚兵拦住去路，船头上是公子成英、屈采，各执军器，大喝道："洪涛小儿！巢穴已失，还向何往？"洪涛大怒，挺起方天戟向二人刺去，二人抖擞精神，奋勇厮杀。公子成英、屈采俱是楚国上将，双战洪涛，拼着性命，一毫不肯放松。洪涛一支戟左拦右隔，好似万朵梨花，纷纷乱落。公子成英、屈采两条枪，如蛟龙掉尾般上下盘旋。洪涛十分用心照应，正酣战间，水中冒出一人，双手扯着洪涛的两脚，喝声："下去！"洪涛一个冷不防被那

---

[1] 毫无话作：没有丝毫动静。
[2] 包躁：同"暴躁"，发急。

人扯下水去。那人正是陈音，在水中拔出牛耳尖刀，割了洪涛的右膀，提出水面，跳上船头。公子成英二人大喜，见洪涛右膀已去，浑身是血，命人用绳绑好，横搁船头，陈音押着先行，转向卧云冈。将近贼营，一声鼓响，一队贼船横截水面，火光之下，蒙杰手横九环刀，大喝道："胆大狂徒，敢来冲犯[1]？"陈音指着洪涛大笑道："洪涛被擒在此，谅你这无名小卒，焉敢挡我！"蒙杰一见，果然是洪涛，浑身血污，捆了绳索，不得不勃然大怒，气冲冲挥起九环刀向陈音砍来。陈音举刀相还，一场厮杀，大有舍死忘生之状。此时贼寨中通晓得洪涛被擒，晏勇提一柄铁斧冲上前来，火光下认得是陈音，暗吃一惊道："这人如何也在楚营中？倒是提防！"正想取出铁弹暗伤陈音，早被蒙杰刀杆一扫，把陈音扫下水去。蒙杰跳过船去抢了洪涛，跳回自己船上，楚兵近前的都被打倒，纷纷四散。晏勇大喜，跳过蒙杰船上，大家替洪涛解了绳索，才见洪涛右膀已断，晏勇心中甚为酸楚，急将洪涛扶起坐定，取了热汤灌下。洪涛悠悠苏醒，呻吟谢道："若非二位相救，定然首领不保！"晏勇道："都是蒙头领一人之力。"蒙杰正待回言，鼓声破空而来，却是公子成英、屈采督率船只冲杀前来。蒙杰霍地立起身，提刀走到船头，接着屈采交战。洪涛用左手挥晏勇速去助阵。晏勇提了铁斧，跳至船头，接着公子成英大声喊杀。斗荡、成允听了，急急挥军两下夹攻，只杀得贼兵四散奔逃，大半落水而死。蒙杰一杆刀保着洪涛，左冲右突，所到之处，楚兵纷纷倒退，无人敢挡其锋。晏勇也趁势杀出重围。蒙杰对晏勇道："东面杀声正起，将军保着少将军速回大营，我且去东面策应。"晏勇应了，保着洪涛而去。蒙杰到了东面，两下正在酣战，火光中见公孙权被公子申双枪一搅刺下水来。费恭正想逃命，蒙杰吼声如雷道："匹夫休得逞强，某来也！"挥起九环刀，冲到阵云深处，公子申举起双枪敌住。费恭见有救兵，重整精神，舞起钢鞭来战梁邱，看来各为其主，大有你死我亡之概。贼兵中见蒙杰这般奋勇，莫不交口称赞。忽听蒙杰大喝一声："着！"果见一个头影飞落水中。正是：

  绝世才能聊自表，将军辛苦为谁忙？

  欲知公子申死活，试掩卷猜一猜下文。

---

[1] 冲犯：冒犯。

第十八回

因敌出奇陈音变计　裹创请战屈采争先

　　话说蒙杰大战公子申，忽听大喝一声"着！"果见一个头影飞落水中。看官不必替公子申着急，明明是个头影，不是个头颅。公子申的头颅原是好端端在颈脖上，这个头影又是个什么东西嘞？却是公子申的头盔，被蒙杰一刀横劈落水。不但看官失惊，那时楚军中也有多少人失惊。后见公子申披着散发，虚晃一枪退下阵来，招呼梁邱棹船而走。蒙杰还要追赶，费恭拦住道："夜深交战，不必穷追，恐中奸计。且将公孙将军尸首捞获，转回大寨再作计较。"蒙杰倒还听劝，就不追去。命人下水将公孙权尸首捞上船来，随同费恭转回大营。晏勇先到，洪龙见了洪涛这般模样，心中十分疼痛，眼中掉下泪来，命人扶到内舱，急召军医前来医治。洪涛把蒙杰拦路夺回，将陈音打下水去，奋勇透围之事告诉一遍，洪龙心中十分感激蒙杰不尽。此刻蒙杰报到，洪龙抢步出来，见一黑大汉，满脸是血，战袍上也是鲜血渍满，呆呆站在那里。费恭扯着他道："大王在此，速去参见！"洪龙见了，谅来即是蒙杰，见蒙杰欲叩不叩，像个不知礼数的光景，连忙拦住道："将军辛苦！不必多礼，且请落座。"随即命人设了椅位，蒙杰乐得不叩头，唱了个肥喏，在旁坐下。此时洪龙坐定，费恭叩头起来，把东面交战，公孙权阵亡，蒙杰退敌之事详细说了一遍。洪龙越发喜爱蒙杰，便问蒙杰家世。蒙杰说了原委。洪龙道："自从楚兵犯境，大将伤折不少，今得贤舅甥相助，何愁楚兵不破！今晚侄将军得保首领而归，实赖杰士之力。暂屈杰士为全军都先锋，破楚后重加封赏。"蒙杰此时不得不叩头称谢，立起身，叩过了头。洪龙命摆酒宴，传集满营贼将都与蒙杰相见，把蒙杰的战功对众表扬，众人莫不叹服。一面命人好生服侍洪涛，一面命人将公孙权的尸首掩埋。宴罢各归汛地镇守，蒙杰就在中军安歇。到了次晨，王受福申文已到，详叙昨夜楚人劫关，赵平退敌之事。洪龙哈哈大笑，对蒙杰道："贤舅甥如此英勇，真某佐命[1]之臣也！黄通理也是贤舅甥亲戚，同心同德，区区楚兵，乌足道哉！"

洪龙夸耀不已，贼将中激恼了两人，双双挺身走出道："某两人不才，愿领本部取还头二关，献与大王。"洪龙一看，一个汉水头领聂刚，一个江水头领邓环，满面愤怒，大有不平之色。大喜道："二位猛勇名闻天下，前去定卜成功。二位贤弟带领本部先行，我与蒙先锋随后救应。"蒙杰见聂刚生得掀鼻突睛，钢须倒卷，邓环生得面如獬豸[2]，声似豺狼，气概甚是骁勇，谅来是两个悍贼，恨不得立时与他们恶斗一场。二人正待起身，忽然喽兵来报：孙承德派屈采为先锋，陈音接应，带领公子申、斗荡一班将佐[3]来攻水寨。斗辛派公子成英为先锋，梁邱接应，带领斗必胜、养子敬一班将佐去攻旱寨。成允留守二关。洪龙大怒道："斗辛匹夫，侥幸一胜，便敢深入重地，欺我太甚！我当与他决一死战！"晏勇道："余人不足虑，陈音那厮甚是了得，必要先除此人。"洪龙："杀我皇甫葵，伤我侄儿，正是此贼。诸位兄弟若擒得此人，须交与我，亲手脔割，方泄我填胸之恨！晏贤弟如何认得那厮？"晏勇把洪泽湖的事说了一遍。洪龙正待说话，隐隐的战鼓声喧，料是孙承德兵到，命人去插天岭报与华勋，保守旱寨，胜败速报。命人去鸦嘴滩、铁崖两处，传示黄通理、赵平，楚兵尽起，二关必虚，可伺隙攻打，夺了二关来水旱两寨助战。鸦嘴滩、铁崖令王受福、魏子楚暂时领守，谅无妨碍。各人领命而去。即派蒙杰为正先锋，聂刚、邓环为左右翼，沿寨列阵，等候厮杀。少时楚营先锋屈采白袍银铠，耀武扬威，冲波破浪而来。聂刚见了，不等屈采阵势列成，手提两把截头刀，领队冲出，大叫道："来的速速纳下头首！"屈采见贼将来得凶勇，认旗上一个"聂"字，料是聂刚，大喝道："汉水一带被尔扰害，久稽天诛，敢来此地助恶，擒着尔碎尸万段，以泄汉水人民之愤！"说罢，"刷"的一枪，劈胸刺去。聂刚用左手的刀一隔，右手的刀早向屈采咽喉递来。屈采收回枪，用枪杆一拦，把刀敲在一边，

---

[1] 佐命：辅佐帝王创业。
[2] 獬豸（xiè zhì）：古代传说中的异兽，能辨曲直，见人斗争就用角去顶坏人。
[3] 将佐：将才和辅佐之臣。

第十八回　因敌出奇陈音变计　裹创请战屈采争先

枪尖一搅，直趋聂刚的下三部。聂刚把双刀往下一架，叉住枪尖，屈采用个苍龙搅海式搅开双刀，一般冷焰直透聂刚的右肋。聂刚右肋微微一闪，乘势一挟挟住枪头，正待用左手的刀来剁屈采，屈采用尽全身气力向怀内一掣，刚被掣脱，刀锋已到面门，招架不及，身子一蹲，额角已被划伤，流血不止，屈采忍着疼痛，把枪头在聂刚膝盖一敲，聂刚跳退一步，屈采方得缓过气来，用个雪花盖顶，枪如雨点般刺去。聂刚舞动双刀，如一对车轮，两道圆光敌住一条寒气，一场酣战。此时孙参谋全队已到，洪龙的水寨大开，两边列阵观战，齐声喝彩。邓环忍耐不住，手抡钢叉冲至阵前，来助聂刚，公子申出阵大喝道："匹夫慢来！"舞动双枪敌住邓环。邓环钢叉风驰雨骤般刺来，公子申把双枪挑拨勾刺，不敢丝毫放松。枪如两条龙，掉尾摇头赴沧海，又似独角兽，张牙舞爪下山冈。一场恶斗，见者一起吃惊。两面鼓声一阵紧似一阵。公子申左手一支枪忽被邓环一叉压住，一时不能掣回，急用右手一支枪向邓环当胸刺去，邓环将左手接着，用力一扯，公子申死劲一拖，两人力猛，"当"的一声，枪成两段。邓环连忙举叉劈面递来，公子申手快，趁势一起，用右手的半截枪逼开钢叉，左手的枪旋风般刺去。邓环眼明，叉杆一掉，敲过枪头，两人抛了半段枪，一叉一枪拼命厮杀。陈音看得亲切，见公子申枪不应手，渐渐支持不来，急在身边掏出铁弹，去到旗门影里，对准邓环扬手掷去。邓环"哎呀！"一声，鼻血长流，拖叉便退。公子申已是手软力疲，退回本阵。聂刚听得邓环有失，正待撇了屈采来救，早见蒙杰手挥九环刀冲至阵前。楚阵中斗荡扬起泼风刀接着相斗。蒙杰舞动九环刀裹住自己身体，只见刀光不见人影。斗荡哪里攻得进去？弄得斗荡全无下手之处。洪龙急命唐招、西门铎分两翼去攻楚阵。楚阵中用硬弩射住阵脚，三番五次都被射回。斗荡攻蒙杰不进，手忙脚乱，被蒙杰刀尖挑脱斗荡前心的掩镜，吃一惊逃回本阵。蒙杰正要来帮聂刚，屈采见战聂刚不下，枪锋一吐，霍地掣回，退归阵中。聂刚与屈采战了百十余合，也是力乏，不敢追下。蒙杰还在寻人厮杀，楚阵中已鸣金收兵，冲上去弩箭如雨，只得同聂刚退回。洪龙着实夸奖了三人几句，吩咐三人且自安歇，明日再战。聂刚、邓环自回本阵，蒙杰仍在中军不提。

且说屈采回阵，与公子申称聂刚、邓环之勇。孙参谋道："二贼不除，终是后患，必须设计先除二贼，再擒洪龙。"想定主意，唤过王庆道："此处可有峡谷地方？"王庆回道："东去十二里，向北一转，正有一条峡谷，地名小沟，两面都是峭壁，约有两里之遥。转过西来，便是乱石滩，水面虽阔，却甚平浅，隆冬以后，便成旱地。"孙参谋听了，便吩咐王庆：今夜便去那里，照前芦花港的布置。又向屈采、公子申吩咐如此诱战。又吩咐陈音带了王孙建、雍洛，明日如此如此。众人领计，各自准备。到了次日，屈采、公子申结束停当，各带小船二十只，去到贼营，单搦[1]聂刚、邓环出战。聂刚早已穿好软甲，正待出战，邓环因鼻子被打肿，养息伤痕，听说有人指名讨战，也要出来。聂刚极力劝止，提了截头刀，带了本队，禀过洪龙，冲出水寨，大喝道："杀不死的匹夫！昨日饶尔不死，今日敢来猖狂，好好地洗颈受戮！"公子申不见邓环，喝骂道："邓环怕死的贼徒，今日何不出来？"聂刚道："你二人只管齐来，怯战的不算英雄！"摆开双刀，便向二人奔来。二人急架相还，连环厮杀，约有十余合，聂刚掩一刀便向刺斜里逃去，屈采不舍，抢前追赶。聂刚听屈采追来，心中大喜，暗取飞锤在手，见屈采追近，扭转身躯，手一扬，喝声"着！"一锤飞来，屈采躲闪不及，正中护心镜，打得粉碎，口吐鲜血，棹船便逃。公子申见了，随同逃走。聂刚紧紧追赶，一直向东，约有十余里，忽然不见了楚船，立在船头张望，见朝北转角处，一个人在那里垂钓。头戴箬笠，身披蓑衣。聂刚大叫道："钓鱼的，可见楚兵向哪里去了？"钓鱼的抬起头来，用手向北一指，仍自低头下去。聂刚催船向北追去，见一条峡谷，楚国船只抛弃四散，一些楚兵在浅水中乱跑。急急赶到，自己不肯进谷，扼着谷口。一面命喽兵夺取船只，一面命会水的贼兵下水赶杀。正在忙乱，石崖上鼓声突起，滚木礌石纷纷打下。峡谷窄逼，无处藏躲，下水的贼兵大半被楚兵戳翻。聂刚情知中计，急叫速退。无奈大势已乱，哪里招呼得及，只得独自离开谷口。却见一只小小渔船摇荡而来，钓鱼那人仍是披蓑戴笠，立在船上叫道："四面埋伏的楚兵不少，我来领聂头领转回大寨。"聂刚此时听得四围的鼓声大震，不知伏兵多少，所带的人被滚木礌石打死殆尽，一时着慌，应道："如此甚好，回到大寨从重相谢！"

---

[1] 搦（nuò）：挑战。

第十八回　因敌出奇陈音变计　裹创请战屈采争先

那人不言语,撑着小船在前引路,向西而行。不过一里,迎面来一只渔船,船上一个少年,对着渔人道:"骆哥哪里去？前面被楚国的兵船塞满,去不得了！"渔人道:"王小乙,你过这里来,后面船上是洪大王部下的聂头领,被楚兵引至小沟,险遭毒手。我要将聂头领送回大寨,前面既有楚兵阻拦,可有别路绕回大寨？"王小乙道:"此去乱石滩不远,绕过乱石滩,离大寨便近了。"聂刚听得清楚,急接口道:"就是这样,速去速去！"二人把聂刚领至乱石滩,水便浅了,聂刚的坐船不能行动。二人道:"聂头领可过小船来,坐船弃了,驾船的另坐一只,我二人同聂头领一只,过了乱石滩,便到大寨了。"聂刚哪里识得云中岸的路径,听随二人调派,弃了大船,过了渔舟。舟到乱石滩,骆哥在前,王小乙在后,聂刚倚了双刀,盘膝坐在中间,问二人道:"二位尊姓大名？住居何处？"骆哥道:"我叫落水,他叫亡命。把我两人的名字一捏,正是落水亡命。"聂刚一听话里藏有机锋,吃了一惊,急挣起身来,提起双刀,睁圆双眼喝道:"你两个到底是什么人？敢来捋虎须！"骆哥笑道:"不才雍洛。"王小乙笑道:"不才王孙建。"聂刚情知不好,一刀向雍洛劈去,雍洛一个筋斗翻下水去。王孙建早抢在聂刚背后,右手绾定鹅毛刺,左手在背心上尽力一掌,喝声"下去！"聂刚身子一晃,跌下水去。王孙建跟着跳下,且喜水不甚深,聂刚略知水性,三人在水中厮拼。三五个驾船的在一只小舟里,吓得缩住一团,哪里敢动。聂刚凶勇,二人制伏不下。忽见一只小舟放箭般到来,舟上的人发手一铁弹,正中聂刚面门,立时倒在水中。那人跳下水,按着聂刚,拔出牛耳尖刀割了首级。三五个驾船的魂不附体,叩头乞饶。陈音喝道:"饶尔等一死,去罢！"带了王孙建、雍洛,跳上小舟,与公子申等会合,说道:"聂刚这厮十分狡猾,不肯进谷,我叫雍洛、王孙建如此这般,方得就擒。"公子申等称妙,约齐王庆收队而回。洪龙因聂刚独自出战,放心不下,见聂刚不回,急命蒙杰带同严癸速去救应。二人向东赶来,到了小沟,见一些贼兵被木石打伤的,脑浆迸裂,肢体不全,被戮翻的,尸浮水面,血荡波心。聂刚不见下落。急转身时,鼓声大作,公子申领了战船截住归路,命人用枪挑着聂刚的头大喝道:"来者照样纳下头去！"严癸大怒,挥鞭向前,公子申接住厮杀。约十余合,公子申一枪刺透严癸的胸膛,死于非命,楚兵一拥而上。蒙杰叫军士速退,自己断后，楚兵不敢相逼，贼中毫无损失，缓缓地退回大寨不提。陈音同公子申回至大营，诉知聂刚不肯进谷，自己变计擒斩聂刚的事。孙参谋大喜道："正该如此！行兵之道，必须随机应变，若是拘守成令[1]，每误大事。"记了陈音大功。

蒙杰回寨，对洪龙说了聂刚被杀、严癸阵亡的话。洪龙感伤不已，叹气道："似此屡折大将，楚兵日逼，为之奈何！"蒙杰道："楚兵战胜，其心必骄，不如今夜前去劫寨，一战可以成功。"洪龙道："此计甚妙，正合我意。"即派蒙杰领第一队，攻楚中路，唐招接应。邓环闻知聂刚战死，心中愤怒，不顾伤重，自请去劫楚寨，洪龙派领第二队，攻楚左路。派蓝建德领第三队，攻楚右路。西门铎、费恭守寨，自带晏勇四面策应。各人领命准备去了。蒙杰暗将消息递过楚营。孙参谋知悉，随即升座，命斗荡领队绕到贼营后面埋伏，如此如此。命王孙建领队去到贼营前埋伏，如此如此。命公子申领队伏在本营左面，如此如此。命雍洛领队伏在本营右面，如此如此。命陈音督率鲍皋等四面策应。屈采带伤向前请命，孙参谋道："将军伤重，只宜养息，不可轻动。"屈采忿然道："些微小伤，毫无痛楚。今逢大敌，甘愿舍死向前！"孙参谋听了，十分起敬，踌躇半晌道："将军愿去，有一紧要地方，贼人败后必逃到旱寨，由平山口西去约五里，地名芳草坪，正是离水登陆的地方。将军领队去那里等候，贼人到了那里，见有埋伏兵，必然舍命冲突，将军不可怠慢。"屈采欣然领命而退，自去裂帛束胸，准备厮杀。孙参谋带了偏裨众将，去营后埋伏，等候动静。大寨空荡荡，只留些老弱传更打点，寨的四围仍是旌旗遍竖，灯火辉煌。二更以后，蒙杰在前，唐招在后，直向楚营而来，一直呐喊，扑进楚营，却是空荡荡的，大喊中计。此时邓环由左扑进，蓝建德从右扑进，一起大惊。急急退时，孙参谋望见，鼓角齐鸣。公子申听了，由左抄来，雍洛听了从右抄来。喊声大震，火势飞腾。贼兵见劫了空营，早已心惊胆落，纷纷乱窜。公子申敌住邓环，雍洛敌住蓝建德，蒙杰见中路无人拦阻，叫唐招去助蓝建德，自己去助邓环。正待分头助战，忽然本寨中火势冲天，贼探报道："大寨失守了！"洪龙正在督战，听了探报，急回头看时，果

---

[1] 拘守成令：拘泥和恪守原来已定的命令。

然烈焰烧空,喊声远震,知道本寨有失,不禁跌足叹恨。突然一只小船急骤而来,一道白光,冷森森迎面一罩,大吃一惊。正是:

　　九渊兵伏诚难测,
　　半着棋高未易争。

不知洪龙如何抵敌,且看下回分解。

第十九回

劫楚营洪龙受大挫　攻旱寨斗辛困重围

话说洪龙督战之时，听得探报，本寨有失，正在跌足叹恨，突然一道白光迎面罩来，大吃一惊，急将左手的水磨鸳鸯拐一扬，"当"的一声，碰个正着，挡住白光。原来是陈音在四面策应，见一队贼兵往来催战，为首一人，手绾鸳鸯拐，气象威猛，年约五旬，后面跟着晏勇，谅来必是洪龙。雄心陡发，私念道："擒着洪龙，大事定矣！"鼓棹冲去，劈面一砍刀，怎奈洪龙眼快，瞥见小船来得奇异，早已留心提防，白光一罩，便把鸳鸯拐一扬，碰开了，右手一拐递去，陈音急忙招架，约有十余合，陈音见洪龙双拐沉重，手段高强，暗暗叹道："果然名不虚传！"且喜劫营的贼兵听说本寨有失，无心力战，被楚兵杀退，排墙般倒下，洪龙不敢恋战，逼开陈音的砍刀，带了晏勇退还本寨。寨前闪出王孙建，抡戟大叫道："洪龙匹夫，速献头来！"晏勇见了，举斧便砍。二人交战正酣，恰好雍洛杀退蓝建德，随后赶来，一见晏勇，大叫道："晏勇，认得我么？"晏勇一看，认得是雍洛，见他身披软甲，是个将官模样，诧异道："他然何在楚营中，公然做了将官？"雍洛一铁棒横扫过来，晏勇正留心招架王孙建，躲闪不及，被雍洛一铁棒打中手腕，十分疼痛，情知不妙，觑个空扑下水去。雍洛跟踪下水，晏勇见了叫道："雍洛，我昔日不曾薄待你，为什么苦苦逼我？"雍洛道："昔日你与我不足言恩，今日我与你并非有怨。只是你平日行为不正，久干天怒[1]，今来这里锄恶，我是堂堂楚国的将官，焉肯放松你！"晏勇大怒道："匹夫焉敢欺吾！"运动大斧，劈头砍下。雍洛抡棒相还，晏勇见雍洛水势熟习，棒法精通，着实吃惊，提心厮拼，怎奈手腕着伤，不能用力，七八个回合招架不来，回身便逃。雍洛趁他转身时，铁棒向他背心一捣，晏勇一扑，便往下沉，雍洛一手

---

[1] 久干天怒：触犯天怒很长时间了。

第十九回　劫楚营洪龙受大挫　攻旱寨斗辛困重围

扭着他的头发，一手提着他腰带，身子往上一挣，冒出水面，踏着水提到船上，掷在船板上，叫人绑了。雍洛将晏勇撇在伏板下，领了船队追杀贼兵。

此时贼兵被杀得七零八落，唐招身带重伤逃回本寨，遇着西门铎也是血流满面，诉说："被斗荡攻破大寨，费恭逃去，我又敌他不过，被他一刀刺着眉心，逃命到此。大王哪里去了？"唐招道："我也是身受重伤，幸亏蒙杰救护出围。邓环尚被围困，不知生死。"说话间，蒙杰救了邓环，飞奔而来，后面公子申紧紧追来。邓环面上伤痛未愈，又在重围中额角上中了一箭，见楚兵紧追，咬牙发恨，暗地取镖在手，对准一员楚将发去，那员楚将应手而倒。接连四五镖，楚将当头的俱被镖伤，陆续倒下。公子申见了，吩咐众将不必穷追，即时停桡不赶。邓环见了，会合唐招、西门铎等，商量行止。忽然楚兵四合，把众贼围在垓心[1]。众贼虽然勇悍，怎奈都受重伤，只有蒙杰一杆九环刀抵敌一面，危急万分。幸得洪龙因大寨失守，趁晏勇战住王孙建时，便四路去招集残兵，想来夺还大寨。听得喊杀之声不断，舞起双拐，首先冲入，挡者纷纷打倒。邓环等见了洪龙，呐一声喊，随定洪龙透出重围，蒙杰押后，楚兵退去。洪龙对众贼道："今夜一战，狼狈至此，如何是好！"邓环道："事已至此，且到插天岭再图恢复。"洪龙听说，只得如此，带领残兵往插天岭而去。约行三里，见一队战船停集在一个沙碛边，火光忽明忽暗。洪龙道："此处若有伏兵，我等性命休矣！"众贼亦皆失色，急急命人前去探视，却是洪涛、蓝建德、费恭领着败兵在此停歇。招来会合，向旱寨奔回。顷刻到了芳草坪，正待舍船登岸，鼓声大震，破空而来，霎时之间，火光蜿蜒，如飞而至，船头立一大将，头顶银盔，身穿细鳞白甲，素袍长枪，威风凛凛，大喝道："等候多时了！快来受缚，免污吾手！"洪龙等一看，认得是屈采，面面相觑，做声不得。蒙杰愤然道："我自独挡屈采，众位可同大王夺路！"邓环本想助战，怎奈伤势发作，挣扎不起，只得让蒙杰当先。蒙杰手挺九环刀，大喝道："屈采匹夫，休得猖狂！"骤上前去，抡刀便砍。屈采见是蒙杰，只得展开枪，往来厮杀。洪龙带领众贼夺路而逃，奔上岸去。贼兵落后的，都被楚兵杀得如破瓜切菜一般。洪龙在岸上见了，伤心泪落，又怕蒙杰有失。且喜蒙杰抽

---

[1] 垓（gāi）心：古时战场的中心。

个空，跳身上岸赶来，洪龙大喜，一同奔向旱寨。屈采收队而回，天已发晓。孙参谋占了平山口，所得粮米、器械、甲衣、旗帜不计其数，杀死的尸骸掩埋停当，投降的贼众安插整齐。屈采到了，孙参谋笑面相迎，屈采说了备细。孙参谋道："釜底之鱼，不过苟延残喘。"命人摆宴贺功，众将畅饮，满营腾欢。宴罢安息。孙参谋修了两封密书，命心腹人分头去鸦嘴滩、铁崖两处投递。消停一日，督率全营向插天岭进发。

且说斗元帅兵抵三关，虽有两次小战，胜负相当。斗元帅想大举围攻，怎奈华勋守御得法，无懈可击，只得暂时耐守。这日接得孙参谋的申报，水寨已破，洪龙逃回三关，不日即来会战，心中大喜，唤集众将道："参谋已破水寨，洪龙逃转三关，我们毫不得手，殊觉可愧。众位可有计较？"公子成英道："末将昨日探得西面有一条小路，可以上岸。只是近岸水浅，船不能到，须用竹筏渡拢岸边。末将领兵一队，悄悄从小路而进，逼近贼寨立营，贼人必来争夺。俟贼兵动时，元帅督兵上岸，两面夹攻，可获全胜。"斗元帅道："倘若华勋那厮任你立营，屹然不动，又将奈何？"公子成英道："华勋那厮沿岸列寨，我军被拒，无处用力，倘得末将在旱地立营，大军陆续上岸，结成大营，便好设法破他。"斗元帅大喜道："此论甚是。将军作速动身，不必迟延。"公子成英回了本营，命人砍伐山竹，扎成竹筏。到了次日，载了本队军士，绕到西面上岸，悄悄从小路转到贼寨之西，列成阵势，厉声搦战。探子报进大寨，华勋听了，对洪龙道："斗辛被我临水拒住，求战不得，便命人别寻路径上岸挑战，明明要我开寨迎战，他却领率大队抢上岸来，两面夹攻，以求一胜。"洪龙点头道："此虑不差，但是如何对付他嘞？"华勋道："我趁此将计就计，斗辛可擒。"随派颜渥领兵一千，开寨迎敌，务必死力相拒，自有救应。又派郝天宠领兵一千，伏在本寨东北，卜崇领兵一千，伏在本寨东南，楚兵上岸不必拦截，任他攻进寨来。郝头领横腰冲击，卜头领从后掩杀，可叫楚兵全军覆没。又派张信领兵一千，驾船去攻他的老营，攻破之后，放火呐喊，乱他的军心。又派副领孟陵、周宣各领兵五百，在寨内东北、东南两面多掘陷坑，上用芦席浮土盖好，楚兵跌下陷坑，用箭射去。又派副领柴能、万士雄各领兵五百，悄悄绕到公子成英后面，俟酣战之际擂起鼓来，两路抄杀，楚阵必乱。又对洪龙道："关内空虚，大王可带蒙先锋进关固守，以防他变，众位也

第十九回　劫楚营洪龙受大挫　攻旱寨斗辛困重围

好养息伤口。"洪龙见华勋调度有方，十分喜悦。带了蒙杰、邓环、唐招、西门铎、蓝建德、费恭先进关去了。颜渥等领令分头准备去了。公子成英逼寨搦战，见贼寨不开，叫军士高声谩骂。看看日已西斜，贼寨中鼓声大震，开了寨门，颜渥手挺蛇矛，领兵一千冲出，到了阵前，大喝道："匹夫休得猖獗！认得颜渥么"？公子成英喝道："堂堂上将，哪认得你这无名小贼！"抢枪便刺，颜渥挺矛相迎，战鼓雷鸣，喊声大举。斗元帅探得贼兵出战，命梁邱守船，统了养子敬、斗必胜等一般战将，大队军士，一拥上岸，扑到贼寨，呐一声喊，奋勇杀入。贼兵纷纷退让，一班楚将正在耀武扬威，忽然天崩地塌，当先的都跌下陷坑，两面一声鼓起，箭似飞蝗般射来，楚兵纷纷倒地，自相践踏，陷坑内射死楚兵无数。养子敬等急急退时，郝天宠从东北横冲杀出，卜崇从东南掩杀而来，人人奋勇，个个当先。养子敬迎着郝天宠，斗必胜敌住卜崇，阵云乱卷，沙土飞扬。斗元帅将后队分作两路助战。公子成英此时听得贼寨中大声喊杀，料是元帅攻入贼寨，正想抖擞神威，杀退颜渥，哪晓得自家后队扰乱起来，被柴能、万士雄两路抄袭，楚兵未曾提防，只杀得抱头鼠窜。公子成英见阵势已乱，只得撇了颜渥，落荒而走。颜渥会了柴能、万士雄，四处赶杀。斗元帅见贼兵重重裹来，大势难支，只想退回本营，霎时之间，本营火势上冲，楚兵络绎不绝奔逃上岸，却被张信劫了大营。梁邱敌不过，也逃上岸来。知道楚兵被围，舍死冲入，见斗元帅已是手挥大戟，亲身冲杀，自家杀上前去，呐喊助战。无奈华勋立在高处指挥，众贼围得水泄不通。斗必胜被卜崇鞭打肩窝，养子敬被郝天宠的三尖刀划伤面门，渐渐要败退下来，全亏斗元帅一杆大戟挡住无数军器，只能勉力支持。忽见东北角贼阵大乱，一员大将骤马冲来，一杆枪忽起忽落，搅开一条血路，直趋近前。斗元帅仔细一认，见是公子成英，头盔不戴，卸了上半截战袍，赤着膀臂，浑身污血。正待招呼，贼将颜渥领了柴能、万士雄横截而来，柴能将公子成英挡住，公子成英吼声如雷，尽力一枪，直透柴能心窝，往上一挑，将柴能尸首挑起二三丈高，落下时，正打着万士雄，一跤跌倒。公子成英顺手一枪，结果了万士雄性命。颜渥大怒，挺起蛇矛，公子成英舍死相拼，直战到日色西沉。张信又到，围得铁桶相似，楚兵杀伤过半，楚将不死即伤，斗元帅几次冲突，都被乱箭射回，不能透出，只听四围叫道："楚兵俱已杀尽，斗辛还不投降，等待何时？"又见梁邱被张信一刀劈于马下，只气得三尸暴跳，七窍生烟，叹口气道："不想全军覆没，我斗辛死于此地！"正要拔剑自刎，转眼之间，火球滚滚而来，鼓声不绝，四面都是楚军旗帜，翻江倒海般冲入贼寨。贼兵乱逃乱窜，人头滚滚，血水成河。东面是屈采，南面是陈音，西面是公子申，北面是斗荡，好似四只猛虎，剪尾摇头，咆哮冲突，贼兵几次围裹上来，都被杀退。斗元帅心中大喜，招呼众将，乘势突围。斗元帅领着带伤众将在前，屈采等在后抵挡贼兵，一拥而出，无人敢挡，颜渥见屈采等直进直出，如入无人之境，怒气勃发，将头盔掷于地下，大叫道："斗辛顷刻就擒，竟被救去，不能擒回斗辛，誓不收队！"骤马追来。屈采见了，瞋目大呼，眦裂血出，勒转马头，照着颜渥一枪刺去，颜渥用矛架住，公子申见颜渥凶悍，取弓在手，搭上箭，对准颜渥咽喉射去，颜渥躲闪不及，一箭直透咽喉而亡。贼兵抢了尸首，飞奔逃回。屈采等缓缓按辔回到大营，孙参谋接了元帅并带伤的众将，计点军士，折了十分之六，余者带伤的多，一一安插。斗必胜右膀伤了筋骨，已成废人，养子敬虽带面伤，尚无妨碍。停息片时，用了酒食，斗元帅叹气道："不料今日误中华勋之计，遭此大败。若非参谋相救，势必片甲不回，真真令人愧死！"孙参谋道："胜败兵家常事，何必介意！略为消停，整顿军威，定要捣入巢穴，生擒渠魁[1]！"斗元帅无言。次日，鸦嘴滩、铁崖两处去的人都回，呈上密书。斗元帅与孙参谋看了，大喜。到了次日，升座传令，命屈采、公子成英、陈音、斗荡四将去打三关，附耳吩咐，如此这般。四将领命督队而去。命公子申、王孙建二将去贼寨左近埋伏，附耳吩咐，如此这般。二将领命督队而去。元帅自和参谋督领偏裨，随后接应。

先说屈采四将领了大队，直到三关，屈采、公子成英打东面，陈音、斗荡打西面，大声发喊，箭似飞蝗。洪龙听报，派邓环、唐招、费恭抵御西面，自带蒙杰、西门铎抵御东面，派蓝建德督率副领，随机策应。命人报知华勋，两面夹攻。此时邓环伤痕已愈，到了西门，叫唐招、费恭紧守关门，自己带了一千喽兵，开关而出，列成阵势，舞叉当先，大喝道："有本事的速来纳死！"陈音提刀出阵，喝道："杀不尽的贼徒，还敢恃蛮？着刀！"一刀砍去，邓环抡叉相迎，约有二十个冲锋，邓环回马便向刺斜

---

[1]渠魁：头领，首领。

第十九回　劫楚营洪龙受大挫　攻旱寨斗辛困重围

里败走。陈音笑道："别人怕你的暗器，我偏要试试你的手段！"取弹在手，随后追下。邓环果然取镖在手，扭过身喝声"着！"陈音早已防备，左手一伸，接镖在手，右手的铁弹发去，正中邓环嘴唇，打折门牙二个，满口流血，伏鞍而逃。陈音不舍，拍马紧追。邓环因陈音追得紧急，见路边是水，从马上一跃，跳下水去。陈音笑了一笑，将大刀挂在马鞍，也从马上跳入水中。邓环用叉对着陈音肚囊刺来，陈音身子一扭，让过叉尖，趁势将叉拧住，尽力一扯，邓环立不稳脚，向前一扑。陈音丢了叉，用脚踏着邓环背心，把牛耳尖刀在颈脖上一划，一颗头早切下来，提头出水，纵步上岸，跳上马背，跑回本阵。贼兵见陈音提了邓环的头，呐喊一声，回头便跑。唐招见了，急急拍马出关，让过贼兵，敌住陈音。此时洪龙在东关，见屈采与公子成英在关下驰骤，威风抖擞，西门铎忿然请令，出关会战，洪龙允了。西门铎手握狼牙棒，领喽兵一千，冲出关来。屈采见有贼将出关，将军士约退，叫公子成英押阵，自己横枪勒马，立在阵前。西门铎并不答话，举起狼牙棒劈头便打，屈采将枪一摆抵住，厮杀约有二十个回合。屈采见西门铎狠命相扑，将马一带，向刺斜里跑去。西门铎大吼道："哪里走？"骤马追下。屈采见西门铎来得较近，把马一夹，让在一边，西门铎马快，收缰不及，突过前去。屈采本想用回马枪挑杀西门铎，到了此时，只得把枪在西门铎坐马的后股上尽力一戳，那马负痛，长嘶一声，后蹄一扬，把西门铎掀下马来，跌倒在地。屈采抽出枪向西门铎颈后刺去，直透咽喉，死于马下。屈采下马割了首级，提在手中，跳上马跑回本阵。贼兵见了，呐喊一声，正待逃回，蒙杰早已冲出关来，公子成英抢出阵去，敌住厮杀。两面正在酣战，华勋派了郝天宠、卜崇各领一支喽兵，分作两路前来策应。屈采抵住郝天宠，斗荡抵住卜崇，关上关下战鼓齐鸣。此时公子申与王孙建在贼寨左近埋伏，见郝天宠、卜崇到了，伏兵齐起，去扑华勋旱寨。华勋督率张信等开寨厮杀，四面杀声惊天动地。孙参谋带兵拥上，围着贼寨，正在死力相拒，忽然黄通理带了鸦嘴滩的全军，赵平带了铁崖的全军，好像约准的一起到来，人如狼虎，鼓似雷霆。华勋大喜道："两路兵到，楚军休矣！"正是：

　　自古行兵不厌诈，暂时得意转成忧！

欲知两家胜败，且看下回分解。

第二十回

献鸩果迅机破巢穴　寻宝物设计赴漩潭

　　话说华勋督率贼将，抵敌楚军，楚兵四面围裹上来，正当十分吃紧[1]，忽见黄通理、赵平各领全军，唿哨而来，心中大喜。眨眼之间，两员老将分两路杀进楚阵，楚兵纷纷倒退，如浪翻墙塌一般，不过片时，楚兵逃得干干净净，不知去向。华勋接着，两员老将正待下马，华勋拦阻道："三关正在危急，烦请二位速去解救！"两员老将随即领军直趋三关，顷刻便到。黄通理往西，赵平向东。赵平到了东关，正遇蒙杰与公子成英杀作一团，骤马上前，一声大喝，"嗖"的一枪，将公子成英挑下马来。蒙杰急跳下马来，提起公子成英挟在胁下，翻身上马，楚兵吓退。洪龙在关上见了，欢喜不尽，吩咐开关迎接。此时黄通理到了西关，见唐招与陈音厮杀，唐招哪里是陈音的对手！理论来唐招早被陈音斩了，不知陈音什么意思，只将唐招裹住，延宕[2]时辰，舍不得杀他。唐招已是浑身出汗，臂木眼花，战又战不过，走又走不脱，好不危难。黄通理一声大喝，冲到垓心。陈音一见黄通理，心中大喜，两膀用力，一刀劈唐招于马下。黄通理救应不及，恶狠狠一刀向陈音劈去，陈音用刀隔开，回手一刀去劈黄通理，被黄通理用刀逼过，凑上前去，轻舒猿臂，将陈音摘离雕鞍，提来横在马上。斗荡见了，只吓得收兵退走。黄通理也不追赶。费恭在关上望得真切，即命开关，不先不后，与赵平同时进关。先说赵平拍马进关时，蒙杰挟着公子成英刚到关门，被公子成英用力一挣，跳落在地，在贼兵手中抢了一把刀，横砍直劈，霎时人声鼎沸起来。洪龙见了，急待上前，蒙杰一口刀早已对着洪龙迎面劈下。洪龙吃惊非小，将头一偏，劈伤左臂。情知有变，回身便跑。蒙杰腾马追去。赵平同公

---

[1] 吃紧：紧张，紧急。
[2] 延宕：拖延。

第二十回　献鸩果迅机破巢穴　寻宝物设计赴漩潭

子成英扼住关门，屈采一枪挑了郝天宠，飞马而来，一冲进关，逢人便砍。西关一面也是一片声嚷，费恭措手不及，被黄通理一刀劈死，拒住关门。陈音脱身，取了砍刀转斗卜崇，卜崇心慌，被陈音一刀斩于马下。陈音抢进关中去寻洪龙。此时斗荡领兵一拥而进，顷刻之间，关内布满楚兵。赵平、黄通理所带贼兵一时错愕，见大势至此，只得附和行事。蒙杰追赶洪龙，看看赶上，蓝建德见了，骤马向前，让过洪龙，横着钢斧，拦住蒙杰。蒙杰大怒，用尽全身气力，挥起砍刀劈头砍去，蓝建德把钢斧一架，"当"一声折成两截，复一刀从头劈下，将蓝建德劈作两片。洪龙已去远了，心中懊恨不已，转到关口，孙参谋已到，急命赵平、黄通理、蒙杰速领本队去破旱寨，擒拿华勋。三人去了。又命屈采、公子成英、陈音、斗荡四面搜拿洪龙。

洪龙一直跑回巢穴，直到后堂，唤齐姬妾，并一个九岁的儿子，挥泪道："大事已去，楚兵纷纷进关，我的左臂受伤，不能对敌，如何保得你们逃生！众美人都在少艾[1]，楚兵到来，谅来可免。只是这个孽种，斗辛断然不容，何苦落于敌人之手，受他裂尸之惨！"这九岁的小儿正伏在洪龙怀中啼哭，洪龙把牙关挫了一挫，恨声道："罢了！"把鸳鸯拐劈头一击，打得头颅粉碎，死于地下。众姬妾放声大哭，洪龙也是号啕不止。姬妾中有两个是在难中被洪龙救出来的，洪龙平日待这两人甚好，两人痛哭一会，跑回房中，双双自缢。洪龙倒呵呵大笑起来，道："她二人如此，我死得值了！"把其余的姬妾用手一挥道："金银尽有，你们各自带些去逃生罢！"众姬妾还在张张致致[2]，洪龙不顾，立起身来，趋入后堂，抱了翡翠瓶，开后门走了。斗荡带领楚兵已由前面蜂拥而进，众美人吓得柔软无骨，一起跪伏在地，哀求道："我们都是被洪龙虏来的，乞免一死！"军士回了斗荡。斗荡进内，见花花柳柳铺满一地，按名点查，共计九十八名，免其一死。问道："洪龙哪里去了？"众美人见免了死，心已放下，一起莺声燕语，娇滴滴地应道："向后去了，不见出来。"斗荡即命老成军士，将九十八名妇人带至空屋看管，带了精壮抢入后堂，细细搜寻，哪里有影子？

---

[1] 少艾：年轻貌美。
[2] 张张致致：形容因紧张而手足无措的样子。

只得转出正厅,去报孙参谋。

且说陈音四面搜寻洪龙,逢人便问,都回不见。寻至一处地方,甚是荒僻,树木丛骤,一条土冈,东面望去,都是茂林,看不出路径。西面是个悬崖,碧沉沉一个寒潭,毫无踪影。正待转身,见一樵夫肩担柴担,从冈上下来,停住脚,等那樵夫到了面前,拱一拱手问道:"樵哥从冈上下来,可见有什么人?"那樵夫把陈音上下望了又望,踌躇半晌,方应道:"尊驾想是楚营的将官,搜寻洪龙的?"陈音见樵夫颇有意思,急答道:"正是。"樵夫道:"且寻个僻处再说。"带了陈音,寻了僻处,席地而坐道:"洪龙正在上面,只是尊驾一人不能上去。"陈音道:"却是为何?"樵夫道:"在下也不是樵子,正是洪龙的心腹。"陈音听了,颇觉吃惊。樵夫道:"尊驾不必失惊,在下虽是洪龙的心腹,却是洪龙的仇人。适才洪龙抱了翡翠瓶跑上冈来,对着我等叹气道:'赵平、黄通理叛了,三关已破,谅来旱寨也是难保。楚兵在各关口盘查甚紧,不能逃出,只得来此暂避,再图脱身之计。'"陈音道:"这样说来,上面不止洪龙一人,难道就在树林里栖身不成?樵哥如何是他心腹,又是他的仇人嘞?"樵夫道:"小子姓屠名辰,监利人氏,家有母妹,贸易为生。洪龙打听小子的妹子有几分姿色,带人来我家中,杀了我的老母,房了我的妹子。小子那时不在家中,归来听得邻人告知,将我老母埋了,立志报仇。怎奈独立[1]不能成事,因此改名魏辰,投在洪龙身边,打听得妹子已不从而死,屡想下手,一来洪龙手段高强,二来近身时候最少,三来他的护卫人多。这土冈上有三个土窟,所藏金银不少,派一个心腹党羽名叫墨新,带领小子等共是八人在此守护。这树林里四处安着竹签,埋着毒弩,挨着便死。墨新也是一身好本事。这个地方,漫说外人不得而知,就是贼中心腹也无人晓得。我们在土冈上,平时不准擅离一步。今日是洪龙命小子扮作樵夫,下来探听消息。小子正要到楚营中报信,不想幸遇尊驾。请问尊驾贵姓大名?"陈音通了姓名,屠辰道:"原来是陈都巡,久仰大名!"陈音道:"大哥然何晓得贱名?"屠辰道:"贼中人人传说都巡本领高强。皇甫葵、洪涛通死于都巡之手。洪龙恨都巡入骨。哪人不闻都巡的大名?"陈音道:

---

[1] 独立:独自一人。

"闲话不必说了。我们如何打个主意,擒着洪龙,大哥的功劳也是不小。"屠辰道:"小子不想功劳,只想报仇!都巡可有什么妙计?小子无不尽力。"陈音道:"冈上的树枝可是枝枝紧接?"屠辰道:"正是。"陈音道:"如此,就不怕他的竹签毒弩了。大哥转去,可对洪龙说,旱寨已破,华勋被擒,现在四面搜寻,千万不可乱动,定住洪龙。我转去调人来此,四面埋伏,以防漏网。二更以后,我从树枝上而进。但是大哥须将洪龙住处做个暗号,省得探望。"屠辰道:"小子把这担干柴搁在树枝上做个暗号何如?"陈音点头称好,又问道:"大哥们是搭的帐棚,还是结的草屋哩?"屠辰道:"都不是,是用石块堆起墙壁,上面钉些木板,用些树枝树叶铺在板上,稍不留心就看不出。此时月尽,月色毫无,要加倍留心才是。"二人商议定了,分头走开。

陈音转回大营,已知赵平枪挑了张信,黄通理、蒙杰与斗元帅合兵,把一些副领如孟陵、周宣等辈杀个尽绝,华勋自刎,贼兵死的死,降的降,收拾得干干净净,随斗元帅齐集三关,遍索洪龙不得,翡翠瓶也不见下落,十分烦闷。陈音见了元帅,说明原委。斗元帅即刻要大队前去围拿。陈音禀道:"不必大队,八百人足矣。"斗元帅派了屈采、蒙杰、公子申,各带二百人,四面兜擒。陈音自带王孙建、雍洛,晚餐后络绎到了土冈,各派地段围守。陈音同王孙建、雍洛短装软履,直上土冈,爬上树上,踏枝而行,捷如飞隼[1]。约有三里之遥,往东看去隐隐露出灯光,陈音悄悄对二人道:"是了!"张望那担干柴,哪里看得出形影,再向前去,灯光愈近。陈音叫二人就在树上等候,自己轻轻落将下去,潜踪蹑步,到了灯光处,果然是从石缝漏出,一排五间,当中一间略为高大,余四间甚是矮小。忽听一人正说道:"除非漩潭水涸……"又一人道:"烂泥沟未必失守,只要偷出三关,绕去那里,再行号召四路的豪杰,何难恢复!"先的一人道:"难、难、难!"陈音听见,知道是了,大喝道:"洪龙老贼,好好出来受缚!"灯光忽灭,人声寂然,左右矮屋里倒有人走出,齐声喝道:"什么人在此大呼小叫?"陈音正待回言,当中屋里黑沉沉飞出一件东西,迎面扑来,陈音不敢招架,蹲身躲过,将立起身来,遂即跳出

---

[1] 隼(sǔn):一种飞得很快的猛禽。

一人，不知用的什么军器，只听得铁环"当当"地响，迎面搠来。陈音倒退一步让开，忽听王孙建在树上嚷道："恶贼逃向哪里去！"就在这嚷声当中，与雍洛一起跳下，就在这当儿，有人从身边扑了过去。料是洪龙逃走，即撇了眼前这人，抽身就赶。这人用家伙拦住去路，陈音情急，不问好歹，用手接着，趁势挂转，喝声"去罢！"这人仰面倒地。陈音不理他，抢行几步，王孙建二人正逼着洪龙相斗。洪龙一支鸳鸯拐舞得呼呼有声，陈音扑近，双手把洪龙拦腰抱住，洪龙用劲一挣，挣脱身便跑。三人一起追去，绕了几株大树，忽听洪龙"哎哟"一声倒在地下。陈音抢上去踩着洪龙的胸脯，雍洛抢到，用铁棍向腿骨上一敲，洪龙哼了一声。树后跳出一个人来道："洪龙老贼，也有此时！"陈音吃了一惊，喝道："什么人？"那人应道："小子屠辰。"陈音大喜道："屠大哥！可寻个火来。"屠辰接应道："有，有，有！"飞奔去了。陈音撑着洪龙，回头向王孙建道："另有一贼，须防着他。"王孙建应了，凝神静听，却无一点响声。顷刻屠辰撑着火把飞跑而来道："墨新那厮不知逃到哪里去了！其余的人也一个不见。"走近前，把火照着洪龙。洪龙闭着双眼，毫不呻唤。屠辰取出一根粗绳，陈音接来把洪龙绑好，雍洛驮了，转到石屋，果然一人不见。

陈音道："屈将军等不见到此，且堆些柴草，放起火来。"屠辰同王孙建去抱了柴草，堆在空地，放火一烧，霎时烈焰骤空。屈采等见了，各举火把围裹而来。来至石屋，见洪龙已经绑好，众人大喜。屠辰见蒙杰手中提个人头，取火一照，道："这是墨新，将军从何处取来？"蒙杰道："上冈时见个人影闪到林里，料定是贼党，跟追进来，毫未费力便结果了他。"陈音道："墨新既诛，余者不必深究了。王、雍二弟可带人看守洪龙。我们去寻翡翠瓶要紧。"众人称是。屠辰领着众人，在五间屋里细细搜寻，哪里有翡翠瓶的影子？又添些火把，往三个土窟里寻去。金银珠宝盖藏[1]甚多，翡翠瓶仍然不见。大家吃惊，屠辰道："我是明明白白见洪龙用黄布包好，背到冈上来。此刻如何会不见嘞？"屈采道："我们去问洪龙。"众人齐声道有理，一起走到洪龙身边，问洪龙将翡翠瓶藏在哪里？再三诘问，洪龙一声不响。众人无可奈何，闷了一会，陈音忽

---

[1] 盖藏：储藏的财物。

第二十回　献鸩果迅机破巢穴　寻宝物设计赴漩潭

向屠辰问道："近处可有地方名叫漩潭？"屠辰道："西面悬崖下即是漩潭。问它做什么？"陈音拍掌道："瓶在那里了！"洪龙此时倒睁开眼睛，望了陈音一眼，仍自紧闭。屈采问道："何所见得？"陈音把适才[1]在石缝里窃听的话说了。众人道："一定是了。"转问屠辰道："洪龙把瓶掼下漩潭，大哥何又不晓得嘞？"屠辰道："小子到了晚间，便寻了一根枣木棒在四下探望，等陈都巡来。直到后来他们追赶洪龙，小子跑转过来便躲在树后，洪龙正从那株树边跑过，被小子一棒打倒。大约他们把瓶掼下漩潭之时，正是小子四下探望的那会工夫。瓶既掼下漩潭，这瓶便永世不能出来了！"陈音惊问道："却是为何？"屠辰道："这漩潭深不见底不必说了，水势漩流，不论轻重之物，一到那水里，一漩便下去，再不浮起。人到那里还能撑持得住吗？"陈音听了，双眉紧蹙。屈采道："我们且押了洪龙，转到大营，再作计较。"众人称是。留了四百兵，派公子申暂时留守此地。公子申应允。众人押了洪龙，转到大营，天还未晓。斗元帅听说擒了洪龙，满心喜悦，立时升座，慰问了众将，唤屠辰上去，着实嘉奖。带上洪龙，斗元帅看过了，换了镣铐，牵去与所擒的贼将洪涛、晏勇一同监好。陈音方把洪龙将翡翠瓶掼下漩潭，并把屠辰所说漩潭难到之话，述了一遍。斗元帅听了，愁闷起来，道："若不将翡翠瓶取回，此行不为全功。"又沉吟了一会道："众位且去安歇。天明后，大家到那里查看，或者有法可想，也未可知。"众人只得谢了，各去安歇。到了次日，斗元帅升座，先派赵平回铁崖，换成允去守二关。派黄通理回鸦嘴滩，换申黑去守头关。原来所定之计，赵平、黄通理离寨之时，就放成允、申黑夺了两寨。成允斩了王受福，申黑斩了魏子楚，就此镇守。所以孙参谋说的机栝甚紧，与夺三关时一般无二。派蒙杰去烂泥沟，帮助蘧季高、武城庸攻打，三将领令去了。孙参谋督领公子成英等四面镇守。其余的都随元帅齐到漩潭。公子申迎接。斗元帅派人取了三窟的盖藏，运回大营，放火烧了石屋，方到漩潭崖上。见那水势漩流甚急，斗元帅命人抛下木板、木棒，果然一漩便下去了。看来屠辰的话不错。对着漩潭，沉闷无计。陈音上前道："末将愿舍命前去试他一试。"斗元帅摇头道："性命攸关，岂是容易试得

---

[1] 适才：刚才。

的事吗！"大家呆呆地望着漩潭。陈音思索一会，道："凡是漩涡，不是漩流到底，不过水面三五尺，以下便缓了。但不知这潭有几何深？且先用绳一量，再来设法。"斗元帅听说有理，即刻命人取了粗绳，接联起来，缚了大石，从崖上放了，等待定了，拽起来细细一量，足足二十四丈有余。陈音道："这就难了！"斗元帅问道："这又为何？"陈音道："水若浅时，末将尚想仗着全身本事下去。潭水既深，漩流又紧，再要抱个瓶在怀，如何好用气力与那漩流相抵？十丈之水，便非一般劲可能上下。这水二十余丈，下去尚不要紧，上来时有瓶累赘，断断上不来！"大家听了，一个个搓手跌足。王孙建道："小弟有一计在此。"斗元帅问道："什么计？"王孙建道："用巨绳将我系好，放下水去，寻着瓶时，上面一拽，岂不连人带瓶通拽上来了吗？"斗元帅听似有理，目视陈音。陈音含笑道："真是个孩子主意！水里的勾当，到那紧急时，一股劲换不过来，便坏性命。人在上面拽，便身不自主起伏，如何得力？况上来到了漩流的地方，全靠身体灵活，与那漩水相争，岂是儿戏的事吗！"王孙建便不言语。陈音忽然顿脚道："计却有了，可惜赵平不在此。赵平水性精奇，末将与赵平或能把瓶取出。"斗元帅急急询问道："都巡且把计划定了，我即刻去调回赵平。"陈音迭着两指，把计说出。正是：

不施万丈深潭计，怎得骊龙[1]颌下珠？

不知陈音怎样计划，且看下回自明。

---

[1] 骊（lí）龙：黑色的龙。

第二十一回

习弩弓陈音留楚国　失宝剑卫老毙监牢

　　话说陈音因洪龙把翡翠瓶掼下漩潭，思得一计，须得赵平到来，可以取出。斗元帅急问："何计？"陈音道："用巨箩一个，粗索系好，内镇大石。末将与赵平坐在巨箩内，沉下水中约五六丈，不但免了漩涡急流，并可省一上一下洑水之劳。末将与赵平一人坐守箩内，一人泅到水底。大约瓶到水底，不知冲荡在什么地方。寻觅此瓶，也须准备二三时之久。如能一寻便着，甚好；不然，彼此调换，可免吃亏。万一水中有什么危险，也可保无事。不过借个巨箩养一养劲力，下面也无须用人牵拽。"斗元帅听来，颇觉有理，随说道："此刻且转大营，准备一切，飞调赵平回来，明日到此行事。"仍派公子申留此防守，带了众将，回至大营，即命公子成英速去铁崖，调换赵平，公子成英领命而去。

　　斗元帅命提洪龙、洪涛、晏勇三贼，须臾提到，三贼俱挺立不跪。斗元帅笑道："堪叹尔等有何伎俩，胆敢纠众负隅，欲图不轨？萤火也想敌月，螳臂何能挡车！今日被擒，还不跪求贷命[1]，尚敢恃蛮倔犟，真真是个顽梗[2]之徒！"洪龙冷笑道："英雄做事，论什么成败？今日不是赵平、黄通理两个老匹夫丧心负义，尚不知胜负所在。既被擒拿，要杀便杀，此刻要屈膝乞命，当时也不独立称雄了！况且，这凭众据地的事，若非迫不得已，谁肯把性命身家自濒危险？朝廷上任一囊瓦，草泽中不知几何洪龙？除一洪龙，洪龙正多，岂能除尽！就算恃着兵力，一一除尽，谁不是朝廷的子民？多杀一份子民，实伤一分元气，究竟于朝廷何益？譬如元帅督兵到此，并无片纸只字，布诚开导，安抚招降，直把这云中岸当作异域之地，把这云中岸的大众视为化外之人，任意屠戮，以博封赏，

---

[1] 跪求贷命：跪求免于死罪。
[2] 顽梗：愚妄不顺服，非常固执。

略无恻隐之心。方今列辟竞雄，须知优在草野目为悍贼者，用作干城[1]，即是劲旅。"正待往下说，洪涛厉声道："我只晓得成则为王，败则为虏。死便死，何必与这贪残匹夫多讲！"斗元帅听了，暗暗点头，忖度道：不料这贼倒懂得这些道理。开口向洪龙问道："你说这番话，不为无理。但是，那乘难行劫，以戈刺王，今又拦劫宝物，是何道理？说！"洪龙又冷笑道："囊瓦害国，任囊瓦者，昭王也。昭王不任囊瓦，我何至逼而为盗？一腔冤愤，有触必发。劫王劫瓶，不过聊以泄恨耳。"斗元帅又问道："你广布党羽，杀人劫财，又是何说？"洪龙道："既然做盗，这是强盗应份之事。难道做强盗的不吃饭穿衣吗？"倒说得斗元帅哑口无言，只得传令将洪龙仍然监守，解回郢都，洪涛、晏勇立时枭首。

左右将洪龙牵去。洪涛、晏勇面不改色，立候行刑。走过王孙建，屈膝请令斩此二贼，斗元帅允了。王孙建带了二贼出外，先将洪涛斩首，对着晏勇道："你那洪泽湖的威风哪里去了？昔日你想杀我全家，今日受我刀刃。天网恢恢，疏而不漏。你到此时若不知悔，真是狗狼！若是知悔，可惜迟了，做强盗有何好处？"晏勇只把眼瞪着王孙建，一言不答。王孙建手起一刀，断了首级，提转缴令。斗元帅叫人把贼尸拖去埋了，又将洪龙的姬妾、贼众的家眷，遣归的遣归，分配的分配。又传令往燕子矶、卧云冈、鸦嘴滩、铁崖等处将关寨拆毁，所得贼人的船只，清查记数，派人管理，金银粮米，一一封识。发落毕，退帐。

次日赵平已到，斗元帅把取翡翠瓶之话告知。随即传集众人，扛了准备之物，去到漩潭。赵平相了水势，把陈音的计划参详一会，想来只好如此，当下与陈音换了水靠。陈音腰间插了牛耳尖刀。赵平腰间插了匕首。巨箩绳索已经系好，二人跨进箩内坐定，慢慢地挨着崖石放下。一到漩涡，水势如箭一般漩了下去。果然，不到一丈，水势平缓如常。巨箩落定，赵平坐守。

陈音出了巨箩，往下一钻，一会到底。四围一看，哪有翡翠瓶的影儿？再向四面寻去，只见些大小石头，便向石前石后细细搜寻，毫无形迹。心中着急，想道：莫非洪龙不曾将瓶掼下此地？一面想，一面寻，

---

[1] 干城：捍卫国家城池。

第二十一回　习弩弓陈音留楚国　失宝剑卫老毙监牢　‖131

周围二三里，实系不见。沉闷一会，便往上泅。好一会，到了巨箩，用手势关照了赵平。赵平见了，也是着慌，叫陈音坐在箩里，自己扑了下去。好一会，方才上来，仍然不见。二人呆了半晌，陈音挽着赵平再行下去。二人到了底，分头去寻，泥沙里都细细摸掏过，寻瓶不着。二人想来，只好罢了。

正想泅上去，忽然赵平用手向岸脚一指，陈音顺着手看去，却是一个石穴，一个极大的癞头鼋伏在那里。陈音一想：寻瓶不着，且把这癞头鼋杀了，带上去，也不至空来这一趟。照会了赵平，去寻了一块大石，抱起来，对准癞头鼋击去，恰恰击个正着。癞头鼋被这一击打破了头，负着痛向外一钻，扒动沙泥，水便浑了，二人向上一冒，癞头鼋对着赵平张着口扑来，赵平一闪身离开。陈音却在癞头鼋后面，腰间抽出牛耳尖刀，向着尾闾[1]刺去，直到刀柄，用手一搅，癞头鼋痛极，身躯一扳，激动水势，乱翻乱涌。陈音不及抽刀，与赵平闪得远远的，见那癞头鼋一翻一覆，沉下水底。二人赶着到底，癞头鼋已不动了。略停一会，水清如前。赵平近前把匕首在鼋颈上戳了几下，用手捏着鼋颈，想将它提起，哪里提得动？陈音正想相帮，怕的是石穴里还有，往穴里一望，不禁狂喜起来，见翡翠瓶正在那里。奔进石穴，抱了出来。赵平也是大喜。陈音抽出刀，抱着瓶，满想泅上去，却不能行。瓶有二尺余高，抱着瓶如何泅水？倒弄得呆了。赵平想出一个主意：将两件水靠脱下，用一件包好，用一件系在背上，端整好了，方才泅上去。在巨箩里略歇一歇，一起向上泅去。泅到漩涡紧处，双双逼退。如是三四次，齐退至巨箩中休息。赵平想了个主意，关照陈音缘绳而上，到了漩涡，二人挽着巨绳，足蹬崖石，用全劲一节一节地挣出水面。岸上的人见了，一起用力收绳，将二人拽上，已是面黄气喘。消停片刻，立起身来，解下水靠，取出翡翠瓶，双手呈上。

斗元帅大喜，细看此瓶，浓翠欲流，血斑含润，高约二尺四五寸，大可一尺穿心，式样玲珑，雕刻精细，上下四围无半点瑕疵，果然是稀世之宝。众人传观一会，方才收好。二人把水中情形述了一遍，斗元帅着实地慰劳嘉奖，命人收了绳箩，捧了翡翠瓶，领了众将并公子申转回

---

[1] 尾闾（lú）：尾部。

大营。孙参谋等大家又围观赞赏不止,专候烂泥沟的消息。

又过一日,蒙杰同蘧季高转回三关,参见元帅。蘧季高道:"牛辅那贼探知贼巢已失,坚守不出。末将与武城庸并力攻打,彼此都有折伤。幸得蒙将军到来,亲冒矢石,一跃上关,刀劈牛辅,杀散贼兵,方得成功。现留武城庸在那里镇守。"斗元帅一一记了功,即命蘧季高先转烂泥沟,把关寨拆毁,大兵随后就到,蘧季高去了。

斗元帅正要退帐,此时黄通理已回,与赵平、蒙杰一起鞠躬道:"小人们辱蒙元帅提拔,执鞭左右,今幸贼首已擒,小人们就此告辞,转回齐国。"斗元帅愕然道:"三位何出此言?此行若非三位弃绝私恩,深明大义,赤心相助,何能斩渠犁穴[1]?仰仗鼎力,克奏肤功[2],正当同至郢都,奏请封赏,忽然说出要回贵国的话来,本帅断难从命。只得屈驾郢都,见了寡居,再定行止。"黄通理道:"过承元帅厚爱,自当依附麾下,趋叩关廷[3]。奈敝国内难方兴,恨不得插翅飞回,看一看动静。或能效得一手一足之力,也不枉食毛践土,世受国恩。"斗元帅再三挽留,奈他三人执意要去,又因他三人说出国难一层,碍难强留,只得备了极丰盛的筵席,与他们饯行。众将都是依依不舍,执酒相劝。唯有陈音心如芒刺,泪似珠抛,与三人深谈密叙,私向三人道:"我在此多则三年,少则两载,学得弩弓,即回越国。回越之时,定从济南绕道,以图欢聚,将来尚多借力之处。"三人应了。陈音略觉开怀,畅饮一会,大醉而散。

次日三人向斗元帅辞行。斗元帅除厚备贐礼之外,又赠许多珍宝玉玩。三人推辞不得,只得收了。复与众将告别,一个个都有馈赠。陈音分毫无赠,只禀过元帅,带了王孙建、雍洛等,黯然相送,一直到了燕子矶。赵平拦住道:"送君千里,终有一别,请此止步。"陈音洒泪道:"相见太迟,相别太急,云山莽莽,江水悠悠,未免有情,谁能遣此?"大众听了,都挥泪呜咽,不能出声。只有蒙杰放声大哭道:"回是一定要回的,大哥是一定舍不得的。我这心里只憋得痛,恨不得把身子劈作两半,一半随

---

[1] 斩渠犁穴:斩获贼人头领,攻占其巢穴。
[2] 克奏肤功:事情已经办成,功劳十分显赫。
[3] 趋叩关廷:任驱使去攻打城池。

第二十一回　习弩弓陈音留楚国　失宝剑卫老毙监牢

舅父回国，一半随大哥往楚，转到济南再合拢来，那就快活了。"大家听了，倒破涕为笑起来。大家又叮咛了后会，方才分手。陈音停桡目送，见蒙杰屡次回转头来，十分凄楚，心中甚是难过。直望到水天接处，帆影迷茫，方长叹一声，带了王孙建等就此等候元帅。

第三日，元帅到来，蘧季高、武城庸等，陆续俱到，会合已齐。到了云梦城，自有孟经迎接。斗元帅吩咐了话，督率水陆大军，高唱凯歌，转回新郢。陈音与雍洛等同至王孙建府中，叩见王孙无极。王孙无极满心欢喜，一家大小莫不眉开眼笑。摆了酒宴，陈音、王孙建同王孙无极妻妾一席，雍洛等十一人另坐两席。席间，王孙建把云中岸的战事，详细说了一遍。王孙无极这个老头儿一段一段地听去，直乐得把贵人的身份都忘了，一时搔搔头，一时拈拈须，对着妻妾两个手舞足蹈的，狂笑道："我在洪泽湖船中就认定了陈贤侄是个英雄，是个豪杰。我的眼睛看定的人，断然不会差的。"陈音无言。雍洛等想起那时的情形，都低头笑了。众人见王孙无极已吃得酩酊大醉，都告辞散席。王孙无极笑嘻嘻地对王孙建道："明日我请你伯伯来，再乐一天。你伯伯的伤，现已好了，听了一定大乐，也泄一泄心中之气。"老夫人见他说个不停，目视侍婢，扶去睡了，众人始散。

次日斗元帅上朝，献上洪龙，敷奏[1]战功，呈了翡翠瓶。楚王大悦，命将洪龙斩于市曹，翡翠瓶赐于二太子。过了九日，随征将士各有封赏。陈音、王孙建为二太子所喜爱，召去相见，十分嘉奖。陈音乘机请道："小臣不愿做官，愿侍太子左右，以效犬马之劳。"二太子大喜道："孤左右正苦无人，如此甚好。孤明日奏过父王，你就留在孤的宫中，代孤管领弩队。"陈音喜得心花都开，连忙叩头谢恩，同王孙建辞了出来。回去对王孙无极说了，大家代为快活。王孙建道："朝夕与大哥在一处，如今大哥进宫去了，撇得小弟孤伶，怎生过得？"陈音道："雍洛等留扰尊府，朝夕讲习武艺，何至寂寞？愚兄随时可以出来，又不远离，愁什么孤伶？"王孙无极是日果然请了王孙鏴于来，大家畅饮，夜深方散。

次日，陈音进宫。二太子因喜爱陈音，朝夕在侧，陈音就此留楚学习弩弓，心中陡然想起盘螭剑一事，不知卫老祖孙可到山阴？甚是放心不下。

---

[1] 敷奏：陈奏，向君上报告。

可怜陈音到楚之时,正卫老毙命、卫茜流离之日。当时卫老在乔村见陈音去了,一则眷恋难舍,二则感激甚深,十分难过,只想挨至天明,有了车便好动身。谁知卫老因受了许多惊恐,又夹些忧郁愤恨,忽然心气疼痛起来,双手按着胸腹,呻唤不止。卫茜急问道:"阿公怎么样?"卫老呻吟着应道:"肚中疼痛得紧,怎得一口热汤吃下方好。"卫茜听了,好生着急,四面张望,见前面隐隐有一间草屋漏出灯光,急取了钱走去。听得转磨之声,却是个豆腐店。用手叩门,即有一个老头儿开了门,问道:"是谁?"卫茜道:"我来买一碗热浆。"老头儿应道:"有。"卫茜不曾带碗,借了一个碗,将豆浆捧至卫老面前,低声叫道:"阿公,有滚热的豆浆在此,阿公用些。"卫老听说,一面呻唤,一面用口接着碗,在卫茜手中咕噜咕噜地喝了下去。喝完了,卫茜道:"阿公可要再喝一碗?"卫老点了点头。卫茜又去买了一碗来,卫老喝了一半,不要了。卫茜喝完问道:"阿公肚痛可好些?"卫老道:"略为缓点,只是不能行动。"卫茜道:"阿公既是行动不得,孙女且去寻个住处住下,阿公病好再行。"卫老点头。卫茜拿着碗,去至豆腐店付了钱,道:"请问老爹,此处可有客店?"老头儿道:"这乔村地方,不过二十余家户面,哪里来的客店?且问姑娘,为什么这样早天来买豆浆?"卫茜道:"奴随阿公从西鄙动身,去山阴投亲。因起得太早,到了此地,奴的阿公一时肚痛起来。此时吃了两碗浆,虽然好点,仍是行动不得,想寻个客店住下,阿公病好了再走。"老爹说:"来此处没有客店,这便怎么处置?"老头儿听卫茜说得委委婉婉,又见卫茜虽只十五六岁,那种愁苦惶急[1]的情景令人可怜,随说道:"姑娘不必焦急,老汉屋里虽不宽敞,却只有老汉一人。不如就在我屋里权且歇下,把病养好再行。"卫茜道:"怎好搅扰老爹?"老头儿道:"这点小事,说什么搅扰?快去把你阿公扶到这里来。"卫茜见那老头儿满面的慈善,甚是感激,道:"还有些须行李,敢烦老爹帮奴搬取。"老头儿急急地拭净了手,跟随卫茜来至卫老坐处。卫茜把话对阿公说了,卫老也甚感激。见那老头儿把行李一手夹着一手提着,立在那里,等卫茜把卫老搀扶起来,方跟着慢慢地踱到店中。就在空处支起板床,铺好被褥,卫茜扶了卫老躺下。祖孙二人说不尽的感激。老头儿去将那未磨完的豆子磨完,漉了浆,再来招

---

[1] 愁苦惶急:忧愁苦闷,恐惧慌张。

第二十一回　习弩弓陈音留楚国　失宝剑卫老毙监牢

呼道："此时天已大明，你二人想来饿了。我去收拾饭来，与你二人吃。"卫老摆着手，呻吟道："不饿，不必弄饭。"卫茜也说道："奴也不饿，老爹不必劳神，饿了再烧。"老头儿也就罢了，自去招呼生意。

卫老躺下沉沉睡去，卫茜一夜辛苦，就在阿公脚下侧身睡下。正在睡梦中，忽然拥进二十余人，声势汹汹把卫老抓了起来，大喝道："你这杀人放火的老贼，却逃在这里躲着！"卫老吓得浑身发抖，喘呼呼问道："你们是什么人？说什么杀人放火？想是错寻了人。"卫茜料是诸伦之事，心中好不发急。来的人中一个说道："不必同他多讲，且带了转去，听官处置。"老头儿见了，摸不着头脑，惊得身似筛糠，立得远远的。来的人中一个走拢去喝道："快把他们带的东西通拿出来，少了一件，提防你这颗老狗头！"老头儿战兢兢地一一搬出。一个人见了盘螭剑，急取在手，喝问道："就是这点东西吗？"老头儿战兢兢地应道："实系通在。"这里一个人插嘴道："只要宝剑到手，人未逃脱，余者问他做什么？"卫老见盘螭剑被人取去，病也忘了，喘呼呼要去争夺。卫茜连忙拦住。众人唤了几辆车来，把卫老二人推进车中，余人一起上车去了。此时围看的人却也不少，见众人去了，都赶着问老头儿。老头儿把早间的话说了，众人也猜不出是为的什么事，胡乱一会，各自散去。

卫老被众人截回西鄙。少时，新任关尹姓杨名禄第升座。差役呈上宝剑，带上卫老二人，跪下回了拿获二人的话。杨禄第把卫老端详了又端详，方说道："看你这个样儿，如何上得了那样高的房屋，杀了许多的人？依情理想来，定然不是你做的事。却是你乘夜逃走，现被拿回，宝剑又明明在你身旁，依情理想来，又定然是你做的事。我想来是不错，你且从实供来，免动刑杖！"卫老此时气得身颤音嘶，应道："剑是老汉世传的，自然该在老汉身旁。什么杀人放火的话，老汉全然不知！"杨禄第冷笑道："你这老贼骨头，不用大刑，谅你不招。"吩咐左右取大刑来。一声吆喝，夹棍、梭木取齐，将卫老夹起来。卫茜匍匐上前泣求道："阿公年老，小女子愿替阿公。"杨禄第喝人将卫茜拖过一旁，吩咐动刑。可怜卫老年纪老迈，又抱病在身，如何受得起这样大刑？左右一收，卫老头上汗出如珠，一声大叫："痛死我也！"立时面如黄纸，紧咬牙关。正是：

　　三木无情休滥用，一丝悬命且哀矜。

未知卫老性命如何，且看下回分解。

第二十二回

卫茜儿忍死事仇家　　杨绮华固宠施毒计

话说诸伦庄上，被陈音焚屋数间，杀人数命，椒衍又伤了眼目。查看绾凤楼的形迹，晓得是为的盘螭剑，即将剑取下收藏，仔细一看，却非原物，大吃一惊，急急连夜报知关尹，派差役去卫老家中搜寻，人已逃去。回禀关尹，立时多派差役，协同诸伦的恶仆，四路追赶，在乔村将卫老追回。新任关尹杨禄第用大刑拷问，可怜卫老年老病衰，哪里受得住？大叫一声，昏死过去。卫茜见了，肝肠寸断，号啕痛哭，倒在地上乱滚，头发散乱，气促声嘶。杨禄第大喝道："把这泼辣女子拉远些去！这个地方，岂是由你胡闹得的吗？"差役数人把卫茜横拖直拽，拉开一边。杨禄第吩咐暂时松刑，取过一碗水向卫老脸上噀去。卫老悠悠苏醒，气如游丝，已是不能言语。杨禄第吩咐带去牢中，好生看管，明日再讯。差役应了一声，两人搀着卫老进监去了。唤过诸伦家人将宝剑带回，家人领了宝剑禀道："务求大尹费心，在卫老身上追出那杀人放火的凶犯。"杨禄第点头道："我自有道理。你回去叫你家公子放心。"家人拿着宝剑，气昂昂地去了。杨禄第又吩咐差役把卫茜交官媒看守，方才退堂。差役要带卫茜到官媒处去，卫茜哭叫道："生死要和阿公一处，就是死也不肯别处去。"差役善骗一会，分毫不理，再用些话恐吓，哪里恐吓得她？倒只是顿足哭叫。差役弄得无法，只得将卫茜抬起，送到官媒家中交代。官媒领了，见卫茜不要命的大哭大叫，慢慢地劝解道："姑娘哭也无益，阿公暂时受苦，明日自然申诉得清。我也替你去分辩，包你阿公无事。我不欺你，快休啼哭，想来肚中也饿了，我弄饭与你吃。"到底女孩儿家最肯听妇人说话，听阿公明日无事，便止了哭，还是哽哽咽咽地道："多谢妈妈！我阿公不在这里，我如何吃得下饭？妈妈说我阿公明日无事，可是真的？"官媒道："千真万真，我不骗你。诸伦不过想得宝剑，如今宝剑到手，心满意足了。难道想要你阿公的性命不成？大

第二十二回　卫茜儿忍死事仇家　杨绮华固宠施毒计

尹今日不过吓吓你阿公，明日就没事了。"卫茜听了甚似有理，又说道："我要去望望阿公可使得？"官媒道："姑娘不必性急，且到晚上我悄悄领你去。"卫茜只得等候，眼巴巴望着日头急切不肯西落，好生焦躁。想起阿公受刑的光景，扑簌簌泪似穿珠。暗想道：陈伯伯如今又不在这里，无人替我们出力，干妈不见到这里来，想是不晓得，有话又没个商量处，竟怎地苦！又恨道：诸伦那厮，与我家想是前世的冤孽，为一口宝剑，害杀我家！怎地出得这口怨气？

正在四处思想，忽进来一人，把官媒叫了出去，在外间唧唧咕咕的，不知说些什么。卫茜疑心，敛神静气地倾耳细听。只听官媒叹口气道："老的死了，小的也不能活命。"又听一人道："低声些！"卫茜听了这几句话，好似巨雷轰顶，快刀戳心，几步抢出外间，颤巍巍地问官媒道："我阿公死了吗？我也不要命了！"那人见了走开。官媒道："姑娘不必伤心。你阿公死了的话是听来的，不知真假。"卫茜一听，一头向壁上撞去，"嘣"的一声，便倒在地。官媒急忙拉起看时，顶上碰了一个窟窿，血流如注，瞪目咬牙，口鼻无气。官媒慌了，把卫茜停放在床上，寻一条布包裹了头，一面叫人去报大尹，一面冲了姜汤，撬开牙关灌了下去。半响，卫茜"哇"的一声，吐出一口鲜血，喉间抽气隐约是"阿公"二字，四只眼角痛泪汪汪。官媒心中大是不忍，叹道："可怜这样花枝般的好女子，恁地孝顺，如此受苦！阿公死了，无人依靠，将来如何过日？"也零落落滴下泪来。一刻，大尹命人来看卫茜未死，吩咐官媒好生医治，等伤好了再行定夺。官媒应了，来人自去，天色已晚，点了一盏油灯，静悄悄坐在卫茜身边。又半响，卫茜醒转，睁眼一看，一盏油灯半明半暗，四壁堆些破坏东西，满目凄凉，大有鬼趣。见官媒呆呆地坐在身边，愁眉泪眼的光景，呜咽道："妈妈怎不放我死去？我阿公已死，我还能活在世上吗？"官媒道："姑娘的苦情我尽知道，姑娘此时死了，也是白死了的。还须自宽自解，想个后路才是。"卫茜听官媒说出"白死了"三字，又说出"想个后路"的话，不觉心中一动，好像有许多念头兜地上心，郁勃勃的，热腾腾的，急愤愤的，冷清清的。乱了一会，一言不发，闭着眼睛想去，却毫无一丝头绪。有人送了菜饭来，官媒劝卫茜用些，卫茜哪里吃得下？对官媒道："妈妈自己用罢。我想妈妈用过饭，引我去见我那死了的阿公。"说到这里，又痛哭起来。官媒道："姑娘你听我的话，阿公死了，不能复生。且自将养身体，好歹我明日包你见着阿公就是。"卫茜料难相强，便不言语，躺在床上千回百转地胡思乱想。到了夜深，官媒就在脚下歪着身子睡下。心里乱了一夜，只恨自家是个女子，任是哪样想去，总难做到，愤恨一阵，哭泣一阵，直到天明，何曾合眼？只打定个拼死的念头，便缠住官媒，要去看阿公。官媒道："此刻关尹已照会县尹前来验尸，验过了再去。"卫茜无法，只得忍耐。

挨到黄昏，忽然差役来提卫茜。官媒对卫茜道："过了堂便好去见阿公。"卫茜随官媒到了二堂。杨禄第吩咐道："你的祖父昨日带病入牢，一时病发，医治不及，已是死了。倒便宜了他！本应在你身上追究那杀人放火的下落，姑念你年纪尚幼，不必追问了。你要懂得恩典！"卫茜只是低头掉泪，一言不出。杨禄第又道："但是诸公子过于吃亏，我如今断你给与诸府为奴，你也有了依靠，岂不是两全其美？我这般周全你，你可晓得？"卫茜听说断给诸伦为奴，直气得面白手冷，浑身乱颤起来。杨禄第冷笑道："这样的蠢女子！我这样周全她，她倒做出这等样子来，真正不知好歹！"叫差役带去，交与诸府。卫茜哭道："为奴不为奴不必说起，我要去望望阿公。"杨禄第拍案道："你阿公早拖去埋了，休在这里胡缠！"喝令差役速速带去。卫茜此时觉九幽地狱无此阴霾，寸磔极刑无此痛苦，目黑心迷，身不自主，恍恍惚惚被差役交与诸仆，带到庄去。诸伦见卫茜这般光景，对家仆道："想她不曾见过大世面，吓昏了，带去交与管家婆看管，明日再去里面叩见大小夫人。"家仆应了，带去交与管家婆收了。管家婆见卫茜痴痴呆呆的，把来放在一间床上躺下，吩咐丫头好生看守，自己去了。

卫茜到了二更后，回过气来，睁眼四望，惊讶道："这是什么地方？我因何到了这里？"细细一想，谅来是诸伦府中，满心苦恼，灼肺燎肝。见一年约四十岁的妇人走进屋来，到了面前，叫小丫头点火递在手中，在卫茜面孔上照了一照，含笑道："好了，醒过来了。像这样面孔，什么八姨娘、九姨娘哪里赶得上？看来稳稳的又是一个姨娘定了！"把火递与小丫头去，便坐在床边笑吟吟问道："卫姑娘今年几岁？此时心中可清醒些？肚中想来饿了，可起来吃点饭。"卫茜不理，仍将双眼紧闭，沉沉而睡。那妇人唠叨了一会，见卫茜不理，着实厌烦起来，笑道："我

第二十二回　卫茜儿忍死事仇家　杨绮华固宠施毒计

来关心你，你倒装模作样。既到了这个地方，总在老娘手里过日子。你莫乔做作，须晓得老娘的厉害！"说罢，站起身，叫两个小丫头就同卫茜一床睡。两个小丫头应了，那妇人悻悻而去。两个小丫头也就睡了。

卫茜虽是闭了眼，不理那妇人，但妇人所说的话一一听得明白，心中自忖道：我就死在眼前，谁要在你手里过日子？你厉害不厉害，于我何干？一心只等两个小丫头睡熟了，便寻个自尽去见阿公。静静地躺着，三更已交，两个小丫头都有了鼻息，一起睡熟，挣起身坐了，理了一理头发，碰破处也不觉得疼痛，肚子里也不觉得饥饿。灯光如豆，风动有声，暗暗啼泣道：我父母早亡，只靠阿公抚养，哥哥失了，至今不知下落，今年虽然十五岁，一个女孩儿有什么用处？如今遭此惨祸，家破人亡，孤苦一身，死在仇人家中。死如有灵，做鬼也要索了诸伦的命，方出得这口怨气！不知阿公此刻在什么地方，我死去可能寻得着。左思右想不觉已打四更，恨声道："时候不早了。"翻身坐在床沿，又想道：我是怎样个死法嘞？张望一会，不见个伤命的东西。沉闷之响，不觉双眼一合，忽见阿公走来，满面含悲。卫茜跳下床叫道："阿公却在这里！"阿公垂泪道："不可轻生，报仇要紧！"说罢，转身便走。卫茜上前拉着不放，阿公一挣身，卫茜一跤跌倒，遽然惊觉，似梦非梦，心中凄惨，又呜呜地哭了一会。想起阿公的话，明明是叫我留着性命，再图报仇。可惜我是个柔弱女子，如何做得到？翻来覆去，已是五更天气，鸡声高唱，天将发明，仍然躺在床上，闭眼沉思，心中发恨道："天下有什么难事？我只立定这报仇的主意。譬如此时死了的，横着心肠，舍着性命，时时刻刻以报仇为事。或者天可怜我，得报大仇，也不枉我阿公抚养我一场，落得个万古流芳。就是到了那时被仇家治死，我先后总是一死，有什么值不得？况且，男女都是个人，怎见得男子能做事，女子就是无用的？可见这轻生的念头是把自己看得无用了！我到了这里，必然要受他的折磨，我总一一忍受。留得一口气，便有报仇的一天。想罢，也不啼哭，也不悲惨，觉得精神陡长，十分清醒。略为安息，天已大晓。

管家婆走进屋来，唤醒两个小丫头起来，卫茜也跟着坐起。管家婆见了卫茜，面孔还是冷森森的，发话道："既然到了这里，替人为奴，就要晓得做奴婢的规矩。还要大剌剌地装模作样吗？趁早梳洗好，等夫人们起来好去叩头！"卫茜双眼光溜溜地望着管家婆，一声不响。管家婆鼻子里哼了两声，屁股一扭出去了。两个小丫头倒招呼卫茜梳洗吃饭。卫茜此时心中已是酸苦毫无，视身如寄。随着梳洗吃饭，问了两个小丫头的姓名。一个十三岁的应道："我名阿翠。"指着一个十一岁的道："她名如意，都是被人拐卖到这里，不过三四个月，还不能当正经差使。另外的丫头有二十余个，都各有执事。一半住在上房，一半住在隔壁三间屋里。"又问："适才说话的是什么人？"阿翠悄声道："这人是管家婆，姓马，最是凶狠不过。稍些触犯了她，非打即骂，若有点错处，便去上房回八姨娘同九姨娘。这两个姨娘比虎狼还毒，处治起奴婢来真弄得九死一生，一月里总得处死一个两个。"卫茜也悄声问道："难道公子同夫人通不管吗？"阿翠悄声道："夫人姓王，甚是善良。晓得时何尝不说两句，无奈公子宠爱的是她两人，还夸奖她两人治家有法。此时府中的事都是这两个人做主，谁敢正眼觑她们一觑？我两个狠狠吃了几回毒打。"说着，眼圈儿一红，掉下泪来，如意也是鼻酸泪落。

　　正待往下说，马婆进来，板起脸向着阿翠道："快同如意去后院汲水！难道就死守在这屋里吗？"两人不敢做声，皱着眉头去了。又问卫茜道："你头上包着布做什么？"卫茜道："是碰伤了的。"马婆道："这般模样怎好到上房去？"说着，走近身用手将布扯下一看，果然血迹模糊。叫卫茜用水洗净，寻了一张膏药出来贴好，就把卫茜带至上房。先到八姨娘房中，八姨娘正在梳头。马婆回了，叫卫茜磕头，卫茜只得磕头。下去磕了两个头起来，站在一旁。八姨娘斜睨了一眼，叫声"带去！"马婆又带到九姨娘房中，九姨娘还是云鬟不整，呆呆地坐在床沿。马婆回了，叫卫茜磕头，卫茜走近前磕头下去。九姨娘把卫茜一相，颇觉吃惊，暗想道：这模样儿生得如此美丽，公子见了必然中意，岂不是我的对头？我须得早早防备她才是，卫茜叩了几个头，她也不曾看见，卫茜站起身，只问一声："几岁了？"卫茜应道："十五岁。"九姨娘听了略略地点一点头，叫马婆带去。马婆带卫茜去各姨娘房中叩过了头，然后带去见王氏。诸伦正在房中，马婆回了。诸伦把卫茜上下打量，不觉心痒起来，暗想：宝剑是个死宝，这才是个活宝哩！王氏等卫茜叩头起来，见卫茜生得端丽娇妙，甚是爱怜。问了姓名年纪，知是卫老孙女，回头见诸伦呆呆地望着卫茜，叹口气道："你也少作些孽，为什么饶她不得？"诸伦看

第二十二回 卫茜儿忍死事仇家 杨绮华固宠施毒计

得呆了，不曾听见。王氏见卫茜低着头立在一旁，眉头剔了又剔，面色微微泛红，大有难过的光景，就叫马婆暂且带了去好生照管，不得刻苦她。马婆应一声"是"，带了卫茜出房，转到原屋去。诸伦见卫茜走去，不觉失口道了一声"好"。王氏正要相劝，诸伦早立起身，扬扬地走开，王氏只有叹息而已。

且说九姨娘，是女闾[1]中出身，姓杨名绮华，年十九岁，生得有六七分姿色，是诸伦新买进府的，十分宠爱。绮华整日抹粉涂脂，迷惑诸伦，诸伦一刻也离她不得。夜里除八姨娘房中还不时去歇宿，其余的绝不过问，其中就有许多一言难尽的事。八姨娘姓殷名媚春，年二十岁，倒有八九分姿色，是诸伦抢得来的，心性狠毒，与绮华正是一对儿。绮华专宠，心中十分嫉妒，面上却不露一些，朝夕一堆，说说笑笑。绮华见媚春同她好，也把媚春姊妹般看待。诸伦三人有时同桌而食，有时共枕而眠，倒觉十分相得。这日绮华见了卫茜，心中着实惊疑，深知诸伦是个好色之徒，见了必然喜爱。将来有了她，就没了我，越想越怕。忽见诸伦跨进房来，笑嘻嘻道："你看今天来的这个卫茜儿可好？"绮华冷笑道："模样是绝好的，要想她被你弄得家破人亡，留在身边，我倒替你寒心。"诸伦哈哈大笑道："这样一个粉团儿会做哪样？你倒替我担起心来。"绮华随即转口道："谅来不甚要紧。只是她初到府里，先尽她同着丫头们吃吃辛苦，学学规矩便好。若是提拔早了，将来反不好制伏。"诸伦笑道："我不过说她模样儿生得好，哪得就说到这里来？"丫头搬上饭来，把话歇了，一同吃饭毕，诸伦出房去了。

绮华思量一会，未得个计较，便叫她一个心腹丫头，名叫粉蝶儿的，到房里来。这粉蝶儿，年纪十七岁，生得千伶百俐，专会在诸伦面上献乖讨好。诸伦甚是喜欢她，偷偷摸摸很有几次。因见绮华专宠，在绮华身上十分巴结。不说二姨生得丑，就说三姨生得蠢；不道四姨的长，就讲五姨的短；六姨如何的小气，七姨如何的无能，八姨虽好还不算全才，夫人已老只好享庸福，把绮华捧上天。因此绮华很喜欢她，把她当做心腹，无事不同她商量。绮华叫她进房，细细把心事对她说了，要她打个主意。粉蝶儿道："这个女子真长得俊，府中除了九姨娘她比不上，其余的

---

[1] 女闾：妓院。

谁比得上？若是公子把她收了，虽然碍不着九姨娘，总有点刺眼。趁她此时还是丫头，正好想法摆布了她，免得后患。"绮华道："我正是这样想。故尔叫你来打个主意。"粉蝶儿沉吟了一会，摆头含笑道："婢子有一个绝妙的主意，包管她不出一月两月就莫活命。"绮华急问道："什么妙计？快说给我听！"正是：

　　本比蜂蛇多恶毒，哪堪狼狈设阴谋。

　　不知粉蝶儿定何毒计，下回便见分晓。

第二十三回

碎宝器妖狐陷孝女　　跃寒溪义犬救娇娃

　　话说杨绮华怕诸伦收了卫茜夺她的宠爱，唤了粉蝶儿替她打个主意，摆布卫茜死了，以绝后患。粉蝶儿想了一会道："计已有了。"绮华问她，她附着绮华的耳道："如此这般，摆布她死，九姨娘一点不露形色，让别个做恶人，她那小性命哪里还有？"绮华听了大喜道："真是好计！事情过了，我自另眼照看你。公子时常说要选个人，做个十全其美，包在我身上，保你稳稳地做十姨娘。"粉蝶儿抿着嘴笑道："婢子哪有这样福气，不要折死了！"绮华道："你的模样儿哪点不娇好？你的心眼儿哪样不聪明？只怕公子收了你，就把我撇到九霄云外去了，那时我才懊恼哩！"粉蝶儿道："婢子不是那种阴心险毒的人，九姨娘是知道的，从不晓得害人。倘有那一天，九姨娘就是要婢子去死，婢子也是情愿的。"绮华道："我不过说说笑笑，有什么不相信你？你就照你定的计去办罢，千万不可露了形迹，反为不便。"粉蝶儿道："九姨娘放心，我自办得机密。"说罢去了。绮华甚是得意，只等事情破露出来。
　　原来诸伦在这十日里得了两对羊脂白玉杯、两支金凤衔珠钗，十分珍爱，就分与殷媚春、杨绮华二人。二人得了，喜爱不尽，凤钗日日插在头上，玉杯日日摆在面前。一来喜得东西，一来显得宠爱。粉蝶儿定计之后，不时到媚春房中，无奈总有人在屋里。媚春也爱粉蝶儿能言会语，待得颇好，因此进出毫不碍眼，只等乘空下手。
　　且说卫茜自从叩见诸伦之后，马婆派她喂猫饲狗，卫茜低头做事，全不露一些神色。暇时同着阿翠一般小丫头不是劈薪，就是汲水，只寻些费力的事来做，心中想的多练点气力，到要紧时好用。在马婆面前总是和颜悦色，怎奈马婆因卫茜进府那一天冷落了她，牢记在心，只想磨擦卫茜。卫茜虽是百般勤苦，马婆还说她偷懒，不是说这样弄坏了，就说那样做迟了，横顺都有不是。卫茜全不放在心里，总寻些粗重事来做。一日失手碰碎了两个饭碗,马婆不在面前,悄悄地把碎碗擦在自己床下,却落在粉蝶儿眼中。粉蝶儿心中好生欢喜,却一声不响,倒叫卫茜不用声张,这是不要紧的事。卫茜甚是感激粉蝶儿。粉蝶儿随时带了卫茜到八姨、九姨房中走动,不时也到各姨处进出,随便做些零碎事体。卫茜不晓得的,粉蝶儿都细细教她。卫茜同粉蝶儿十分亲热。

过了月余,忽然八姨房中一对羊脂白玉杯不见了,闹得合府皆知。粉蝶儿加倍着急,逢人便问,各处搜寻。殷媚春气得要死,告知诸伦。诸伦把内宅的管婆仆妇、大小丫头一起唤去,挨次盘问,却无一人晓得。媚春道:"若不寻出玉杯来,你们一个个休想活命!好好地问这班奴才,谅来不肯供认,须用那极重的刑法,打她熬不过,自然供出。"诸伦点头道:"如此最好。"命人端整烙铁、竹签、藤条、木棒、粗练、碎瓷等件伺候。奴仆们见了都吃过这些苦来的,吓得心惊胆战啼哭起来。粉蝶儿上前回道:"此刻尚不知何人偷去,一概拷问,岂不冤屈好人?不如在各人房中去先搜一搜,有了形迹这就好了。若无形迹,再行拷问他们也可无怨。"诸伦依了,媚春即刻立起身来,斥叫马婆带了众人从上房使女们的房中搜起,一个不准离开。先到粉蝶儿房中细细搜寻,翻箱倒箧[1],破壁移床,搜了一遍,毫无影响。挨次搜去,甚至掘土搬砖,只搜出几件不要紧的东西,玉杯不见影子。上房搜过,再搜仆妇们的住处,仍然不见。媚春发急道:"不用再搜了!谅她们那些小丫头也不能到上房来,搜也无益。我只把这班奴才活活打死,出口气罢了!"说罢,转身要回房去。粉蝶儿暗暗着急,上前回道:"或者上房的人偷了交给那小丫头收藏,也未可知。总得也去搜一搜,方使众人心服。"诸伦道:"说得有理。"携了媚春的手往小丫头房里去,见媚春的手急得冰冷,又看脸上颜色也气得白了,连忙安慰道:"就是搜不出,我另寻两对好的赔你。你何苦急得这个样儿,反伤了自家身体?"媚春也不言语,一同到了小丫头房里。马婆先动手,把阿翠、如意等床上床下、箱里包中逐一搜检,并无一犯眼之物。然后在卫茜床上翻来翻去,翻出一把极锋快的剪子。料是剪裁所用,毫不在意,掼在一边,余无别物。卫茜在旁边立着见剪子掼在一边,并不问及,便放

---

[1] 箧(qiè):小箱子。

第二十三回　碎宝器妖狐陷孝女　跃寒溪义犬救娇娃

了心安安稳稳看马婆搜去。忽见马婆把床移开，在床下丁丁当当拾起几片东西，口中狂叫道："有，在这里了！"卫茜只道是前日碰碎的饭碗，谅来不甚要紧。媚春早走拢去，从马婆手中接过来一看，恰恰是那羊脂白玉杯，却成了四片，气得双手发颤问道："这是哪个睡的床？"马婆用手指着卫茜道："是她。"卫茜此时吓得目瞪口呆，心中好似七八个吊桶，一上一下，说不出苦来。媚春斥马婆带到上房慢慢地拷问，马婆应了，又道："还有些瓷片，也带了去。"又将碗片拾起，拖了卫茜直到上房。

　　到了媚春的外房，媚春在一把椅上坐下。诸伦也随便坐了，心中十分惊讶，又十分难过，本想劝解，见媚春睁目竖眉，满脸怒气，不敢造次。马婆喝令卫茜跪下，媚春连声叫取家法，一时各样取齐，摆满一地。媚春又喝令马婆把卫茜的上下衣服全行剥下，马婆剥了下来，只剩一条单裤。诸伦一见卫茜浑身雪白，又爱又苦。媚春指着卫茜厉声斥道："你这贱奴才！是几时偷去？怎样碰碎的？好好从实说来！"卫茜心中已横着一死的念头，倒毫不惊慌，应道："婢子不曾偷取，并未碰碎，不知被何人陷害，婢子此冤莫白，但求速死！"媚春冷笑道："你看，你看，这贱奴才还了得吗？明明白白在她床下搜出真赃，反说被人陷害，不打谅不肯招。"又对着卫茜道："你想速死，我倒不肯叫你死得太快。且叫你吃点零星苦，替我玉杯偿命。"即叫马婆把藤条先抽这贱奴才三五百下再说。马婆拽起袖子，取了藤条在手道："我早看出她是个贼头贼脑，倒不料这样的大胆！"一面说，一面呼呼地上下乱抽。可怜卫茜虽是清寒人家的子女，卫老视如珍宝，哪里吃过这般苦楚？浑身打得肉裂血流。藤条一阵紧似一阵骤雨般打下，卫茜倒卧在地，紧咬牙关，瞑目待死，一声儿也不哼。不但诸伦心里难过，一些仆妇丫头，除了粉蝶儿，莫不心酸。大约抽了三四百下，媚春见卫茜一声不响，叫马婆住手："休要叫她死快了，便宜了她。"马婆歇了手，弯着腰仔细看时，见卫茜还有气息，笑道："这样贱骨头，哪里就会死？"粉蝶儿皱眉蹙额地走近卫茜身边，带着悲声道："妹妹你好好招了罢！免得皮肤吃苦，为姐又不能代你，真真痛煞我也！"卫茜只作听不见，一语不发。媚春道："这贱骨头装作死人模样来吓人，府中不知死过多少，只算扑了一苍蝇。谅她是不肯招的，把竹签来，十个指头通与她戳进去！"马婆便取了竹签，每根约长一寸，一根一根从卫茜指甲缝里戳进。可怜十指连心,哪里经受得起?痛叫一声,昏死过去。

仆妇丫头不忍注目,都把头掉过一边,诸伦平日虽然见惯,只因心爱卫茜,也觉不忍,挣起身来向外面走。到了绮华房中,见绮华躺在床上一手支着腮,面有喜色。诸伦叹口气道:"不想卫茜小小年纪做出这样事来。"绮华忽然皱着眉头道:"你也该替她解劝解劝,不然活活治死了,岂不可惜?"诸伦只当绮华是好心,便道:"你何不去替她解劝一声?也是一桩好事。"绮华摇头道:"八姨的脾气,我是不敢犯她。你倒会使乖,叫别人去吃碰!"诸伦也就不言语。少时,粉蝶儿笑嘻嘻抢步进房,一见诸伦,脚便慢了,说道:"八姨把卫茜抬至露天空地,要把卫茜冻死。八姨说过,有人去看卫茜的,一同治死。可怜雪天长夜,小小年纪,如何熬得过去?谅来是没命了,真令人难过!"说罢,用手揉一揉眼睛,声带凄楚,立在那里。诸伦看了,想道:这娘子总算是有良心的。绮华此时,也是叹声不止。诸伦到了此时,只得割断柔肠,闷沉沉在绮华房中睡下。粉蝶儿服侍妥当,退出房门,自去睡了。

可怜卫茜遍体鳞伤,一丝悬命,侧卧在露天里。此时十二月下旬天气,朔风刺骨,大雪漫空,就是精壮汉子也早绝命,何况一个孱弱女郎,焉能生活?约摸两个更次,卫茜倒微微地苏醒过来,觉得胸前毛茸茸一团,紧贴胸脯,慢慢把手移去一摸,却是一只大狗。指上竹签触在狗的身上,一时痛彻心肝。想起自家的孤苦,眼泪如抛珠撒豆一般。眼见得性命不过苟延,大仇怎个报复?早知今日仍是一死,何不进来之时就寻自尽?阿公害了我也!又想起玉杯之事,不知被谁陷害。我在这屋里又不曾与人结怨,无端丧命,好令人难猜。想了又哭,哭了又想。四面黑沉沉,静悄悄,只有一只狗靠脸睡熟,也不去惊动它。且喜周身的疼痛略略止些,十指尖虽觉肿胀,不挨着它尚觉可忍。挨到天明,横着心等死,仍然闭目不动。马婆早已走来,此时那只狗先去了。马婆用手在卫茜身上一摸,见卫茜不死,说道:"这贼骨头怎地这样经得冻,倒也奇怪。"说着去了。到了巳牌时候,媚春起来,马婆回了卫茜不死的话。媚春也自诧异,就对马婆道:"你去唤两个有气力的妇人,把她扛在后面去,掼在溪里淹死罢了。"马婆应了,唤了两个粗蠢仆妇,取了一床芦席、一根草绳,把卫茜裹好,用草绳扎起,寻了竹杠穿心抬起,从后门出去。约有半里,到了溪边,马婆相着溪水深处叫仆妇放下,连芦席掼下溪去。马婆站在溪边看着沉了下去,

第二十三回　碎宝器妖狐陷孝女　跃寒溪义犬救娇娃

方才带了两个仆妇回去消差。

看官想想，寒天深水，浑身重伤，又被绳席扎紧，就有陈音泅水的本领也难活命，何况卫茜？眼见得性命是绝定了，大仇是罢论了，我的书也要中止了，岂不是极天极地一桩恨事？这书不好叫做《热血痕》，好叫做《冷心案》，何必挖心呕血去著它？哪知马婆等转身去了，突然一只大黄狗"扑通"一声，跳下水去。芦席虽沉水底，草绳却在水面，那黄狗咬着草绳用力拖起，顺流浮去，一直拖了三五里。到了一个僻静所在，靠岸几株杨树，一间茅屋，黄狗浮至岸边，咬紧草绳，跃上岸来，慢慢地将芦席拖至岸上，吐了草绳，跑到茅屋，当门"汪汪"狂叫。茅屋里走出一个中年妇人，见一只大黄狗扬起头，张开嘴，对着屋里叫个不止，声音带着悲苦。那妇人斥道："哪里来的瘟狗？清晨早来这里嚎丧？想是我的什么晦气！"在门背后取了一根竹竿去打黄狗，黄狗掉过身，仍扭头朝着妇人一面叫，一面走。妇人赶着要打，一步步赶到芦席处。黄狗用口去咬草绳结头，妇人见芦席处一面露出头发，一面露出双脚，芦席湿透，像水中捞起的光景，大吃一惊。又见黄狗口咬绳结，叫个不住，妇人会意，料是要她救那芦席中的人。急走向前去，用手去解绳结。黄狗便不叫了，站在身旁，摇头摆尾，抖抖身上的水。妇人解了绳结，抽了草绳，打开芦席，见是个十四五岁的女子，只穿一条单裤，浑身是血，脸上青肿，血渍模糊。用手摸那胸前微有温气，知尚可救，连芦席抱在怀里，转回屋去。黄狗衔着草绳跟着进来。妇人将芦席放在当地，黄狗走拢去，用鼻在女子指尖上嗅了又嗅。妇人赶开狗，看那十指通有竹签戳进，心中骇异，急急地替她一一抽出，指甲里冒出血。抽至五七根，女子忽然呻唤起来。抽毕，妇人去至灶间烧了一碗姜汤，锅里另添了水。把姜汤拿来，将女子扶起坐了，缓缓灌了下去。约有半碗，女子肚中"咕噜咕噜"响了一阵，嘴里吐出水来。妇人让她消停半晌，又灌了几口姜汤，女子长长地抽了一口气。妇人道"好了"，急急放下碗，去至灶间，舀了锅中热汤，取了一条手巾来，替女子轻轻拭了脸上血渍。把血拭净，吃了一惊，颤巍巍的声音叫道："你不是我干女茜儿吗？"卫茜此时心中已有几分清醒，听得有人叫她乳名，睁开眼一看，不觉失声哭道："郑干妈因何在此？莫不是冥中相会吗？"郑氏听得果然是茜儿，便放声大哭起来，搂在怀中一阵儿一阵肉叫个不止。卫茜见了干妈，想起阿公，只哭得气断声嘶。黄狗也伏在旁边，两泪汪汪呜呜不已。哭了好一会，郑氏放下卫茜，把卫茜扶起踱到房中坐在床上，用水拭了周身，取出几件棉衣替卫茜穿上。卫茜待要诉说苦楚，郑氏道："干女且暂将息，我去熬点薄粥来与你充饥，静睡半日再讲。"卫茜点了点头。郑氏去到灶间熬了稀粥，拿来房里与卫茜吃了，叫卫茜睡下，又把粥自己吃些，余者喂了黄狗。

卫茜直睡到日色沉西方才醒转，房中点了灯。郑氏坐在床沿，卫茜把苦情从头至尾细说一遍。郑氏一面听，一面挥泪。卫茜也哽咽一会，问道："干妈为何住在这里？"郑氏住了哭，答道："自从你同你阿公连夜去了，次日早晨我晓得是为诸伦的事。我怕牵连自己，便把衣物收拾好，唤了一辆车儿一早就搬到一个表姐家中。后来听说把你们拿回，你阿公受了苦刑，收在监里，你交官媒，我想第二天来看你。又听说你阿公死了，我想你晓得了不知怎样的苦。我急急到衙门里寻你，总问不出你在哪里。一些差役听我说是寻你，把些言语吓我，说诸伦晓得了一并要交官司，我又吓又急。过了两日，忽听得把你发在诸伦家中为奴，我直是哭了一个通夜。生怕你寻死，又打听不到一个实信。我因此搬到这里来，不时也在诸伦屋前屋后走动，总不见你一面。今早起来，见这只黄狗在门口"汪汪"地叫。我赶着要打，不想救了你。只是这只黄狗哪里来的？在水中救起你来，恰恰拖到我们门口，真真是件奇事！想是天可怜你，叫鬼神驱着它救你的。昨夜在你胸前，温着你的胸口，不至冻死，大约就是这只狗。你可仔细看看。"卫茜挣起身，用灯照着一看，惊讶道："这是诸伦家中的大黄狗。我喂了它月余，见了我总是摇头摆尾，同我亲热。不想救了我的性命，我倒要把它当作恩人才是。"郑氏叹道："诸伦府中的人，哪个赶得上这只狗？我怕世上的人，要像这只狗的也少得很！"两人叹息一会，郑氏道："干女再好好地睡一夜，暂时放宽心，养好身上再打主意。"卫茜应了，大家睡下，黄狗自去门外守看，略有响动，便"汪汪"地叫。

郑氏日夜替卫茜洗拭伤口，不几日过了年节，卫茜的伤痕渐渐好了。一夜，二人坐在床上谈心，忽听门外有人大喊道："你这狗东西却跑到此地来了？捉你回府去活活打死你！"又听黄狗狂叫不止。二人一听，料是诸府着人寻到此地，只吓得三魂失主，七魄无依。正是：

　　一波未平一波起，大难甫脱[1]大惊来。

欲知后事如何，且看下回分解。

----

[1]甫脱：刚刚才摆脱。

第二十四回

雪天樽酒郑妈倾生　日夜笙歌杜鸨设计

　　话说卫茜在干妈家中住了半月有余，伤痕养好。一夜同干妈谈心，忽听门外有人喊叫，疑是诸伦命人寻到此地，一起大惊失色。卫茜"扑"的一声吹灭灯光，只听黄狗破声狂叫，夹着人声哄成一片，好一会方止。一个人喘着气道："明日再来剥你的狗皮！"说罢，唱着歌去了。听了半晌，已无声息，郑氏取了火，把灯点燃携在手中。卫茜轻轻走到大门，又站着听了一听，方慢慢移过门杠开了门。郑氏先探出头来，左右望了一望静悄悄没得响动，走了出来。卫茜携着灯跟在后面，一步步照去，不见黄狗。郑氏低声道："黄狗哪里去了？"寻至杨树下，卫茜失声道："黄狗却睡在这里！为何动也不动？"郑氏听了急急走去。卫茜把灯一照，"哎呀"了一声，说道："为何被人打死了？"郑氏一看，见黄狗脑浆迸流，眼睛突出，倒在地上已经丧命，不禁淌下泪来。卫茜此时放灯在地，用手摸着黄狗，放声痛哭，十分伤惨，如丧亲人一般。郑氏止了哭，来劝卫茜，一时哪里劝得住？卫茜只待气闭声哑，方收了泪，说道："干妈，我们今夜就把它埋好，略报它救命之恩。"郑氏称是，转身进屋，取了一把锹锄，一柄劈柴刀。二人去至屋后掘了一个深坑，把狗拖去安放坑里，把土掩埋好。卫茜又哭了一阵。郑氏携了刀锄，卫茜拿了灯，转回屋里，拴好门，放下刀锄，进房里坐下。喘息定了，卫茜道："适才听那人喊叫的声口，定是诸伦那里的人。倘如明日再来，被他看出形迹如何是好？"郑氏听说，想了一想，道："果然不错，须得好生防备才免无事。"卫茜道："哪里防备得许多？我想住在此地终不稳便，且不是个了局[1]，总得另作计较才是。"郑氏道："且喜我们并没十分要紧的东西，不如连夜搬往别处，就没事了。"卫茜道："搬到哪里去，也须想定方好。"郑氏低头

---

[1] 了局：结束，了结。

想了一会儿,拍着床沿道:"有了!我有个内侄女,住在山阴的南林。离此不过三里之遥便是湖水,到那里雇个船只,不过七八日便到山阴。你的太姑爹也在那里,岂不是两便?"卫茜听了大喜。二人随即收拾衣物,粗重器具一概不要。五更天气,收拾好了,大家略歇一歇。远远听见鸡声,起来烧了汤,梳洗过,吃了茶饭。趁天未明,一人提了一个包袱出了门,将门虚掩好,急急向湖边走去。且喜一路无人,天将明时,到了湖边。

此时天色尚早,湖边虽有十余只船,却不见一个人。二人在石上坐了歇息,忽见一只小船上推开了篷,钻出一个人来用手揉着眼睛,在舱口边撒溺。二人掉开头,听得那人叫道:"二位可是趁船的?要到哪里去?"二人回过头来,见那人已经跳上岸来走到身边。二人站起身,郑氏应道:"要趁船到山阴南林的,只是不能另搭别客,只单载我二人。"那人把二人相了个仔细,连声应道:"使得,使得,请二人作速上船,早点开船。"郑氏道:"船价要多少也须说个明白。"那人道:"容易,容易,且到船上再说。"郑氏道:"先讲定了的好。"那人道:"五两银子,饭食酒钱通在其内,可好?"郑氏一想,甚是便宜,点头应了。那人就提了两个包袱,一同上了船。那人叫道:"癞痢头,为什么睡着不起来?有了生意了,快起来收拾开船!"听得后梢上有人"呵呵"地应了几声,霎时后梢的篷也推开了,走出一个人来,巾帻[1]未戴,头上光塌塌没一根毛,生得吊眉凹眼,耸肩挺胸,不像个善良之辈。卫茜见了,心中疑虑,再细看先前那人生得满脸横肉,鹄[2]眼狼须,腰粗膀阔,年纪都在四十内外,便悄悄对干妈道:"我看这两人都是凶相,我们另外寻船罢。"郑氏道:"此去一路都是热闹的地方,谅不妨事。已经上了船,怎好下去?我们遇事警觉些便了。"卫茜只是闷闷不乐。癞痢头早钻进中舱来,替二人打开包袱,取被盖铺好,向二人道:"天色尚早,再睡睡罢。我们就此开船,等饭熟了来叫你们。"郑氏问道:"船主贵姓?"癞痢头道:"我叫仇三,是雇工,那位才是船主,他叫贾兴。"贾兴在船头上叫道:"不要耽搁了,快快收拾开船!"仇三应了一声,钻出舱去,从后梢跳上岸去,解了缆索,跳上船来,挂了双桨。

---

[1] 帻(zé):包头发的巾。
[2] 鹄(hú):鸟类。

第二十四回　雪天樽酒郑妈倾生　日夜笙歌杜鹃设计

贾兴在船头一篙点开,"咿咿唔唔"船便开了。郑氏因一夜未曾睡好,便伏着枕睡了。卫茜甚觉放心不下,靠在铺上,呆呆地不言不语。一路上,船上两人备茶备饭,甚是殷勤。走了两日,从未进过中舱,卫茜方略略放了心。

忽然一日,天降大雪,又夹着风狂雨骤,十分寒冷。行了十余里,实在行走不得,只得寻个避风的所在靠了船。贾兴两人呵着手,摇着头,齐声道:"好冷!好冷!"盖好了篷,蹲在船头,贾兴道:"怎得一壶酒来暖暖身上便好?"仇三道:"这个荒僻地方人烟俱无,哪里去买酒?"卫茜听了偏着头从篷缝里望去,果然没个人家,只见雨雪交飞,冻云欲堕,暗沉沉十分幽僻,心中焦急,扭转头对郑氏道:"干妈,难道船就停在此处吗?"郑氏道:"雨雪大得紧,实实船行不动,等着雨雪小了,自然要走的。你身上冷,可多穿一件衣服。"卫茜道:"尽可过得,干妈可要添衣?"郑氏道:"衣不要添,倒想口热酒吃,暖和暖和。"这话却被贾兴听得,便接口道:"我且上岸去寻一寻,若有买处,岂不是好?"郑氏道:"我不过说说,船主不必寻去,怕耽搁走路的工夫。"贾兴道:"看来今天的风雪一刻不会小的,且去寻些酒菜吃了,手脚灵活些,把船撑在前面热闹地方歇宿。天暗了,多走几程,不会耽搁。"贾兴一面说话,一面取钱,提了一个瓦罐,推开篷,戴顶箬笠,跳上岸去了。郑氏道:"这船主人恁样和气,到了南林另外把几钱银子给他买酒吃。"卫茜点一点头,总觉心里不快。仇三自在后梢烧火烤足。

有一个时辰,贾兴转来,提着一只肥鸡,一块猪肉,兼有些葱姜食料,揭了箬笠,跳上船来,把篷盖好,连酒罐一起放下道:"离此三里才有个小集镇,好在酒菜都有,火速弄来吃了好趱程[1]。"仇三接去,灶里添了些火。半个时辰,煮熟了,分作两盘,酒也烫暖了,用了一把小壶盛了半壶,连菜递进中舱。郑氏接来安放好,便斟了一杯酒,先吃起来,又叫卫茜吃两杯。郑氏平日是喜吃两杯的,遇着这样雪天扁舟闷守,正是用得着酒的时候,便尽量地吃。不过五七杯,酒便没了,叫道:"船家,酒还有么?"贾兴道:"有,有,还多哩!"递壶出去,却满满盛了一壶递进来。郑氏

---

[1] 趱(zǎn)程:赶路。

接了,眉欢眼笑,满满斟了,到口就干,又逼卫茜再吃两杯。卫茜酒量最浅,吃了一杯,第二杯实难吃完。正待叫船家盛饭,忽见干妈眼斜口张流出涎来,倒卧铺上,急问干妈怎么样,想用手去扶她,不料自己也是头晕手软,坐不稳倒了下去,只听得船上两人在后梢拍手笑道:"着了!着了!"此后便人事不知。

原来先半壶酒是好的,后来满壶放了麻药,因此郑氏与卫茜着了道儿。贾兴便对仇三道:"还是依我的主意,老的一个结果了她,只留下小的稳妥。"仇三道:"老的也好值十来贯钱,丢了可惜,还是依我的主意,分作两起安置。"贾兴道:"老三,倘若到了那时声张起来,误事不少。你总依我的好。"仇三应了,便一起钻进中舱,先把郑氏的穿戴剥取下来,然后扛着掀开篷,掼下水去。可怜郑氏一片好心,竟自糊糊涂涂淹死湖中。二人理好篷又进舱来,打开那个包袱,却也有百十两白银、七八两黄金,钗环簪珥[1]略有几件,好不欢喜。贾兴道:"此去肖塘不过十三四里,我们此刻就开船,到了那里就是我前日对你说的那主儿。这个女子的模样儿至少也得取他三五百金,你我都有的日子过了。"仇三听了,喜之不尽,把被盖替卫茜盖好,一起出舱,急急吃饱了,便解缆推篷,打桨开船,往肖塘而来。

此时风雪仍大似上半日,那船行得极快,想是酒暖手活之故。申牌时分,到了肖塘。贾兴叫仇三在船看守,他去叫那主儿把车子来接,仇三答应。贾兴戴上箬笠,匆匆上岸而去。不到半个时辰,贾兴跟着一辆车子,到了船边。车里走下一个三十余岁的妇人,上了船。贾兴引进中舱,把卫茜指与妇人看了。妇人笑嘻嘻对贾兴道:"你在哪里弄来这样的宝货?真亏了你!只是八百金之数太多,三百两罢。"贾兴道:"嘻!你那霍娇奴、曹凤姐,可赶得上吗?你也是四百两一个弄来的,这样好一朵未破蕊的牡丹花,一年半载怕不替你挣上一万八千?听说吴王在各处选取美女,你只把她教会歌舞献上去,除赏你十万八万不算外,怕还封你的国丈娘娘,子子孙孙都是王亲哩!"妇人笑道:"休要油嘴!就是四百两。"仇三蹲在一旁,望着妇人,一言不出。贾兴道:"六百两再不能少了。"妇人沉

---

[1] 珥(ěr):女子的珠玉耳饰。

第二十四回　雪天樽酒郑妈倾生　日夜笙歌杜鸨设计

吟了一会，又把卫茜端详了一会，说道："五百金，此是头等身价，再多是多不去的。"贾兴故意望着仇三，为难片晌。仇三会意，道："大哥看破些，就是这样罢。"妇人望着仇三笑道："还是这位大哥爽快。"贾兴也就允了。妇人从怀中取出三百两纹银，递与贾兴道："再有二百两，同我取去。"贾兴收了银两，交与仇三收好，将卫茜抱起下了船，安放在车里，妇人跟着上了车。贾兴对妇人道："我刚才对你说的她的情由，你莫忘了。"妇人道："我自理会得，任他是剑仙侠女，到我手中总要降伏的。"贾兴笑了，随着车儿一路行去。仇三在船上等到天将傍晚，贾兴闪回船，从怀中取出二百两银子，放在舱板上，去了箬笠，雨雪仍然不住，盖好篷，点起灯，洗了手脚，重新烫酒烧菜，二人开怀畅饮谈笑一会，打好主意，乘夜开船去了。后文自有交代。

且说肖塘地方，是个水路交通之区，商物聚会之所。闾阎整齐，车马辐辏，十分繁盛。自从管子在临淄创设女闾以安商贾之后，各国互相效尤。凡热闹城市，都有女闾。那买卫茜的人名叫宝娘，姓却不止一个，只认她最后的一个姓杜。杜宝娘闾中霍娇奴、曹凤姐，是顶出色的尖儿货。还有什么莺儿、燕儿、红儿、翠儿，都是些应时货色，不过帮衬场面而已。今日买得卫茜儿，觉得娇奴、凤姐，一起减色，又是个年纪正好含苞未吐的鲜花，心中好不快活。卫茜的来历贾兴已对她说明，只说郑氏安放在别处，不曾说出谋毙的话。

杜宝娘把卫茜安在一个小院里，放在床上躺下。到了二更后，人都睡静，带了一个名叫阿春的使婢，掌了灯，自己取一碗冷水，含了一口向卫茜脸上噀去。卫茜吃酒不多，悠悠苏醒，睁眼一看，见满屋里陈设鲜华，光彩夺目，不是船上的光景，大吃一惊，叫声："干妈，这是什么地方？"杜宝娘挨近身去叫道："茜姑娘，这是你干妈表姐家中。你干妈同她表姐到亲戚家去了，不便带你去，把你留在这里托我照应。我同你干妈的表姐是妯娌，算是你的表姨妈。你肚中饿了么？饭是端整好的，可起来吃点。"卫茜听了，心中模模糊糊，摸不着头脑。只得挣起身坐了，周身软弱，十分吃力，只得叫声："姨妈，我干妈要去，为何不关照我一声？今夜几时回来？"杜宝娘道："亲戚家总得十日半月的留住，哪得今夜便回？说不定明日后日叫人来接你去哩！你只宽心在这里，急些什么？

你干妈去的时候见你睡熟了,不肯惊醒你,再三嘱咐我好生照应。"此时饭已搬来,摆了一桌。

卫茜只得下床与杜宝娘行了个常礼,杜宝娘携了卫茜的手,到了席上坐下,陪着吃饭。卫茜见满桌的珍馐,只得随便吃点就放了碗。杜宝娘也不深劝。阿春递了漱盂手巾,搬开碗筷。杜宝娘道:"茜姑娘路上辛苦,好好睡罢,明日晏些[1]起来不要紧,叫阿春在房陪睡。"出房去了。卫茜只得立起身送出了房,回身坐在床沿,呆呆地想道:从不听见干妈说此地有个表姐。前在西鄙曾到过表姐屋里,难道此处又是个表姐吗?为何从不提起?我明明白白同干妈坐在船上避风吃酒,为何不知不觉到了这里,干妈又不在身边?就要到亲戚处,为什么忙在今一夜?好令人难猜!就是这个什么姨妈,举止言谈虽说十分亲热,我看她的情形,总觉大家人不像,小家人不像,看人走路,另外有一种说不出的模样。到底不晓得是什么人家?看这房里光景,像是个豪富门户。且喜得不见一个男子,我只是格外留心,总要见了我干妈才得放心。正在胡猜乱想,阿春道:"姑娘睡罢,天不早了。"卫茜见这丫头虽然生得粗钝,头上香油却擦得光光的,脸上脂粉却抹得浓浓的,衣服也还扎得整齐,只得应了一声,放下帐幔,倒在床上,翻来覆去,左思右想,不觉沉沉睡去。

到了次晨醒来,阿春舀了面汤,梳洗毕,杜宝娘笑嘻嘻地领了一个十七八岁的女子,颇有几分姿色,打扮得十分艳丽,后面跟一个仆妇,挟个衣包走进房来。杜宝娘指着那女子道:"这是我的大女儿,名叫娇奴,与姑娘是姨姊妹。我怕你一人寂寞,叫她来陪陪你。"说罢,在仆妇手中接过衣包,在桌上打开,尽是些鲜艳衣服,又有些簪珥钗环,玉色金辉,耀人眼目,指着道:"我把来与你换的,就叫阿春领到小房里去更换。"卫茜立起身来道:"姨妈何必如此!我不过在此打搅一两日就要去的,我还是穿着自己的便当。就是换洗的也有,在我干妈手里。况且我阿公死了不久,也不便穿鲜色衣服。姨妈不必费心,只求姨妈引我去见我干妈。"杜宝娘沉吟半响道:"呵,我倒糊涂了!你干妈曾经说过,我另外替你做两件素衣服罢。我叫娇奴来陪伴你,你只放心住下。亲戚家不比外处,

---

[1] 晏些:迟些,晚些。

第二十四回　雪天樽酒郑妈倾生　日夜笙歌杜鹃设计　∥155

不过两三日，你干妈就回来了。"对着娇奴道："姨妹幼小，你要好好待她！"娇奴含笑应了。杜宝娘带着仆妇挟了衣包走去。娇奴问道："妹妹，点心可曾吃过？"阿春接口道："不曾。"娇奴道："快去搬点心来！"阿春去了，一刻搬上点心，卫茜同娇奴略吃了些。吃毕收过，大家谈论起来，倒还合意。卫茜道："姐姐，我干妈到底几时回来？"娇奴道："昨晚妹妹来的时候，我不在家，我又不曾见着干妈。我妈说十余日就回来，大约不会错的。妹妹尽管安心。"卫茜也不便再问，只与娇奴说些闲话。

　　午饭后，娇奴对卫茜道："我看妹妹有些烦闷，我弹着琵琶，唱支小曲，替妹妹解闷可好？"一面说，一面叫阿春取琵琶来，把弦索调准，抱在胸前，侧着面，一路弹，一路唱。手滑声柔，十分动听。所唱曲子却淫荡不过，无非想要挑动卫茜。怎奈卫茜心中有十分的忧疑，百分的悲怨，哪里听得入耳？不但词曲听不出，就是琵琶的声音也像不曾听见一般，痴痴地坐在那里发呆。娇奴只当卫茜听得入神，越发地轻捻慢拢，低唱高歌。正在十分有兴，忽听门外有人大声喝彩，倒把卫茜大吃一惊，探头向外一看，只见姨妈同着一个少年，立在门边。那少年拍手蹬脚地道："妙儿！妙儿！可要了我的命了！"见那姨妈扯着少年急急地走出去，那少年还一步一回顾，不住地摇头晃脑。卫茜心中诧异。正是：

　　　方从骇浪惊涛过，又引狂蜂浪蝶来。

　　欲知后事如何，且看下回分解。

第二十五回

拒奸淫独奋霹雳手　惧强暴同作鹧鸪啼

　　话说娇奴正在弹唱，卫茜听得有人在外面喝彩，探头一看，见那鬼鬼祟祟的情形，心中十分诧异。恰好娇奴也停了弹唱，笑眯眯望着卫茜道："妹妹你听这支曲可是有趣？"卫茜微微地点了点头。娇奴道："妹妹若是喜爱，我慢慢地来教你。像妹妹这样的聪明，不过一两月就全会了。"卫茜此时哪里有心同娇奴讲话，只说道："姐姐不要弹唱了，我此时很觉困倦，我要躺一会。"娇奴道："妹妹只管躺一会，我去去就来。"说罢，放下琵琶去了。卫茜躺在床上细细想：适才的光景，说那人为的娇奴姐姐，为什么姨妈引着一道来？明明为的是我。姨妈这样的举动，显见得不怀好意。无奈干妈又不在身边，我倒要步步留神才是。心中越想越惨，越想越怕，闷闷沉沉过日，只望见了干妈的面，再作计较。无奈再三探问，终不得一个确信。且喜宝娘等不常来聒噪，只得耐着性儿挨过日子。

　　一日黄昏后，忽见宝娘笑嘻嘻地走来道："茜姑娘，你干妈叫人来接你，车子在门口，快快收拾好。"卫茜听说干妈来接，好似囚犯得了赦诏一般，心中好不欢喜，随答道："我用不着收拾，就烦姨妈领我去便了。"宝娘引了卫茜，弯弯曲曲到了一个小门，果然门外停了一辆小车。卫茜不分好歹，急急地上了车，只说了句"搅扰姨妈，再来酬谢"的话。杜宝娘含笑点头。车轮一动，也不知向何方行走。约一小时，车轮已停，御人先跳下车去了。少时便走来一个中年妇人，后面跟一小丫鬟，执了笼烛，来扶卫茜下车。车子随即咕噜咕噜地去了。卫茜下了车，见到的地方是个大庄院，粉壁朱门，气象宏阔。一步步跟着那妇人走进，所走之处虽看不得十分清晰，却都是垂帘荡雾，曲槛约花。走了好一会，到了一个小院，四围竹木黑鸦鸦的不知多少。门是开着的，一直走了进去，满眼的金碧交辉，直晃得人眼花，卫茜也无心细看。转过围屏，是个池塘，

第二十五回　拒奸淫独奋霹雳手　惧强暴同作鹧鸪啼

靠池塘是一排三间的小屋，帘幕卷红，氍毹[1]贴翠，麝香四溢，蜡炬双辉。进了东首一间屋里，床帐台椅，色色精良。书楼上摆设些物件，大约都是古董。叫卫茜去细看，她实在无心；叫作者去铺叙，他未免无趣。那妇人便开口道："姑娘请在此少坐，我去请你干妈来。"卫茜声谢道："有劳妈妈。"那妇人转身出去，叫小丫鬟备了茶水送到房里，匆匆而去。小丫鬟送了茶水，仍然退出房外。卫茜一人冷冷清清坐在房里，呆呆等候。无奈自从那妇人去后，约有一个更次，静悄悄毫无声息，心中便觉难过起来。

约摸三更，忽听外面足声橐橐[2]，渐走渐近，心中一喜，忙立起身来，走近门口。门帘开处，一个人跨进房来，晃眼一看，哪里见干妈？却是一个男子，心中老大吃惊，不觉张皇失措。只听那男子笑说道："姑娘等久了。"一面说话，一面向卫茜一揖。卫茜只得勉强敛衽[3]还礼，偷眼细看，颇觉面熟，沉心一想，忽然记起那日偷看喝彩的人，心中明白。这一惊非同小可，急急定一定神，退一步坐在几上，低头瞪目，一声不响。那男子回身向门外吩咐："你们快将酒饭搬进来！男的散去，只留女的在此伺候。"门外哄应一声，一时壶酒碗菜，陆续搬进，摆列一席。那男子走近卫茜身边，满面笑容，曲躬柔气道："姑娘想已饿了，可随便用些酒菜。"卫茜不答话，也不动身。那男子又道："自从那日得睹仙颜，我的灵魂儿通被姑娘收去，终日颠颠倒倒，寝食不安。且喜今日仙子下临，小生就有命了。这也是前生注定的姻缘，小生修下的艳福。姑娘既到此间，且同饮三杯取乐，休误了千金一刻的良宵。"卫茜坐在那里，仍然一言不发。那男子反哈哈大笑起来，又说道："新人害羞，这是古今的通例，须得新郎的脸放厚点，方能济事。"说罢，即用手来牵卫茜的衣袖。卫茜见他逼近来动手动脚，心中一急，陡地立起身来，剑眉倒竖，星眼圆睁，指着那男子说道："你这不顾羞耻的猪狗，不存天理的强盗！胆敢做此犯法蔑良之事，串同奸人，欺辱良女！我的性命早已拼着不要了！

---

[1] 氍毹（qú shū）：毛织的地毯，旧时演戏时多用来铺在地上，因此用"氍毹"或"红氍毹"借指舞台。
[2] 橐（tuó）橐：象声词，比喻脚步声响。
[3] 敛衽（liǎn rèn）：整整衣襟，表示恭敬。

我是大仇在身、视死如归的人，你若知我的详细苦情，能够使我见干妈，你也是积阴德，我虽是个女流，或者有个报恩的日子。你若是恃势逞奸，想我从你，我头可断，身不可辱，只有一死对付你！冥冥中有鬼神，恐怕终有失势破奸的一天，那时悔之晚矣！"可惜卫茜这般言语，那男子哪里听得进一字？只涎着脸凑近身来，笑央道："姑娘的话，我一些也不懂。我是费了若干心机，才得姑娘到此。别的话暂且搁起，今夜成了好事，明日再作商量。"说罢，又用手来扯卫茜。卫茜把手一摔，两个鼻翅一扇，哼了一声。正待发作，那男子却拍手跌脚起来，狂笑道："我呆了！我呆了！"两步抢到门口，对着外面道："你们女的通去睡罢，用不着你们伺候。"外面同声噉应，一起去了。那男子即将房门拴好，向卫茜一揖道："好了，男的女的通去了，我晓得姑娘是因有人在此，不好意思。此刻只有你我夫妻两人，不须作态，来，来，畅饮几杯，再休张张致致，酒菜通冷了。"便用双手来抱。卫茜一急，一掌向那胸前推去。那男子不防，一个跄跟颠去五六尺远，几乎跌倒，不觉暴跳起来，指着卫茜吼道："你这不识抬举的小贱人，你倒敢出手打我！你既到了这个喊天不应叫地不灵的地方，任你哪样倔强，要想逃脱，万万不能！你既不识抬举，我也不耐烦与你讲礼义，看你怎样！"说罢，张牙舞爪，奔上前来。卫茜心中一急，生出计较，忙将桌上的酒壶抢在手中。那男子恰好奔近身来，卫茜举起酒壶，劈头击下，不偏不斜，端端正正击在那男子的头脑。只听"哎呀"一声，跌倒在地。卫茜放下酒壶，坐下略为歇息，然后立起身来，举起蜡烛一照，见那男子已是脑花迸裂，浑身是酒，死于地下。

卫茜放下烛台，重又坐下，沉思道：此贼已死，我又不知此地的路径，无处逃走。不如趁此时无人去赴池水而死，落得干净。想罢，心中毫不痛苦，轻轻地抽了门栓，悄步走出。到了池塘边，正待赴水，忽然隐隐约约走来一个人影，叫道："干女儿苦了，休寻短见，快随我来！"卫茜一听，是干妈的声音，心中好不惊喜，急应道："干妈快领我去！我打死了人了！"干妈一声不答，只向西走去。卫茜只得紧紧跟随，只觉隐隐的干妈在前行走，自己总赶不上。林黑风凄，四围寂寂，也不管路径高低，也不知时候早晏，迷迷忽忽走了一会，忽听干妈在前凄惨惨地说了一句："我去了！"卫茜心神一振，只叫得一声"干妈"，前面的人影已不见了，

第二十五回　拒奸淫独奋霹雳手　惧强暴同作鹧鸪啼

心中又惊又苦。听得鸡声啼唱，忽觉两脚酸痛，跌坐在地。略为宁静一时，悲恨惊惧，涌上心来，不知不觉倒在草地里。

此正二月初旬天气，十分寒冷。卫茜惊醒转来，天已大亮，一蹶孑坐起，身在凉窟，心如丝棼[1]，想来行止无路，终是一死，又想起昨夜的情形，谅来干妈已是凶多吉少，只剩伶仃一身，大仇难报，不禁号啕痛哭。哭了一会，正想寻个自尽，立起身来，忽听水声淙淙，似有人浣濯[2]衣物的光景。四面张望，果然相离不远有五六个年轻女子在溪边浣纱，便懒懒地走至溪边，悄悄立在众女子身后。见水光之中有两个女子，生得眼澄秋水，眉画春山，粉鼻朱唇，琼牙玉颊，那一种娇媚，真有比花解语、比玉生香之妙。两个之中，一个尤为出色，风情态度，描写难尽。其余的都是清华秀丽，袅袅动人。正在看得出神，哪晓得自己的尊容已落在那水光中，被那个绝色的女子先看见，吃了一惊，回过头来，见卫茜呆呆地站在身后，衣服虽是纯素，那一种端庄杂流利[3]、刚健含婀娜的天姿，却不能掩。心中十分诧异，却一声不响，只暗暗扯她近身那个美女的裙角，用嘴向后一努。那个美女回头一望，见了卫茜的形景[4]，便停了手，立起身来，开口道："你这位姑娘，从哪里来的？为何呆呆地站在此处？"卫茜听了，定一定神，忙应道："我是行路之人，昨在前途失了同伴，不知路径，想向姐姐们问个路径。因见姐姐们手忙，不敢惊动，在此立候。"那美女道："姐姐从哪里来？要往哪里去？"卫茜道："我从西鄙来，要到山阴寻亲去。本来有个干妈同伴，不料干妈在前途死了，只剩得孤单一身。"说着眼圈儿一红，那眼泪便如断线的珍珠一般，咽喉堵塞，不能成声。此时众女子都停了手，听了这样的言语，见了这样的情形，一个个都有些伤感的样儿。还是那美女道："我们都是一步不曾出门的人，哪里晓得路径？我看姐姐的模样，大约是昨夜失了睡的光景，不如到我家中，略为安息，再作行路的计较。"卫茜道："多承姐姐美意，只是萍水相逢，何敢搅扰？"那美女道："姐姐休要这般说，大家都是女孩儿，要什么紧？"

---

[1] 丝棼（fén）：纷乱。
[2] 浣濯（huàn zhuó）：洗。
[3] 流利：灵活，不凝滞。
[4] 形景：形象，样子。

说罢,将未曾浣过的纱收好,一统放在一个藤筐里,挽了卫茜,正要动身。那个绝色的美女也收拾好了,对那美女道:"修姐莫忙,妹妹想来,姐姐家的人多,许多不便。妹妹家中只有母亲一人,不如叫这位姐姐到我家里,修姐也同去,岂不更好么?"那美女叫修明,听了沉吟片刻道:"夷妹的话不错。我们就到夷妹家里去罢。"

二人别了同伴,便挽了卫茜,一路同行。卫茜见那二人情真话挚,也不谦让。约行半里,已经到了一个村庄。进了村口,不过三五家人家。见一带竹篱,围着一座直两进横三间的草屋,十分清洁。一同进内,忽听左屋里隐隐有哭泣之声。那绝色女子大为吃惊,也不暇招呼卫茜,急急地走进左屋去了。修明也觉惊异,悄悄叫卫茜坐了。听得左屋里哝哝唧唧说了半响,那绝色美女也痛哭起来。修明此时忍耐不住,对卫茜道:"姐姐暂且安坐,等我进去问个明白,到底为着何事?"卫茜只得皱眉点头。修明出去,又咕噜咕噜说了半响,连那修明都哭起来了。卫茜摸不着头脑,一人坐在那里,想起自己的苦楚,始而叹声,继而洒泪,不知不觉也大哭不止。这一哭,才把屋里的三人惊觉了,一起止了哭,大约问了个明白,一同走出屋来。两个上前叫道:"姐姐为什么事哭得这样伤心?"卫茜听了,止了哭声,拭了眼泪,立起身来,见后面立一年约四十岁的妇人,忙问那绝色美女道:"可是伯母?"绝色美女道:"正是家母。"卫茜连忙向前磕了两个头。那妇人连忙还礼,两个女子连忙搀扶起来。妇人招呼一起进房里去,坐下,问了卫茜的姓名来历,卫茜说了,转问:"伯母尊姓?"妇人道:"我们这里叫苎萝山,通是施姓。"指着绝色的美女道:"这是我的女儿,叫做夷光,今年十四岁。"指着修明道:"这是我干女儿修明,今年十五岁。夷光的父亲,五年前死了,是我苦守苦作,只想苦出了头,后半世有靠。不想今天凭空弄出祸事来。"说着,母女两人又哭起来。修明道:"茜姐此时想已饿了,我且去弄点吃食来。大家哭也无益,总得打个主意才是。"说着去了,母女方止了哭。施氏道:"我真是气昏了,卫姑娘来的是客,竟自招呼都忘了。"立起身也要出去。卫茜急忙站起,拦住道:"伯母休得劳动,我并不觉得饿,但不晓得伯母说的祸事到底为着什么?"施氏仍然坐下,先叹了一口气,一手指着夷光道:"这祸却是由她而起。"夷光低下了头,暗暗涕泪。"离这苎萝山西去四十里,肖塘

第二十五回　拒奸淫独奋霹雳手　惧强暴同作鹧鸪啼

地方有个土豪，姓熊，叫做什么熊孔坚，年纪不过二十余岁，广有家赀。仗着父亲从前做过武职，认得些官府，如今父亲过世了，只有一个母亲，纵容他无恶不作。见了中意的妇女，不是明抢，便是暗骗，平日间不知作了多少孽！他有一个堂弟，名叫熊叔坚，就住在这离村不远处。因看见我女儿有几分颜色，便到熊孔坚面前去献美。刚才女儿浣纱去了，熊叔坚闯到我屋里来，说是来替女儿做媒，把与熊孔坚做妾。我就一力推辞，说已经有了人家。他哪里肯听？后来发话道：'你若好好依允，聘财礼物，件件都有。若是推三阻四，管叫你家破人亡！三日为限，准来取人。'丢下两匹彩缎，悻悻地去了。他们弟兄平时的凶恶都是人人惧怕的。转眼就是三日，我们孤儿寡妇如何对付他？"说罢，又哭。卫茜听了也挥泪不止。修明已将菜饭搬来，摆列好了，叫施氏道："伯母且慢伤心，我们吃了饭，再慢慢地打主意。"施氏只得收泪，立起身来，招呼卫茜坐下。大家坐好。施氏母女哪里吃得下？卫茜与修明略略用些，也就罢了。

　　修明搬去，收拾好，转身到房里坐下，施氏才细细问卫茜的底里。卫茜也不隐瞒，从头至尾详细说了一遍。二人听了，又惊又苦，又恨又怜，倒把熊家的事忘了。施氏道："这样说来，南林如何能去？一则姑娘的亲眷不晓得个实在住处；二则一路之上，孤单弱女行动不便；加以近年来闹捐闹荒，弄得遍地是贼，地方官装聋卖哑，不管百姓的死活，禁城地方还要劫财害命，通衢大道都是盗贼的世界。姑娘如何去得？我劝姑娘且在我家宽住几时，或托人到南林探听的确，那里派人来接；或有别的妥人要往南林去，同伴而行，方觉稳便。"卫茜道："多承伯母的厚爱，只是我大仇未报，心急如火，度日如年，万难延阻；加以伯母此时家中亦遭横事，住在这里，大家不安。"施氏道："快不要这样说，姑娘在这里，祸事是有的；姑娘不在这里，祸事也是有的。况且我们总是要打主意，大家都是同病相怜，姑娘还是住下为是。"夷光、修明也从旁挽留，卫茜只得应了。修明道："我且回家看视，再来陪伴茜姐。我也把这里的事告诉阿爷，或者打得个什么主意，也未可知。"卫茜道："修姐家离此多远？"修明道："我家在这村的东首，相隔不远，一刻就来。"说罢辞去。施氏母女又提起熊家的事来，说来说去，总想不着一个对付他的法子。不是说死，就是说逃，无奈死又无甚益处，逃又没得去处。越说越伤惨，越伤惨越没主意，足足闹到傍晚，施氏方到厨房端整夜膳。卫茜也随夷光去相帮，收拾好了，搬进房来，大家坐下。怎奈大家都是愁锁眉梢，恨填胸臆，哪里食得下咽？正在那里茹苦含辛，忽听修明笑声嘻嘻地走了进来道："好了！好了！要恭恭敬敬向大恩人叩头了！"众人齐吃一惊，正是：

　　　　愁云堆里驰红日，急浪滩头遇好风。

　　不知如何好了，且看下回分解。

第二十六回

闻喜信合家敬烈女　艳娇姿大盗劫饥民

　　话说施氏母女正同卫茜愁苦在一堆，忽听修明笑声嘻嘻，叫好不绝，走将进来，三人一齐诧异，睁着眼呆呆地望着她进来。修明满脸笑容，走拢来扯着夷光道："你好好同伯母向茜姐姐多磕几个头，她就是你们的大恩人。"夷光被弄得糊糊涂涂，望着母亲。施氏光着两眼，望着卫茜。卫茜也不晓得是从哪里说起，望着修明出神。修明只逼着夷光磕头。夷光发了急，挣脱衣袖道："修姐姐到底是何缘故？你也说个明白！你只提葫芦捉弄人，叫人摸头不知脑。"修明笑道："我此刻欢喜得了不得，爱我的茜姐爱得了不得，你们不磕头，让我先磕了，再对你们说。"一面说，一面跪了下去。卫茜真被弄得云里雾里，只得也跪下去还礼。修明一口气磕了七八个头，方才站起来叫道："我嫡嫡亲亲的茜姐姐，我从此要供你的长生禄位牌了！"施氏不等说完，急插口道："到底是个什么因由？你也好直说了。这样张张致致的，真令人可恨！"修明道："干妈不要恨我，说出来干妈怕比我还喜哩！早起不是茜姐说过，有人把她骗到家里，强逼她成亲，茜姐一时情急，用酒壶击破他的脑袋，死在地下，她逃走出来吗？干妈你猜茜姐打死的是哪一个？"施氏道："我晓得是哪一个？"修明道："巧呀，巧呀！恰恰就是今天要占娶夷妹的熊孔坚那个杀才。你说快活不快活？"施氏道："你又如何晓得哩？"修明道："我适才回家，到了午后，我阿叔从肖塘转来，说起今天肖塘地方，闹得烟雾迷天。众人传说，熊孔坚串同杜老鸨骗一个异乡女子到家里去，逼奸不从，被那女子用酒壶打死。女子乘夜逃走，不知去向。效尹[1]已去验尸，派人四面追捕这个女子。杜老鸨的门户已经封了，妓女一同交官媒关押，要在杜老鸨身上追这女子的踪迹。这个女子不是茜姐姐是哪一个？"说

---

[1] 效尹：官府中一种官名。

着,忽然顿足道:"我真乐昏了!我阿叔还在外面,我去招呼进来。"施氏母女听了,这一喜真出意外,双双跪在地下,与卫茜磕头。磕一头不了,卫茜慌得跪下搀扶,哪里搀得住!三人搅在一团。却好修明同了阿叔走进来,大家乱了一阵,方才起来。

施氏招呼修明的阿叔坐下,大家坐定,施氏对卫茜道:"他是我干女的阿叔,我们都叫他良二叔。"卫茜听了,起身与施良见礼。施良见卫茜年纪幼小,举止端庄,因在家中已经听得修明说了她的来历,十分敬爱。卫茜见施良年纪四十以外,面容慈善,知道是个长厚人。施氏合掌道:"天网恢恢,疏而不漏。孔坚已死,想那叔坚小鬼也不敢再作怪了。此时菜饭已冷,夷儿可去添点酒菜来,一来与你恩姐洗尘,二来与你恩姐酬劳。从今后她便是你亲姐姐,你要好好孝敬她才是。"夷光笑盈盈地应道:"这还要母亲吩咐吗?"说罢去了。真是一天惨雾愁云,化为光风霁月,大家好不欢喜。须臾,夷光已将酒菜添上,一同上座。施良道:"熊孔坚平日固然害得人不少,那杜宝娘也不知坑陷了许多人!今日天假手于茜姑娘,除了这两个大害,真真是替一方造福。"卫茜问道:"良叔,那杜宝娘到底是做什么事的人?"施良道:"茜姑娘还不晓得吗?她家是个女闾,她就是个掌管。"卫茜又问道:"什么叫做女闾?"夷光、修明也不晓得,痴痴地听。施良哈哈大笑道:"难道女闾你都不晓得吗?"施氏接口道:"良叔休怪茜姑娘不晓得,就是她姊妹两个也从不曾听说过。"修明听了便急急问道:"阿叔,到底是个什么生意?可详细告说,我们也长长见识。"施良瞪着眼,哼了一声道:"不晓得便罢,谁要你问?"修明反嗤嗤地笑道:"既是生意,又怕人晓得,却又作怪!"向着卫茜道:"茜姐姐在她家中住了些时,总会晓得,可告诉我。"卫茜摇头道:"我不晓得。"施良喝道:"你怕疯了,不准再说!"修明不敢做声,只闷闷在心。施良又道:"据我想来,茜姑娘也不好在此久住。此地离肖塘不过四十里,万一有人走漏风声,如何得了?"夷光道:"良叔休要这般说,难道就叫我恩姐去吗?我是不肯放的。"施良道:"夷姑娘留她固是情意,怕的弄出事来反为不美。"施氏听了,只是皱着眉梢,点了点头。卫茜道:"我也是心急如火,今日我就要去。一者伯母的情不可却,二者我也要看看夷姐的事如何结果,如今夷姐也没事了,我准定明日动身。"施良道:"茜姑娘孤单一人,万

第二十六回　闻喜信合家敬烈女　艳娇姿大盗劫饥民

难行走,此去南林将近二百里,一路艰险,甚不容易。且喜这条路我走过三五转,南林地方我也有两个熟人,我没有甚要紧事,我送茜姑娘去。"施氏道:"这样我们方放得心下。"卫茜道:"如何敢劳良叔?还是我一个人去罢。"修明、夷光同声道:"良叔肯同去,我们不好强留,若是恩姐一个人去,我们死也不放你。"卫茜道:"只是劳动良叔,心实不安。"修明含笑道:"我倒有个主意,只是委屈恩姐。"卫茜道:"修姐有何主意?说什么委屈我的话来?"修明笑道:"我阿叔今年四十五岁,膝下无儿无女,阿婶又过世了。恩姐不如寄拜我阿叔,一路之上又亲热,又便当,岂不是好?"施良听了张着口嘻嘻地笑,两眼注定卫茜。卫茜随即立起身来,向着施良磕下头去,口称"干爷"。施良此时真十二万年无此乐,忙立起来道:"请起,请起。"施氏同修明姊妹都喜之不尽,一同坐下,吃菜饮酒。

卫茜想起干妈死得不明不白触动伤心,不好哭出,只得暗暗饮泣吞声,众人也不觉。施良道:"事不宜迟,我此刻回去收拾点行李路费,明日一准动身。"说罢,起身要走。夷光凄然道:"我早说过,恐有变动,如何是好?以后日子长,等事情冷了,欢聚的日子正多哩。"大家无言。施良对修明道:"你今夜就在此伴茜姑娘,明日一早,我就过来。"修明道:"阿叔就要我回去,我也不肯去。阿叔回去就对阿爷阿娘说一声。"施良点头去了。三人重新泡了一壶茶,又畅谈起来。提起陈音的侠义,大家赞叹一番;提起诸伦的强横,大家咒骂一番;提起阿公的冤惨,大家又痛哭一番;提起干妈的恩苦,大家又悲感一番。谈谈讲讲,不觉天已发白。夷光去烧水煎茶,大家梳洗毕,又烧了茶饭。此时大家心定,都吃了一个饱。施氏取了十余两散碎银子,夷光寻了两套自己心爱的衣裙,打成包裹,卫茜推辞不得,从直[1]收了。修明道:"我没有别的,我头上这支碧玉簪儿,是我祖母给我的,我就送与茜姐,茜姐休得嫌弃。"卫茜明知不可却,也就收了,一一称谢,包裹停妥。

一刻,施良来了,肩上背个包袱,带了些零星什物,问道:"可吃过饭?"众人应道:"吃过了。"施良道:"不要延迟,就此动身,我已将车雇好了,停在村东口。"施氏把包裹交与施良道:"包裹内有几两路费,良叔检好,

---

[1] 从直:从实。

路上良叔留心些。"施良笑道："我自家的干女儿，还要你嘱咐吗？"众人也都笑了。卫茜叩辞了施氏，又与夷光姊妹拜别，那一种凄凉宛转的情形，是人生最难堪的。洒泪牵衣，不过形迹，唯有那心酸肠断，话不出来的苦楚，才叫难过哩。三人一直送到村东口，到了一家门首，有年近五旬的夫妻两个，携一十二岁孩童，立在那里。修明对卫茜道："这是我阿爷、阿娘，这是我阿弟辅平。"卫茜急忙向前见礼，叫一声"伯父伯母"，又叫一声"阿弟"。夫妻两个已知卫茜来历，甚是欢喜。此刻行色匆匆，心中着实不舍。施老在怀中取出一个小包，递与修明道："交与茜姑娘，在路上买点茶水。"修明接来，递与卫茜，并不推辞，叩谢起来。施老又吩咐施良，路上早宿晏起，遇事小心。施良应了。施老对卫茜道："这是东村，夷姑娘那面是西村，下次来时，便不会错。"卫茜诺诺谨记。施良将包袱等物安放在车上，便扶卫茜上车。卫茜双泪齐抛对着众人称谢，众人也是寸心如割对着卫茜说声"珍重"。施良随即跳上车沿，坐好了。车夫鞭声一响，马行轮转，向东而去。众人含泪而转，修明、夷光大哭出声，直待山林遮掩，尘影迷茫，方才懒懒地回家。后文自有交代。

　　且说卫茜同了施良上路，一路上，遇店便歇，择地休停，不肯过于辛苦。当日无事，走了三十余里便歇。第二日辰时动身，沿路观山玩水，一一指点与卫茜赏玩，以破烦闷，不时谈些乡村琐事，倒也不知不觉走了四五十里。日方坐西，到了一个村集，名叫赤岑，也就歇。进了店中，一切都是施良料理，卫茜甚觉安适，清清稳稳住了一夜。第三日仍是辰牌动身，照着前日，指指点点，笑笑谈谈，行到午牌后，到了一个地方，叫做羊头堡，树林掩映，山石嵯峨。施良在车上正在眺望，忽然树林中拥出三四十人。一个个身穿破衣，赤脚蓬头，面黄肌瘦，手中拿的都是木棍、锄把、劈柴斧、切菜刀之类，齐声乱嚷道："抢呀！抢呀！"车夫早已跳下车去躲了。卫茜吓得浑身发抖。施良见了，只得向前对众人道："我们是短路过客，并没得多的油水。"众人哪里听他，一拥上前，把牲口拉向树林中去。树林中还有些妇女、小男，都是穷苦光景。众人到车上把卫茜扯下来，卫茜立不稳脚，便坐在草地里洒泪。施良一面遮拦，一面分诉，众人不理，只向车中攫取包裹等物，抢一个罄尽[1]。一个人道：

[1] 罄（qìng）尽：空。

第二十六回　闻喜信合家敬烈女　艳娇姿大盗劫饥民

"他们身上的衣服，还可值钱。"说着，手执劈柴斧，向着施良喝道："快快脱下，免得我们动手！"施良到了此时，只得战战兢兢地哀告道："包裹行囊众位都拿去了，只剩这两件衣服，留与我们前途作路费罢。"那人大喝道："放屁！我们不要你们两个的狗命，就是仁慈了。这两件狗皮还舍不得吗？"施良还在央求，一个人抢步上前，手中木棍向施良横腰一扫，施良"哎哟"一声，倒在地下。两人按住，把衣服剥了，同喝声道："饶你的狗命，你要晓得感恩图报！"又回过头来，见卫茜坐在那里啼哭。一个道："这个雌儿倒生得标致，我们带到前途，还可变卖几十两银子。"一个道："甚好，但是如何带得走？"一个道："这有何难？现在有马在这里，只要一个人把她抱在怀里，骑在马上，就可带去了。"一个跌脚道："还是阿哥有大才，我去牵马来。"急急去牵马，早被一个人骑在马上在那里扬鞭驰骤，哈哈大笑。这个人大喊道："二顺子，快把马骑到这里来！"二顺子听说，把马带到这边，跳下来大笑道："我今天很乐，可见这个路道是顶快活的事。从今以后，我只跟着阿哥们干这件事，就是一辈子的福气。"那阿哥笑道："我昨日劝你，你还有推推诿诿，说什么犯王法，伤阴德。如今世道，王法治的是良民，阴德骗的是愚民。像我们这样，哪里不快活？"一面说，一面抱卫茜。卫茜见两人按住施良剥取衣服，早已哭得泪人儿一般，又见有人来抱她，便不顾性命地呼天抢地，放声大哭，手撑足蹬，口口声声地寻死。那阿哥道："到了这个地方，喊叫也无益，就让你去死，谁还与你立座贞节牌吗？"

　　正在危急之间，忽听鸾铃声响，急骤而来，一路进了树林，有人大吼道："什么人在此，干的好事？"施良此时躺在地下，好不悲苦，听得有人呐喊，料道有救，急睁眼看时，见是四个大汉，各骑骏马。头一个面如渗金，浓眉巨眼。第二个面如噀血，五绺长须。第三个黑面红须，双眼突出。第四个面如蓝靛，发似朱砂。手中各有军器，身上都穿战袍，气象威猛，吼声如雷。头一个手横大砍刀，骤马近前，喝道："干些什么事？"施良爬起，跪在地下，叩头道："他们都是强人，把我们的衣服行囊抢尽了，还要抢我的女儿去卖。"马上人听了，向着卫茜看了一看，也不言语，只对着那班人喝道："抢的东西在哪里？快快拿出来！"那个大才阿哥与二顺子等，见他来的只得四个人，哪里惧他？便唤齐众人，一个个扬起劈柴斧，挥动切菜刀，直的是木棍，弯的是扁挑，锄头柄横在肩上。大才阿哥当先大喝道："尔等是什么人？敢来断我们的路道！

不要走，试试我的家伙！"把劈柴斧对着马头砍来。马上的人哈哈大笑道："这等小鬼模样，也要耀武扬威！"把大砍刀一拨，敲在一边，顺手一刀，劈头砍下，"哗"的一声，劈成两片，一副阳卦，摆在地上。众人见了，一起大喊，围裹上来，乱嚷乱劈，好似群鸦噪树，乱柴翻空。马上四人一起动手，不消一个时辰，比割鸡宰狗还要容易，杀得干干净净，不曾跑脱一个，连那妇女小孩通作了刀头之鬼。四人跳下马来，将马拴在树上，去搜寻他们的东西，除了施良他们的包裹行囊外，其余的都是败絮破衣、饭团荞饼之类。头一个笑道："大约这般人都是些逃荒的饥民，出于无奈，干此勾当，也是可怜。"三人点了点头。

　　施良爬近前来，叩头哀告道："多蒙众位英雄救了性命，生生世世，不忘大恩。恳求将包裹行囊掷还，也好趱程。"那头一个大汉道："此刻辰光也不早了，前面没得宿处，不如到我们那里暂过一夜，明日早行。但是你们的车夫到哪里去了？"施良道："贼人出来的时候，车夫就不见了。"那大汉扬起头来，四面一望，只见一个草堆里，一个人在那里探头缩脑的。大汉大喝道："你那鬼头鬼脑的可是车夫？快到这里来！"果然是车夫，一伸一缩地走进树林来，痴痴呆呆立在那里。那大汉道："你快将马驾好，随我们去。"车夫诺诺连声，牵马过来，将车驾好。那大汉叫施良扶了卫茜上车，大家坐好。那四个人两个在前，两个在后，向南而行。曲曲弯弯地走了四五里，日已沉西。到了一座猛恶林子，前走的唿哨了一声，林子中跳出七八个人来。前走的把嘴向车子一努，七八个人把车子一拥上山。卫茜在车子里见一路上都插的有刀枪旗帜，料道不是个好去处，悄悄对施良说了。施良只是攒眉蹙额，不发一言。须臾到了山顶，走出四个大汉来，与这四个大汉相见，一同上正厅一并排坐下。叫施良扶卫茜下车，两人战战兢兢站在当地，忽听上面大喝道："把那老头儿和那车夫开发了！"就拥上七八人，把两人鹰拿雁捉，扯了下去，须臾提了两个人头上来。卫茜此时心如刀割，大哭大喊道："你这班强盗！为什么把我干爷杀了？我要性命何用？"一头向石柱上撞去，左右的人不防，撞个正着，满头是血，倒在地下。一个大汉急急跳下座来，近前一看，见卫茜发散血淋，牙关紧咬，连叫道："可惜！可惜！"正是：

　　　　落月衔山光欲灭，游丝系鼎势难延。

　　未知卫茜性命如何，且看下回分解。

第二十七回

崆峒山卫茜习剑术　　蓼叶荡陈音试弩弓

　　话说卫茜见强盗杀了施良，心中惨痛，一头向石柱上碰去，头破血淋，倒在地下。一个强盗跳下座，走近前来，见了这个样子，连叫"可惜"，又用手在卫茜鼻尖上试了一试，且喜还有丝气息。强盗道："人还未死，我且抱到后寨去，慢慢医治。"众盗同声称好。这个大盗撩衣卷袖，来抱卫茜，陡然空中起了个大霹雳，震得屋瓦都飞，庭柱岌岌摇动。就这雷声中，一团雷火飞来，把要抱卫茜那个大盗须发全行烧尽，"哎呀"一声，也倒在地下。一霎时，风号天晦[1]，伸手不见五指。座上的众盗，一个个都吓得心惊胆战。大家跳下座来，跪在当地，呼天悔罪。半晌工夫，雷霆风火，全无声息。众盗方才心定，起来搀扶那个大盗。见那大盗被雷火烧得焦头烂额，须发不留，只得命人扶至后寨去医治。却不见了卫茜的尸首，大众惊疑不止，命人去前后寻觅，哪里有个影子？只有罢了。这班强盗以后都有交代。

　　且说这雷火，却是崆峒山的广成子在空中游行，忽然一股怨气冲动云头，拨云一看，见了卫茜撞柱寻死，随即号召风雷，惊慑群盗。一阵神风，将卫茜摄往崆峒山去，安放在云床上，命紫霞童儿取了一粒还魂丹，用仙露研化，灌入口中，又取了一粒化血丹，也用仙露研化，敷在伤处。果然仙家的妙用，片刻之间，卫茜便悠悠苏醒，"哎哟"了一声，睁开双眼，见一个道家装束的人，立在身旁，面如红枣，眼似流星，海口剑眉，须长过腹，心中大吃一惊。细细想起在山上寻死的根由，不觉放声痛哭。广成子在旁点了一点头，就吩咐紫霞、赤电两童儿道："她方回过气来，由她静养一会，再引来见我。"两个童儿应了，就坐在卫茜身旁等候。卫茜又沉迷了一会，醒转来时，红面道人已不见了，只有两个童儿坐在身边，

---

[1] 风号天晦：风吹天暗。

急坐起来，问两个童儿道："适才那个红脸道人是什么人？你二位坐在这里做什么？"赤电儿把师傅如何救她的话，说了一遍。卫茜滚下云床道："烦劳二位引我去叩谢师傅。"二人将卫茜引至静室，广成子正在静坐。卫茜上前跪下，磕了三个头起来，站在一旁。正待申诉苦情，广成子道："我通知道了，只是你一个孱弱女子空有刺虎之心，苦无缚鸡之力，怎能履险蹈危，做那惊天动地之事？而今在我洞中，用心习练，数年之后，包管你大仇立报，还要轰轰烈烈做些百世流芳的事业。"卫茜听了，又磕了几个头，垂泪道："望师傅慈悲。"广成子对紫霞、赤电两童子道："你们两个每日晨起，就引她出洞去山前山后，登高蹑险。到了履险如夷，不变色、不喘气的时候，大约半年光景，可以做到；再教她折取竹梢，或逐猿猴，或刺虎豹，须到那发手必中、无物能逃的时候，大约也得一年光景，方可做到；然后习练内功，操习剑术，为师自会教导她。"两个童儿应了，见师傅无话，就引了卫茜出来。从此卫茜就在崆峒山学习剑术，后来报仇灭敌，做出许多惊人骇世的事来，与陈音争雄媲美。

再说陈音在楚国学习弩弓，无奈这弩弓是楚国不传之秘，虽是二太子喜爱陈音，哪里肯轻易地倾心教授？不过在练习时，暗中留心审察它机毂所在，试验它用法如何。将及三年，始略略晓得个梗概。传闻吴王夫差已将越王释放回国，屡想还越，只奈弩弓不曾学会，只得耐心苦守。光阴荏苒，瞬息九年，吃了几多辛苦，费了若干心机，然后把这弩弓的制造、用法，一一精通，心中好不畅快。一日，到王孙无极府中与王孙建、雍洛等闲谈。王孙建道："大哥前日所造的弩弓，我拿到郊外射猎，果然箭无虚发，兽不及走，鸟不及飞。看来大哥的弩弓，就在楚国也要算头等了。"雍洛道："我将弩箭用极长的丝线系牢，到水中去射鱼，也是百不失一。弓力又大，中必洞穿。大哥暇时须得教导我们，也好替大哥出力。"陈音道："这个自然，只是我已经打定主意，就在这几日里，告辞太子，回转越国。今日特地来通知一声。"王孙建与雍洛齐声道："大哥要去，我们是要一路的。"陈音道："王孙兄弟是不能离家的，雍贤弟等此刻也不能同行。"雍洛道："王孙贤弟二老在堂，无兄无弟，自然是走不开。我们毫无沾挂，如何不能同行？"陈音道："我此时不能径直回越，须到齐国去寻赵平诸人，再到西鄙。加以我还有一桩心事，我是对你们说过的,那盗剑留柬的人有牤山后会的话,我要沿路打听牤山所在。耽搁时日,不必说了,同行人多,有许多不便。等我回了越国之后,再行修书前来相约。那时王孙贤弟再禀明老伯,到越国一行,或者老伯准允,也未可知。若是你们有一个不到,我倒不依。"众人听了,俱是皱眉点头。王孙建道:"大哥所说固是,难道不能在此再住三五月吗?"陈音叹口气道:"贤弟,愚兄的心事,国耻父仇,刻不去怀,恨不得插翅飞回,安能久住?老伯回府,烦贤弟代为禀明。大约不过两三日,愚兄就要动身。"众人都觉凄然,又闲谈一会,陈音辞别回宫。

果然第三日,陈音辞了二太子,来至府中,当面对王孙无极告辞。王孙无极哪里舍得?苦留了半月光景。陈音执意要行,只得备了极丰厚的筵席,与陈音饯行。饮酒之间,说不尽离情别绪。王孙建洒泪道:"我与大哥萍水相逢,一者保全我一家的性命,二者教授我一身的本领,只想白头相聚,哪晓得忽然就要远离!这一别了,不知何年何日方得再会?叫我心里哪得不痛!"一席话,说得大家都流泪不止。王孙建又道:"我想父亲、母亲,虽然年老,都甚康健,不如随大哥一路,大哥也有一个伴。把大哥送到越国,我就回来,谅来不过一年半载,我的心就安了。"说罢,两眼望着王孙无极。王孙无极正待开言,雍洛笑道:"贤弟正当新婚之际,如何忍得心远出?依我的主见,同行的人多,大哥说是不便。我是孤零一身,不如鲍贤弟等留在此地,我随侍大哥去,一路替大哥招呼,大哥也少费若干心。"王孙无极急急接口道:"真真好极了!陈贤侄一路有伴,我们都好放心,就是这样定议,不必疑难。"陈音一想,如此也好,当即应了。雍洛甚是欢喜。忽见家人同王孙骊于走了进来,众人一起起身招呼。王孙骊于道:"听说陈贤侄要回越国,特来送行。"陈音道:"小侄正拟明日趋府禀辞,何敢劳大伯父枉驾?"王孙无极道:"大家不要客套,且坐下畅饮几杯,情礼都尽了。"家人添了杯筷,大家归坐,又畅谈一会方散。次日王孙骊于差人送了路仪[1]二百金,陈音推辞不得,只得收了,过府叩谢而回。王孙无极备了一千金。陈音道:"老伯惠赐许多,小侄如何携带?

---

[1] 路仪:盘缠,路费。

小侄近来也略略有些积蓄，又承大伯父那边的厚贶[1]，路上已经累赘。老伯的惠赐，断不敢领。"王孙无极道："贤侄若不收下，老夫心中万万不安。若嫌路上累赘，我把来换成黄金，便好携带了。"陈音再三不领，无奈实难推却，也只得叩谢，裹束停妥。到了次日，陈音带了弩弓并牛耳尖刀，雍洛用一根熟铜棍做了挑担，向众人辞行。众人自有一番留恋，不必细表。王孙建直送到三十里外，方才洒泪而回。

陈音二人由旱路往齐国而行。此时七月天气，甚是炎热。一路上晓行晚宿，按程前进。约走了五六日，一日到了一个地方，名叫枫桥，人烟凑集，颇觉热闹。日当正午，难以趱行，二人走进一家酒店坐下。雍洛放下肩担，揭了斗笠，坐在横头，取出一柄纸扇"扑扑扑"地扇个不住。陈音也揭了凉笠，坐在上首。酒保捧了面汤来，陈音正在净面。忽见雍洛一蹶劣挣起身来，抓了斗笠，抢步出门。陈音大吃一惊，急起身往外一看，见雍洛跟着一个头戴箬笠、短装赤脚的人，向南去了，心中甚不明白，只得坐下守着包裹。酒保已将酒菜端来，顺手把面汤取去，问道："客人，你那同伴哪里去？"陈音道："就要来的。你只把那上好的酒暖来就是了。"酒保应声而去。陈音坐在店里一杯一杯地饮起来，直饮到日色偏西，还不见雍洛转来。眼巴巴望着店外，又是好一会，始见雍洛跟着前去的一个人，又是一个黑壮大汉向北转来，到了门首，却不进店，只用手式向陈音一招，叫陈音等候的意思。陈音不知就里，好不纳闷，三人一直向北去了。陈音仍浅斟慢饮一会，见雍洛同那个大汉转来，大汉向南去了。雍洛急急走进店来，满头是汗，大叫酒保快舀盆面汤来。酒保应了一声，端上面汤。雍洛一面拭汗，一面吩咐酒保道："酒不要了，快端饭来，我们吃了有事。"酒保应了，须臾捧上饭来，又添了一碗热汤，取了面盆走开，雍洛方才坐下。陈音问道："到底是什么事？这样的鬼鬼祟祟，急急慌慌？"雍洛笑道："今日要替大哥泄一泄怨气。大哥还记得洪泽湖的事么？"陈音道："如何记不得？"雍洛道："先在门口过去的瘦小汉子，名叫胡锦，排行老三。后首转来一路的那个黑壮汉子，叫刘良，排行老大。二人专在洪泽湖一带劫杀单身客商。那时他二人因见大哥不好对付，送到我们船上。后来我们动手时，他们二人驾小船逃去，不知他们如何到这里来了。我见胡

---

[1] 厚贶：丰厚的赠礼。

第二十七回　崆峒山卫茜习剑术　蓼叶荡陈音试弩弓　‖173

老三由此过去，我便跟着他走。朝南不过三里，向一间矮屋里进去，好一会方同刘老大出来，一同转北到了市集尽处。一只大船靠在那里，船上扯起旗号，大约坐的官宦。可惜不认得字，不晓得旗上写的是什么字。他们二人跳上船去；又好一会，刘老大下船，胡老三在后面叫道：'老大快来！今日要趁夜凉开头，不要误了事。'刘老大应道：'就来的。'因此仍向南去。我想他们的言语，大约今晚又要干那杀人劫财的勾当。我们快吃饱了饭，去河下觅一只小船，尾着他们的船走，一来救了那船上的客官，二来除了水面上的后患，三来泄一泄大哥的怨气，岂不好吗？"陈音听了道："好极了！只是你跟着他们走的时候，他们就不认识你吗？"雍洛道："我将斗笠戴在额上，遮了半截脸，又离得他们远远的，他们哪里留心？况且心有急事的人，一心只在筹划事体[1]，以外便都忽略了。"陈音点了点头道："你可吃点酒？"雍洛道："吃酒恐怕误事，我们快些吃饭罢。"

　　二人急急地吃饱了，会了钞，取了包裹等物，出门向北而行。到市集尽处，果然见一条水道，大小船只密麻也似。雍洛指着一只大船道："就是这只船。"陈音见船上的旗号写的"宋大乐署工正桓"七个大字，料道是宋国的乐官。雍洛走到河干，雇定了一只小船。二人上船，船上也只两人，却不瘦不黑，大约是规规矩矩靠船业为生活的样子。陈音二人进了中舱，放下包裹等物，就叫船家把船移到那只大船的后梢紧靠。二人坐在舱中探望，到了日已西沉，方见刘良又带了两个粗蛮汉子，由后梢上船。胡锦接着，蹲在一堆儿咕咕噜噜一会，各自散开。霎时，便听得"镗镗"的锣声响亮，水手各执篙橹，开船而行，向南进发。陈音也叫船家跟着开行。且喜来往船只甚多，尚不碍眼。约走了十里水面，已是二更时候，下旬天处，月色毫无，四望迷茫，寂无声息。那大船便在河中抛锚停住。陈音在后面也将小船停泊在岸边。雍洛道："他们大约就在此地动手，我们的船相离略远，怕的一时救应不及，岂不误了人家的性命？"陈音道："他们动手，不见得就杀人。只要一有声息，我们就赶紧前去，断无来不及之理。只是我们船上有这许多要紧东西，万一有失，如何是好？"雍洛道："据我想来，胡老三这班人有甚伎俩？只消我一人向前，尽够开发他。大哥只在这小船上留心照应，若是我支持不住，大哥

———
[1] 事体：事情，情况。

再向前去,我就退回来,就放心了。"

正说着,忽听大船上大喊救命。一霎时,人声鼎沸,火光乱闪,雍洛急唤船家解缆。两个船家正从睡梦中惊转,听得有人大喊救命,只吓得浑身乱抖,见雍洛要他解缆,把船开拢去,口里格格地应道:"那,那,那是杀,杀人的贼,贼船,我,我们是不,不敢拢,拢去。"雍洛发了急,一步跳上岸,扯断缆索,翻身跳上船来,用篙一点,那小船便如放箭一般,直向大船溜去。一眨眼,早经挨拢,已听得"扑通扑通"似有人掼下水去的声息。火光中见胡老三拿一把板刀,站在船头,三五个水手都拿着铁器,乱哄哄嚷闹不休。后梢站着两大汉,各执刀斧,在那里瞭哨,见雍洛船到,大喊道:"那是什么人划船?快休来寻死!"雍洛就在这喊声中,一跃上船。众水手见了,齐举兵器来拦,被雍洛把熟铜棍一搅,一个个东倒西歪。雍洛大叫道:"胡老三!认得我雍洛么?"胡老三一见,大吃一惊,正待与雍洛答话,早被雍洛劈头一棍,打得脑浆喷出,倒在船头,眼见不得活了。水手大叫道:"船上有了强人,刘大哥快快出来!"刘良正在中舱行凶逞狠,听得水手喊叫,急急钻出舱来。见雍洛打死胡老三,大吼道:"雍洛,你怎敢来搅扰我们的道路,伤自家的兄弟?"说罢,就是一钢板斧,朝雍洛砍来。雍洛把熟铜棍一架,"当"的一声,挡了转去,震得刘良两膀麻木,大叫道:"众弟兄快来帮我一帮,擒此匹夫!"顷刻之间,后梢的两个大汉带了众水手,围裹上前,把雍洛围在当中,斧棍叉刀,乱砍乱劈。雍洛舞动熟铜棍,风车般抵住四面。约有半个时辰,雍洛虽然猛勇,怎奈寡不敌众,渐渐有些支持不来。陈音在小船上看得亲切,不便跳上大船,恐自己船上有疏失,又怕雍洛有伤,心中一急,想起弩弓来了,暗想道:我且试它一试。急向舱里取出弩弓,觑个准着,"嗖"的一声,喝道:"着!"刘良"哎呀"一声倒了。众贼见刘良被射死,一个个心惊胆战,有的被雍洛打死,有的扑水逃命,只有两个大汉还在狠命相持。雍洛此时知道陈音相助,胆力已壮,不过片时,一个大汉被铜棍扫下水去,一个大汉被熟铜棍扫着膝盖,立时跌倒,呻唤不止。雍洛见他无用,提了熟铜棍跨进中舱。忽见一人散披着头发,满面流血,扑近身来,把雍洛吃一大惊。正是:

　　眼前凶暴无遗类,意外惊疑猝不防。

不知后事如何,且听下回解说。

第二十八回

诘囚徒无心了旧案　　射猛兽轻敌受重伤

话说雍洛把刘良、胡锦等诛除尽绝，跨进中舱，忽见一人披发浴血，扑近身来，大吃一惊。那人伏在舱板，扯着雍洛衣服，哭喊道："好汉救命！"雍洛听那人出了声气，仔细一看，知是被贼伤害的人，忙用手挽起道："贼人已经杀尽，起来慢慢地说。"那人爬起来。此时陈音手提包裹，也进中舱。雍洛正要盘问那人，陈音道："且把外面打伤的贼人绑缚好了，再问别的。"雍洛醒悟，寻了一根麻绳，跳到船头，把那大汉捆了，提进中舱，撇在船板上，与陈音坐下，问那人道："尊兄哪里人氏？要向何往？"那人拭泪道："不才姓桓名魁，忝[1]为宋国乐正。吾兄名魈，官授大司马之职。此行要往吴国去见伯太宰，有密事相商。在潍阳动身就雇了胡锦的船，自己带了十二个从人。一路上那胡锦甚是殷勤小意。今日到了枫桥，我要趁风直行，他说他有要事，须在枫桥耽搁半日。我哪里拗得过他，只得由他。哪晓得他贼心贼胆，勾引强徒，到这荒僻地方，把我的从人一个个抛下水去。我吓得魂飞魄散，只喊救命，被一贼人一斧砍伤额角。幸蒙好汉相救，感恩非浅。从人死了不关紧要，我随身的宝重此时不及清检，不晓得有无损失。"说罢，也不问二人的姓名，只两只眼睛向四面闪灼。

陈音见了，只鼻子里哼了一声，向雍洛道："你只问问这贼汉，那胡锦、刘良为何到了这里就罢了。"雍洛心中也是十分不快，便向贼汉喝道："你叫什么名字？把你与刘良这班贼人同谋的来由，从实说来！饶你不死。"那汉子呻吟着，答道："我叫曹阿狗。那刘老大同胡老三，本不是此地人，五六年前到的此地。原只驾一只小船，常靠在枫桥地方。我有至好弟兄，叫陆阿牛，就是刚才被好汉打下水去那个，要算枫桥的头

---

[1] 忝（tiǎn）：谦词，表示辱没他人，自己有愧。

等好汉。刘老大二人同我们混熟了，便商量杀些不关要紧的人，劫些不伤天理的财。不过五七转，便换了一只大船，就把我们平日手下的弟兄做了水手，便阔壮起来，胆也粗了，手也滑了。且喜两三年来，上天保佑，事事顺遂。今天午后，刘老大来寻我们，说胡老三装了个大生意来了，只因有十几个从人，怕一时做他不下，约我们一同上船相帮，不想遇着好汉。这宗事我们只做过三五十转，今晚实系初犯。我还有一百三十几岁的母亲，求好汉饶命，再不同胡老三、刘老大他们一道了。"雍洛笑道："三五十转，还是初犯？你的年纪大约不过三十岁，哪里有一百三十几岁的老母？真正胡咬！只是刘老大、胡老三同那阿牛都是你的好弟兄，你说再不同他们一道，我要你同他们一道去，才算得交情。"阿狗急急分辩道："我平日是极不肯讲交情的，好汉不要错认了！"陈音与雍洛不禁哈哈大笑。雍洛道："此处叫什么地名？"阿狗道："此地叫蓼叶荡，我们在这里做这宗事，才得十六转，实系不曾多做一转，求好汉原谅。"陈音又大笑不止。雍洛道："这宗蠢东西，留在世间做什么？"举起熟铜棍劈头打去，只听叫了一声，同着老大老三阿牛们仍是一道儿去了。桓魁见了，吓得簌簌地抖。雍洛还待要替桓魁处分，陈音立起身道："我们去罢。"雍洛心中明白，随同起身。桓魁口里格格格地说道："承你们二位救命大恩，等我取几两银子送与二位喝杯酒也好。"二人不理，跨出中舱，陈音在刘良左肋拔了弩箭，一起跳过小船。两个船家吓得哆嗦在一堆。陈音叫船家仍然开回枫桥，船家诺诺连声，将船撑转。雍洛道："桓魁今夜在那船上一人没有，不晓得他怎样摆布？"陈音冷笑道："我们今晚倒错救他了，这样腌臜东西，管他做什么？"雍洛点头。陈音既不管他，做书的也只好不管他了。

不过一个更次，已到枫桥。二人在船上消停一会，又叫船家弄饭吃了。天将发晓，雍洛取出二两银子，给与船家，船家称谢不止。陈音二人跳上岸，趁早凉行走。不止一日，就到济南地界，地名石牛铺。见许多人围在那里，雍洛挤入人丛中，见是两辆囚车，两个囚犯，一个老的，年约六十余岁；一个少的，年约三十余岁，都是垂头丧气。雍洛挤出来，对陈音说了，陈音道："不关我们的事，管他做什么？不如在这酒店里买碗酒吃。"二人走进酒店，酒保递上酒菜，雍洛忍耐不住，向酒保问道："门外这两个囚犯是什么人？"酒保因店中无人，尽有闲工夫白话，便站在那里应道："说起这话，是九年前的事了。那个年轻的名叫魏蒲，平日与一个名叫韩直的，专做些劫财拐人的事。九年前正月，他二人不知做了些什么事情，韩直在家中被人一刀戳破小腹死了。韩直的娘，也在房中自勒而亡。过了两天，邻家才晓得。大家猜疑一阵，因为魏蒲平日是天天要到韩直家中的，近来不见踪迹，一定是他二人不是因分赃不匀，定是挟嫌伤命，便报到官府，派差去拿魏蒲，果然逃得无影无踪。这情形越是真了，便四处搜缉。直到今年四月，始在那个年老的囚犯家中拿获。年老的姓江，名叫江诚，平时专做些窝盗分赃的事，无恶不作。上年三月里，他窝藏的人拐了田家的女儿到家，逼作媳妇。田家失了女儿，告到官府。后来漏了声息，打探的确，官府派了兵役，围家搜拿。不但把田家的女儿搜出，领了回去，连魏蒲也一起拿获。如今是解[1]到府里去，大约一讯之后，就要斩头。倒是一个绝好的果报[2]录。"雍洛道："你说韩直是魏蒲杀的，既无人眼见，又没得个确据，安知不是比他们更狠的强盗杀的吗？"酒保道："若不是他杀的，到了官府他如何肯认？"雍洛还要辩论，陈音蹑了雍洛的脚道："天不早了，快吃了酒上路，又不关我们的事，管他做什么？"雍洛方不言语，酒保走开。二人吃了酒，会钞出门，囚车已先去了。二人慢慢行走，陈音见前后无人，方把那年送孙氏到济南的事，细细告知雍洛。雍洛听了，只笑得拍掌跌脚道："这果报录还要加上三个字，叫作'巧中巧'。大哥总说不关我们的事，哪晓得正是我们的事！巧极了！巧极了！"说着，天已傍晚，投了宿处。

一路上耽搁延缓，直到八月中旬，方至济南苦竹桥。到了赵允门首，问了庄客，晓得赵平、蒙杰都在庄上，心中甚喜，通了姓名。庄客进去，一刻之间，蒙杰早已一路喊叫出来道："我的阿哥，想煞我也！"抢步进前，手挽着陈音，面对着雍洛，大笑道："快请进去！"庄客上来，接了挑担，一同进庄。赵平、赵允弟兄二人，都已出来，笑脸相迎。到了正厅，陈音、雍洛与众人见了礼坐下。赵允正要开口，蒙杰抢着说道："我们屡次接了

---

[1] 解：押解。
[2] 果报：由过去的业因造成现在的结果。

大哥的信，我总想到楚国。可恨许多牵牵扯扯的事体，舅父也是随时生病，真弄得我像热锅里的蚂蚁一般。"说着，又叫庄客："快去把那极肥壮的鹅鸭多宰几只，把那极香辣的陈酒多烫几壶，我今天要痛饮痛饮。"众人都笑了，庄客自去安排。赵平问了陈音在楚国的光景，赵允问了雍洛的姓名，一一说了。陈音道："黄丈住在哪里？略为消停，烦引我去拜会才是。"赵平叹一口气道："我那表兄上月已经死了。"蒙杰愤然道："我们这几日，正想去牦山替我黄亲翁报仇。且喜大哥来得凑巧，我们明日一准动身。"陈音听了牦山二字，心中愕然道："牦山离此多远？与黄丈有什么仇？"蒙杰正待要说，庄客已将酒果搬上来，调开桌儿，摆列好了。赵允让陈音首座，雍洛对面，蒙杰与赵平坐在横头，自己主位相陪。陈音还要推让，蒙杰发躁道："不要客套了！大哥是直性人，也学这些忸忸怩怩的样子，想是楚国的官做坏了！爽爽直直地坐下，我们好说正经话！"大家方才依次坐下。蒙杰抢过酒壶，斟了一巡，便大喝起来，一连喝了几杯。

　　陈音道："你莫忙吃酒，且先把牦山报仇的话，说与我听。"蒙杰道："我要把几杯酒，浇浇我填胸的块垒，才能说得出来。"又喝了几杯，方道："牦山离此不过三十余里，生得山势高耸，树林蓊郁，山中野兽甚多。上月里，黄亲翁无事，一个人带了弓箭，骑了一匹马，去到牦山地界打猎消遣。树林中跳出一只金钱豹子来，被黄亲翁一箭射中后胯。那豹子带箭逃走，黄亲翁追了下去。突然，山上冲下一个小杂种来，手中拿两条画杆戟，一马拦着豹子的去路，迎头一戟，就把豹子刺杀了。黄亲翁见了，还在极口称赞他是少年英雄。谁晓得那个小杂种，狂妄无知，跳下马来，提了豹子，便掼上半山去了。黄亲翁上前道：'少英雄，豹子后胯上有一支箭，是老汉的，烦取来还我。'那个小杂种，反嘻皮笑脸地把黄亲翁上下一望，说道：'偌大的高年，逞什么豪气？小小的一个豹子，射它不死，还有脸向我讨箭呢？'说了这几句奚落话，便不瞅不睬，纵马上山。直把黄亲翁气个半死，大叫道：'你那孺子，休得狂妄！可有胆量在老汉手中试一试厉害？'那个小杂种真个勒马下山，仍是嘻皮笑脸的，举戟便刺。黄亲翁只带得随身宝剑，连忙拔出，与那小杂种厮杀。哪晓得小杂种甚是厉害，杀了三十余回，黄亲翁右腕上被他敲了一戟，立时抬不起来，只得拨马逃回。那个小杂种也不赶下，只立马狂笑道：'这样的脓包，饶

第二十八回　诘囚徒无心了旧案　射猛兽轻敌受重伤

你去罢！'大哥想想，黄亲翁一世的英名坏在这小小孺子之手，安得不气？回转家中，叫人来请我们过去，把这事告知我们。我们再三宽解他，说道：'且把伤痕养好了，一同前去报仇。'谁想有了年纪的人，经不起气，加以右腕青肿得厉害，老年人气血不足，只挨得三日便死了。"说罢，便哽哽噎噎号啕起来。众人俱是伤心掉泪。庄客舀了面汤，递了手中，大家拭了泪。随将鹅鸭鱼肉，络绎不绝地捧上来，摆满了一桌。赵允敬了一回菜，蒙杰凄然道："提起黄亲翁来，我哪里还吃得下去？我只多喝几杯酒罢。"便痛饮起来。陈音道："黄丈可有儿子？"赵平道："儿子是有一个，往秦国去了。我们专人送了哀音去，大约这几日也可到了。不多几日，才把我表兄的祭葬办好。只因天气炎热，不便久停在家等候我那表侄。"陈音道："理应如此，但是报仇二字，看来颇不容易。"蒙杰正在喝酒，听了这话，停杯在手，愤然作色道："大哥为什么凭空地长他人的志气，灭自己的威风？他就是活虎生龙，我也要去撩他一撩！"陈音道："贤弟休得动气。愚兄的话，不是凭空说起。"便把那年在绔凤楼盗剑的事，详细说了一遍。"看他留下柬帖的话：'牤山不远，与子为期'，这人住在牤山无疑了。莫非黄老丈遇的，就是此人？贤弟想他是何本领？岂是轻易胜得过的吗？"赵平听了，连连点头。蒙杰虽不言语，却将酒杯放下，低头纳闷。雍洛道："大哥在楚国动身之时，就说要探访牤山。大哥同那人既有前缘，且到见面时再看罢。"众人称是。大家又吃了几杯酒，方才吃饭散座。赵允道："陈大哥与雍大哥行路辛苦了，且安静几日，再作计较。"赵平道："这话甚是。"仍把二人引至东偏房，床帐被褥，铺设一新。略坐一会，天色已晚，众人道了安寝，各自去了。

　　陈音二人自家也觉得辛苦，便沉沉酣睡，直睡到次晨辰刻方醒。梳洗未毕，蒙杰已来，等候完了，齐到正厅。孙氏娘子牵着阿桂，来至厅上，与陈音磕头。陈音还礼不迭。阿桂已经十岁，出落得眉清目秀，不像阿爷的神气。磕头起来，阿桂叫了一声"伯伯"，孙氏也问了好，方退进房去。陈音道："这又何必呢？"蒙杰笑道："我还嫌她的头磕少了。"雍洛笑道："你嫌少了，可代娘子多磕几个。"蒙杰道："正该，正该。"说着就要跪下。陈音拦住道："休得取笑，我只问老伯母可迁葬了么？"蒙杰道："我从楚国转来，先办此事，就迁葬在这屋后，墓木已拱了。"陈音道：

"甚好，甚好。"随叹一口气道："我的事不知何日方得办到？"说着泪流。众人都知道陈音的父亲埋在吴国，代为惨切，只得曲为宽解。大家用过饭，谈些别后光景。

　　住了五六日，蒙杰催促要往牤山报仇，陈音也急于要会那人。大家结束停当，各带随身军器。赵允叫庄客牵出四匹马来，大家骑上，先到黄通理家中，在供灵前祭奠一番，也不耽搁，一起催马向牤山进发。日刚正午，到了牤山，大家下马，在树荫浓处拴好，解襟纳凉一会。蒙杰跳起身来道："我们不是来避暑的，让我先去会会那小杂种。"将鞍搭上马背，拴好肚带，提了大砍刀，翻身上马。众人见了，都各提了军器上马同行。蒙杰已前去半里之遥，一路吆吆喝喝，吼骂道："小杂种不要躲在山坳里，快来蒙爷手中纳命！"叫骂得满头流汗，哪里有个人影？众人赶上，齐劝道："不必这样费气力，总要遇着他的。"蒙杰道："那小杂种不晓得藏在哪里，怕不把人肚子气破？恨不得立时拿着那杂种，剥了他的皮，抽了他的筋，再挖了他的心，祭奠黄亲翁，方泄我一月来肚子里的闷气。大约他是晓得我来寻他，在那草窝缩了。"忽听"嗖"的一声，一支雕翎从山上飞下。赵平手快，一伸手接着雕翎道："那贼来了。"将箭插在腰间，早听鸾铃乱响，"哗喇喇"冲下山来。众人勒住马，一字儿排开观望。马上的却不是使画杆戟的少年，却是满口钢须，面如油漆，手舞双鞭，声如雷吼。众人不觉惊异起来。正是：

　　　　天下英雄无限数，眼前恶战定惊人。

　　不知来者是谁，且看下回分解。

第二十九回

激义愤群英挑恶战　　读遗书豪杰复本宗

话说陈音等正在牟山脚下，列马候战。忽听山上有人，一马冲下山来，生得气如猛虎，声似巨雷，手舞双鞭，大喝道："哪里来的野徒，在此大呼小叫？"话声未了，蒙杰拍马向前，喝道："看你这个样儿，大约是在这山里做强盗。我今天来此，却是寻一个小杂种的。你只去把那小杂种唤下山来，饶你不死！"那个黑汉并不回言，"唬"的一鞭，当头盖下。蒙杰急把九环大刀一架，觉得沉重，不敢疏忽，随把刀杆虚挑一挑。黑汉用左手的鞭护着前胸，右手的鞭刚正收回，蒙杰大刀早已趁势劈下。黑汉即将鞭一横，挡个正着，一个刀光闪灼，一个鞭影纵横，八个马蹄恰如撒钹，四只膀臂好似穿梭。正当着烈日悬空，只杀得征尘乱滚。龙争虎斗，大战六十余合，黑汉鞭沉手捷，蒙杰一时战他不下。赵平见了，急急把马一夹，挺着手中的浑铁枪，冲到垓心，"嗖"的一声，旋风也似向黑汉左肋刺去。黑汉眼明手快，左手的鞭往下一压，赵平早已抽回，这叫做败枪势。若非赵平手快，被他压住，定然晃下马来。蒙杰见有帮手，重振精神，与赵平二人一把刀，一条枪，裹住黑汉，不放一丝松缓。哪晓得黑汉却不慌不忙将双鞭舞得呼呼风响，越斗越健。陈音见了，心中诧异，对雍洛道："不料荒山僻地，竟有这样的英雄？据我看来，要想取胜，倒是难事。"雍洛点头。果然战到一百余合，赵平二人毫不得一些便宜。雍洛此时忍耐不住，扬起熟铜棍，奋勇向前，大吼道："黑贼休得逞强！某来擒你！"直挺着棍向鞭影里点去。谁知刚到面前，"当"的一声，弹迸得火星乱溅，大叫道："好家伙！"不敢怠慢，只风车般横敲侧击，寻他的破绽。又战了二三十合，黑汉的鞭法渐渐乱了起来。陈音见了大喜，暗想道：我不如暗助一弹，便成功了。正想向皮囊里取弹，忽然半山里树林中，飞出一匹雪练般的马来。马上坐一个少年英雄，面如粉腻，唇似朱涂，眼细眉长，口方鼻直。年纪不满三十。身穿绣英白绫箭衣，腰系鎏金碧玉鸾带,头戴束发紫金冠,高插雉尾,额上一朵红绒,颤巍巍迎风乱动。手提两支画杆戟,相貌堂堂,威风凛凛,纵马下山,厉声叫道:"彪哥休慌,某来也。"陈音急急拍马向前,赵平先已抽出浑铁枪,丢了黑汉,来战少年。少年大笑道:"休仗人多为强,若是饶放尔等一个,不算好汉。"左手的戟一旋,右手的戟直向赵平胸口飞来。赵平把枪往刺斜里一逼,把戟逼开,顺手一枪,比风还快劈胸挑去,少年急把左手的戟抬开枪锋。却好陈音赶到,挥起大砍刀,向少年的头脖抹去。少年并不招架,只凤点头儿,从刀口闪过,陡的两支戟,如双龙掉尾,直扑二人的咽喉。且喜二人都是会家,一起躲过,刀枪并举,风驰雨骤般裹上前去。少年见二人武艺高强,便不敢希图取胜,把双戟舞动,两道圆光,忽起忽落。丁字儿厮杀,荡起一团阵云,真有摇山倒海之势,比那蒙杰三人,分外战得凶恶。一直战到一百余合,只交个平手。陈音见少年的戟法精熟,料道难以力取,忽地把刀扬起,用个泰山压顶势劈去。少年抽出一戟来架,陈音收回刀,将马一兜,跳出圈子外。赵平见陈音跳出圈外,一人抵敌,分外留神,一杆枪奔云掣电,丝毫不肯放松。少年见赵平枪法一步紧一步,便变了戟法,一支护身,一支取敌,成了铜墙铁壁,半分儿攻取不透。陈音离开约三十步远近,取出铁弹,向少年的面上掷去,大喝一声:"着!"只听"当"的一响,一弹打中戟枝,激得火星乱溅。少年笑道:"暗器伤人,不算好汉。"话犹未了,陈音已是两个铁弹,流星赶月般蝉联而出。少年见有人暗算,早已收回取敌那一支戟,舞得花飞雪滚,上护其身,下护其马,两弹通被磕开,滚到草地里去了。陈音不禁骇然,看看天将傍晚,蒙杰三人都是杀得呼呼喘气,见赵平已是勉强支持,便骤马向前,用力把少年的双戟架住道:"且住。"少年听了,霍地跳开一丈余远,道:"怯战的匹夫,有话快说。"陈音道:"谁来怯你?只是天已不早,人就不乏,马也疲了,明日再决胜负。"少年道:"明朝日上三竿,勒马相候。不来的不算男儿!"赵平声带喘息道:"战你不下,誓不甘休!饶你多活一夜。"少年正要回言,陈音道:"你且留下姓名,好来寻你。"少年笑道:"我行不改姓,坐不更名,不才晏英便是。你两个也通个姓名。"陈音道:"他叫赵平,我叫陈音。那面使刀的叫蒙杰,使棍的叫雍洛。且问你那大汉叫什么?"少年道:"他是我义兄司马彪。话已说定,去罢。"晏英即骤

第二十九回　激义愤群英挑恶战　读遗书豪杰复本宗

马到那边去，双戟从中一隔，几般兵器，齐被隔开，三人跳出圈子。晏英道："天已晚了，明日再战，去罢。"说罢，便与司马彪掉转马头，"哗喇喇"纵马上山。一眨眼，已转入树林深处。

蒙杰、雍洛都是浑身汗透，喘气吁吁，齐声道："好斗呀，好斗！"大家跳下马，卸了鞍鞯[1]，放马吃青，坐在那里消停。陈音道："休怪黄老丈失手，果然骁勇，就是云中岸的洪涛，也及不得此子。"赵平道："此子本力敌不过洪涛，战法却比洪涛来得神妙，不晓得是什么人传授他的？"陈音跌脚道："我竟把绾凤楼盗剑的话忘了！若是问他一问，或者不至有这场恶战。"蒙杰道："天将晚了，我们回去罢。"众人称是，各备好了马，一起转回苦竹桥。已近二更，赵允问了牤山的情形，蒙杰说了一遍。酒饭早已准备，大家用过，方作商量。陈音道："像这样恶战，就战十天也无益处。我们须得想个法子，方能制胜。我看他二人都不像强盗行径，为什么守在牤山？令人不解。从前替我留的柬帖，明明在牤山后会，如今到了，却是一场恶战，还不知战到哪天呢？"赵平道："今天原是我们切于报仇，鲁莽一点，本该大家问过明白才是。"蒙杰道："有什么问的？我们只想法子擒着他，便都明白了。"陈音道："擒他的话，谈何容易？我想明天见了面，先提问盗剑的事。若有关系便罢，不然，我们用过车轮战法，把他溜乏，胜他自然容易。我将弩弓带在身边，离那里不远，择一树林深茂的地方藏着。若车轮战还不能取胜，便诈败逃走。我用弩箭射他，断无不胜之理。"众人同声称妙。陈音道："夜已深了，不必多议，准定照此而行。大家早此睡，养好精神要紧。"众人应了，各自安寝。

次晨起来，吃了饭，大家收拾停妥，骑了马向牤山而去。到了牤山，恰才巳牌时候，晏英、司马彪早已在那里并马等候。蒙杰大吼一声，把马一拍，扬起九环大刀，冲上前去。谁知晏英二人并不接战，一起滚鞍下马。陈音等甚是诧异。听得晏英大叫道："那位陈音，可是二十六年十月在西鄯盗剑的陈壮士？"陈音知道是了，骤马向前，应声道："不才正是。前在西鄯，多承搭救，特来拜谢。"晏英道："不是小子之事，此话甚长，且屈众位大驾上山一叙。"陈音道："甚好。"便约众人同行。蒙杰

---

[1] 鞍鞯（jiān）：马鞍子和垫在马鞍子下面的东西。

道："大哥休要信他，明明是骗我们上山，摆布我们。我今天只与这小杂种拼一个死活！"陈音道："贤弟不必多疑，愚兄自有主意。"晏英二人都上了马，在前引路，一直上山，穿过几处茂林，到了一个庄院，垒石为垣，依树结屋。到了门首，一起下马，拴在树上。晏英拱手道："众位少待，小子先去禀明师傅，再来迎请。"众人点头。晏英同司马彪进屋去了，好一晌不见出来。蒙杰发躁道："为什么钻了进去就不钻出来了？莫非真有什么圈套吗？我们去罢，休上他的当。"陈音道："圈套断然没有，贤弟不必疑心。"正说着，晏英二人出来，对着众人道："众位等久，只因我们下山之时，师傅还在家中。此时回来，师傅不知到哪里去了。到处寻过，毫无踪迹，且请众位进去稍坐，我师傅昨夜有许多话，要奉告陈壮士呢。"众人应允，进得门去。见里面甚是宽敞，架上的刀枪，壁上的弓箭，满眼都是。到了一个厅屋里，晏英招呼众人坐下。里面走出一个小厮，晏英叫他接过众人的军器，陈音、赵平、雍洛都将器械交付小厮。蒙杰道："我这把刀吃饭睡觉都不离开，放在身边最好。"晏英笑了一笑，随叫小厮去烹茶暖酒。陈音道："有话请说，不敢奉扰。"晏英道："日长天热，何妨煮茗一谈，以消永昼[1]？"小厮去了，晏英与司马彪方才坐下。晏英道："我们昨日回来，对我师傅说了交战之事。师傅道：'可曾问来人的姓名？'我把众位的大名一一告知。师傅道：'陈壮士可是生得膀厚腰圆，浓眉大眼？'我道：'正是。'师傅道：'且喜各无损伤。这陈壮士与你家有莫大的关系，你要重重地拜谢才是。明日来了，务必请上山来，我有要事交代他。'我们今日下山之时，师傅好端端地坐在家中，为什么回来师傅就不见了？真令人猜测不出。"陈音道："令师尊姓大名？"晏英道："姓晏，名是一个冲字。往常也是下山的日子多，或一月、两月，或一年半载。来去的时候，总对我们明说。为什么今日去得这样闪烁？"陈音道："或者就要回来，也未可知。"司马彪道："昨夜我师傅还说那年在诸伦庄上，我被诸伦所擒，多亏陈壮士放火烧屋，调开众人，师傅才得将我救到这里。今天应得叩谢。"说罢，扑翻虎躯，便叩头下去。陈音道："哎哟哟！那夜行刺诸伦的，就是兄台吗？幸会！幸会！"也跪下去，

---

[1] 永昼：漫长的白天。

第二十九回　激义愤群英挑恶战　读遗书豪杰复本宗

将司马彪扶起。司马彪道："我屡次要下山去刺诸伦，师傅总不肯放，只说俟有机会，再去不迟，却不晓得什么是机会？真正闷煞人！"陈音道："不才在西鄙盗剑，若非令师从中搭救，暗里帮扶，险些丢了性命。可惜不在家中，不得当面叩谢。"小厮捧上茶来，晏英挨次奉了，随问小厮道："师傅去的时候，你可晓得？"小厮应道："我不晓得。"晏英皱了皱眉，叫小厮去门外牵马进来，解鞍喂料。陈音道："令师既不在家，我们就去了，不必如此。"说着，都立起身来。司马彪道："好容易相逢，敝师虽不在家，也得杯酒相敬，略表寸心。"陈音三人都止了步。蒙杰道："谁耐烦吃他的酒！我们的人救了他们的人，他们的人倒伤了我们的人！你们吃得下，我实吃不下，糊糊涂涂把我们弄上山来，毫无一点头绪，可要气闷人。"说着，在身旁取了九环大刀，大踏步便向外走去。陈音三人只得跟着走出。晏英二人哪里阻拦得住？只得叫小厮将军器取出，小厮飞跑进去，捎了出来，六人已经走出厅屋。

陈音忽然抬头见墙壁上挂了一块粉板，写的胡桃大小的字，墨痕兀自未干，上面横写的"陈义士鉴"，即停住脚看去。众人见陈音停步不行，望着墙壁，也随着陈音眼光望去。内中晏英、司马彪见有他二人名姓在上，急抢步近前，取了下来。大家围着观看，上写：

　　晏英即是卫英，司马曾刺诸伦。
　　国耻父仇家恨，都是有志未伸。
　　从今化仇为爱，结作一团精神。
　　男儿当存忠孝，方算世间伟人。

（末后注一"冲"字）

晏英嚷道："这字是我师傅写的，看来师傅还在屋里，快去寻师傅！"赵平道："令师这样举动，谅来是不肯见面了，寻也无益。我们且再坐坐，把这粉板上的话解释解释。"陈音此时，一双眼睛只注定晏英，听了赵平的话，道："是的，是的。"大家转步，哪晓得蒙杰已经走了出去。雍洛抢步出门，将他拖转来，仍在厅屋坐下。蒙杰一言不发，小厮仍将军器放好，自去暖酒备菜。陈音问晏英道："兄台是哪里人氏？家中有些什么人？"晏英道："且慢。九年前，我师傅在西鄙转来之时，曾交我一封纸裹，叫我紧紧收藏，且待有姓陈的到了这里，再行拆看。适才我却忘了，今见粉板上的话，陡然记上心来。我且去取来，拆看便知。"随即到右间屋里取了一个纸包出来，对着众人拆开。大家看时，写的是：

汝本姓卫名英，越国西鄙人氏。父母早亡，家唯祖父，名曰安素。姊亡妹存，妹名卫茜。汝九岁时，被匪人拐至白水沟，经我夺得，带至此山，教汝读书。十三岁后，教汝武艺。二十六年我路过西鄙，适遇诸伦夺汝祖父家藏宝剑。一时路见不平，夜往诸伦庄盗剑。却有陈音义士，为汝祖父出力。三次冒险，是我暗中帮助，将剑盗出，由陈义士交还汝祖。汝祖挈汝妹到山阴伊家避祸，我将彪契救回，与你一同习艺。当时应告汝知晓，一来汝方十六岁，年纪尚幼，二来武艺未精，恐汝任性误事。我曾留柬与陈义士，大约陈义士必来此相访。我知陈义士到吴国省亲，必有几年方能到此，那时汝的武艺已成，心性已定，方能干事。我无论在山不在山，可随陈义士返越。家仇国耻，须刻刻在心，方不负我教训汝一片苦心。切记，切记。假汝晏姓，认作叔侄，原以安汝之心也。某年月日付。

众人看罢，卫英号啕痛哭，跪在陈音面前，口称"恩公"。陈音将他扶起，也是凄然泣下道："休得这样称呼。"众人莫不叹息。蒙杰见此情形，问了赵平，知道备细，想道：黄亲翁的仇报不成了。小厮捧上酒菜，大家坐下。陈音问卫英道："令师行为，真真令人佩服！不知令师到底是何等人？"卫英道："我平日只道是叔侄，哪里留心别的？今年不过四十岁，生得十分文秀，从不见他疾言厉色。那力气却不知有多大，任你千万斤重的东西，举起毫不费力。平时只许我们二人在本山前后走走，从不许远走一步。衣食器用，也不知从哪里来的。据我师傅之言，是要随恩公回越了，不知此后还能够见我师傅么？"说着放声大哭，司马彪也是挥泪不已。赵平便将黄通理受伤身故，昨日来此的话说了，卫英甚是不安，对着众人再三认了不是。蒙杰还是气愤愤地不理。大家吃了一会酒，陈音道："大约令师是不能见面，贤弟既愿回越，可否此刻收拾，与司马兄一同下山？到苦竹桥略住几日，也好动身。"卫英道："我此刻恨不得飞到山阴，还有什么俄延[1]？"司马彪也急欲下山，二人便进去收拾随身

---

[1] 俄延：延缓，耽搁。

第二十九回　激义愤群英挑恶战　读遗书豪杰复本宗

衣物，打了包裹，提了出来，叫小厮来收拾杯箸，随写了两个辞禀，交与小厮道："师傅回来，呈与师傅，切莫忘了。你好好看守门户，我们此刻就要下山。"两人将些零星物件，都赏了小厮。小厮取出军器，各人带上，又将马牵出，搭了鞍鞯，同走出门。正要翻身上马，卫英叫道："我忘了一件要紧东西。"转身进去，顷刻出来，手中却拿的一支雕翎。赵平认得是黄通理的，心中一酸，洒了几点老泪。卫英三人将包裹搭在马鞍后，提了军器，一起上马，走下山来。天已过午，走不到十里，忽见对面一匹马追风般急骤而来。马上一人浑身重孝，手横一杆干缨烂银枪。大家吃了一惊。正是：

　　英雄结伴扬镖出，孝子衔仇劈面来。

不知来者何人，且听下回分解。

第三十回

忧国难赵平抒伟论　归神物卫茜报大仇

话说陈音等带了卫英、司马彪二人，下了牝山，一直转回苦竹桥。约有十里，忽见一人身穿重孝，手横银枪，骤马而来。蒙杰眼快，认得是黄通理之子黄奇，急把马加上一鞭，突过前头，如飞地迎上去，叫道："表弟想是今天回家的？来的那提双戟的，便是仇人，休放松他！"黄奇本是今天回家，在父亲灵前痛哭了一场，闻知赵平等四人去牝山报仇，昨日战了一天，未曾取胜，今日又去了，便穿了重孝，提枪上马，向牝山走来。见赵平、蒙杰之外，另有四人同行，通不认得，心中想道：为何多了两人？正在疑惑，忽听蒙杰对他说提双戟的便是仇人，心中越是犯疑。本待细问，赵平在前、四人在后，已走近来。赵平正要问话，黄奇已怒哄哄骤马挺枪，向卫英戳去。卫英一个冷不防，挥戟不及，忙把左膀一隔，将枪挡开，黄奇正要二枪戳去，赵平急急抢上，扳着黄奇的右臂，叫道："表侄休得鲁莽，而今算是自己人了。"黄奇怪叫道："他是我杀父仇人，我只与他拼个死活，表叔休要阻我！"挣脱赵平的手，又是"刷"的一枪。卫英料道是黄通理的儿子，知是急于父仇，不敢还手，一手将黄奇的枪头握着。陈音怕卫英动手，黄奇吃了亏，不好收拾，便叫道："卫贤弟休得计较。"卫英应道："小侄不敢。"黄奇被卫英握住枪头，收不转来，只急得暴跳。赵平拢来，双手抱着黄奇，喝道："快撒了手！回家再说。"卫英见赵平抱住黄奇，把手放开。陈音使个眼色，叫雍洛引了卫英、司马彪二人先回。雍洛带了二人，将马加上几鞭，腾云一般先回苦竹桥去了。黄奇摆挣不脱，见卫英去了，更急得放声大哭。赵平见卫英去远，方才松手。黄奇要放马追赶，赵平、陈音苦苦拦住，劝道："回家去说明原委，再行计较不迟。"赵平指着陈音道："这是你父亲时常念的陈巡官，陈伯父。若不是急于替你父报仇，昨天我们也不恶战一日了。今天才晓得你陈伯父是他的恩人，他的师父又是你陈伯父的恩人，此仇万不能报。

第三十回　忧国难赵平抒伟论　归神物卫茜报大仇 ‖189

大家且回家去再说。"黄奇无奈，只得含泪下马，与陈音见礼。陈音也下马相还，再行上马而回。

将到苦竹桥，陈音对赵平道："烦赵丈与蒙杰弟同黄公子回家，明日再见。"赵平应了，与蒙杰把黄奇送至家中。陈音到了赵允家里，雍洛已详详细细对赵允说了卫英二人的来历。赵允见卫英人才出众，又知他武艺超群，见司马彪也是凛凛威风，堂堂相貌，十分起敬，安置在大厅上献茶。陈音进来，大家立起身招呼，一同坐下。陈音道："黄公子父仇在心，卫贤弟休得介怀。"卫英道："这是小侄自家理亏，何敢怪黄公子？只是其中还望陈伯父好言化解，方好见面。"赵允在旁，听了卫英这几句话，心中越发敬爱。陈音道："我们须得想个法子，平一平他的气方好。"卫英道："但凭陈伯父的主意。"正说着，庄客搬上酒饭，大家坐好，一面吃酒，一面商量此事。说来说去，苦无善法，倒是雍洛想出一个主意来，说道："卫贤弟明日不如身穿孝服，捧了黄丈那支箭，到黄家去匍匐灵前，哭奠一场。我同大哥随去，以防意外。更烦赵丈同行，在旁劝解。那边还有赵丈、蒙哥帮衬，谅无不了之事。"陈音道："此计甚好。但是要想你蒙哥在旁帮衬，那是最靠不住的。不信你看他今日山上的情形，在路上的光景，他还要暗中挑拨，哪里肯在其中化解？不过有我们许多人在场，也不怕他弄出别样事体来。"又对司马彪道："明日仁兄在此宽耐一日，俟他二人的气化开了，一同都要过来的。"司马彪道："我也要同去才放心，何必守在这里？"陈音道："话是不错，怕的你二人同去，越是犯了他心的，不甚妥便。"司马彪道："如此说来，我不进门便了，立着远远地瞭望。卫贤弟无事，我就悄悄地随大家转来。倘若决裂了，我也好出出力救护。还有一层，你们去时须暗暗带着防身的家伙，不可大意，上他的当。"陈音道："家伙不必带，他若是真要决裂，谅他也无便宜。不过碍着"情理"二字，不好与他硬作对。"众人称是。大家吃了饭，赵允将司马彪、卫英安顿在西偏房歇了。

到了次日起来，赵允早代卫英备了一副极厚的祭礼，制了一身的孝衣。卫英见了，连声称谢。梳洗毕，用了早膳，卫英穿了孝衣，捧着那支翎箭，庄客拿了祭礼，一路向黄府而去。到了门首，陈音叫卫英、雍洛暂在门外稍待，约了赵允先走进去，寻着赵平，把卫英来祭奠的话说了一遍。

赵平道："如此甚好。"便同赵允去寻黄奇，却见黄奇与蒙杰在那里咕咕唧唧地交头接耳，大约是打报仇的主意，佯为不知，叫道："表侄这里来，我有话告诉你。"黄奇随着赵平、赵允，到个空屋里坐下，说道："表叔有何吩咐？"赵平道："你父亲死了，休怪你不肯同卫英甘休。但是，这其中还有个解说。常言说得好：'将军上场，不死带伤。'难道卫英与你父亲有什么仇吗？不过性命相搏的时候，一个不饶一个，致有损伤，与那谋杀故杀的仇不同。如今人死不能复生，你一定要与卫英过不去，原是你的孝心，只是其中又碍着你陈伯父。适才你陈伯父来说，卫英今日身穿重孝，来灵前跪奠，总算尽情尽理了。我劝表侄千万不可执拗，弄得几面下不来。你我至亲，难道我还帮着外人不成吗？"赵允也在旁边，牵三扯四地劝了一会。黄奇一想：我若不依此事，如何收场？难道把卫英杀了来偿我父亲的命不成？昨日在路上相遇，他不动手。今日又身穿重孝，灵前跪奠，叫我如何别这口气？思索一会，只得点头。蒙杰立在一旁，见黄奇点头应允，知道这件事只得作罢，便讪讪地走开。赵平弟兄便挽了黄奇出来，对陈音道："天大的事，只看陈伯父面上，一概冰消瓦解了。"陈音称了谢，走出门外，招呼卫英进来。卫英手捧翎箭，眼含痛泪进了门。陈音引至灵前，将箭接过，放在案上。庄客摆列尊仪，焚香点烛，卫英伏在地下，放声大哭。赵平把黄奇拖来跪在旁边谢奠，黄奇见卫英哭得伤心，自己也痛哭起来。众人见了莫不心酸泪落。哭了好一会，赵允拭了眼泪，先来劝卫英。赵平、陈音止了哭，来劝黄奇，再三劝住起来。卫英又向黄奇叩下头去，道："不才一时鲁莽误犯老伯，今日特来请罪，还望公子宽恕。"黄奇也跪了下去道："杀父之仇，不能报复，何堪为人？只因屈着陈伯父、赵表叔的情面，含血罢休。"便向灵哭叫道："父亲阴灵不远，儿总算是世间的罪人了。"众人急上前将他二人扶起，又宽慰了一阵，赵平便挽卫英到客屋里坐了。黄家自有人点茶相奉。卫英拜烦赵平，到里面黄老夫人处请安谢罪。内外通安服了，然后一路转回苦竹桥。司马彪在路上问了备细，方放了心。

夜间赵平、蒙杰也转来了，大家饮酒闲谈。陈音向赵平道："我看令表侄将来绝非凡品，一时屈着他把事了结，我心中总觉不安。"赵平道："世间这宗事，最是难处的。你们去后，他在灵前呼天抢地的，大有痛不欲生之状。我直劝到这时候方得安静。须得多过几天，才能渐渐地丢得开。"众人又谈了一会，各去安寝。一连住了十余日，卫英天天催着动身，无奈赵平弟兄决意不肯。直捱到十月初旬，赵平弟兄见众人去心已决，万难强留，只得备酒饯行。席间议定司马彪同卫英往山阴，陈音、雍洛往西鄙。蒙杰执意要随陈音一路，陈音允了。赵平举杯向陈音道："本当执鞭相随，怎奈衰年朽质，了无用处。但愿此去，重整宗国，尽雪旧仇。老朽风烛瓦霜，如得及身闻见，固属快事；倘天不假年[1]，九泉有知，亦甚含笑。"随叹一口气，接着道："我国之事，已成累卵[2]。在廷诸臣，一班谗谄匹夫，把祖功宗德一概忘了，只去趋附权奸，妄希非分，还对着人夸口说是识时者为俊杰。可惜好好一句话，被这班卖国求荣的贼窃去做门面语[3]，真真可笑！不晓得这班人的肺腑是哪样生的？又有一班庸奴，时势到了这等危急，一个个如燕雀处堂，只图过一日是一日，还要争位谋利，朝夕为私人攘位置，为身家计久长。公家之事，照例敷衍，成败不管，利害不争。这班人的想头说是国存一日，他自富贵一日；一旦国亡，他们的富贵自在，何必忧他？全不想敌国谋覆人国，不惜千万金钱，买活他这班人替他做内奸，温语厚施，有加无已，只要把你的领土夺到手里，便把你当奴隶牛马看待，先把那卖国内奸借事全诛，不留遗类。说道：'这班人既肯卖他的祖国，良心是丧尽了。我若用他，倘有别的人用钱买他，他又照样把我的领土卖与别人，如何留得？'据这样说来，道理是丝毫不错的。性命且不保，说什么富贵？到底卖国有什么好处？如何披肝沥胆，替祖国勤修内政，抵御外侮，以报世受之恩，邀天之福，得以转危为安，反弱为强，不但祖国誉之为志士，就是敌国也要称之为伟人，何患富贵？万一不幸，心竭身死，为竹帛增光，为河山壮气，众口的赞颂，万世的馨香，那富贵何等的长久？这是明明显显的通理。无奈这班人利欲熏心，全不在此等处思索，真堪浩叹。"众人听了，同声赞叹。蒙杰道："我近来为黄亲翁的事，沉闷得了不得。今天听了舅

---

[1] 天不假年：天公不借以寿命。
[2] 累卵：把蛋重叠起来。形容极为危险。
[3] 门面语：门面话。

父这一段话,我这肚子里的闷气通化到爪洼国去了,好不快活!"便把酒斟一大碗,一口气喝干。陈音道:"据赵丈说来,贵国之事,竟不能挽救了。"赵平摇首道:"难、难、难,不出十年,就见分晓。到了那时,老朽若还未死,也无颜为异姓奴隶,就是老朽与世长辞之期。"说着,点点滴滴滚下泪来。赵允道:"今天是特意与他们众位饯行,大家须得畅谈畅谈,这些话不必再提了。"赵平方拭了泪道:"谁非国民,何堪设想?"陈音此时想起本国的仇辱,好似油煎肺腑,刀扎心肝,酒杯在手,一滴不能下咽,便辞席散座。到了次日,各人收拾停妥,告辞起身。自有一番牵衣洒泪,不必细表。黄奇也来送别,众人谢了,上马而行。到了路上,陈音对卫英道:"你到山阴访着令祖,即在山阴等我。我在西鄙,至多不过一月就到山阴。"又对司马彪道:"卫贤弟年幼,尚望沿路照应。"司马彪道:"何待吩咐?"同行几日,过了徐国的界址,地名樊屯,已近吴界,大家分路。卫英向陈音洒泪,同司马彪往山阴而去。

  陈音带了蒙杰、雍洛在路上不多几日,已到西鄙,寻了个僻静的寓所住下。到了次日,便嘱蒙、雍二人留守寓中,自己换了衣服出门,想到诸伦庄上探看动静。走到热闹地方,忽见许多人围在那里,一个个抬起头向墙壁上望去。陈音也挤了进去,随众视看,却是吴国监事出的榜文。上写:

    案照诸复禀报:九月十三日夜间,吴绅诸伦被仇家卫茜越墙而进,杀死男女四十七丁口。诸伦及伊第八妾殷氏、第九妾杨氏、第十妾粉蝶儿、管家婆马氏、教师椒衍,尤遭脔割,血肉狼藉,惨不忍睹。盗去盘螭宝剑一口,蘸血书壁,"卫茜报仇"四字。越国关尹杨禄第亦于是夜,全家男妇亲丁口十二名被杀。墙壁上亦是血书"卫茜报仇"四字。两家财物,无从清查,次晨据报,勘验无讹[1]。当即多派巡役捕差,挨门搜捕未获。似此交汇重地,卫茜胆敢杀死人命至五十九名之多,尤敢书名直认,实系凶恶已极。除勒捕严拿外,为此仰诸邑[2]人等知悉,有人拿

---

[1] 无讹(é):没有错误。
[2] 诸邑(yì):各个县(城市)。

第三十回　忧国难赵平抒伟论　归神物卫茜报大仇

获卫茜到官者，审得属实，赏银一万两；或知风密报，因而拿获者，赏银五千两。储银待赏，绝无短少。本监事为保全治安起见，不吝重赏。诸邑人等，亦当同懔[1]危险，协力缉捕。切切此示。计开凶犯卫茜女，身年约二十余岁。二十六年，曾因犯案随伊祖卫安素，经杨禄第拘案审讯。卫安素监毙，从宽发给诸伦为奴，逃匿未获。大周时王纪元三十五年某月日示。

陈音看完，只惊得头发一根根地竖起，周身毛眼都开，呆立半晌，闷闷地转回寓所。进房去坐在床沿，如痴如醉，不发一言。蒙杰、雍洛问道："大哥为何恁地快就回来了？"陈音好像不曾听见。二人见他这样光景，心中诧异，又同声问道："大哥为什么事这般样儿？"陈音痴呆了一会，口中只说了四个字道："奇怪得很。"二人摸不着头脑，又停一会，再问道："大哥为着什么事？"陈音此刻似乎觉醒悟，两只眼望着二人，长长地出了一口气道："真正奇怪！"便叫二人近身，悄悄地把赏文上的话详告一遍。蒙杰听完，禁不住双脚一跳，狂叫道："天地间有这样的事？我真要快活死了！"陈音吃惊，急用手去掩他的口。早把寓主惊动，急急跑来问道："什么事大惊小怪？"陈音忙着笑应道："刚才我这同行的午睡，梦见挖了金窖，醒来还在快活，因此发狂。"寓主笑着去了。陈音悄悄对蒙杰道："嚷出事来，非同儿戏！"蒙杰住了声，坐在那里搔头挠耳。雍洛低声问道："卫茜是个柔弱女子，如何能够一夜之间杀得许多人？"陈音低声应道："我也是这般想。杨禄第的官署不必说它，那诸伦的庄上，我也险遭不测。她如何恁地容易？真令人不解。"雍洛道："这事莫非又是卫英的师父做的？"陈音沉吟片晌道："不是，不是。我们在牤山，正是九月中旬，卫英师父恰在牤山。若有此事，焉有不对卫英说？据我看来，不但此事不是他做的，就是卫老监毙，卫茜为奴的一段事情，他还未曾晓得嘞。我想能做到这宗事的人，必定是一个大有本领的英雄。既是大英雄，断不肯嫁祸于人。这事必卫茜自己所做。但是她如何有此本领？我原想到诸伦庄上探看动静，夜间去看看我父亲的坟，哪晓得走到市中见了这张榜文，把我吓得耳鸣心跳，就此回来。不知卫茜人在哪

[1] 懔（lǐn）：警惕。

里，天遥海阔，叫我从何处去寻？"雍洛道："据我想来，山阴地方她总得要到。我们何不往山阴一行？大约可以寻着她。"陈音道："此话颇是。我想既然杀了关尹，越国也要通缉的，就到了山阴，也不容易打听得出。卫英二人此去，我倒担起心事来了。"雍洛道："为什么担心？"陈音道："卫英年幼，司马彪鲁莽。到了山阴若是逢人便问，倘被办公的人听得，必定弄出事来。"雍洛道："大哥尽可放心，既有榜文到山阴，大约各处都有了。他们在路上总会看见。"陈音点头，小二搬了夜饭来，大家喝酒。蒙杰喝着酒，只叫快活，狠命地痛饮。陈音道："俟夜深人静，我去父亲坟上走走。你们只管安睡，切不可惊张[1]。我们明日就动身往山阴去，会得着他们便好了。且喜人众，分四面去明探暗访，断无访不着之理。"雍洛称是。忽然蒙杰用手在桌上一拍，狂叫道："不好了！"不但陈音、雍洛吃惊，小二也惊得跑拢来，问道："客官，什么事不好？"陈音明知蒙杰为的卫茜之事，深恐露了破绽，急应道："不关你事。他吃鱼被刺戳了喉咙，没什么要紧，你去罢。"小二笑着去了。陈音悄悄问道："什么事不好了？"正是：

　　大恨雪时齐忭舞[2]，快心深处转惊疑。

　　不知蒙杰如何回答，且听下回解说。

---

[1]惊张：震惊张皇。
[2]忭（biàn）舞：快乐地跳舞。

第三十一回

敌猿精山前施妙技　诛鼠贼庙里救表亲

话说陈音正与雍洛谈论卫茜之事，忽听蒙杰狂叫"不好了"，大吃一惊，小二去了，便悄悄问道："什么事不好了？"蒙杰道："我想卫茜报仇，杀得爽快，我心中快活得了不得。我又细细地想，四处张起榜文捕她，万一被做公的捕着了，那还了得！我替她一急，不知不觉便叫了出来。"陈音道："原来如此。你就不想既有这样的本领，如今的公人只有讹诈乡愚、串害[1]良善的本事，或者捉些蟊贼，铺张大案，希图领赏，如遇着犯事人略有点本领，他反藏躲起来。这些事虑它做什么？"蒙杰想了一想，笑道："大哥的话真正不错。想起渔湾的事，我倒有点懊悔起来。"大家吃了饭，闲坐一会，天已不早，蒙杰、雍洛睡了。陈音又挨了片时，轻轻开门蹿上房屋去了，约有两个更次，方才转来，唤醒雍洛。雍洛起来，见陈音脸上泪痕犹自未干，细声问道："怎么样？"陈音道："没什么事。明日早起，收拾动身。"大家睡下。次晨起来，大家收拾停当，还了房钱，向山阴而去，寻访卫茜。

原来卫茜整在崆峒山住了九年，不但剑术精通，连蹿高纵远的本事，都异常短捷，竟成了个女侠。广成子见她剑术已成，便叫到面前吩咐道："你此时尽可下山去了你从前的心事。你既有了这一身本领，切不可恃强生事，逆天而行，致干天忌。你家那盘螭剑，是黄帝时的神物，本名曳影剑，腾空而舒，若四方有兵，此剑则飞起指其方向，无不克伐[2]。未用之时，常在匣裹作龙虎之吟。黄帝死后，此剑不知下落。到了唐尧之世，大禹治河，得之于衡麓，用以斩妖诛怪。因剑柄上有盘螭一条，便取名'盘螭'，不晓得如何落得你家。取到手时须仔细珍用，千万不可污亵。西鄙

---

[1] 串害：合谋祸害、坑害。
[2] 克伐：征服，克服。

报仇后,还须做些扶危济困的事。现在你国与吴国结了世仇,你既是越国子民,国家的仇辱就是国民的仇辱,若不能替国家尽力,国家要你子民何用?平日恤刑薄税,无非是想培养民气,有事时民气可用,上下一心,敌国便不可欺侮了。务必苦心孤诣,效力国家,报仇雪辱,也不枉我教你一场。切记,切记。"卫茜叩头受教。广成子又道:"此去西鄙数千余里,跋涉不易。我有道友寄养一匹黑驴在此,我借来赐你坐骑,日行八百里,夜不迷路,入火不烧,逢水不溺。每日只给与青草一束,净水两次,不必用别样去喂它。"即叫赤电去后洞牵出,须臾牵到。见那驴儿高有六尺,长有七尺,浑身墨黑,只有四个蹄子雪一般白,十分神骏。广成子道:"这叫乌云盖雪。"又叫紫霞取了鞍鞯,卫茜接了,搭配整齐,重行叩谢。广成子道:"去罢。"叫紫霞、赤电同送下山,广成子退入静室。卫茜牵了驴儿,带了常用的宝剑,名青棱,随着赤电、紫霞,走下山来,又与二人拜别,谢了九年照顾之情。二人也是依依不舍,俄延半日,只得分手。

二人回山,卫茜才跨上驴儿,不知路径,只向东行走。不到三里,忽见一个年约七八十岁的妇人,对着驴儿撞来,一跤跌倒在地,立时面如白纸,口吐涎沫。卫茜吃了一惊,急从驴背跳下。那驴儿竖起两耳,大叫不止,用前蹄去踢那老妇。卫茜用鞭子在驴蹄上打了几下,急急地去扶老妇。老妇躺在地下,已是气息毫无。及至卫茜近前去扶,她突然把口一张,吐出一口白气,光闪闪向卫茜面上冲来。卫茜知是有异,把头一低,刚正躲过,急拔宝剑出鞘,老妇早已一跃而起。那股白气,盘旋不定,卫茜急用宝剑敌住。且喜这口青棱剑也是仙物,吐出青光,与白气绞作一团。约有一个时辰,老妇见不能取胜,只得将白气收回,跃开三五丈远,用手指着卫茜道:"杀吾子孙之仇,终当报复!"说罢,跳进一片深林里去了。卫茜将剑入鞘,翻身上驴而行,心中想道:"我与她一面不识,何得有杀她子孙之仇?好令人难解。"思索一会,也就丢开。

不过五六日,到了西鄙。正是九月十三日,杀了诸伦、杨禄第的全家,取还盘蠃剑,略拿些金银。要想寻找阿公的坟地,哪里寻得着?只好罢了。趁天未明动身,向山阴行去。路过乔村,腰间取了一锭十两重的银子,到卖豆浆的老头儿店门,转到后面,从驴背上一跃,进到屋里。听老头儿正在推磨,便将银子放在灶头上,一跃出来,上了驴背趱行。到了天明,

第三十一回　敌猿精山前施妙技　诛鼠贼庙里救表亲

那老头儿见灶上一锭大银，心中疑异，端在手中，看了又看，一时欢喜，一时恐怕，只得藏在柴灰里。过了些时，没有什么动静，方慢慢地置衣买米。一个残冬，十分快活。闲话不赘。

卫茜一路毫无耽搁，到了山阴，在城外寻了个荒僻古庙住下，把驴儿寄下，自己穿了贫家的衣服，四处寻访。夜间便回古庙，吃些干粮，喂了驴儿，就在正殿神龛[1]侧面打盹。原来这古庙地方，正是郑干妈说的南林，地方荒僻，香火全无，庙祝跑得干干净净，弄得人迹俱无，离庙三五里方有人家。卫茜住了一夜，次日便去买了些烧饭的器具。又买些棉衣被垫。见后殿左面一个小房，还可以遮蔽风雨，便将来打扫洁净，铺了被垫；寻些石头，支起灶来，寻些枯枝败叶烧饭，倒觉清静适意。日日打听她太姑爹的消息，约过半月，才得打听清楚。太姑爹已于四年前病故，一个表叔名叫伊衡，娶妻章氏。伊衡往楚国去了，两个表兄，一个叫伊同志，年二十五岁，已经有了妻室；一个叫伊同德，年十七岁，尚未婚配，耕田度日。从前住在城里，三年前搬到乡间，不知是什么地方，光景甚是清苦。卫茜打听明白，甚费踌躇，弄得去住两难。

又挨了几天，到了十月中旬，天气渐渐寒冷。一天夜里，从睡梦中惊醒，忽听有妇女哭喊救命之声，急挣起来。且喜月光皎洁，轻轻开了房门，侧耳一听，声音甚是切近。忙转身取剑在手，藏在背后，悄悄走至前殿。隔窗一看，此时月光正射进殿来，看得十分清楚。见两个男子逼着一个年约二十岁的妇人，在那里罗唣[2]。妇人颇有五七分姿色，身上衣服甚是寒俭，用手撑拒，哭喊救命。一个男子道："这个地方，你就喊破喉咙，也无用处。我们见你生得有这个模样儿，过那样的苦日子，老大替你过不去。不如随我们到个热闹地方，包你吃用不尽，任意快活。你还要感激我们哩！"一个男子道："今夜且同我们乐一乐，明日我去寻个便船就走。"妇人只是喊哭。卫茜起先听了两个人说话的声音，甚觉耳熟，及后细细看他们两个的面貌，陡然想起就是那贾兴、仇三两个。便两步抢出殿上，喝道："你们这两个蠡贼，认得我么？"一声喝断，三人齐吃一惊。贾兴一看，见是一个女子，却不认识，便定了神，向前

---

[1] 神龛：供奉神像或神主的小阁子。
[2] 罗唣：调戏，开玩笑。

喝道："你是什么人？从哪里来的？"卫茜尚未开口，仇三也跑拢来，月光之下，却认出是卫茜，比从前越是俏丽，便拦住道："大哥这是肖塘变钱那雌儿，如何到此来了？想是我们兄弟的福气，她自己送将来。我们一人消受一个，再作别的计较。"贾兴一认不错，见仇三用手去搂卫茜。卫茜冷笑一声，伸起右掌，劈面打去，打个满天星，跌去两丈，倒在地下，鼻口流血，哼声不止。贾兴见势头不好，回身便跑。卫茜伸手抓着他的衣领，喝道："哪里去？"提起来一掼，也掼了两丈多远，正掼在一座石香炉上，碰破顶门，脑浆乱溅，狂叫一声，直挺挺躺在地下。

　　仇三见了，心惊胆战，狠命挣起，想要逃走。卫茜抢上去，把左手的剑从背后抽出来，指着仇三道："你若动一步，便把你的狗头剁下来，再同你说话！"仇三见了明晃晃的宝剑，哪还敢动弹？便直挺挺地跪在当地，哀求道："都是那贾兴的主意，全不干我的事。"卫茜道："你到了此时还想推干净吗？你仔细看看，可认得我吗？"仇三此时，身似筛糠头如捣蒜道："如何不认得姑娘？只求姑娘开恩。"卫茜道："你且把那年谋害我干妈的事，从实直说，我便饶你的狗命。"仇三只得把那年的事细细说了一遍。只说是贾兴起意，贾兴下手，自己再三劝阻，贾兴不听。卫茜听了，想起干妈死得惨苦，泪如涌泉，又问道："你二人如何到此地来了？"仇三道："我们得了杜家的银子，便把船卖了，总共七百余两银子，贾兴得了五百余两，讨了一个老婆。我们两人不是吃喝，就是嫖赌，不到三年，都弄得赤手空拳，无法度日，便商量去做那一个字的行道。"卫茜道："什么叫一个字的行道？"仇三道："偷。"卫茜笑了。"又混了一年，后来贼星不照，被人捕获，追赃究党，吃了多少刑法。禁押起来，直得去年夏间，方得释放。贾兴的老婆也跟人跑了，大家都是赤条条一身。不但身上没得一件衣服，连家伙通没有了。吃了官司，当地又不能住，只得各处飘荡。度日的苦楚，真是一言难尽。我们又商量，另换了一个字的行道。"卫茜道："又是一个什么字？"仇三道："抢。"卫茜皱了一皱眉头。"我们日里打闷棒，夜里安绊绳，多少不饶，仅仅度日。上月混到这里来，总想一件大点的事儿。"用手指着那妇人，"因见她每日出来拾柴种菜，模样儿长得好，贾兴便起心把她骗到热闹处去卖。我劝他这是伤天害理的事，做不得，他不肯听，硬逼我同他做伴。今天黄昏时候，恰好在前面松林里等个正着，便弄到这里来，不想遇着姑娘。姑娘看我可是做这没天理事的人吗？"

第三十一回　敌猿精山前施妙技　诛鼠贼庙里救表亲

通是贾兴把我牵连了，望姑娘饶命！"卫茜两个鼻翅，扇了一扇，哼了一哼，道："世间哪里可以留得你这样的人？"正想把剑劈下，又恐污了宝刀，当胸一脚，把仇三踢离一丈余远，立时口中鲜血直喷，张口躺在地下。走近前去，用脚在咽喉处一蹬，"唧"的一声，眼突舌伸，同着贾兴仍是一个字"死"。

卫茜透了一口气："这才把我干妈的仇报了！"回头问那妇人道："你姓什么？为何被这二贼所劫？"妇人见两个人一刻被弄死，只吓得面黄身抖，战战兢兢答道："我娘家姓吕，住在此处的东面。婆家姓伊，住在此处的西面。今天在娘家住着，婆家叫小厮来接我，说是婆婆有病，接我回去。已是黄昏时候，便急急同着小厮走回。不料遇着这两个贼人，把小厮推下崖去，把我推到这庙里来。我一路喊哭，无奈这是荒僻去处，无人搭救。幸喜遇着姑娘，总望姑娘救我。"说罢，便伏在地下磕头。卫茜道："你公公叫什么名字？"伊氏道："叫伊衡，出门去了。"卫茜道："你丈夫哩？"伊氏道："叫同志。"卫茜不禁满心欢喜，用手扶起伊氏道："这样说来，你正是我的表嫂了。不想在此地遇着，快快起来！"伊氏立起身，两只眼睛滴溜溜地望着卫茜，一句话也答不出。卫茜道："表嫂且在月台上坐一坐，我把这两个贼人的尸身安顿了，再来细谈。"伊氏便坐在月台上，卫茜想了一想，道："有了。"便提着仇三的一只脚，用自己的脚踏着仇三的那一只，把手一起，"嘶"的一声，撕成两片，提到庙后去丢下枯井。又把贾兴的尸身照样办理。地上的血迹，在香炉中撮些灰来掩了。便问伊氏道："回家的路径，你可认识？"伊氏道："认识得。"卫茜道："我就此刻送你回去，免得表婶悬望。"同到后殿，把房门锁好。

出了庙门，恰好一轮耀彩，万寓舒晴，小路分明，四围寂静，二人慢慢行走。约摸三更，伊氏指着一带茅屋道："那就是了。"顷刻已到。伊氏前去叩门，"呀"的一声，门开处却是接她的小厮出来。伊氏反吃一惊，问道："你是如何回来的？"小厮道："我跌下崖去，却被些葛藤绊住身子，未曾跌伤，不过昏晕一阵。醒了转来，慢慢地扳藤附葛，爬上来时，已不见人，我就急急回来，告诉主母。主母急得什么样，叫我同大官人四处寻觅，不得影响，刚正回来。主母哭得如醉如痴，快快进去。"伊氏便挽着卫茜，一同走进。小厮在前，大叫道："少主母回来了，还有客一路呢！"忽见东首房里走出两个男子来，一个年长的，急忙忙地问道："怎么回来的？"伊氏指着卫茜道:"这就是救命的大恩人。"又听里面一个妇人声音,呻吟着叫道:"快到这里来,说给我听。"于是一同进房。床上睡的妇人,也挣着下床来,招呼坐下。小厮一面烧茶,伊氏一面把庙中的情形细说一遍。男妇三人时而愁苦,时而惊骇,时而狂喜。听罢,一起跪下磕头,口称"恩人",卫茜急忙跪下扶起。伊氏又将认作表亲的话说了。章氏听得揉揉眼睛,对着卫茜道:"你就是茜姑娘吗?"卫茜道:"正是茜儿。"章氏喜得眉开眼笑,近前握住卫茜的手道:"你如何会有这样的本领?怎么独自一人到这里来?六年前,我叫你表兄到西鄙去看看你家,回来说起,你阿公被诸伦那天杀的害死了,把你发给诸伦为奴。你又逃走了,探不着你的下落,我同你表叔不知流了多少眼泪。万不想你今夜会到此地。你把你的事,细细说给我听。"卫茜放下宝剑,伏在地下叩头。章氏连忙扶起道:"姑娘辛苦,不要行礼。"原来卫茜是四五岁时见过章氏,去今约有二十多年,实实记忆不清。伊衡倒是见过几次,凑巧不在家中。适才听了章氏一席话,知是不错,立起身来,大家坐下。卫茜道:"表婶有病,还是躺着的好。"章氏笑道:"我的病此刻不知跑到哪里去了。你快快说你的事罢!"随叫伊氏带着小厮去端菜饭。卫茜直从夺剑起,今夜止,详详细细说了一遍。众人听了,又是惨伤,又是快活。章氏道:"亏你过出性命来,如今好了,既有这样本领,没人敢欺了。可惜你表叔不在家中,要听了你这番话,不知道如何欢喜呢?"说着伊氏把酒饭搬到正屋,铺设好了。章氏也同着出房吃了饭,仍到房中坐谈。章氏道:"茜姑娘怎么不将行李带来?"卫茜道:"那庙里清静,我还是住在庙里的好。"章氏急躁道:"岂有此理。我这里房屋虽窄,你一个人总住得下。家里虽穷,添你一个人也不会累到哪里。"便向大儿子同志道:"那个庙你可晓得?"同志道:"离此不过六七里,我怎么不晓得?不过地方冷静些,平时不到那里去。"章氏道:"你快去把你表妹的行李取来。"同志应了一声,欢欢喜喜,立起身就要去。卫茜起身拦住道:"表兄莫忙,表婶听侄女说,侄女住在庙里好,断然不必搬到这里来。"章氏道:"这是什么道理?"卫茜叫同志坐下。正是:

娴娅[1]相亲当聚处,雄心未了怎羁留。

不知卫茜何说,且向下回听去。

---

[1] 娴娅(xián yà):文静大方。

第三十二回

寻旧仇兄妹欣聚首　入险地盗寇共惊心

话说章氏命同志去庙里搬行李，卫茜拦住不肯。章氏道："这是何说？"卫茜道："侄女来此，专意看望表叔表婶。且喜天缘相凑。今夜见着，此心已安。侄女身上还有许多未了之事，怎敢安居？明日陪表婶一天，后日即要动身，何必搬移？"章氏道："你的事任是那样多，也不能去得恁地快，若是不搬到这里来，我就恼了。"卫茜道："侄女随身不过一驴双剑，几件衣被而已，随便都可安置，不必表婶操心。"正说话间，天已大明，小厮烧了汤，大家梳洗了。章氏逼着叫同志到庙里去，卫茜解说不听，只得取了钥匙，交与同志，同志去了。大家歇息一会，同志已将驴儿衣剑取来，把驴儿拴在空屋里，另外打扫个干净小房，与卫茜安歇，无事闲谈。

卫茜道："我干妈有个内侄女，住在这南林地方，可惜不曾问得姓名，无从探访。"章氏道："我们留心，遇着人便问可有西鄙郑家的亲戚，或者问出，也未可知。"住了几日，十月将近，屡次告辞，章氏只是不放。直挨到十一月初间，卫茜有师傅的话在心，实系不能耽搁。苦苦要去。章氏知难再留，做了两件棉衣，取出二两银子，给与卫茜。卫茜道："表婶的厚情，侄女心领，侄女身上的衣服，尽够御冬，即或要添，到处可买。银子更可不必。表婶这般寒苦，留着自家缴用。"说着，打开包裹，取出两封银锭道："这是我在诸贼家中取的，大约有一百两。我送了豆浆店老头一锭，尚有零星之数，不少在此，路上尽可够用。这两封银锭，就奉与表婶添些柴米。"双手递过，章氏哪里肯收？说道："侄女在路上哪里不要钱用？如何少得？我们是过穷日子惯了的，你快快收好！"卫茜道："表婶何必见外？侄女路上要用，随便可以筹措。"章氏笑道："怎样筹措？大约就是仇三说的一个字的行道。"卫茜也笑道："侄女怎么敢？天下不义之财取不伤廉[1]的,多得很哩!"章氏便接了过去,棉衣定要卫茜带上。卫茜道:"路上累赘,表姊留着自穿。"再三再四,只得领了一件,打在包裹,搭在驴背上,告辞出门。同志弟兄送了一程方回。

　　卫茜跨上黑驴,直向苎萝山行去。行至羊头堡,见山石依然,树林如故。想起施良死得伤惨,双眼流泪,停住驴儿,向南呜咽道:"干爷阴灵不昧,女儿在此,可随儿转回苎萝山。"伤心一会,蓦然想起那些大强盗来,暗忖道:"我何不向南寻去,或者遇着,得报前仇,也未可知。便把驴儿一带,向南行去。也是弯弯曲曲,走了五六里,却不见那猛恶林子。四无人家,无从问讯,路径越走越荒僻。前面一个土岗,便把缰绳一带,走上土岗去。四面眺望,见东南角位一座大山,黑鸦鸦树木蓊郁,想来是了,只因一直向南,反走过了。下得岗来,向着东南方走去。一路都是苦藤碍路,落叶满林,且喜驴儿健壮,尚能行走。约行二三里,隐隐听得杀喊之声,心中惊异,骤着驴儿,趁着声音走去。一个山岭,横阻去路,便纵上岭去。喊杀之声,惊天动地,向前一看,却是极大的一片草地。见三五百人,层层围裹,刀枪旗帜,麻林一般,大声喊杀。重围中,见六个强人,围着两个客商,一个黑面大汉,手舞双鞭;一个白面少年,手挺双戟。三人战一个,只杀得烟云乱卷,尘土飞扬。战黑汉的强人,一个面如噀血,使的月牙铲;一个面如油漆,使的丈八蛇矛;一个脸分鸳鸯,使的溜金瓜锤。战白面的强人,一个面如渗金,使的大砍刀;一个面如蓝靛,使的狼牙棒;一个面如削瓜,使的紫铜锤。马蹄忙乱,人臂纵横,黑汉渐渐招架不住。卫茜急把黑驴一碰,追风般纵下岭去,手中盘螭剑迎风一晃,一团白光,滚进垓心,两旁的人头乱落。到了跟前,那使蛇矛的先看见,便"呼"的一矛,照卫茜的面门刺来。卫茜把剑削去,蛇矛便成两段。使矛的大惊,正想跑出垓心,瞥见白光在项下一旋,叫声不好,身首异处,倒于马下,霎时踏成肉泥。使锤的见了,气愤愤来战卫茜。黑汉见去了两个,心中大喜,精神陡健,双鞭如雨点般打下。使铲的强人,哪里招架得住?被黑汉左手的鞭敲开月牙铲,右手的鞭劈头盖下,脑门打破,跌下马去。黑汉也不来照管卫茜,只大叫道:"贤弟我来帮你!"便挥起鞭打进那边

---

[1] 伤廉:损害廉洁。

第三十二回　寻旧仇兄妹欣聚首　入险地盗寇共惊心

圈子去。这边使锤的与卫茜交手,卫茜见强人锤重,不肯削它,恐伤宝剑,只把剑舞得雪片相似。使锤的强人,初时尚能挡拨,四五个回合,便眼花手乱起来,被卫茜觑个破绽,一剑戳去,直透重甲,尖出背心,使锤强人双锤坠地,倒于马下。众小贼见了,吓得魂飞魄散,哪里还敢喊杀?"哄"了一声,散如鸟兽。那边使刀的、使铜的,双战少年,使棒的独战黑汉,正在苦斗。使刀的见这边三人顷刻丧命,知道不妙,趁卫茜未到,把马一兜,跳出圈外,没命地逃走。卫茜杀了使锤的强人,想去拦截,已被他跑上山去,勒住驴儿,看他们四人交战。少年一戟把使铜的强人挑下马来,加一戟结果了性命,即来帮助黑汉。使棒的强人,先已骨软筋酥,哪里还经得起双战?正想逃命,少年一戟,直透心窝,趁势一搅,成了个血窟窿,眼见得没命了。黑汉还要追杀小贼,少年拦住道:"已经跑远,追之无益。看是什么人替我们解围。"卫茜早已迎上来,问道:"二位所为何事同这班强人厮杀?"少年见是个美貌女子,颇觉诧异,应道:"我们且下马歇息再谈。"一起下马拴好。

少年二人拜谢解围之恩,卫茜连称不敢,礼毕坐下。少年问道:"请问姑娘尊姓大名?"卫茜道:"我姓卫名茜。"少年听了,霍地跳起来道:"可是西鄙的卫茜?"卫茜见这少年这样举动,也觉惊疑,忙应道:"正是。"少年近前握着卫茜的手,双眼流泪,哽咽道:"我的妹妹,想煞我了!我就是你的哥哥卫英。"卫茜听了,也牵着哥哥的手,放声大哭,二人哭作一团。黑汉正是司马彪,见他兄妹相逢,伤心痛哭,自己想着妹妹为诸伦逼死,只落得孤独一身,也号啕起来。大家哭了一阵,将泪拭干,卫英把司马彪的来历,约略说了,卫茜见了礼,方才坐下。

正要细谈,卫英道:"此处不是说话之所。我们趁天色未晚,寻个栖身之处,慢慢说话。"司马彪便跳起身来道:"我去我去。"便四面跑了一会,转身来。卫英问道:"可有人家?"司马彪道:"想是被这些强盗扰害光了,烟火俱无。"卫英道:"可曾留心有庙宇吗?"司马彪道:"通没有。我想寻个大树下歇歇便了。"卫茜道:"此去偏西,我来时见有一个倾塌的茅棚,不晓得有人没人。我们去那里再说。"三人一起牵着马,缓缓走去。不过二里,到了那里。一座茅棚倾倒了一半,司马彪抢上前去,喊叫道:"有人么?"叫了几声,无人答应,便把缰绳递与卫英,跑了进去,回身来道:"没人在里面，进去罢。"大家把马牵进去，四面一看，且喜还有遮蔽风霜的地方，将马拴好。司马彪扯一大堆茅草下来，一半铺在地下，一半堆在那里。便敲石取火烧起来，一者当灯，二者御寒，说道："就此坐卧罢，我再去寻点水来。"周围望去，并无一个杯碗。寻到墙角，见一个破土盆，便拿起来，走到山溪边，扯些乱草，洗拭干净，舀了清水，拿到茅棚。大家取些干粮吃了，喝了几口凉水，又喂了牲口，方才坐定。

卫英先把他的事一一说了，卫茜才把自己的事从头至尾详说一遍。司马彪听说杀了诸伦，直乐得拍掌跌脚道："我要在场，定把这贼剁成肉酱，方遂我心。"卫英听得妹子得了仙传，心中十分快活。卫茜道："陈伯父他们到了西鄙，若知妹子的事，定要寻到山阴，大约就在这几日，可惜不能会着。"卫英道："我们在樊屯分手，他们不过多绕两日的路，若是不耽搁，算来总在这几日。若会不着，如何是好？"大家闷了一会，卫茜道："哥哥们如何同这班强盗厮杀起来？"司马彪接着道："妹妹听我说，我们因为不认识路径，走到小路去了。我们在马上闲谈，英弟说此处山路崎岖，恐有强盗。我道就有三五百蟊贼，也不算什么。不防后面一骑马冲上来，挨身过去，马上一个人，鹰鼻兔腮，面黄肌瘦，回头望着我一笑，加上一鞭，'哗喇喇'地去了。我们也不在心上。英弟道：'路上休息惹祸，快些走罢！'我们便加鞭趱程。不想走到山脚下，树林中便拥出那使蛇矛的人来，带了二三百蟊贼拦住去路，叫我们将行囊马匹献上。我也不问他青红皂白，便与他战起来。使矛的战不过我，才添一个使月牙铲的，英弟便上前抵敌。他们战我们不过，便一个一个地添上来。足足战了两个多时辰。不是贤妹相助，我实在有点支撑不住了。"卫茜道："为何不见那鹰鼻兔腮的人？我那年被这班强盗掳上山去，那大厅上一字儿排坐，约有八九人。今日逃走了那个渗金脸强盗我从前是见过的，不知他们山上有多少头目。难道就罢了不成？我们须得想个主意，把这伙强盗诛尽。一来报了仇，二来替行路的人除了大害，替附近的人断了祸根，也是一件好事。"卫英、司马彪都点头称是。司马彪道："我们明日再去撩他们，他们若下来，一个个地砍了他们的头，就完结了。"卫茜道："倘若他们惧怯，不肯下山，如何办法？"司马彪答道："我们就赶上山去。"卫英道："我们不知山上的虚实，身入重地，恐遭不测。"卫茜道：

第三十二回 寻旧仇兄妹欣聚首 入险地盗寇共惊心

"待我今夜独自上山去,探看他们的虚实,回来再作计较。"司马彪道:"我随贤妹去。"卫茜道:"你去不得,我一人去的好。"卫英见妹子孤身深夜要入险地,颇有难色。卫茜知道他哥哥的心意,随便道:"哥哥放心,妹子此去,绝然无妨。"立起身来,头上扎好渔婆巾,身上穿一件元色细绫窄袖排扣的紧身小棉袄,系一根洒花垂须的黑腰带,下系一条青绉百折裙,拽在两肋,脚穿一双乌油挖心小皮靴,腰挂一柄盘螭宝剑。结束停当,又从包裹取出一把剑来,还与卫英道:"这口剑是师父给我的,也是神物,名叫青棱。不但削铁如泥,还能镇慑邪魅。妹子下山时,若非此剑,险遭那妖妇的毒手。哥哥用罢,只是不可污亵。"卫英见这青棱剑,宝光灼灼,寒气腾腾,心中大喜,接在手中,向崆峒山叩头谢了。卫英道:"我送妹妹到山脚,彪哥在此守着。"司马彪应了。兄妹二人也不骑马,便慢慢地走到山脚。卫茜道:"哥哥转去罢,妹子去也。"话声刚了,腾身一纵,便如苍鹰掠树、紫燕穿帘般飘忽而上,转眼不见形影。卫英心中又惊又喜,不肯便回,坐在树下,静听消息。

且说卫茜纵上山去,沿山之上虽是刀枪密布,寨栅谨严,卫茜却从树枝上腾踔而上,全无一人知觉。到了山顶,见一从三人合抱不着的大树,围着一座三进的大庙宇。从树枝上纵过屋瓦上,到了二进,见灯火照耀,香气氤氲。伏在檐口一看,见三个强人,一个渗金脸,便是那使刀逃走的;一个黄瘦面,大约就是司马彪所说那人;一个紫膛面皮,满口虬髯,伏在地下,挥泪不止。当面设有五个牌位,想来是祭奠日里死的那五人。黄瘦面居中,含泪道:"我们不将那三个狗男女杀尽,替兄弟们报仇,誓不为人!"说罢,一起立起,当中设了一席,三人坐了,一些人上酒上菜。渗金脸的道:"先来那两个,已是劲敌了。不料后添一个女子,武艺越是高强。所以弟兄们失了手。只是那个女子,当时我就觉得面熟得很,此刻仔细想来,甚像九年前,我从羊头堡带回、碰柱寻死那个女子。却料不着她有偌大的本领。"黄瘦脸的道:"我们弟兄占据这虎牙山,将近十年,不知经过多少厮杀。不但弟兄们毫无损伤,就是小卒也不曾折失一个。不想今日我弟兄丧了大半,这口怨气如何能消?"紫膛面的道:"大哥不必悲伤,人死不能复生,悲伤也无益。那几个狗男女,明日必然再来,我们须得想个主意擒他们才是。"渗金脸的道:"要想一枪一刀,阵上擒他们，看来是不能的，要好好设计方妥。"黄瘦脸的道："我想今夜叫小卒们先在皂角林掘下陷坑，上面用乱草浮土盖好。明日战过他们最好，战不过时，假意败走，引至深坑处擒他们。二位贤弟以为何如？"紫膛脸的道："大哥休得自己灭了威风，任他三头六臂，小弟明天定要与他见过高下。"渗金脸的道："依小弟看来，怕难胜他。"紫膛脸的大怒道："明天战他不过，我自己把头刎了，无颜与二位兄长相见。"黄瘦脸的道："五弟不必急躁。常言说得好：'未曾行兵，先防败着。'但愿五弟得胜最好，恐有意外，我们有了准备，总无妨碍。"紫膛脸的不发一言，犹自怒气不息。

卫茜听得明明白白，暗忖道："我既到此，且惊他一惊。四面张望，见后面黑沉沉不知堆些什么，便蹿到三进，在房上仔细一看，却是一堆稻草，紧接着厨房。便跳将下来，向厨房一看，见许多人在那里烧菜烫酒。忽听更柝[1]之声，远远而来，已是三更二点，便离了厨房，到一棵大树后，隐着身子。一会，更夫已至跟前。前面一人，提个灯笼，手敲木梆；后面一人，手敲铜锣，各个腰下都插的有短刀。四围更柝之声，络绎相应。悄悄走到后面，拔出宝剑，向后面的颈上一抹，头已落地，身子兀的未倒。前面听后面有了声息，回头看时，一剑杀去，劈成两片。可怜两个人声也不曾出，便呜呼哀哉。提了灯笼，依着更次，敲了两下。听得一起住了，从那人身上割下一片衣服来，遮了灯光，去剡草堆处，四面点起火来。夜风一刮，烘然而起。一步纵上房去，早惊动了三个强人，督着众贼，前去救火，趁着正厅无人，跳下去把五个牌位，抢在手里，仍飞上屋。也不停留，从屋上纵过树枝去。四围探望一遭，仍从原路下山。到了山脚，见山顶上火光兀自正盛。卫英接着妹子，转回茅棚。司马彪见了，问道："山上怎么样？"卫茜把五个牌位掼在地下。司马彪道："这是什么东西？"便从地下拾起来，在火光处一看，一个写的"二弟曾刚之位"，一个写的"四弟范皋之位"，一个写的"六弟唐艺之位"，一个写的"七弟焦云之位"，一个写的"八弟章鸿飞之位"，笑道："贤妹把这样东西拿回做什么？"卫茜把在山上听到的话说了。卫英叹道："看来强盗倒有点义气。他既掘下陷坑，我们明日不追他，便不中他的计。"三人摊开被盖，

---

[1] 更柝（tuò）：旧时巡夜打更用的梆子。

略为歇息。到了天明，司马彪又去取了水来，大家胡乱梳洗过，喂了牲口，各人吃些干粮，翻身上马，直到虎牙山勒马叫战。正是：

既有群雄探虎穴，岂容小丑再鸱张[1]。

不知可能诛灭三盗，下回自有交代。

---

[1] 鸱（chī）张：嚣张、凶暴，像鸱鸟张开翅膀一样。

第三十三回

诛余党陈音逢故人　论世事宁毅抉时弊

　　话说卫英、卫茜、司马彪三人，来至虎牙山索战，叫了半日，山上并无响动，心中大疑，司马彪道："莫非这班强盗逃跑了？待我上山去探看探看。"卫英道："彪哥休得鲁莽，强人今日不下山，莫非有什么诡计？"卫茜道："彪哥之言，亦似有理，且待我上去看看。"卫英还想阻拦，早见卫茜把缰绳一抖，驴儿昂着头，一步步蹿到山上去了。约有半个时辰，忽见卫茜在半山上，用手相招，二人连忙骤马上山。卫茜迎着道："山上跑得人影都没有了。"三人一直走到山顶，果然一人不见。四处丢些破旗断枪，粗重物件，倒剩得不少。司马彪跑到后面，见那悬崖瘦削，衰草纵横，忽然荆棘丛中一阵乱动，想道：莫非有人藏在里面？便走拢去，大喝道："还不快与我滚出来！"喝声未断，果然一个人钻将出来，浑身发抖，跪在地下。卫英兄妹二人听得司马彪的喝声一起走来，见司马彪喝问道："你是什么人？为什么众人都跑了，你却躲在这里？"那人战战兢兢道："小人名叫魏阳儿，在山中管草料。昨夜草堆失火，头领说我疏虞，把我打了六十大棍，因此走动不得。"卫英道："山上的人为什么跑得一个没有？"魏阳儿道："昨夜失火之后，三个头领转至正厅，见五个头领的牌位不见了，甚是惊骇。查了一会，没得影响。接着巡山的来报道，北山口的更夫二名，不知被何人杀了。三个头领吓得面面相觑，商量一会，便传齐[1]各处头目，就说散伙的话。把些金银衣服，分散众人，趁天未明，便四散逃走。"卫英道："这三个头领，叫什么名字？如今到什么地方去了？"魏阳儿道："黄瘦脸是大头领，名叫牟惠。渗金脸是三头领，免叫戴成。紫膛脸是五头领，名叫辛皇。如今逃到哪里去，小人实不晓得。小人一向在山中管草料，从不曾下山杀人放火，望好汉饶命。"卫英听了，知是真话，正要叫他滚

---

[1] 传齐：所有传到。

第三十三回　诛余党陈音逢故人　论世事宁毅抉时弊

开，突被司马彪"唬"的一鞭，打死在地。卫英道："彪哥何必打死他？"司马彪道："这样人留在世上，终是害人的，不如打死了干净。"卫英不语。大家下山。

卫茜约往苎萝山肖塘一行，三人走了一程。天将近午，司马彪在前，忽见一骑马对面冲来。马上一人，倒拖叉杆，甚是张皇。司马彪仔细一看，认得是那黄瘦脸牟惠。急在马鞍上，抽出鞭来，拦住去路，大喝道："牟惠往哪里走？"那人抬头见是司马彪，吓得手足无措，想要落荒。无奈两面逼住，只得强打精神，掉转叉杆，来战司马彪。卫英兄妹勒马观阵，不到三五个回合，司马彪一鞭，把牟惠连马打落崖下。司马彪回过头来，笑道："这是他该死在我手里，可惜跑脱了两个。"正说话间，忽听前面大喊道："拦路贼，往哪里跑？"三人齐吃一惊，各取军器在手。喊叫的人正到面前。卫英眼快，急叫道："蒙大哥为何到此"？司马彪听了，也叫道："蒙大哥你一个人吗？"蒙杰见是卫英、司马彪大喜，又见另外有个女子，问司马彪道："那女子是什么人？"司马彪对他说明。蒙杰滚鞍下马，来到卫茜面前，喝个肥喏，卫茜慌忙跳下驴儿，见了礼。卫英正要细谈，蒙杰道："陈大哥同雍大哥还在同两个贼人厮杀哩，我们快些去罢！"司马彪早已拍马前去。蒙杰上了马，卫茜上了驴，直往前进。不到半里，陈音、雍洛已经同司马彪迎面来了，身上血迹未干。众人见了面，一起下马。卫茜抢上前去，口称"陈伯伯"，拂了一拂。陈音还礼不迭。雍洛也上前与卫茜见了礼。一个个色动眉飞，手舞足蹈。卫英道："那两个强盗可曾诛灭？"陈音道："一个渗金脸，被雍贤弟一棍打死；一个紫膛脸十分了得，与我战了四五十合，雍贤弟得手后来帮助我，才把他劈了。还有十余人，一哄而散。因蒙贤弟追一强人下来，我们恐有差池，急急赶来，却遇司马贤弟。幸得强人已诛。"卫英道："陈伯伯如何遇着这三个强人？"陈音道："我们一路行来，这三个强人带了十余人，慌慌张张一路上横冲直撞。蒙贤弟的马跑得快些，对面一碰，把为首的马惊了。为首的强人，便肆口大骂。我怕蒙贤弟闯祸，上前去陪话。哪晓得这班强人，趁势要劫夺我们的行囊，因此厮杀起来。"司马彪哈哈笑道："这班强盗，可见是天下不容他。恰恰遇着我们。"卫英便把虎牙山的话说了，大家拍手称快。

陈音道："你们欲向何往？"卫英说了。陈音道："令妹之事，前面各处都张着榜文,去不得了。我们此刻且寻个僻静处,商量妥当,再定行止。"众人上了马,四面张望。卫英用鞭梢向西北角一指道:"那山坳里树林深密,且到那里停顿。"众人依着鞭梢望去,果然不错,一行人放马走去。既到跟前,现出一座小小草亭。众人大喜,下了马拴好,进亭子里去,十分洁净。大家坐定,陈音问卫英道:"难道你们在山阴道上一路上不见榜文吗?"卫英道:"不曾看见,大约还未曾张挂。"蒙杰道:"大哥何必这样胆小?我们只管行走。若遇着做公的动手动脚,我们便杀他娘个干干净净。"陈音道:"不是这样说,王法要紧。"蒙杰道:"王法,王法,把人气煞!"司马彪道:"这班强盗杀人放火,我们两天之内,杀死若干人,难道不犯王法吗?"陈音道:"我们杀强盗,是王法所许。我们若杀公人,王法便不容了。依我的主意,茜姑娘暂回转南林,隐藏一时,我们到了都城,此刻国家用人之际,我们若得进身,大家合词奏闻,聘请姑娘,同立功业。岂不是好?"卫茜道:"我有两个姐姐,一叫夷光,一叫修明,住在苎萝村,我须得去看一看。且我施干爷为我丧身,若不到他家中叩谢,此心何安?"陈音道:"若是为此,姑娘更不必去了。"卫茜道:"这是什么缘故?"陈音道:"我们从苎萝村来时,听得多人传说,这苎萝村通是施姓。西村一个姑娘,名叫夷光;东村一个姑娘,名叫修明;二人都是天姿国色。去年被我国范大夫用重金聘去,转献吴王。吴王见了二人十分大喜,异常宠爱,朝夕不离。就命人来苎萝村,把两家亲属,都接到吴国,尊宠荣华,一时无比。这两个姑娘如今在吴宫里,夷光叫西施,修明叫东施。西施尤为专宠。这是千真万确的话,姑娘去也无益。"卫茜道:"陈伯伯可曾由肖塘过路?"陈音道:"怎地不走肖塘?姑娘问它怎地?"卫茜道:"可听说熊孔坚被杀之事么?"陈音道:"却不曾听得。"卫茜便把那年击杀熊孔坚之事说了一遍,众人同声称快。又说到熊叔坚硬行替夷光作媒,去奏承熊孔坚,就是打坐了第二日的事,众人不觉哄然大笑道:"天地间竟有这样的巧事?令人畅快!"陈音道:"这样说来,杜宝娘既尔提押,闾女都交官媒,谅来是不能逃出法网的。熊孔坚既死,熊叔坚失了依靠,谅来也不敢作怪了。姑娘何必挂在心上?"卫茜听了,心才释然道:"如此说来,我心中的事,件件都结了。只是下山之时,师傅再三敦嘱,亲仇报了,当竭力为国报仇。陈伯伯到了都城,须得寻个进身

第三十三回　诛余党陈音逢故人　论世事宁毅抉时弊

之阶，早日寄信与我才好。"陈音道："这是自然，但你住的地方，要详细说明，方好寻请。"卫茜道："南林在山阴之南，约十二三里，有一荒僻古庙。庙前有两株大枫树，庙后有一枯井，便是。"陈音记在心里，便道："天已不早，我们各自启程罢。"众人纷纷上马。卫英意欲同妹子到南林，陈音道："贤弟主意就不是了。令妹是因避祸而往南林，不过暂时之计。我们当得早图进身，我们有了效力之路，令妹才有出头之路哩。"卫英听了，心中豁然，反催促动身。卫茜辞了众人，自转南林，也不通知伊家。

陈音等一路上毫无耽延，到了会稽。陈音且不回家，一起进了都城，寻个客寓住下。次日，陈音换了衣服，去到军政司访问宁毅。有人告知宁毅的住处，陈音到了那里，却见门户辉煌，墙垣高耸，十分气概。寻着守门的，通了姓名，烦为禀报。守门的进去片刻，走出来叫声"请"，陈音随着进去。宁毅仍是驼背跛脚，抢出来笑叫道："陈大哥回来了，好极！好极！"便携手进一个书房里，分宾主坐下。宁毅叫人泡茶，开口问道："陈大哥几时回来？我的眼都望穿了！大哥的心愿可了？"陈音道："侥幸如愿。"宁毅拍手笑道："是豪杰，是丈夫！"陈音道："昨日进城，天已不早，今日特地趋候。利大哥可在这里？"宁毅道："他有事出去了，大约三两日就回。我们喝两杯酒，把你在楚国的事情，细细告我。"陈音也不推辞，宁毅命把酒席，就摆在书房里。少时搬来，二人对坐，饮了两巡。宁毅催着快说，陈音便从黄泥冈起，一直说到此时。宁毅侧耳细听，嘻笑怒骂，狂喜激愤，一时都有。听罢，把大指头竖起，对着陈音道："好的！大哥此去，算来是九个年头了，亏大哥辛苦，亏大哥坚忍，看来天下事，有志者事竟成。现今我们越国的人，到外国去学本领的，不知多少。有的一年就回来了，有的两年就回来了，能够到三年的便是表表出众的大才，甚至有半年或三五月就回来了，他还逢人便自夸，说他是曾经到外国去习过艺的，真真要羞死人！大哥想想，我们要到外国，原是要学那强似我国、高过我国的本领。一年、二年就可以学得成，那就不是什么惊人的事业，何况半年三月！就把我国最浅近的事做比方，学个铁匠木工，凭他如何聪明，如何勤备，也得三五年方能精熟。岂有治国经邦、自强外御的本事，去跑了一趟，便能成功吗？

况且,我国人到外国去,言语不通,嗜欲[1]不同,更有那制度、文化不得一样,我怕去的人,半年三月还弄不清楚,如何就会学成?可笑我国竟要靠这些人做事体,焉能有效?虽是国家此时需才亟切[2],这'人才'二字,哪里能够逼得出来的?难道从外国回来的,内中岂即无人才?倒是真正人才,反难见用,真要气煞几回人!等到这些胡闹的误了事,就说凡是去过外国的,都不可用。痛脚连累好脚,更要屈煞几回人?何不于遣送之时,留心选择;归来之时,认真考验,破除情面,因才授职?何患人才不出,国家不兴?我把那些只顾私情、不顾公室的匹夫,真真恨死!大哥你看我这话是不是?"陈音道:"上官之言,固有至理,未免过激。难道那些大位,真不望国家强盛吗?不过一时差错,一事因循,便误了国家,到了悔不可追的时候,就遭了万人的唾骂,连外人亏他得了便宜,还要从旁窃笑他哩。办事谈何容易?请问上官,我国的事,现今的光景,可望振作么?"宁毅道:"从古及今,哪有不能振作之国?只看治国之人如何耳!我国自从为吴所败,每年勒取献纳,依期奉缴,数目甚巨。我国理财诸公总在百姓身上想法,这样勒捐,那样苛派。若是通通作了国家之用,百姓们世受国恩,这也是应尽的天职。无奈官府从中饱其私囊,胥吏乘间任其加索,弄得民困日深,怨声载道,处处地方伏莽堪虞[3],万一酿成内乱还了得么?"陈音道:"既要交纳小款,国家哪里有这许多钱?不取于民,从何措办嘞?"宁毅道:"依我之见,国家撙节[4]些虚糜之财,官府改除些奢华之习,再开通天地自然之利,抽提民间无益之费,何患不足?"陈音点首道:"果能照此实力奉行,尽心筹划,不但交付外款绰绰有余,就是自己要兴办什么事,也不愁不给。那理财诸公全不想把百姓剥穷,元气斫丧[5],实是国家吃亏。"又问道:"我国的兵现在可用么?"宁毅喟然道:"甚难,甚难!当此列强竞争之日,哪国不厚集兵力,讲究武备,以图特立于竞争之场?我国从来兵人的名誉,

---

[1] 嗜欲:生活习俗和爱好习惯。
[2] 亟(jí)切:急迫。
[3] 伏莽堪虞:深藏忧患。
[4] 撙(zǔn)节:节约,节省。
[5] 斫(zhuó)丧:摧残,伤害。

第三十三回 诛余党陈音逢故人 论世事宁毅抉时弊

颇不甚劣。自从为吴所败,遂觉名誉扫地。据那訾议的说起来,甚至比土块木偶还不如些。其实持论的也太过当了。难道从前槜李之战,我国不是大胜么?屡与邻国相争,我国通是大败吗?不过看这将兵的人如何耳!现今全国的兵,都改仿外国的兵式,军械衣号,通行改造。据式样看,似乎顿改旧观。殊不知外国成一兵制,不知几许世,几何人参酌方能尽善。岂有练兵的都是旧将,督操的纯是旧人,不过东去模仿些式样,西去摭拾[1]些章程,杂凑拢来,便夸新兵,如何会好?须知兵事全在精神上讲究,要人人有国耻在心,刻刻以国耻为恨,一遇敌人便咬牙切齿,恨不得食敌之肉,寝敌之皮。到了这步地位,便可用了。你看野人衔恩以救秦穆,唐狡奋勇以报楚庄,难道那野人也曾习过步伐来吗?唐狡岂是依着纪律来吗?而况事事袭人的皮毛,步步落人的后尘,全不能想个制服别人的法子,还要求才于敌国。若真是敌国良才,焉肯乐为我用,替我尽心?且喜大哥回来,这弩弓是楚国的绝技,既能得其精奥,不难训练成军,威服敌国。"陈音道:"草茅下士,何能上达?只怕辜负上官的厚望。"宁毅慨然道:"这句话,古今埋没的英雄,同是这副眼泪。且喜我国的范大夫与文大夫,都是朝臣的尖儿,同心为国,屈己求贤。我与范大夫不时聚首,我自把大哥力荐,不愁不用。"陈音起来称谢。宁毅道:"谢我的话,真是不通。大家为朝廷出力,大哥见用有效,我也十分光彩。只怕眼里不曾见过有用的人,肚里不曾有这有志之士,妄自尊大,无贤可荐,实系斗筲之器[2]。管仲用齐而齐霸,人人都说鲍叔荐的;却缺用晋而晋强,人人都说毛偃荐的。至今鲍叔、毛偃的声名,何曾弱似管仲、却缺?为什么那些力能荐人的人,总不肯为国求贤?只把些故交世谊、外戚内亲,不管他才不才,将些要紧地方、重大职守,交把他,自己以为我能照顾亲友,岂不是油蒙了心?国家大事岂有把你去做私情的吗?还有一起贪贱鄙夫,收门人,拜义子,贽见馈送,动逾千金,并且以职位之肥瘠定价,价之低昂,不顾公家,徒遂私欲。若是认真纠察起来,实在诛不胜诛。独不想国破家亡,你就有敌国之富,不但有掳夺之患,就是新主也要想方定计,

---

[1] 摭(zhí)拾:多指袭用现成的事例或词句。
[2] 斗筲之器:比喻气量狭窄的人。

攫取你个罄尽,还恐性命都不能保。大哥你只看近来灭亡之国,哪一个富室贪人不吃这个亏?明明历有榜样,非不警心,只要一个大大的'钱'字搁在眼前,便糊涂了。你说可叹不可叹?"陈音也叹息了,随道:"小子回来,还有几个朋友,都有一片的热心,寸长的末技。上官若不厌烦,明日引来叩见,一总望上官栽培。"宁毅欣然道:"甚好,甚好!大哥称引的,断然不是庸才,越多越好。明日我专候惠临,面请大教。"陈音见宁毅欢喜,又道:"还有一个超群绝伦的异人,若得此人效力,真不愁强敌不灭,国耻不洗。只是身上犯了那含悲茹痛的罪案,不能出面,真正可惜!"宁毅听陈音说得如此郑重,不禁矍然[1]立起身来,急问道:"是哪个?快说出来,大家商量。"正是:

老臣忧国心如毁,孝女含冤志莫伸。

欲知后事如何,且看下回分解。

---

[1] 矍(jué)然:惊惶四顾貌。

第三十四回

昆吾山越王铸八剑　演武场卫英服三军

　　话说陈音要替卫茜进言,宁毅便矍然起立,问是哪一个。陈音便把卫茜的事,从头至尾详说一遍。宁毅听得眉飞色舞,赞叹不绝。听毕,皱皱眉头,沉吟半晌道:"杀诸伦一家不要紧,杀杨禄第一家,这罪可犯得不轻。现在四处访拿,看来一时不能替她解释,且慢慢看机会。只要可以用力,老拙[1]自然尽心。"陈音又起身谢了,重复坐下。畅饮一会,陈音便问宁毅的近况。宁毅道:"老拙那年回越,一路甚是平安。寻了住处,便在兵政司报到,把利颖的功劳也报了。大王回国,念我二人都是临阵受伤,不忘本国,便赏了我个半俸[2],坐享天年,无非为后来临阵者劝。利颖忠义可嘉,授了戎右之职,半月前同泄大夫聘楚去了。上年遇着年荒,我把贼巢所得的财物,一概报效赈济。范大夫替我奏闻,赏授下大夫之职。每有朝政,倘得与闻。只恨自己才疏学浅,身废年衰,不能替国家效丝毫之力,实在惭愧。"陈音道了贺,吃过饭告辞。宁毅直送出大门,再三叮嘱明日等候的话。陈音领诺,回至寓所,对众人说了,众人甚喜。听了那番议论,没一个不赞服。

　　次日,陈音引了众人去见宁毅。宁毅见他四人,都是英风飒爽,豪气飞腾,留酒畅谈。宁毅见卫英英俊,司马彪猛勇,蒙杰刚直,雍洛朴质,十分叹赏,便将众人留住府中。众人再三推辞,怎当宁毅坚意苦劝,只得称谢。宁毅叫人去寓所搬取行李来,在西首一个小院住下。早晚畅谈,好不高兴。陈音过了两日,告辞回家,众人都要同去,陈音不肯,只得罢了。

　　陈音到了家中,韩氏娘子接着,十年离别,一旦相逢,好不欢喜,略慰问了几句路上的辛苦。陈音问道:"继志哪里去了?"韩氏笑道:"他

---

[1] 老拙(zhuō):谦词。笨(称自己)。
[2] 半俸:半年的薪金和俸禄。

在后面，也像你小时，专喜舞枪弄棍。"陈音笑着，连声道好。韩氏要去呼唤，陈音摇手，携了韩氏，悄悄同到后面隔着窗偷看。见继志正在舞动花枪，使得挑拨有势，拦隔得法，翻身如蛟龙搅海，腾步似虎豹下山，舞得紧时，呼呼风响，枪影翻飞，不见人影。陈音不觉失口夸道："好枪法！比我强。"这一声把继志吓了一跳，急收住枪，问道："什么人？"韩氏急急走出，叫道："儿呀，你父亲回来了！"继志听得父亲回来，慌忙撇了枪，连跑带跳，见了父亲，叩头下去。陈音见他长得仪表非凡，只乐得哈哈大笑，牵着手，到了厅堂，问他近年读的什么书，这枪法是何人教的。继志此时已经十六岁了，立起身来，垂着两手，对道："'坟典'以外，读些兵书。这枪法是儿去年在后面舞弄，忽然来了个丐儿模样的人在旁笑儿胡弄，儿自家晓得未经传授，不过看别人使运，想看样儿使得断然不好，便苦苦求他使与儿看。他把枪舞了一回，真正矫捷非常。儿便不放他去，要他传授。那人道：'我不传你，也就不来了。'教儿舞了几路，舞到吃紧处，他就去了。儿遍寻不着，心中好恨。不料，到了次日，依旧来了，儿好不欢喜，告诉母亲，备些好酒好菜，请到堂前。他不肯进来，叫把酒菜搬到后面，坐在地下胡乱吃完，又教儿一遍。从此日日必来，教了枪，又教刀棍鞭斧，件件武艺，完全指点。刚整半年，他忽然不来了，累得儿城厢内外，寻得好苦。"陈音道："你何不先问他的住处？"继志道："儿何曾不问？他总不肯说。只说远得很，远得很。儿恐生疏了，日日在后操演，不知爹爹回来，恕儿失迎之罪。"陈音知道是异人传授，满心畅快。韩氏道："那个人本来稀奇，满脸的尘垢，一件衣服大约打了百十个结，远远的都闻那臭秽难当。严冬霜雪，也是那一件，从不见他畏寒。我替他备了一件新厚棉袄送他，当天拿去，次日不见他穿。问他时，他说换酒吃了。最可怪是那身臭气，继志说闻着是香的，你说可怪不可怪？"陈音不住地点首，勉励了儿子几句话，又把自己的事，详说一遍。韩氏道："虽然常接着你的书信，哪里放心得下？且喜今日回来。只是公公的尸骨，总得早早搬回安葬，才是人子之心。"说罢，流下泪来。陈音也挥泪道："眼前不能说起，且待破了吴国，自然风风光光地载回。"继志见父母伤心，也暗暗地饮泣。韩氏进内，端整酒饭，继志帮着搬出来，大家吃过。陈音道："我不能在家久住，所有行囊被盖，都在宁大夫府中，

第三十四回　昆吾山越王铸八剑　演武场卫英服三军

稍住几日，即进宁府。我想孩儿已经成立，娘子抚养不易，又要诸事操劳，愚夫心甚不安，可寻个婢妇，执爨浣补，替娘子分劳。"韩氏道："为妻的做惯了的事，也不觉劳苦，何必寻什么婢妇？"继志道："儿曾向娘说过几次，娘总不肯。总得依爹爹之言，寻个婢妇。"韩氏见丈夫、儿子一般体贴，不忍强执，点头应了。继志大喜，便飞跑出去托人寻觅。夜间至亲三口，又细谈卫茜诸人之事。继志听了，好不惊喜，恨不得立时见面。又听得卫英本事如何高强，心中也是羡慕。谈至夜深，方各就寝。久别的夫妻，虽是中年，这恩情二字总不能忘，不必细说。次晨，婢妇已来，韩氏一一交代过，陪着丈夫，带着儿子，围聚闲谈，何等适意。不觉过了五日，陈音自到宁府，不时回家看望。

话休烦琐，到了周敬王三十七年，越王卧薪尝胆，朝夕谋伐吴国。只因吴国将勇兵强，伍子胥智勇盖世，无人可敌；又有莫邪宝剑、吴鸿扈稽神钩，不能抵敌。连年费尽心力，用白马白牛祭了昆吾之神，命工人采取昆吾山之金，铸成宝剑八口。一名掩日，把剑指着日，日光就掩蔽了。这剑是金的纯阴炼成，阴盛则阳灭也。二名断水，把剑划水，水即分开，半日不能复合。三名转魄，把剑指月，月中蟾兔颠倒。四名悬翦，把剑悬在半空中，鸟雀飞过，触在刃上，便成两段。五名惊鲵，带着此剑泛海，鲸鲵[1]望影而逃。六名灭魂，挟着此剑夜行，魑魅远避。七名却邪，无论是何妖邪，此剑到处，便潜伏不动。八名真刚，将此剑切玉斫金，迎刃立断。铸此八剑，以应八方之气。虽说多着奇异，苦于无人教练，又不知能否敌得莫邪。又因吴国兵阵坚整，非强弓巨镞不能摧陷，加以吴越滨水之区，水战不习，万难制胜。时时忧虑在心。也曾出榜招募些人，也曾因荐录用些人，无奈真才绝少，徒费时日，不见实效。这时宁毅已将陈音、卫茜诸人对范大夫详细说过，范大夫曾请陈音诸人相见，试验多次，十分信心。

一日，越王与范大夫商议报仇之事，因国无能人，愀然[2]不乐。范大夫乘势把陈音诸人极力荐举，且道："经臣屡次试验，这五人实系真才

---

[1] 鲸鲵（ní）：比喻凶恶的人。
[2] 愀（qiǎo）然：形容神色变得严肃或不愉快。

实学，必能为国宣力。如有错误，臣甘同罪。"越王听了大喜，便立时宣请。内侍至宁毅府传宣诏命，陈音五人整理衣冠，拜舞毕，由宁毅带领上殿，俯伏阶下。越王传诏起立，五人一字儿排立在殿左。越王见五人一个个精神壮健，气象威严，暗暗心喜。传诏道："臣妾之耻，寡人刻不去心，隐忍十年，每一念及，肺腑寸裂。越之家国，寡人与尔等实共之。尔等忠义性成，当以寡人之心为心。兹范大夫竭力荐举，极称尔等之能，寡人需才正亟，特赐尔等列将之职。着陈音督练弩弓队，兼练水军，雍洛为佐；着司马彪、蒙杰训练骑兵，归畴无余管辖；着卫英训练军阵，归诸稽郢管辖。尚其勉旃[1]，毋负委任！"五人俯伏谢恩，齐奏道："敢不竭犬马之力，以报殊恩？"陈音复奏道："臣驽骀[2]劣质，难胜兼任。臣有一老友，齐国人氏，姓赵名平，即蒙杰舅父。此人水势精通，在臣之上。更有鲍皋、鲁直等十人，熟习水性。臣在楚随征云中岸，甚得臂助。伏乞准臣致函来越，趋朝候试，自能不负委任。"越王满脸欢容，对范蠡道："陈音初入朝班，便能荐贤让位，甚是可嘉，当准所奏，赵平未到，仍着兼摄。"范蠡顿首道："多士奋兴，并得借材异地，国家之福也。臣为大王贺。"宁毅也同声称贺。

越王退朝，范大夫带领众人出殿。宁毅同陈音五人，自回宁府，置酒庆贺，互相勉励。陈音道："我们当到范大夫府中叩谢才是。"宁毅道："这话错了。官爵是朝廷的，悬以待天下士，人臣荐贤，份内之事，何谢之有？若是受爵公廷，拜恩私室，直以禄位为市恩[3]之地，这还成话吗？范大夫公忠为国，诸位若去叩谢，范大夫反而不乐，不去为是。就是同朝同事的人，依礼往拜可也，不必虚文酬应。"陈音五人诺诺连声。酒后，陈音便修书一封，差人送往齐国与赵平，书中谆谆劝驾；修书一封，差人送楚国与鲍皋诸人；并修一书与王孙建，大旨是如能离楚，务望早降。如老伯执意不允，不敢强邀等语，兼问候王孙无极夫妇的安，又修禀与二太子请安。把信发了，回家对娘子说知，继志也知道了，欢喜无限。

---

[1] 勉旃（zhān）：努力。
[2] 驽骀（nǔ tái）：谦词。比喻庸才。
[3] 市恩：以私惠取悦于人。

第三十四回　昆吾山越王铸八剑　演武场卫英服三军

陈音把继志交付卫英，令他在戎行学习。卫英甚是喜爱，呼兄叫弟，一如同胞。

陈音五人各有职守，尽心报效。却有一班浅见小量之人，见陈音五人骤得重用，心中不服。初而目笑腹诽，后来便任情毁谤。范蠡听了，与宁毅商议道："大王听我们的举荐，陈音五人不次擢用。近来一班小人，甚是不服，啧有烦言，恐互相猜忌，一旦有事，贻害不小。如之奈何？"宁毅沉吟了一会道："大夫不如启奏大王，以考拔骁将为名，定期在演武场调齐各将，当场比武，不愁人心不服。"范蠡点头称是。次日奏过越王，果然传下诏命：五月初三日，在演武场挑选骁将。无论军民人等，有膂力出众，技艺超群者，准当场演武，一体录用。这道诏命一下，一个个摩拳擦掌，准备当场角胜。那一班讥刺陈音五人的，聚在一处商议道："我们自家人，不必争强夺胜，只与他们比较。务要使他们一个一个当场出丑，才不失我们的锐气。"众人称是。陈音五人见了这道诏命，聚齐众人道："范大夫因众人不服，替我们打的主意。我们当得步步留心，占着上风，方不辜负范大夫的用心。"众人称是。却好利颖已回来，对众人道："宁大夫着我来关照众位，比武之际，只可取胜，不可恃勇杀伤，恐致激怒，反而不便。"陈音五人齐应道："我们体会得。"利颖道："到了初三日，我也要去观场，寻个弱的来臊皮[1]臊皮，也是快活。"只有蒙杰心中烦躁道："他们既不相容，我自回齐国去，要这官来何用？"陈音道："贤弟千万生心不得，我们骤然超拔，怪不得众人。"大家劝说了一会，蒙杰才罢了。利颖别去。

到了初二日，已将演武场打扫得干干净净，座帐、将台、战场、箭道，一一收抬齐整。初三日，天尚未晓，执事的人便去悬锣，架鼓，设垛，扯旗。正厅上，设了公案，插上令箭，旗牌，摆列朱墨笔砚，当中竖起一杆红旗。将台上，竖起一杆白旗，临风招展，呼呼有声。刀枪架上，安放着十八般军器。座帐后面，一片空地，钉了无数的系马桩。果然布置得十分严肃。应试的人陆续到来，不但越国的武将，人人想来角胜，就是江湖上的散人，草野间的豪士，并有外国的游客，都想到此当场出色。至于看热闹的，

---

[1] 臊皮：戏弄。

挨挨挤挤，真个人山人海，黑鸦鸦圈着围场，异常嘈杂。

陈音五人都披挂整齐，带了军器，走到帐后，系好了马。那班忌刻的人，见了指指点点，交头接耳，大有鼻嗤目笑之状。陈音恐蒙杰、司马彪发作，暗暗禁止，只当不见。到了卯牌时候，远远的声音嘹亮。众人哄道："大王来矣。"少时旌旗仪仗，挨次而来，场中奏起军乐，四匹骏马，金鞍玉勒，拖着宝辇，越王端坐在内。武夫前导，内侍后随，大夫范蠡、文种，元帅诸稽郢，大将畴无余、泄庸等，随驾而至。直到帐里，换了戎衣，鼓乐齐鸣。越王升座，文武大臣两旁侍坐，以下雁翅般两列排齐。畴无余立在将台，场里场外，肃静无哗。鼓乐声止，越王昭告大众道：

"寡人不德，辱吴两年。上承天宠，得归故土。仇深耻重，夙夜在心。窃念及此群雄竞争之秋，非战无以立国，深恐奇技异能，屈在草野，无由自效，特从左右诸臣之请，开场演武。无论军民人等，有能当场胜众者，寡人不惜高爵厚禄，破格超升。其各勉旃，无负孤望。至于刀枪来往，不死即伤，生死听之，寡人不罪。"

告毕，帐右"隆咚咚"击起鼓来，三通鼓罢，将台上吹起军号，麾动白旗。一个武官手擎着令箭，立在正厅，高叫道："开演。"此时来演武的人，都上了马。陈音等五人齐在左队，勒马观看。传令方毕，忽见左队中一骑马跑到垓心，那人生得白面微须，全身披挂，手执大刀，勒马大叫道："俺单辅在此，谁来比试？"右队中跑出一骑，那人生得豹头燕颔，手执水磨竹节鞭，大喝道："某来也！"单辅认得是夏奎，见他一鞭盖下，即横刀招架，还刀挑进。夏奎急掣转鞭稍一挡，将刀碰开。战到五六个回合，夏奎一鞭将单辅打落马下。单辅满脸羞惭，爬起来，牵马退下。右队中一人大叫道："夏奎休得逞强！认得俺薛耀德么？"话声未了，已到垓心。夏奎并不答话，挥鞭接战，薛耀德举枪相迎，翻翻滚滚，战了十余合。忽听一声大喝："去罢！"众人看时，夏奎滚下马来。两边喝了一声彩。众人见薛耀德生得面阔额宽，腰圆膀细，煞是威风。右队中冲出一骑，并不答话，挺戈便斗。陈音一看，见是利颖，皱着眉对卫英道："利大哥不是敌手。"卫英点头。果然不到十合，被薛耀德一枪挑入肋下，将战袍挑去一大块。利颖大惊，拨马而回。左队中冲出一骑，与薛耀德交手，不到三合，也败下阵来。薛耀德连败七将，勒马垓心，好不高兴。

雍洛实在忍耐不住,挥起熟铜棍,骤马而出,厉声喝道:"某来擒你!"一棍扫去,薛耀德举枪相还。二人大战三十余合,原来薛耀德武艺不在雍洛之下,只因战了多人,气力乏了,手略一松,被雍洛一棍,点到心窝。薛耀德"哎哟"一声,拨马而逃。右队中一人咆哮而出,大叫道:"匹夫休狂,着家伙!""哗"的一矛,抛梭般递到。雍洛把棍撇开,用个猛火烧天势,滚将进去。那人将矛一卷,将棍弹开,"唬唬唬"一连几矛,杀得雍洛手忙脚乱。司马彪见了,把马一拍,骤上前去叫道:"雍大哥且退,小弟来也!"雍洛掉转马头,退入左队。喘息着,见司马彪把双鞭一起一落,舞得呼呼风响,那人一支矛也是左飞右舞,狠命相斗。陈音见那人武艺不弱,悄悄问挨身的人,知是司晨皋如之弟,名叫皋锷。两人龙争虎斗,大战七十余合,两面喝彩声不断。忽见司马彪鞭影一闪,喝声"着!",皋锷丢了矛,拍马逃去。司马彪大叫道:"不怕死的快来!"左队中恼了一人,摆动八棱金锤,跃马而出,大喝道:"侥幸一胜,何足道哉?"一锤打来,司马彪举鞭相还。一个两锤打来如流星赶月,一个双鞭到处如落叶飘风,酣杀约一百个回合,不分胜败。蒙杰恐司马彪力乏,舞动九环刀,撞上前去,大叫道:"彪哥稍歇。"便把刀从中划入。那人大叫道:"你两个一起来,我里璜惧你的,不算好汉!"司马彪哪里肯退,无奈蒙杰已经同里璜交手,只得怏怏退下,对陈音道:"再得二三十合那厮就要败了。"陈音点首,两只眼睛望着二人厮杀。见蒙杰展开刀,好似瑞雪飘飘,梨花点点,滚作一团。约略五六十合,二人中一人落马。正是:

英雄且慢夸无敌,胜负相当猝不分。

不知是谁落马,且看下回分解。

第三十五回

试弩弓陈音显绝艺　叩剑术卫茜阐微机

　　话说陈音见蒙杰大战里璜，正在出神。忽见两人中一人落马，吃了一惊。定睛看时，却是里璜被蒙杰的刀尖划开臂上的层甲，吃了一惊，手便慢了，蒙杰一刀杆，将他敲下马去。里璜爬起，拾起金锤，含羞牵马而退。蒙杰勒马退归本队。本队中突出一骑，拦住道："我与你见个高低。"蒙杰见那人生得黑面有光，黄须倒卷，身上无甲，只穿一件短衣，十分破烂，头上无盔，只扎一块青布，胯下一匹黄色劣马，手中一杆虎头錾金枪，腰悬一条紫铜锏。蒙杰哪里把他看在眼里？便转到当场，横刀以待。那人把虎头枪一摆，劈面刺来。蒙杰把刀隔开，乘势滚进，横砍直劈。那人一支枪，左盘右旋，也是神出鬼没，直战到一百余合，两旁的人都看呆了。那人忽然把枪一掩，把马一夹，败下阵去。蒙杰杀得高兴，哪里肯舍？骤马追下，恰恰马头连着马尾，蒙杰扬起九环刀，照脑后砍去。那人霍地掉转身，左手持枪，隔开刀锋，右手耍的一锏，打中蒙杰左肩。蒙杰负痛而退。

　　卫英见了，只气得眉竖眼睁，刚跑出队，见右队中一人，声如巨雷，大吼道："胥弥在此，快来领死！"众人认得是胥犴之子，齐声喝彩。胥弥手握蘸金斧，飞奔而来。那人不慌不忙把虎头枪一弹，枪尖起花，直扑胥弥的咽喉。胥弥并不招架，头一偏恰恰躲过，蘸金斧已横腰扫来，喝声"着！"那人并不收回枪头，只把枪的尾梢一拨，拨开一边。胥弥性起，挥斧恶战。那人舞枪相迎，斧头到处，山岳立倾，枪影飞来，蛟龙远避。二人命拼性赌，百合以外，毫无上下。不但两边的人喝彩不绝，就是越王，也是连连地点头。那人战胥弥不下，心生一计，把马一兜，跳出圈外，向空地跑去。胥弥扬起金蘸斧，拍马追下，看看追近，双手举斧，劈头盖下。那人陡地把马一勒，闪身躲过，胥弥连人带斧，扑到那人怀中。那人轻舒猿臂，把胥弥摘离雕鞍，向地下一掷，只跌得面肿

第三十五回　试弩弓陈音显绝艺　叩剑术卫茜阐微机

血流。四围齐声喝彩，胥弥挣起，拾斧归队，那马自有人带住。卫英方欲出马，右队又跑出一人，挥戈便战，被那人一连几枪，杀得盔歪甲散，败回本队。那人一口气直杀败左右两队一十八人，喝彩之声，上下哄成一片。

　　陈音叹道："好勇将！"卫英按捺不住，手挟双戟，拍马向前。那人见了，劈面就是一枪。卫英把戟一架，道："且慢。"那人道："有何话说？"卫英道："你连战十八人，想来气力乏了，赢了你，也不算本事。"那人笑道："我与你战三百合，怯战的非丈夫。"说着，一枪刺来。卫英大怒，把戟往下一叉。那人不肯着手，把枪收回，一个乌龙探爪势，向卫英左肋下飞来。卫英左手的戟，向那枪杆一揽，碰开尺余；右手的戟早已风车般快，直扑那人的肩窝。那人肩窝一闪，恰从戟尖闪过，把枪舞得腾云掣电相似，一手紧一手。卫英急把双戟展开，恰如两条蛟龙，摇头摆尾，搅成一片。二人战四十余合，忽见司令官手掌令箭，跑到垓心，大叫道："大王有令，二位且慢。"二人听了，霍地把马纵开，停住手，跳下马来，把枪戟插在地下，系好了马，随着司令官走到厅前叩头。越王问那人道："尔姓甚名谁？哪国人氏？"那人道："小人曹渊，本籍秦邦，寄居吴国，颇有家私。不料近年来，家中人口相继死亡，家财耗尽，在外飘零。"说着眼中滴下泪来。越王道："你既有这般本事，何愁不能显达？为什么弄得这样难堪？"曹渊道："要显达，非钱不行，本事全无用处。"越王点头叹息，命人取了一副细鳞熟铜铠，一顶撒缨烂银盔，一根镀金勒甲带，一双黄皮衬底靴，吩咐二人起来，着曹渊到帐后结束。少时好了，出来叩谢，司令官手擎令箭，传令复战。二人得令转身就走。越王又叫道："且慢。"二人转身，重行跪下。越王道："你二人的马，想也乏了。可一并换过。"二人谢过，便有人从帐后牵出两匹战马，鞍镫俱全。二人正要上马，越王道："且慢。孤看你二人气概，都是虎将。孤正需人之际，唯恐二虎相争，必有一伤。若就此不战，又不足以服众人之心。你二人只可争强斗胜，不可有伤性命。违孤旨意，虽胜不录。"二人领诺。越王便命就此上马，二人扳鞍而上。曹渊装束一番，方显出英雄气象，合场的人无不称赞。

　　到了原处，曹渊抽起枪，卫英抽起戟，那两匹马自有人牵过。卫英因蒙杰为曹渊所伤，含着愤恨。曹渊因越王加恩赏赐，整起精神。二人枪戟并举，重战起来。真是两条龙激水，一对虎争餐。越王又命人击鼓助战，只杀得阵云乱卷，杀气腾空。直战到二百余合，难定输赢。四围喝彩之声，轰雷一般。越王也立起身来，看得呆了。将台上也大叫："好斗！"到底卫英本事，另有秘传。两支戟出神入化，愈战愈紧。曹渊觉得有些招架不来，深恐败于卫英之手，失了光彩，又战了二十余合，把虎头枪向外一吐，荡出空隙，勒马便走。卫英知道他必有计，笑道："怕你不算好汉。"骤马追去。八个马蹄，翻盏撒钹[1]般在草地里紧凑相逐。曹渊见卫英赶近，暗取铜锏在手，把缰绳一抖，忽地闪在旁边，卫英的马一直突过前头。曹渊满心欢喜，挥起铜锏，觑得亲切，向卫英背心打去，喝声"着！"卫英却早防备，趁鞭未下，忽地弃了右手的戟，扭转身躯，伸手正接过正着。冷不防夺铜在手，"呼"的一声，向曹渊打去。说时迟，那时快，曹渊只得把头一偏，将台上却"镗镗"地鸣起金来，挥动白旗。卫英只得收手，吓得曹渊一身冷汗。此时人山人海，喝彩之声，直是惊天动地。越王立在那里，也是摇头叫险。二人见鸣金止战，一起跳下马。卫英拾了戟，牵着马，上厅跪下。越王见卫英英勇绝伦，再三称赞，赏了一副黄金盔甲，立时升为大将，为诸稽郢之佐，曹渊也封为列将，两匹马就赏了二人，二人叩头谢恩退下。曹渊心服卫英，便随卫英来与陈音等相见。赵王又传胥弥、蒙杰、里璜、司马彪、薛耀德、雍洛、皋锷等上厅，各有赏赐。众人叩谢下来。越王暂时退帐，用些茶点。

　　驾到箭棚，演试弓箭。二百四十步设一箭垛，涂了三个红心。众人报名，挨次而射。有中一箭的，有中两箭的，甚至有一箭不中的，只有胥弥、薛耀德、蒙杰、司马彪连中三箭。卫英来射时，请将箭垛移至三百二十步，一连三箭，俱透红心。鼓声不绝，众人喝彩。曹渊挟弓而上，正要放箭，忽见空中一群飞鸟，联翩斜掠而过，一声高喝："我射活的！""嗖"的一箭，当头一鸟，应弦而落。看的人齐声叫好。越王方悦，卫英上前道："臣能一箭双贯。"随即搭上箭，拽满了，左手上扬，右手撒直，喝声"着！"弦声响过，果然双鸟贯胸，带箭落下。喝彩之声，如雷贯耳。越王对着文武道："楚之养由基，不过如是。"群臣称贺，二人退下。陈音带了臂弓，

---

[1] 翻盏撒钹：形容马蹄腾疾的样子。

第三十五回　试弩弓陈音显绝艺　叩剑术卫茜阐微机

叩请道："臣闻楚之潘党[1]，力穿七扎。臣之弓力，可穿十扎。"越王即命人取了十副铠甲，架在三百二十步。此时看的人都纷纷私议道："铠甲十扎，要想一箭穿透，只怕未必。"话声未了，"呼"的弩声一响，一支箭直透出十扎之外。惊得众人目瞪口呆，连彩也喝不出。共是三支箭，支支透过。越王大喜道："任是铜墙铁壁，何愁不摧？"陈音复奏道："弩箭所至，兽不及走，鸟不及飞。请大王面试。"越王道："演武场中，何来鸟兽？"恰巧，一双皂雕横空而起，陈音"当"的一箭，喝道："穿它左翼！"皂雕带箭坠于场外里许。有人飞奔去拾来呈上，越王一看，果然左翼洞穿，大加赞赏。左右两队的人，莫不惊服，哪一个还敢上箭比射？越王颁了赏赐，大奏军乐，上了宝辇，文武拥护回宫。

陈音约了曹渊，到了家中。此时陈音另有住宅，甚是宽敞，服役的人也很多。置酒款待，利颖在座，便把那年盗马的事说了。大家狂笑，曹渊也笑了一笑。陈音道："曹大哥的尊眷可在此地？"曹渊道："流落此地，于今三年矣。"陈音道："敝处房屋尚多，不如移来暂住，再图奠居。"曹渊生性直爽，起身称谢。陈音命人同着曹渊去接。曹渊一妻二子，还有一个女儿，名叫素蕙，现年二十三岁，十分娇艳。韩氏娘子甚是喜爱。

陈音数人日日各勤职守，尽心教练。忽听吴王杀了伍子胥，越王大喜，便与范蠡、文种，谋伐吴国。文种道："子胥虽死，吴兵尚强。我国受吴大败，军心久怯，士气不扬，须杀三牲以告天地，杀龙蛇以祀川岳。一则天地呵护，川岳效灵；二则宣示杀气，振作兵心。"越王道："三牲自是易事，要杀龙蛇，却是万难。"文种道："落雁山中，有一毒蛇，屡害行人。赤沙湖里，有一孽龙，叠着妖异。大王诏示群臣，自有能人应命。"越王准奏，颁发一道诏命：有能斩除毒蛇孽龙者，不次升用。诏命一下，就有许多人分头任事，或是明攻，或是暗取。无奈那龙蛇，都是千百年的妖物，不但于它毫无损伤，反丢了多人性命。转把龙蛇触恼了，落雁山一带，被那毒蛇噬人畜，践禾苗，踩躏殆遍；赤沙湖一带，被那孽龙掀波涌浪，周围四五十里，通成泽国，一片汪洋，水势有增无减。

越王心中十分着急。陈音此时，同了宁毅，向范蠡称扬卫茜的本事，

---

[1] 潘党：春秋时楚大夫。

若蒙大王赦其小罪，责以大任，必能尽除孽怪。如不见效，甘与同罚。范蠡允了，对越王奏道："大王平日忧虑吴国莫邪之剑、吴鸿扈稽之钩，不能抵御。今又龙蛇为害，百计难除。臣近闻南林有一处女，姓卫名茜，就是大将卫英之妹。此人精通剑术，随身有一盘螭剑，即黄帝时的曳影，剑锋指处，无物可挡。伏乞大王宣请前来，教练剑术，何患钩剑不敌，龙蛇不除耶？"越王道："卫英之妹既有如此异能，何不早奏？"范蠡奏道："只因曾在西鄙，挟祖父之仇，激杀杨禄第一家。大王曾有榜文，四处缉拿，因此不敢冒昧呈请。现今龙蛇为患，势甚披猖[1]。卫英、陈音等向臣柬请，如卫茜到来，不能收服，甘与同罪。臣念杀死杨禄第是激于亲仇，事虽不合，情尚可原。当此用人之际，伏恳施恩，赦其小罪，俾得效力，责以大功，社稷之福。不然，卫茜既抱奇异之才，若是逼仰太甚，恐一旦为敌国所用，复患何堪设想！"越王沉吟一会，道："才固难求，法亦当立。若招来之后，仍是无效，将如之何？"范蠡奏道："任而不效，按律治罪，彼亦无怨。"越王允奏，先传了一道赦书，后备了一道宣诏，命牙将武伦捧诏，往南林宣请。陈音、卫英同写了一封书，派一妥人，开了居址[2]，同武伦前往。不一日，到了南林，寻着卫茜，把诏旨书信呈递。卫茜见了，心中感悦，即随武伦动身。

武伦二人坐车，卫茜骑驴，行经山阴道上，两旁竹影横斜，浓翠欲滴，薰风习习，爽气扑人。突见一个白发老翁，趋至驴前，拱手道："来者可是南林卫茜？"卫茜见老翁生得清奇，问得突兀，应道："正是。"随即跳下驴来道："老翁有何见教？"老翁含笑道："有何奇技异能，敢应越王之聘？特来请试。"卫茜道："小小技能，何敢自夸奇异？老翁既欲赐教，但凭尊便。"老翁随手向竹林中挽取竹枝，如摘腐草一般，意欲来刺卫茜。所折竹枝还未坠地，卫茜早将竹梢折在手中，向老翁咽喉刺去。老翁大吃一惊，措手不及，丢了竹枝，将身一纵，飞到一株大树上，指着卫茜道："你在崆峒山时，日日逐杀我的子孙。下山之日，满拟报仇，恨未得手。今日又几为你所伤，眼见此仇难报，容再后会。"说罢，化为白猿，长啸

---

[1] 披猖：猖獗，猖狂。
[2] 居址：住址。

第三十五回 试弩弓陈音显绝艺 叩剑术卫茜阐微机

一声而去,转眼已不见了。后来蜀汉周群游岷山采药,见白猿从绝峰而下,对面挺立。周群抽身上佩刀,向白猿砍去,白猿化为老翁,手中执一玉版[1],长有八寸,递与周群。上皆图纬历数[2]之术,自云生时不知年月,轩辕时始学历数。黄帝之史容成风后,皆其学徒。周群后来历术日精,皆出自白猿所授。当时卫茜听了白猿之言,知是初到崆峒山学习剑术之时,紫霞、赤电日日引去逐刺猿猴,将及一年,算来所伤不少,心中才明白下山时所遇的老妇,是白猿所化。此时武伦见了,好不惊异。卫茜上了驴儿,一同起行。武伦于一路之上,奉为神明,丝毫不敢怠慢。进了都城。武伦自去复诏,卫茜径到卫英府中候宜。兄妹相见,喜庆自不必说。陈音等都来聚叙,十分高兴。

次晨,越王传宣卫茜上殿,两旁文武侍立。卫茜拜舞毕,谢了赦罪之恩,俯伏在地。越王命卫茜起立,见卫茜生得蛾眉犀齿,琼鼻脂肤,袅袅婷婷,异常娇艳,却不信有偌大的本领,赐了座位,问道:"剑术之道若何?"卫茜道:"其道甚微而易,其意甚幽而深。道有门户,亦有阴阳,开门闭户,阴衰阳兴。凡手战之道,内实精神,外示安佚[3],见之如好女,夺之如戄虎[4]。布形候气,与神俱往。杳之若日,偏如腾兔。追形逐影,光若仿佛。呼吸往来,不及法楚[5]。纵横顺逆,目不及瞬。闻斯道者,一人当百,百人当万。王若不信,愿请试之。"越王听了,半信半疑,随即传集勇士百人,就在丹阶之下,各持长枪大戟,当殿演试。卫茜立起身,缓步下阶。众勇士一声口号,腾步向前,四围枪戟,麻木般向卫茜攒来。不但两旁文武替卫茜担惊,就是陈音等深知卫茜的本领,此时却是一双空手,心中也替卫茜捏一把汗。却见卫茜不慌不忙,伸手如神龙探爪,腾步似猛虎翻身,顷刻之间,连夺三五十支枪戟,纷纷掷于地下。越王狂喜,急命勇士各退。两旁文武,惊得瞠目结舌。陈音等也是心悦诚服。卫茜却面不改色,气不略喘,从从容容,升阶而上。复命坐下,越王即加卫茜

---

[1] 玉版:亦作"玉板",古代用以刻字的玉片。
[2] 历数:日月运行经历周天的度数。
[3] 安佚:安乐舒适,悠闲。
[4] 戄(luán)虎:怒吼的虎。
[5] 法楚:没法弄清,不知从何而来。

之号,名曰越女。意是此女唯越独有,以夸显异也。即时传诏,委卫茜斩除孽龙毒蛇,军士听便调用。卫茜领命,起身叩谢,越王退朝。

卫茜同卫英约齐陈音、曹渊、司马彪、蒙杰、雍洛,齐到府中,探问孽龙毒蛇之事。雍洛道:"我曾随着那班人去过的。毒蛇是亲眼见过,粗有十围,其长难以尺计。头生一个红肉角,浑身黑白两色,错杂成斑。刀箭着身,毫不知痛。吐信之时,毒气直射,人若触之,立时昏倒。穴在落雁峰下,两头皆通。那孽龙却不曾见得清晰,前次那班人去撩拨它时,只见波涛矗立,水头隐隐有一黑凛凛的物件,摇头摆尾,涛吼如雷,浪翻似墨,眨眼之间,周围十余里,通被水淹。近来直淹了四五十里。"众人听了,莫不以为怪异。"陈音道:"姑娘想来,可能制服得住它?"卫茜道:"这两样东西不过是两间乖戾[1]之气所生,却不是什么灵物,曾经修炼得道,沉郁多年,一朝发泄,便要蹂躏土地,陷害人民。文大夫说要杀来祀[2]川岳,以宣杀气而振军心,不为无理。谅这两个蠢恶之物,不难除它。"正是:

　　禹王昔日曾驱放,越女今朝尽斩除。

不知卫茜如何除以二毒,且看下回分解。

---

[1] 乖戾(lì):乖张。
[2] 祀(sì):祭祀。

第三十六回

泄龙精村妇贪重赏　治蛇毒唐懿传妙方

　　话说卫茜领了越王之命，斩除龙蛇，问了备细，便邀陈音、蒙杰、司马彪、雍洛，同哥哥卫英，带了五百名军士，先到赤沙湖，离湖五里择地扎住。当下众人沿湖巡查一周，果然一片汪洋，水势有涨无退。转回住所，卫茜道："看此情形，人多无用。只须陈伯伯同雍叔，连我三人，足矣。哥哥带着众人，只要鸣金擂鼓，摇旗呐喊，略助声威便了。"陈音道："一任姑娘调度。"卫茜道："哥哥有青棱剑一口，是我下山时师傅所赐之物，曾敌白猿。陈伯伯仗此宝剑，泅下湖去，寻着孽龙，与它争斗，引至近岸，我自诛它。雍叔架一只小船，四围照应，以防不虞[1]。"二人依了。

　　到了次日，陈音穿了水靠，仗了卫英的青棱剑，坐在船中。雍洛撑到湖心，陈音跳下湖去，四下张望，果然一个深潭里，盘着一条乌龙，昂着头，摆摇不定。陈音抢上前去，举起青棱剑，劈头便砍。那条孽龙霍地把头一伸，尾梢一摆，立时浪涌如山，直向陈音掀来。陈音一剑砍了个空，见浪头来得厉害，不敢抵抗，只得回身便跑。哪知孽龙见陈音跑去，并不追赶，仍旧盘着不动。陈音回头不见孽龙追来，暗想道：我不如从它的后面近身。想定主意，便一个大转弯，绕到孽龙身后，悄悄走近前去。见那孽龙的尾梢，不住地摇动，便举起青棱剑，横向尾梢剁去。果然仙家的宝物，一股青气直将尾梢截断二尺余长，血流不止。孽龙负疼，一掉身对着陈音扑来。陈音见来势凶猛，不敢迎敌，拔步便跑。孽龙紧紧追赶，势如放箭。若不是陈音精通水性，万难逃脱。陈音用全力向上一钻，透出水面。说也奇巧，恰恰在雍洛的船头，一跃上船。雍洛极力向卫茜立处撑去。孽龙离船不过一丈之远，张牙舞爪，飞奔赶来。波涛随着孽龙涌起，声如雷霆。

---

[1] 不虞：意料不到的事。

卫茜骑着黑驴，立在那里，看着陈音上了船，孽龙随后，势甚危急，正在着忙，那波涛滚滚而来，一瞥眼已到面前。卫茜却待退让，哪晓得波涛到了面前，便"嘣"的一响，退了转去。卫茜蓦然记起师傅说过，此驴入火不烧，逢水不溺，我何不凑上前去？急把驴儿一催，果然水向两边分开，恰恰让过小船，孽龙扑到面前，卫茜举起盘螭剑迎面挥去。孽龙探出一只前爪，来抢宝剑。哪晓得盘螭剑的厉害，白光一旋，把龙爪剁下。孽龙痛得厉害，身子一掉，波涛排山般涌起，把一只小船荡翻，陈音二人齐坠湖中。孽龙钻入湖中，霎时波平浪静。卫茜握着剑，呆呆望着湖里。陈音二人一起泅上岸来摇头道："好厉害！"卫茜道："孽龙被我剁了一爪，大约就在近处，陈伯伯可去寻了上来。"陈音听了，与雍洛泅入水中，须臾寻了上来，鲜血淋漓，足有水桶粗细。卫茜道："这孽障若是不出水面，就难制了。"陈音道："我再下去，撩它上来。"此时金鼓齐鸣，与呐喊之声，仍然未绝。陈音探手向着众人摆了几摆，住了声息。雍洛已将小船拖起，把龙爪放在船上。陈音坐了船，仍到湖心，跳下水去，走到原处。哪有那孽龙的影子？四下里往来寻找，毫无踪迹。约摸一个时辰，泅到岸边，对卫茜说了，好生诧异。卫茜道："既无形影，留此无益，且回住所，再作商量。"雍洛已跳上岸，系好了船，抱了龙爪，大家转回住所。卫英等已回，看了龙爪，人人吐舌。陈音说了寻无形影的话，一起纳闷起来，七嘴八舌，打了若干主意，毫不得用。

　　过了两天，且喜湖水定了，不往前涨，却不肯退。卫茜道："湖水不退，孽障还在湖中无疑。如何想个好法，引它出来才好。"忽见曹渊拍掌道："我有一计了。"众人忙问："何计？"曹渊道："龙性极淫，须得三五个壮大的村妇，赤身裸体，各坐一小船，不论昼夜，在湖心来往游荡。溲溺烊水[1]，流入湖中，孽龙定然上来，此时制之不难。"众人齐声称妙。陈音道："哪里去寻这些妇人？"卫茜道："他们周围一带的居民，被这孽障扰害得人畜房地糟踏不少，岂有不寒心的吗？我们悬下重赏，寻着本地的乡老，叫他们自去预备。他们一则要除本地的巨害，二则要贪我们的重赏，想来断无做不到的事。"众人一想不错，便悬了二百金的重赏。不过三日，

---

[1] 溲溺（sōu nì）烊水：小便。

第三十六回　泄龙精村妇贪重赏　治蛇毒唐懿传妙方

就有乡老寻了四个极壮极肥的村妇来。一个个蓬头粗服，见了人，全然不晓得羞耻。用了四条小船，把四个妇人分装在船上。且喜是七月天气，十分炎热，妇人赤身裸体，卧在当中。每人一面红旗，一个旗花，只待孽龙精泄，日举红旗，夜放旗花为号。交待清楚，日夜在湖心游荡。卫茜、陈音、雍洛各人另坐一船，紧紧不离。

且说孽龙被陈音断了尾梢，被卫茜剁了前爪，负了重伤，不敢出头，把身子缩来，同小蛇一般伏在崖穴里养伤，所以陈音寻抓不见。过了几天，伤痕略愈，便时时有这些污秽气味冲到鼻里，动了淫兴。不时潜到水面游弋，嗅那股腥臊之气。一日傍晚，孽龙一听水面上清清静静，毫无声响。看官，龙既无耳，所以聋字，从龙从耳，如何能听？原来龙听以角，与马听以目一样，读者须知。孽龙便冒出水面，恰好一只小船，凑在面前。孽龙便腾身上船，伏在妇人身上，卧着的妇人，放起旗花。卫茜在前，陈音在后，鼓棹近前。孽龙正要腾身下水，被卫茜一剑劈去，砍下头来。陈音在后面，拦腰一剑，劈成两段。几段龙身，被众人拖在岸上。那湖水便挨次退落。陈音另外取了五十两银子，赏与受伤的妇人，遣发去了。卫茜带领众人，回朝缴旨，越王大悦，赏赐有差[1]。

略歇数日，卫茜领了众人，到了落雁峰，四围巡查过，定了一个主意，同陈音商议道："地方辽阔，去寻毒蛇，岂不费事？我的主意，四围放火，把山一烧，那蛇便藏身不住，出来时除它，何等省力？"陈音称妙，吩咐五百名军士，四面堆积枯柴，洒满硫磺焰硝，加些鱼油，约定时辰，四面一起放火。卫英、曹渊在西，陈音、雍洛在南，蒙杰、司马彪在北，卫茜一人在东。顷刻之间，火热飞腾，哔哔剥剥，黑烟腾空，火星乱落，十分猛烈。蒙杰、司马彪正在瞭望，忽然火光对面飞来，箭射一般，躲避不及。蒙杰脚步快，一口气跑开五六里，虽然头面受伤，却无大碍，已是捧着脸，蹲在地上，哼声不止。司马彪逃跑不及，烧得焦头烂额，倒在地下。众军士跑脱者，不过十之二三，余者概被烧伤。卫茜听得人声嘈杂，急急把驴儿一碰，跑到北面来。火势正往前进，卫茜迎将上去，见火光中隐隐一条大蟒，对火吐信，急骤而来。且喜火到了驴儿面前，

---

[1] 有差：按照一定的差别和次序。

便都退转。卫茜见师傅之言都验,乘势迎着火光,一冲向前。驴儿昂起头,长叫一声,展开四蹄,比箭还快。火势倒退,一条黑白斑纹的大蟒,头生红肉角,身体与毒龙不差粗细,对面扑来。卫茜一剑刺去,毒蛇吐出信来,与剑锋相敌,宛转相交,不能伤它。原来蛇信上有一股毒气,经数百年凝练而成,无论金铁,迎着便化。且喜盘螭剑是个神物,不能伤损分毫,只刚刚敌个住。相斗许久,卫英、陈音两处得了消息,一起奔来。卫英仗剑相助,二件神器,蛇信招架不来,一掉身向南纵去。卫茜兄妹随后追去,驴快脚慢。卫茜追了二三里,忽见毒蛇向丛树钻了进去,四面寻了一会,不见下落。卫英赶到,又四下仔细寻觅,哪里有点踪迹?只得转回。

遇着陈音说了,约齐众人,转到住所。见蒙杰、司马彪呻唤不止,司马彪伤痕尤重,命在垂危。许多军士,轻重不等,众人心中十分难过。陈音道:"不如写了招贴,命人四处发贴。如有人能医此病,从重相谢。或有人来此医治,亦未可知。"卫茜一想,不能坐视其死,只得知此,或有一线之望。便叫人多写招贴,四处去贴了。不到半日,果然有一个老翁,葛巾野服,拄杖而来。卫茜迎接坐下,正要问他姓名,老翁道:"此时不暇闲谈,且去看病要紧。"卫茜便同老翁去至蒙杰二人床前。老翁详细看了伤痕,指着蒙杰道:"此人伤轻,容易医治。"指着司马彪道:"此人伤势极重,再迟两日性命休矣。"又看了军士,随即取了笔墨开方。蒙杰的伤先用真桐油敷之,敷后加食盐少许,再用生大黄研末掺上,外用新汲水调香白芷[1]末一片灌之。司马彪的伤是用蚯蚓数十条,加白糖拌入,用碗盖之,少时即化为水,搽之,再用两刀在水内相磨取水饮之。军士通用此水。开毕,一面命人去置办,一面留老翁点茶相待。叩其名姓,老翁道:"老汉姓唐名懿。"陈音失惊道:"老先生可是昔年做过西鄙关尹的唐长官吗?"唐懿也失惊道:"尊官如何认得老汉?"陈音大喜,即对卫英、卫茜道:"这就是当日因诸伦那厮夺剑,替你令祖不平,与吴人力争不遂,挂冠而走的唐长官。"兄妹二人听了,急急离席叩头称谢,慌得唐懿手足无措,立起身道:"二位是谁?老汉断不敢当。"二人叩头起来,

---

[1] 白芷(zhǐ):多年生草本植物,可入药。

第三十六回　泄龙精村妇贪重赏　治蛇毒唐懿传妙方

陈音方把二人的姓名说出，又把以前一切事说个详细。卫茜取出宝剑，递给唐懿看道："我阿公丢命，就是为的此剑。"说着，与卫英都流泪不止。唐懿甚是感叹，把剑看了一回，给还卫茜。大家坐下，唐懿道："且喜大仇已报，神器已归。今又为国宣力，将来为国雪耻，竹帛记勋[1]，名垂万世，令祖九泉也自含笑。"卫英兄妹逊谢几句。陈音道："长官为何在此？"唐懿叹口气道："老汉挂冠之后，见时事如此，宦情已淡，自知庸碌无能，不能替国家争得分毫之气，徒虚縻朝廷厚禄。每一念及，浃背汗流，因此挈家到此，守着几亩薄田，督耕自给，不时为儿辈课读。虽有时想着国事，寝食不安，到了此时，只好付之无可如何而已。"卫英道："长官几位公子？"唐懿道："一个犬子，今年二十五岁，虽略略懂些，却不是个有用之材。有一弱女，今年十六岁，名叫翠娟。"卫茜道："这是长官自谦，公子谅来必是不凡。贵宅离此多远？何不请来相见？"唐懿道："归时再叫他来与诸君候教。"军士搬酒上食，大家入座畅谈。卫茜提及毒蛇一事，唐懿道："此地被这孽畜扰害得人民逃散，土地荒芜。若蒙诸位除得此害，造福不浅。"卫茜把今日的事说了，唐懿道："不必寻它。这孽畜每日巳时两刻，必然出来，垂头在山南溪涧里吸水。只见半截身子，半截盘在树林里。只要想个好法子制它，何愁它不出来？"众人听了大喜。又饮了几杯，曹渊走来道："老先生真神医也。"众人问道："如何？"曹渊道："照着老先生的方子，先敷了复灌药，不过片刻，都止了呻唤，朦胧睡着。不是老先生妙手回春，焉能有此神效？"众人称谢，心都稳了。唐懿起身称谢道："老汉厚扰了，暂时归去，明日再携小儿同来。一则诊视病症，二则着小儿领候众位的大教。"众人起身相送去了。

转身来，卫茜对陈音道："既是这孽畜天天要赴溪吸水，我心中想了一个主意，与陈伯伯商量。"陈音道："有何妙计？"卫茜道："陈伯伯将弩弓端整好，箭头上多涂毒药，埋伏在两旁。俟孽畜出来，一起施放。我立在它进去的要路上，迎击它的头。我哥叔去暗击它的尾，再叫曹叔击它的腰。它首尾不能相应，且受了弩伤，断然无力相斗，谅来可以得手。"陈音道："大妙，大妙！就照此而行。"大家先去看了，蒙杰二人果然睡得沉静，伤痕也轻缓许多，

---

[1] 竹帛记勋：把功劳写在竹简和锦帛上，代表这个人做出的贡献不可磨灭。

把心放下。陈音自去安排弩弓,煎了浓浓的毒药,涂抹得厚厚的。到了次日卯时,大家便悄悄至山南左近瞭望。到了辰正,果然那条毒蛇伸出林来,垂头在溪涧里吸水,吸得渍渍有声。直到巳正,方昂起头来,望空南向,吐了一回信,方慢慢地缩了进去。众人看得亲切,心中大喜,转来大家准备。却好唐懿带了公子到来,众人迎接。唐懿指着公子道:"小犬必振特来与诸位大人请安。"众人齐称不敢,见唐必振生得温厚儒雅,举止大方,十分敬爱,招呼坐下。唐必振侍立在父亲身旁,不肯就坐,众人极力相强,方从权侧坐了。唐懿去看二人的伤痕,都能起身称谢,蒙杰脸上已经结疤。唐懿嘱咐不可轻动,又与司马彪开了一方,用嫩叶黄荆捣汁敷之。又看了军士,转到客座,见儿子与众人谈得高兴,不觉喜形于色。众人让座,陈音道:"适才卫氏兄妹之意,要约公子一同至都,稍酬长官从前顾恤[1]之恩,万祈勿却。"唐懿掀髯笑道:"犬子得随诸位左右,老汉求之不得,焉有推却之理?至于西鄙之事,老汉不但与令兄妹无些须关涉,就是令祖也与我无一面之识,顾恤不敢言,何敢言恩?身受国家职任,自应替国家尽心。老汉当时只行我心之所安,于民无枉,斯于君无愧己志。不行,不去,何待?这就是老汉的本心。不想倒结识了诸位,也是老汉意外之幸。"众人听唐懿说得光明正大,甚是钦敬。大家开怀畅饮,饮毕约定日期,唐懿带了唐必振回家。

陈音去看蒙杰二人,把安排的计说了。蒙杰道:"我要去亲手把这孽畜剁成肉泥,方泄我胸中之气。"陈音止住道:"千万不可,唐长官言过,十日之内不可受风,千万保重身体,不可轻动。"蒙杰只得罢了。又与司马彪说了几句,方出来挑选健汉,乘着夜黑,把弩弓安顿好了。到了次日,仍是卯时就去。卫茜兄妹与曹渊三人,各寻了地段,隐身等候。一到辰正,毒蛇蜿蜒而出。由卫茜三人面前,一节一节地过去,好一会方不见动。陈音见毒蛇垂下头去,一声梆子响,弩弓齐发,攒在毒蛇身上如刺猬一般。毒蛇初时扬起头来,两面吐信,似瞭望的光景。霎时毒发,突地把身子一起向溪水里钻去。卫英正待下手,忽见蛇尾"刷"的一声,就不见了,吃了一惊。正是:

　　击首不妨翻击尾,毒物还须以毒攻。

欲知毒蛇如何斩除,且看下回分解。

——————

[1] 顾恤:照顾体贴。

第三十七回

战西鄙越王初试兵　截江口陈音大破敌

话说卫英正待用剑去击蛇尾，忽然"刷"的一声，蛇尾不见，直向前追。连曹渊也措手不及，幸得卫茜手快，"嗖"的一剑，斩断后梢，前段已入溪里。三人赶至溪边，见毒蛇在溪水中翻腾掷跃，是毒药性发的光景。沿溪的树木通被扫断，满溪的泥水都被搅浑，渐渐力尽，软瘫在溪里。卫茜骤着驴儿，跑下溪去。溪水分开，直是一条坦路，直到蛇颈处，一剑挥为两段。上得岸来，叫军士们下去，一节一节地砍断，拖上岸来，与后身堆在一处，直堆一座蛇山。只取蛇头复命，余者将干柴四围堆满，纵火焚之，腥闻数十里，军士多有晕倒的。恰好唐必振到了，他也懂得些医方，叫人买了一担甘草，煎水来洗，方得大家无事。卫茜领了众人，把蒙杰、司马彪用安车载好，军士一并装载，回朝复命。越王嘉劳甚渥[1]。到了次日，杀了三牲并龙头蛇首率领文武，祭了天地，祀了川岳。祝告一番，然后将龙头蛇首埋了。越国百姓闻知此事，没一个不说："我国出了如此异人，孽龙毒蛇通屠戮，何患吴仇不报？"从此，人人怀敌忾之心，时时以国耻为念。

一日，越王探得吴王亲率国中精兵，由邗沟[2]北上，大会诸侯于黄池，只留太子友、王子地、王孙弥庸守国，心中大喜，急聚文武，商议伐吴之策。范蠡曰："吴国空虚，趁此时伐之，虽不能灭吴，一战而胜，亦可以作越国之锐气，而抑吴国之骄心。"越王称善。时周敬王三十八年，越王命畴无余为前部先锋，蒙杰、司马彪为左右翼；陈音督率水军，雍洛副之；卫英同诸稽郢督率陆军，曹渊副之；卫茜带剑士三千人随征。卫茜荐唐必振为军中参议。越王亲率范蠡、泄庸等一班文武战将，随后进发，

---

[1] 嘉劳甚渥：奖赏很是丰厚。
[2] 邗（hán）沟：地名，在江苏。

留文种守国。

且说先锋畴无余浩浩荡荡,直到西鄙,扎下营寨。消息早已传至吴国,太子友专人飞报吴王,带了王子地、王孙弥庸,统领一万精兵,在西鄙屯扎。畴无余不待左右翼兵到,即时提刀上车,直抵吴营讨战。王子地与王孙弥庸商议道:"我先去与那厮会阵,将军领兵埋伏在南关近处。我将他引下,将军夹兵攻之,定能取胜。"王孙弥庸应了,领了三千兵,先去埋伏。王子地束扎停当,提枪上车,带了三千军士,击鼓开营,到了阵前,横枪大骂道:"尔等乃是笼鸟釜鱼,吾王施恩,放尔等活命,尚敢前来犯境,擒着尔等,再休想活命!"畴无余认得是王子地,并不答话,挥鞭上前,抢刀便砍。王子地挺枪接战,战到二十余合,王子地虚掩一枪,败下阵去。畴无余大喝道:"匹夫逃到哪里去?"驾车追赶。王子地往南面逃走,追不上三里,忽然鼓声大震,王孙弥庸红袍金甲驾车而出,从后面拦截。畴无余大惊,急待退回,王子地挥兵转身,两面夹攻,杀得畴无余盔歪甲散。正在危急,驾车之马中了一箭,蹶下前蹄,将畴无余掀在地下,走过吴兵,将他绑了。越兵杀得七零八落,逃脱的不得一半。王子地二人押了畴无余回营,太子友大喜。军士推上畴无余,太子友骂道:"此等忘恩负义之贼,留在世上,必生后患,推去斩了!"须臾,献上首级。

次日,蒙杰、司马彪兵到,一个直性男儿,一个鲁莽汉子,哪里忍耐得住?立时带了人马,抵营讨战。太子友闻知,对王子地二人道:"我国强将精兵,都随父王在外,越兵势大,难以抵敌,依孤主见,不如坚守为上。"王孙弥庸道:"越人屡为我败,畏吴之心尚在,只看昨日之战,便是榜样。加以远来疲敝,胜之必走。万一不胜,再守不迟。"太子友只是不肯出战,王孙弥庸哪里肯依?披挂齐整,提了大刀,腾车而出,太子友只得命王子地带兵接应。王孙弥庸令人挑了畴无余首级,来至阵前,用刀指着笑道:"畴贼之头,已挂高竿,尔等何苦又来寻死?"蒙杰大怒,冲上前去,抡起九环刀便劈,王孙弥庸挥刀相敌。正在酣战,王子地已到,挺枪助战。司马彪见了,舞动双鞭,接住厮杀。混战一场,天色将晚,各自收兵。

第三日,诸稽郢大队已到,越王随后亦至,听得畴无余被擒丧命,甚是感伤。卫英献策道:"大王不必伤感,臣已定下一计,管替畴将军报仇。"

第三十七回　战西鄙越王初试兵　截江口陈音大破敌

越王问道："计将安在？"卫英说了如此如此，越王大喜，着依计而行。次日，范蠡领一支兵在左埋伏，泄庸领一支在右埋伏，蒙杰、司马彪诱战，许败不许胜。曹渊带领里璜、薛耀德绕至吴营左面，自己带领胥弥、皋锷绕至吴营右面。只等吴军空营而出，夺他巢穴。布置已定，蒙杰、司马彪领兵前去讨战。太子友道："探得越王大队已到，共有四万大兵，三倍于我，何能相抗？依孤之见，总以坚守为上，以待父王大兵到来，破贼易矣。王孙弥庸道："昨日未见输赢，何能自隳[1]志气？今日定要决个胜负。越兵若败，从此不敢相犯，数十年之安也。"太子友拗他不过，又见他锐气甚盛，便道："孤今日亲身接应，以成将军大功。"王孙弥庸大喜。探子报道："越将讨战。"立时开营，踊跃而出，两家都不发话，厮杀起来。不上十合，蒙杰拖刀败走，王孙弥庸乘胜追下，太子友也挥兵前进。不过三五里，范蠡从左杀出，泄庸从右杀出。一班宿将含恨已久，全军士卒养锐已成，一个个舍生忘死，有进无退，将吴兵冲出两段，不能相应。王孙弥庸见越兵势大，心中着慌。蒙杰、司马彪翻身转来，裹住厮拼，一丝儿不放松。泄庸抢到，一戈刺中王孙弥庸咽喉，死于阵中。太子友被围，左右冲突不能脱身，恐被擒见辱[2]，拔剑自刎而死。王子地得报太子被围，吃了一惊，统率全军，倾巢而出。行不到一里，曹渊带领众将，夺了大营。卫英手挥双戟，带领胥弥、皋锷，拦住厮杀。王子地哪能抵敌？只得弃了盔铠，跳下车，杂于乱军之中逃去。一路招集残兵，知道太子自刎，王孙弥庸阵亡，心中十分伤惨，退至阳城，闭关紧守，申报吴王告急不提。

且说诸稽郢收兵，所得粮饷器械，不计其数。记了众将功劳，大排贺宴。越王执杯而言曰："寡人忍耻衔仇十三年于兹矣！今日略得一泄。愿与诸君痛饮此盏。"众将齐声称贺。忽见唐必振起身言道："一战之胜，愿大王勿以为喜。吴王全军在外，均系精锐，闻报归来，必有一场血战。愿大王稍留意。"越王听了，便有戚容[3]。唐必振道："吴王归来，由淮入江。大王可饬陈音在江口要处，准备齐整，出其不意，苟得一胜，吴兵

---

[1] 自隳（huī）：自毁。
[2] 见辱：被羞辱。
[3] 戚容：难过的样子和表情。

锐气骎矣。"越王大喜道:"卿真智士也!"即时传令,着陈音好做准备。诸稽郢统带大军,攻打阳城。王子地调了几路兵将,协力提防,坚守不出,一时攻打不破。

且说吴王在黄池与晋争盟,得了急报,心内大惊,苟且敷衍了事,整军而归,由淮水至邗沟,转入大江。陈音探听明白,密嘱雍洛如此如此,雍洛领计而去。吴王前部是王孙骆,带了一万军士,大小船约二百只,是夜泊在江口。二更以后,大众安歇,忽王孙骆座船漏水,前后冒涌,一时大哗。列将济于急将王孙骆扶过别船。一时之间,十余船齐行破漏,鼎沸起来,人人惊慌。忽然汊港里鼓声大作,火势高涨,雍洛领了一队战船,唿哨而出。吴兵骇得心惊胆战,慌慌张张,装束不及,被雍洛横冲而来,将吴船冲成两段。越国水军都是曾经训练好的,又兼积忿已久,一个个舍命冲突,杀得吴兵四下乱窜。又见后队船只霎时着火,王孙骆招呼不及,只得随同济于乘乱逃走。约走十五里,见敌兵已远,方才停止。招集败兵,已损伤一半。喘息未定,又听金鼓齐鸣,人声呐喊,火光照耀,如同白昼,一队战船,横截而出。船头一员大将,浓眉大眼,凛凛威风,手横大刀,大喝道:"吴贼还不束手受缚,等待何时?"济于只得挺枪而出,与陈音厮杀,王孙骆乘乱逃走。济于战不到十余合,被陈音一刀劈于水中,王孙骆已经去远。杀死吴兵无数,夺获船只不少。

有脱逃的报与吴王,吴王大惊,催船前进。及到江口,人影俱无。四路哨探,了无踪迹。再往前进,王孙骆接着,叩请失机之罪。吴王道:"一时不防,中贼诡计,恕卿无罪。"王孙骆谢了吴王,吴王又道:"为什么敌人船只一路不见形影?"王孙骆道:"臣失败之后,屯扎在此,不曾见有敌船经过。"大家猜疑。相国伯嚭道:"事已至此,阳城围困甚急,速去接应要紧。"原来陈音杀败王孙骆之后,将船散入汊港芦苇深处隐伏,探得吴王大队已过,方行驶出,缀尾[1]而行。吴王催军前进,到了淞江登岸,只得一半离船,突然之间,两边鼓声如雷,冲出两队人马。一面卫英、胥弥,一面曹渊、利颖,鼓噪而来,大声喊杀。越兵两次获胜,锐气十分。吴兵晓得国家被袭,心胆俱碎,加以急急奔回,疲惫已甚;又被陈音杀败,

---

[1] 缀尾:尾随。

第三十七回　战西鄙越王初试兵　截江口陈音大破敌

前锋斗志全无，已上岸的四散奔逃，未上岸的心慌意乱。恰遇陈音赶到，督同雍洛呐喊冲杀，只杀得头如瓜滚，血溅波心，岸上的杀得七零八落。吴王已先上岸，亏得骁将王子姑曹、西门巢等保着，杀条血路而逃。登岸的陆续招集，未登岸的也渐次逃来，会合齐时，折伤大半。逃至西鄙，又遇诸稽郢、范蠡、泄庸冲杀一阵，到得阳城，只剩三分之一。王子地迎接入城，喘息方定，越兵已跟踪追来，把阳城围得水泄不通，只得派人四面防御。

过了数日，诸无忌、季崇见围攻甚急，力请出战，吴王应允。诸无忌带了莫邪宝剑，季崇带了吴鸿扈稽二钩出战，连伤越国薛耀德、皋锷、蒙杰三将，皋锷伤重丧命。幸得卫茜出阵，同诸无忌、季崇连环接战，莫邪一剑、吴鸿扈稽二钩，不能取胜，季崇受了重伤。三千剑士，杀得吴兵纷纷逃窜。

吴王胆落，不敢出关，面责伯嚭道："昔日勾践求成，是你一力承诺，而今勾践不怀旧恩，恃强反叛。若听子胥之言，不放勾践归国，焉有此事？今日命子往越营求成，但得越兵退回便罢。倘有不然，属镂之剑尚在，子自裁之！"伯嚭听了，吓得面赤汗流，唯唯而退，也像文种当日。到了越营，通报进去，范蠡请见。伯嚭跪而致辞，十分卑下。范蠡笑道："相国请起，暂时留此，候奏明寡君，再行定夺。"范蠡去见越王，说吴王遣伯嚭求成之事。越王勃然道："寡人与吴有切齿之仇，安得允其成？"范蠡谏道："吴尚未可灭也，姑许行成，得其犒礼，修备军实，俟气力充足，吴国可一朝而下。"越王点头依允，传伯嚭进见。伯嚭膝行进见，不敢仰视。越王道："孤念太宰昔日之惠，曲许行成。太宰归告吴王，毋忘寡人今日之恩。"伯嚭叩头称谢而出，回至阳城复命。吴王准备犒军之礼，一一如越当日之数，越王收了，班师回国。吴王幸得无事，自回都城，与西施取乐。此时修明因妒西施之宠，早已郁郁而死。

且说越王回国，众将封赏有差。不日赵平已由齐国来，鲍皋等已由楚国来，王孙建因父亲抱病，不能离开，详详细细写了一封回信。陈音看过，只好复书安慰。越王见赵平年虽七十以外，却是精神矍铄，精通水性，鲍皋十人，没一个不深谙水战，十分大悦。便令赵平带了鲍皋等，督练水军，陈音专教弓弩，卫茜专教剑术，卫英、曹渊等各有重任。此时越国士气已伸，另是一番气象。陈音为媒，曹渊小女素蕙许配了卫英。赵平有个堂侄女名婉姐，即是赵允之女，许了司马彪。唐必振之妹名翠娟，曹渊为媒，许了陈继志。鲍皋等在楚时都有了妻室，只有雍洛未娶。此时姻娅往来，越是亲热。

　　陈继志已是十八岁了，一身本事，不亚乃父，只是性烈如火，遇事挺身。陈音屡次教诫，哪能一时改变得来。一日带了从人，去郊外射猎。出城不到十里，忽见一乘彩舆[1]，蜂拥而来，许多人围在左右。彩舆中有妇女啼哭之声，甚是悲切。陈继志笑道："好容易盼到今天，为什么又要啼哭？"让她过了，接着鼓乐随行。后面一个年约三十岁的人，骑一匹白马，浑身绮罗，十分得意，想来是新郎了。陆续让过，忽见一个老汉，须发雪白，头面带伤，衣服破碎，一面飞跑，一面哭喊道："清平世界，抢人女子，难道没得王法吗？"陈继志心中诧异，立定马拦住去路，问道："老头儿为何这样急苦？"那老汉见有人拦住，发急道："想来你们都是一党，老汉不要性命了！"便低着头颅，歪着颈项，向马头撞来。陈继志着忙，把马带过一旁。老头儿撞了个空，倒在地下，打滚哭喊。陈继志慌忙跳下马来，叫从人把他扶起。老头儿还是哭死哭活。陈继志道："你不要着急，有什么冤苦，对我说来。我可替你设法。这般哭有何用处？"老汉听了，把陈继志望了一眼，带着喘息，用手指着前面道："那是抢我女儿的，看看去远了，我只赶去与他拼了这老命罢！"说罢，又要往前跑。陈继志听得一个"抢"字，也不暇细问事由，便叫两个从人，拦着老头儿，自己带了两个从人，翻身上马，加上一鞭，"哗喇喇"向原路跑回。不到一里，已经赶到，越过骑马那人，直到舆前，勒马拦住去路，大喝道："光天化日之下，狗子何敢掳抢良家妇女？快快停下！"一些人齐吃一惊，见陈继志仪表堂堂，气象猛勇，一半睁起眼睛望着陈继志，一半回过头望着后面骑马的人。彩舆中的女子听得有人拦阻，知是救星，叫叫救命，声甚凄楚。后面骑马那人，见了前面情形，骤马而来，大喝道："什么人在此撒野？可晓得公子爷的厉害吗？"陈继志此时方把那人细细一看，生得尖额削腮，鼠眼鹰鼻。知道不是个善良之辈，不觉勃然大怒。正是：

　　　　本来世上无公理，谁为人间削不平。

　　不知陈继志如何发作，且听下回分解。

---

[1] 彩舆：彩轿，花轿。

第三十八回

御强暴雍洛得佳偶　报仇恨越王获全功

　　话说陈继志见那人面貌生得薄削，不是个善良之辈，早已勃然大怒；又听他的声口十分横蛮，哪里忍耐得住？大喝道："王法所管的地方，何得任尔横行？好好将人交还，饶尔不死。你要牙缝里迸个"不"字，管叫你眼前流血！"那人大吼道："真正反了！你这小小孺子，是个什么人？敢来问我！"喝叫家人，"与我打这狂妄小子！"陈继志不等众人动手，早即跳下马来，叫从人牵去，挥起双拳，把众家奴打得落花流水，四下逃跑。骑马那人，见势不好，正想跑开，陈继志抢上前去，捉住他一只脚，用力一扯，喝声下来，那人便从马上横滚而下。陈继志拳打脚踢，打得那人哀告饶命。此时行路之人，围看的却也不少。有认得那人的，说道："今日也有吃亏的时候，平时的威风哪里去了？"陈继志见那人已是眉青目肿，方放了手，指着骂道："暂且饶尔的狗命，下次再要遇着，休想得活！"去到彩舆前，叫从人扶着，照原路转回，自己上了马押着，交与老汉。老汉见了，伏在地下，磕头不止。老头儿正要申诉苦情，陈继志道："不用说了，你把你女儿带回去罢。"老头儿已经向从人问了陈继志的家世，知道是位公子，口称公子道："公子去了，那贼再来，老汉父女性命休矣！"陈继志一想不错，问道："你家还有些什么人？离此多远？"老头儿道："老汉本是楚国人，投亲不遇，流寓在此，只有父女两个，住处就在前面。请公子刭草舍略坐片时，点茶相奉，聊表寸心。"陈继志道："那可不必。既是家无别人，何妨到我府中去住，也免那贼来耨恼[1]。"老头儿道："好是极好，只是怎好到贵府噪乱？"陈继志发躁道："不要这样啰啰嗦嗦。愿意去，我就叫从人随你去收拾；不愿去，我不强你。"老头儿连声道"愿去"。陈继志便叫从人同去，自己立马等候。老头儿走至彩舆前，对女儿道：

---

[1] 耨（nòu）恼：骚扰以使恼怒。

"女儿就在这里，等我去收拾好就来。"女儿应了一声，老头儿同着从人，急急去了。陈继志立在那里，远远见着那班人跄跄跌跌，把那人扶上马去了。还有两个人立在那里，望着不走。约有一个时辰，老头儿捎了两个包袱来了，一同转身。陈继志也不射猎了，走到厮打的地方，那两个人也飞奔跑去。

一直进城，到了府中，陈继志先进去对母亲说明。韩夫人甚喜，问道："这老头儿叫什么名字？"陈继志呆了半晌，方道："儿还不曾问他。"韩夫人道："你总这样粗心浮气，如何是好？快把他们招呼进来！"陈继志应了，转过身，笑道："真是糊涂！打了一阵，连两面的姓名都不晓得，实实胡闹！"来到中厅，叫老头儿同他女儿进去。

陈继志此时才把那女子看出，年纪二十余岁，生得容颜娇媚，举止端庄，虽是荆钗布裙，却是落落大方，令人可爱可敬。行过中厅，自有仆妇迎着引进。老头儿方转身与陈继志见礼。陈继志问："老翁尊姓大名？"老头儿道："老汉姓屈名永，楚国渔湾人氏。十年前，被一个亲戚横暴不仁，逼索老汉之女为妾，告在官里。老汉吃尽亏苦，幸遇一个好汉，路见不平，把他全家杀了，取了他三百两银子，给与老汉做路费，去投亲眷。"陈继志问道："救你这人叫什么名字？"屈永道："老汉问他，他不肯说，只记得他大指旁边有个枝指，面孔黑如油漆，身躯甚是雄健。"陈继志曾经听过蒙杰杀人，血痕留迹之事，心中明白救的是此人了，又问道："老翁为何又到越国来了？"屈永道："只因投亲不遇，楚国官司[1]缉捕甚紧。从前老汉有个族弟，名叫屈明，贸易来越，听说在此立了家业，因此奔到这里。已是九年前的话了，不料来此打听不着，便在老汉住的地方，地名茅坪居住。老汉种些荒地，小女做些针黹[2]度日。老汉来此是异乡人，茅坪又是个荒僻之地，小女今年二十七岁了，无从扳亲[3]。不料三日之前，小女在门外汲水，被今天那人看见。次日便来两个人，拿了两卷红缎，二十两银子，对老汉说，他是扈公子府中差来的，特地来替小女

---

[1] 官司：旧时官府。

[2] 黹（zhǐ）：缝纫，刺绣。

[3] 扳亲：联姻，拉亲戚关系。

做媒,与扈公子做妾。老汉虽贫,也是耕读传家,焉肯把女儿与人做妾?又与扈家一面不识,如何肯允?二人见老汉不允,把红缎、银子丢在老汉家中,发话道:'聘礼在此,不由你允不允!'气冲冲地去了。老汉着了急,与女儿商议,躲避那厮。无奈没一个相识的人,无路可走。不料今天那厮便带着人来怙抢。若非公子相救,老汉父女两命都没有了。"说着磕头下去。陈继志慌忙扶起道:"从前在渔湾救你那人,现在这里。你愿不愿见他?"屈永道:"老汉父女时时叹念,焉有不愿之理?烦公子叫人引老汉叩见。"陈继志立时叫人引屈永到蒙杰家去了。彩舆一乘,叫人拉至空地,拆散烧了。

不一时,屈永转来道:"且喜恩人做了大官,方遂我父女时时感念之心。"傍晚陈音回府,陈继志把此事回明,陈音甚喜。屈永上前叩了头,陈音吩咐在东偏小院居住。进了内宅,韩夫人又说一遍,叫仆妇引玉英来叩见。陈音见玉英人才端丽,甚是喜悦。心中一动,想起雍洛相随十余年,忠朴勤能,十分可靠,如今年近四旬,尚无妻室,便存了作伐[1]之思,暂不说出,只叫收拾一间静室玉英居住。玉英朝夕不离韩夫人,如母女一般。

陈音一想,默念道:这个扈公子,莫不是扈赫之子?扈赫为人,尚无大恶,为什么有这样的儿子?原来扈赫官授戎右之职,越王颇加宠爱。只因性情良懦,只有扈慎一个儿子,过于溺爱,扈慎肆无忌惮,屡行不法,众人不敢轻犯,他胆大了,便做出白昼抢人的事来。被陈继志殴打一顿,哪肯甘心?后来打听是陈音之子,又晓得屈永搬到陈府,哪里敢去惹他?他只忍气吞声,从此也不敢像以前那般横霸了。

过了几日,陈音与蒙杰商议,替雍洛玉成此事,两家俱甚欢喜。雍洛与玉英十分和睦,不时到陈、蒙两府。只因蒙杰的孙夫人送婉姐来越婚配,就留在越,赵允不时也来越国,好不有兴。这是众人的家事,通有着落了。

且说越王胜吴回来,仍是励精图治,不忘国耻,抚恤人民,训练士卒。陈音、卫茜一班人日夜勤劳,不敢片刻安逸。直过了四年,是周敬王

---

[1] 作伐:做媒。

四十二年，探得吴王荒淫酒色，不理朝政；相国伯嚭，专权骄恣，贿赂公行；朝无直谏之臣，野有流离之苦。于是，大集群臣，商议伐吴之策。范蠡道："吴国荒乱至此，是天假我以报仇之机也。不趁此时殄灭，万一昏君死了，另出英主，选用贤能，大非我国之福，四年以来，吾国剑术弩弓，水军陆战，事事精熟，以此灭吴，如热汤泼雪耳。"陈音、卫茜亦极力请战。越王大喜，仍命诸稽郢为元帅，卫英佐之，统率全军；司马彪为先锋，利颖佐之；曹渊、胥弥为左翼，蒙杰、里璜为右翼；赵平督率水军，鲍皋十人佐之；陈音督率弩弓队，雍洛佐之；卫茜督率剑士，陈继志佐之；越王亲率范蠡、文种一班文武随后。祭纛之日，越王坐于露坛[1]之上，鸣鼓排阵，斩有罪者三人。次日大军离城，又斩有罪者三人。令曰：军中有不遵号令者，以此为例。自是军心肃然。国人送其子弟于郊野之上，涕泣诀别曰："此行不灭吴，不复相见。"皆作离别之词，以送曰：

踌躁[2]攉长恶兮，攉戟驭殳。所离不降兮，以泄我王气苏。三军一飞降兮，所向皆殂[3]。一士划死兮，而当百夫。道祐有德兮，吴卒自屠。雪我王宿耻兮，威振八都。军伍难更兮，势如貔貅[4]。行行各努力兮，於乎於乎。

闻者感泣，勇气百倍。越王又下令于军中曰："父子俱在军中者，父归；兄弟俱在军中者，兄归；有父母无兄弟者，归养；或是衰老，或有疾病，不能胜兵者，准其告诉，给与药饵糜粥。"军中感越王恩德，欢声如雷。

整队出郊。路上见一大蛙，睁目胀腹。越王肃然起敬，凭轼而起，左右问道："大王何故敬此蛙也？"越王道："孤见此蛙，怒气正盛，如有欲斗之状，所以敬之。"此话传遍军中，齐声道："吾王敬及怒蛙，我等隐忍吴国十数年之耻，蒙吾王十数年之恩，岂反不如蛙乎？"于是交相劝以灭吴为志，战死为快。越王闻之，私心窃喜。大军行至江口，又斩犯军律者五人，越王对众垂泪道："所斩者皆吾爱士，虽太子不能过也。及其犯罪，太子亦不能免，岂孤所愿哉？立法不能不然耳！"说罢，痛

---

[1] 露坛：古代举行祭祀、誓师等大典用的土和石筑的高台。
[2] 踌（lì）躁：走动急躁。
[3] 皆殂（cú）：全部死亡。
[4] 貔貅（pí xiū）：古书上的一种猛兽，比喻勇猛的军队。

哭失声，又命人设祭，亲自哭吊。军士见越王如此，心中又感又畏。行至江口，吴王已经得报，亲率一班战将，六万雄兵，扎营江北，以御越兵。越王屯兵江南，相拒两日。

第三日，王子姑曹领兵五千，横江讨战。司马彪带同利颖出阵，两边列成阵势。王子姑曹大喝道："侥幸小人，快来领死！"司马彪挥起双鞭，冲出阵前。王子姑曹挺长矛，迎面便刺。司马彪接着相斗。王子姑曹是吴国第一名将，杀法骁勇，战到四十合，利颖见司马彪不能取胜，挥刀助战。王子姑曹瞋目大呼，一矛刺中利颖的手腕，弃刀退回。司马彪心慌，鞭法渐乱，刚正败退，曹渊领一支兵从左冲来，蒙杰领一支兵从右冲来，两翼齐出，敌住王子姑曹。王子姑曹毫无惧怯，一杆长矛，运动如飞，势甚猛勇。且喜曹渊、蒙杰，俱是上将，一场恶战，司马彪翻身相敌，杀得阵云乱卷，江水横飞。吴阵中西门巢见了，恐王子姑曹有失，使一支画戟，冲到阵前，绞在一处。喊杀之声，震动山谷。卫英正在掠阵，见吴将十分骁勇，便到阵角旗影里，弯弓搭箭，觑准西门巢射去，射中盔缨。西门巢吃了一惊，倒拖画戟，退下阵去。王子姑曹见三人武艺高强，谅难取胜，也虚掩一矛，抽身退回。曹渊三人见二将骁勇，恐有疏失，收兵回营。

越王听说吴将骁勇，难以取胜，心中焦急。陈音上前道："臣有一计，望大王采纳。"越王问："是何计？"陈音道："将全军分为三大队：一队衔枚息鼓，趁夜驰至上流，悄悄埋伏；一队趁明日昏黑之时，直捣他的中营；一队从下流悄悄渡过北岸，击他前阵。臣与赵平带领水军，用弩队冲锋先进。吴阵一乱，三队齐起，定获全胜。"赵王大喜，即派范蠡、诸稽郢、曹渊为右军，文种、卫英、蒙杰为左军，越王自率卫茜、陈继志、司马彪等为中军，陈音同赵平为前驱，分派停妥，各去准备。

到了次日黄昏，陈音率弩队在前，赵平在后，一声鼓起，船似抛梭，箭如撒豆，直向吴营冲去。弩弓的劲力，前文已经详说，吴营哪里抵敌得住？立时阵势大乱，满营鼓噪。赵平所带水军，都是久经训练，出波入涛，势似凫鸥[1]，砍营而入，纵横莫挡。季崇急来抵敌，怎奈弩箭势大，

---

[1] 凫鸥：野鸭。

重甲立穿,一箭射伤左腿,倒在船上。越王带领中军,亲自授桴击鼓,排山一带,直捣中坚[1]。王子姑曹挺矛立于船头,大吼道:"军士有乱动者,立斩!"吴兵听了,方想立札,怎奈卫茜仗剑当先,一班剑士弄剑如丸,腾踔踊跃,添上所铸八剑,满营之中,只见白光闪灼,人头乱滚。王子姑曹挥矛抵敌,被卫茜拧着矛头,一纵步凑近身边,盘螭剑一挥,王子姑曹头首落下。中军见了,吓得魄散魂飞,乱喊乱窜。

吴王见阵势大乱,急命诸无忌、季楚分两路堵御。忽然上流头鼓角齐鸣,范蠡一队急骤而来;下流头火光冲天,文种一队唿哨而至。霎时之间,满江都是越船,把吴营冲得七分八裂。吴王仗剑在手,还想支持,怎奈军心已丧,越国之兵,人人衔恨,个个奋勇,加以弩声猛烈,剑气飞腾,黄落之叶,怎挡迅风一扫?王子地、王孙雄在前,王孙骆、诸无忌、季崇保着吴王居中,西门曹断后,乘乱冲杀逃走。王孙雄正在冲锋,被一弩箭直透咽喉,倒坠江中。王孙骆瞋目切齿,挥动大刀,舍命冲突,吴王方得透出重围。一路招集残兵,聚合余船,不敢稍留,奔至笠泽,方才停歇,就在笠泽扎营。

吴王痛哭道:"孤自用兵以来,所向无敌。不料,今日遭此大败。孤何颜再返吴都耶?"王孙骆道:"胜败兵家常事。我国带甲之士,不下十万,大王急速调集前来,再与越国决一死战,以报今日之仇。何得自隳志气哉?"吴王只得命人四路催趱[2]兵马。第二日皇吉带兵一万,被诚带兵一万二千先到,分头立营,吴王心中略稳,准备迎敌不提。

且说越王当夜大胜,直到天明,方才收队。计点军士,伤亡者不过五六百人,所得舟只粮械,不可胜数。暂时歇息,开筵庆贺。越王举酒道:"十年之前,孤与夫人入吴时,曾在此地。夫人吟诗悲哀,寡人掩袂[3]呜咽,至今回首,心犹惨切。今赖众卿之力,大破吴兵,略洗当年之耻,为江山改色。"群臣称贺,尽欢而罢。

次日,范蠡对越王道:"吴王败走,锐气全隳,正宜乘此长驱,以期

---

[1] 中坚:古时指军队中最精锐的部分。
[2] 催趱:催赶,催促。
[3] 掩袂:用衣袖遮面。

早日殄灭[1],若待养成锐气,图之不易,我军远来,久持非计,愿大王思之。"越王听了,即时传令前进,仍是司马彪带兵先行,大军一路浩浩荡荡,直到笠泽扎寨。越王见吴营旗帜整齐,戈矛密布,心中惊异,对范蠡道:"不料吴国尚有此军容。若不早为驱灭,诚如大夫之言,为害不浅。"是日两军坚壁相持,各无动静。到了二更以后,越营右面,忽然喊声大起,鼓角齐鸣。越王失惊,便想开壁迎敌。卫英谏止道:"吴兵先我在此,必有布置,黑夜交兵,恐被他暗算,只命陈音以弩队御之,自然无事。"越王一听有理,便传令着陈音率队御敌。陈音得令,带了弩队,鼓棹而来,对着吴兵,蝉联射来。怎奈吴船有进无退,箭到身上,不见一人倒下,十分骇然。正是:

　　自古行兵不厌诈,况当深夜更难防。

未知吴兵为何不退,下文便见分晓。

---

[1] 殄(tiǎn)灭:灭绝。

第三十九回

破笠泽陈音殉国难　战吴都卫茜显奇能

　　话说陈音见吴船逼近，用弩箭连排射去，吴船有进无退，十分骇然，即命雍洛泅水前去探看情形。少时回报，吴船上都是草苇扎成人形，前后八人推桨，都用极厚挡牌遮身。陈音知道吴人必然另有诡计，即时飞报全营，切勿乱动，恐中奸计。果然左面又是照样发喊而来，卫英、曹渊两人镇定，不许军士乱动。闹了两个更次，吴人见越军不动，料知觑破奸计，各处伏兵，全行撤回。若不是陈音仔细，险为吴人所算。

　　到了次日，吴营全无影响。赵平哨探回来，说道："吴营此时，四面悬起粗竹排、软皮障[1]，意在死守。"越王听了，带了众将前去探看，果然遮护得严密。众人看了，束手无策。越王道："我兵越境而来，利在速战，似此死拒，何能久持？"众将默然，正在眺望，忽见竹排、皮障一起卸下，吴营中一声鼓角，箭如飞蝗般射来。越王急命回船，俟船离远，顷刻之间，竹排、皮障一起支起。众人见了，不由目瞪口呆，无法可设，闷闷回营。

　　陈音转到自己船上，暗想道：似此死拒，国耻何日能雪？大仇何日能伸？无奈他这样布置，破他不得。倒在床上，翻来覆去想了半夜。忽然醒悟道：他既能一时卸下，一时支起，必然有个总机关。只要他的总机关坏了，猝然[2]以兵乘之，吴可破矣。我不免趁此夜深，泅水前去，探看一遭。若是寻着他的总机关，就好设法。想到这里，片刻也不安枕，立时翻身下床，取了水靠穿好，带了牛耳尖刀，连雍洛也不通知，悄悄泅下水去。到了吴营，冒出头来，见四围遮得严谨，更柝分明，营内情形，一毫不能望见。便泅入水去，直到中营，从空隙里伸头探望。见四面都是细铁链牵连不断，分成前中后三处。把眼光顺着铁链寻去，果然

---

[1] 皮障：用兽皮制作的一种屏障。

[2] 猝然：突然。

第三十九回　破笠泽陈音殉国难　战吴都卫茜显奇能 ‖ 249

一起总归在一处，上用巨石镇压。约计此石，不下千斤。心中一想，是了，只要把此石推下，全船的铁链一松，竹排皮障，便都御下。把那块巨石细细审视一会，定了主意，又到前后两营看过，一般如此，悄悄入水，泅回本船。

天已发晓，略睡片时，便去参见越王，说了昨夜所探之事。又道："臣愿前往，推落巨石。大王调齐大兵，四面等候，排障一落，弩箭当先，大兵随进，破吴兵如摧枯拉朽耳。"越王道："此行太险，既是全营排障，系在一处，必派健将把守。稍有差池，何堪设想？况且千余斤的巨石，如何容易推得它动？此计太险，容再思别计。"陈音道："大王受吴大辱，臣痛心切齿，至今十余年。今幸军威已振，吴国指日可灭，若同他死拒，万一军心一骤，大王十余年的卧薪尝胆，在为着何来？臣等十余年的茹苦含辛，寝食不安，又为着何来？臣愿舍死前去，以求一效，但得国耻尽雪，大仇克报，臣虽死九泉，目亦瞑矣！"此时，范蠡、文种侍坐左右，见陈音如此激烈，甚是赞叹，齐劝越王照着陈音之议行事。越王见陈音誓死报国，点头道："但愿功成，越国与卿共之。万一不测，卿之妻子，寡人当善觑之。"陈音叩头称谢。范蠡、文种会齐诸稽郢、卫英，调兵准备不提。

陈音回到本船，方与雍洛说知此事，就叫雍洛督率弩队，当先冲杀。雍洛听得呆了一晌道："大哥一人前去，未免太险，此事还当斟酌。"陈音道："吾志已决，不用多言。大丈夫死得其所，虽死犹生，你只去准备便了。"雍洛只得怏怏而去，准备一切。

是夜二更以后，陈音穿上水靠，腰间带了牛耳尖刀，照会了众人，泅水而去。一直泅到中营，浟在水面，一听人声未静，伏者不动。等至三更，方无声响，陈音冒出水面，在船隙里冒出头来，轻轻扒去船上。四面张望，见军士都和衣睡倒，但闻四面摇铃唱号之声，悄悄走到总机处。不暇端详，用尽平生之力，进着一口气，使劲把巨石一推，"嘣咙"一声，巨石坠落船板，果然中营排障一起落下。这一声响，早惊动守中营总机的西门巢，蓦然惊醒，翻身跳起，跑到总机处。陈音刚待转身，西门巢挥起铜鞭，劈面打下。陈音用手接着，两个死劲相夺。此刻雍洛早已督率弩队，风雨般射进吴营。赵平、卫英大队跟进，逢人乱砍。西门巢心中着急，飞起一脚，直中陈音小腹。陈音"哎呀"一声，松了手中的鞭，一筋斗翻下水去。雍洛看在眼里，让卫英等与吴将厮杀，自己跳下水去，寻着陈音，负在背上，泅回陈音本船，放下睡倒。陈音摇了摇头，口一张，"哇"的一声，鲜血长淌。原是推石之时，用劲已过，又与西门巢夺鞭，力气更用尽了，被西门巢踢伤小腹，故尔鲜血长淌，吐了一地。雍洛心中难过，滴下泪来。陈音吐了血，面黄气弱，双眼紧闭，躺了下去。远远听得战鼓如雷，陈音微微睁眼，用手挥雍洛去助战。雍洛正在伤心，不懂其意。陈音发急，喘了两喘，挣了一口气，大声道："你去助战罢。"说了这一句，仍然倒下发喘。雍洛急叫服侍陈音的人，一面报与越王，一面报与陈继志。雍洛守着，哪里肯离寸步？片刻，陈继志飞棹而来，跑到跟前，见父亲如此模样，不禁放声大哭。倒把陈音惊醒，睁眼见是继志，微微点了两点头，便用手挥继志出去。继志号啕不止。接着，越王已遣军医来诊视。正在用手诊脉，只听陈音狂叫道："继志吾儿，休忘了国耻！"喉间一响，却已死了，呜呼哀哉！继志、雍洛跪在床前，抚尸大哭，直哭得死而复生。军医也叹气流泪一会，转去复命。

此时众将都出战去了，只有卫茜守营，得了信，飞奔而来，见了也是呼天抢地，哭个不休。约有一个更次，方才止哭，同雍洛极力劝解继志。继志止了哭，雍洛把西门巢踢伤陈音的情形说了。陈继志咬牙切齿，哭道："不把西门巢那贼碎尸万段，怎泄此恨？"听外面鼓声犹厉，知道还在相持，便叫人取了银枪来，头盔不戴，脱了锦袍金甲，只穿短衣，便叫军士驾只小船去寻西门巢。卫茜立起身道："我同继志弟去。"雍洛叫人看守尸身，便与陈继志驾船，放箭般向吴营冲去。

此时吴国中营已破，前后两营都杀得纷纷大乱。一班越将耀武扬威，四面冲杀。事有凑巧，西门巢正同王子地、皇吉、被诚保着吴王，尽力冲突。继志却认不得西门巢，雍洛见了，指告陈继志。正是仇人相见，分外眼红，挺着枪凑进前去，也不言语，牙齿咬得咕咕有声，"刷"的一枪，向西门巢心窝挑去。西门巢舞鞭相敌，陈继志一支枪神出鬼没，又加恨深力猛，趁空一枪，敲开铜鞭，顺手一绞，枪锋已到西门巢的咽喉，直透颈后，跌倒在船。陈继志丢了枪，跳过船去，拔剑割了首级。不防皇吉见西门巢失手，抢向前来，一矛对陈继志顶心戳去。幸得卫茜眼快，跃

第三十九回　破笠泽陈音殉国难　战吴都卫茜显奇能

步过船，一剑将皇吉长矛削成两段。皇吉吃了一惊，正想逃走，卫茜逼上，一剑横腰挥去，杀了皇吉。雍洛驾了船，三人一同回营。吴王乘乱逃去。

越王大胜回营，急到陈音本船。陈继志哭着跪接，越王也禁不住两泪滔滔，把陈继志扶起。雍洛把陈继志杀了西门巢取头回来的话奏知，越王叹道："父子忠孝如此，孤之幸也。"随即命人铺设祭坛，以上大夫服制殓之。陈继志谢恩后，把西门巢之头设祭，哭奠尽哀。越王命陈继志扶柩还都，陈继志叩头道："臣父死时，以国耻为嘱。今吴国未灭，遽行归柩，非先臣之志也。"越王叹息道："陈音忠勇性成，舍身报国，寡人不灭吴，无以对陈音也。"即准陈继志戴孝从征。欲加陈继志官职，陈继志叩头泣道："父骨未寒，滥邀封赏，臣窃耻之。"越王叹道："有子如此，陈音不死矣！"后来陈音葬于山阴，在山阴西南四里，至今呼为陈音山，此是后话。

且说吴王败回吴都，好生忧闷，连日调集车徒，婴城固守，旦夕同西施饮酒取乐。过了数日，越王大军已到，将吴都紧紧围困，鼓角之声不绝。吴王登城瞭望，见越军雄壮整齐，甚是胆寒。诸无忌、季楚道："臣受大王厚恩，今日兵临城下，愿出城决一死战，替大王分忧。"吴王尚未开言，王子地道："二位将军出战，臣愿前去掠阵。"吴王没了主意，只得点头应允。

三将结束齐备，诸、季二将在前，王子地在后，一同领兵，开城而出。越军略退，让出战场。胥弥、蒙杰接着厮杀，诸无忌仗着莫邪剑，季楚仗着二钩，连伤越将，不是削断军器，就是刺伤人马。卫茜听知，同卫英出战。卫茜舞着盘螭剑，卫英仗着青棱剑，卫茜敌诸无忌，卫英敌季楚。吴军是王子地掠阵，越军是陈继志掠阵。先说卫茜与诸无忌战了二十余合，两把宝剑如神龙搅海，飞虹亘天，光芒起落，两阵看的人眼都花了。诸无忌恃着勇力，卫茜得自仙传，战至深际，卫茜把剑锋向莫邪剑口一挫，只听"当"的一声，莫邪剑向空飞去，一道白光，瞥然而没。此剑直到六百余年之后，晋朝留吴张华丞相，见斗牛之间有紫气，闻雷焕妙达象纬，召而问之。焕曰："此宝剑之精，在豫章丰城。"张华即补雷焕为丰城令，焕既到县，掘狱屋基，得一石函[1]，长逾六尺，广三尺，开视之，内有双

---

[1] 石函：石质的匣子。

剑。以南昌西山之土拭之,光芒艳发。以一剑送华,留一剑自佩之。华报曰:"详观剑文,乃干将也,尚有莫邪,何为不至?虽然,神物终当合耳。"其后焕同华过延平津,剑由鞘中跃出入水,急使人入水求之,唯见两龙张鬣[1]相向,五色炳耀,使人恐惧而退。以后二剑更不出现,想神物终归天上矣。今丰城有剑池,池前石函,土瘗[2]其半,俗称石门,即雷焕得剑处也。诸无忌见莫邪飞去,心中吃惊,抬头张望,被卫茜一剑斩于阵前,便来助卫英。

卫英正与季楚杀得难分难解,一个青气一条,上下纵横旋不定;一个白光两道,屈伸交互势难当。卫茜把盘螭剑划入白光中,只听嘎然一声,吴鸿、扈稽两钩斩为四段,便成废物。季楚张皇失措,被卫英一剑劈头剁去,季楚丧命。陈继志指挥军士,一拥上前,杀得吴兵如破瓜切菜一般。王子地急来相救,被陈继志一枪挑于车下。吴兵逃走者不到一半,败兵入城。

吴王闻知三将阵亡,又失了两般神物,叹道:"孤屡被围困,赖以逃脱者,均赖此两般神物。一旦丧失,孤不免矣。"此时骁将只剩王孙骆一人,其余被诚等将,谅来都非越将之敌,惊急万分,手足无措。越军连日攻打,范蠡、文种欲毁胥门而入。夜间望见吴南城上有伍子胥之头,巨若车轮,目如闪电,须发怒张,光射十里。越国将士,莫不惧怕,暂且屯兵。到了夜半,暴风疾雨,从南门而起,雷电交加,飞沙扬石,疾于弓弩,越兵遭者辄伤。范蠡、文种情急,一起肉袒冒雨,遥望南门叩头谢罪。好一会,风雨方止。是夜范蠡、文种二人,一同梦见子胥白马素车而来,衣冠甚伟,严如生时,开言道:"吾前知越兵必来,故求置吾头于城楼之上,以观汝之入吴。不忍越兵从吾头上而过,故为风雨以阻汝军。然越之灭吴,天也,吾安能止哉?汝等可从东门进兵,我当为汝开道,贯城以通汝路。"二人次日告于越王,使士卒开渠。自南而东,将及蛇匠二门之间,忽然太湖水发,自胥门汹涌而入,波涛冲击,竟将城墙荡开一大穴。有鱄鲋[3]无数,逐涛而入。范蠡道:"此子胥为我开道也!"遂大驱军士入城。夫差闻之,大惊失色,又听伯嚭已经降越,慨然曰:

---

[1] 鬣(liè):某些兽类如马、狮子颈上的长毛。
[2] 瘗(yì):埋藏,掩埋。
[3] 鱄鲋(zhuān fū):淡水鱼和江豚。

第三十九回　破笠泽陈音殉国难　战吴都卫茜显奇能

"孤恨不手刃此贼，以泄子胥之冤，出我胸中之气！"时越兵已逼近吴宫，吴王不及携带西施，只带了王孙骆及其三子，乘乱逃出，奔于阳山。昼夜奔驰，腹饿口渴，双眼昏花，不能行动。越王领了一队大军，跟踪而至，围之数重。

吴王写了一封书，系于箭头，射入越军。越军拾得，呈与范、文二人观看。词曰："吾闻狡兔死而良犬烹，敌国破而谋臣亡。大夫何不存吴一线，以自为余地？"文种作书答之曰："吴有大过六：戮忠臣伍子胥，一也；以直言杀公孙圣，二也；伯嚭残佞而相信任，三也；齐晋无罪，屡伐其国，四也；吴越同壤，频相侵伐，五也；越亲戕吴之前王，不知报仇，而纵敌贻患，六也。有此六大过，欲免于亡，其可得乎？昔天以越赐吴，吴不肯受。今天以吴赐越，越其敢违天之命乎？"吴王得书，读至第六款大过，垂泪而言曰："寡人不诛勾践，忘先王之仇，为不孝之子，此天之所以弃吴也。"王孙骆道："臣请见越王而哀恳之。"吴王道："寡人不愿得国，若许为附庸，世世事越，于愿足矣。"王孙骆到了越营，范蠡、文种拒之营外，不许入内，王孙骆涕泣而去。越王远远望见，心中恻然，使人谓吴王道："寡人念昔日之情，置君于甬东，给夫妇五百家，以终王之世。"吴王对使流涕而言曰："君王幸赦吴，吴亦君之外府也。若废社稷，覆宗庙，而以五百家为臣，孤老矣，不能从编氓之列，孤有死耳。"

越使者回宫，吴王虽是这般说，却不肯自裁。越王对范蠡、文种道："二卿何不执而诛之？"范蠡道："人臣不敢加诛于君，愿大王为之。天诛当行，不可久稽[1]。"越王乃仗步光之剑，立于军前，使人告吴王道："世无万岁之君，总之一死，何必使吾军士加刃于王耶？"吴王听了，叹息数声，四顾而望，泫然涕泣道："孤不听忠言，屈杀伍子胥、公孙圣，至有今日。孤死晚矣！"顾左右道："假使死而有知，孤有何面目见子胥、公孙圣于地下耶？孤死可用重罗三幅，以掩吾面。"说罢，拔剑自刎而亡。王孙骆解下身上所穿之衣，以覆吴王之面，即以组带自缢于旁。越王命以侯礼葬于阳山，使军士每人负土一篓，须臾咸成一大冢，流吴王第三子于龙尾山。正是：

　　卧薪尝胆君须霸，信佞诛忠国必亡。

欲知后事如何，且看下回分解。

---

[1] 久稽：长期拖延。

第四十回

大报仇勾践灭吴国　深寓意晏冲留箴言

话说越王将吴王逼死阳山之后，转回吴都，令人放火，焚了姑苏台。却不见西施踪迹，四处搜寻不见，心甚诧异。原来是破吴之时，卫茜因前日在苎萝山时，承西施母子一番情义，如今西施之母已死，诚恐西施为越王所杀，趁越王领兵去追吴王，当夜纵进吴宫，寻着西施。西施已吓得魂飞身软，见了卫茜，已不认得，越发吓得无主，战战兢兢，面无人色。卫茜把来意说明，西施方才回过气来，流泪牵着卫茜之衣道："姊姊如何救我？"卫茜道："我不救你，也不来了。可脱去华衣，换了青服，略带珠宝。我带姊姊到个去处，可保无事。"西施急急换了衣服，带了几件珍宝。卫茜把西施驮在背上，纵上宫墙，从荒僻处蹿出宫来，把驴儿与西施骑了，直送到山阴南林，安置好了。转回吴都，天尚未明，真神人也。后来西施老死于南林。人说是越王班师，携西施归国，越夫人潜使人引出，负以大石，沉于江中，说道："此亡国之物，留之何为？"又有人说，范蠡载入五湖，遂有"载去西施岂无意，恐留倾国误君王"之句。看官试想，范蠡扁舟独往，妻子且弃之，岂吴宫宠妃而敢私载[1]乎？又有人说，范蠡恐越王复迷其色，乃以计沉之于江，都是荒谬之谈，拟议之说。

闲话休提，且说越王据了吴王宫殿，百官朝贺，伯嚭亦在随班，自以为有旧日之恩，面有德色。越王笑而言曰："子吴之太宰也，寡人何敢相屈，汝君在阳山，何不从之？"伯嚭满面羞惭而退。是夜，越王命卫茜前去，将他杀了，并家属二十余口，一个不留。卫茜道："吾替忠臣伍子胥泄愤也。"卫茜复了命，越王抄其家私，珠宝玩物，不计其数，黄金白银，约三十余万，都是贪婪得来。越王将一半分赏军士，一半运回越国。

---

[1] 私载：私自将其载走。

第四十回　大报仇勾践灭吴国　深寓意晏冲留箴言

过了一月，诸稽郢、卫英等分定各处，均已回来，从此吴国全境，都归于越，尽报前日会稽之仇，一雪当年石室之耻。于时，周敬王已崩，周元王嗣位。元王使人赐越王衮冕圭璧，彤弓弧矢，是为东方之伯。越王受命，各国诸候俱遣人来致贺。命人筑贺台于会稽，以盖昔日之耻。置酒于吴宫文台之上，与群臣为乐。命乐工作伐吴之曲，乐师引琴而歌之。其词曰：

吾王神武蓄兵威，欲诛无道当何时？大夫种蠡前致词：吴杀忠臣伍子胥，今不伐吴又何须？良臣集谋迎天禧，一战开疆千里余。恢恢功业勒常彝[1]，赏无所吝罚不违，君臣同乐酒盈卮。

台上群臣大悦而笑，越王面上毫无喜色。范蠡见了，私自叹道："越王不欲归功于臣下，疑忌之端已见矣。"从此便有退志，只因未返越国，恐失人臣之义，隐忍未发。

陈继志与卫英兄妹同时启奏，一个要将祖父陈霄之尸改葬，一个要悬赏求祖父卫安素之尸，奏明前日原委。越王十分叹息，一一准奏，都用上大夫之礼祭葬。不多几时，西鄙之人晓得卫英兄妹建了大功，授了显职，关役把卫老埋处指明，事隔十余年，两个老人都只剩得枯骨而已。且喜陈音当日所插竹枝，竟已成林，此乃孝心所致。越王就把诸伦府宅，赐与卫英兄妹，原楚府宅赐与陈继志，三人谢了恩。卫茜叫人送了一千黄金到山阴伊衡家，伊衡已死，交与伊同志弟兄收了。卫茜见国事家事已了，一夜留下一张柬帖而去，上写道：

国耻已雪，家仇已报，自念此生，无亏忠孝。春生冬伐，四时之道。孑身来往，夏然一笑。

次日卫英见了柬帖，惊惶失措，各处命人寻访，哪有踪迹？连那匹黑驴儿也不见了。后来见青棱剑，已换了盘螭剑，知道妹子决不回来，大哭了几场，只得奏明越王。越王也是惊叹，道："越女屡立奇功，寡人正待厚加封赏，以酬劳绩。不想不辞寡人而去，孤心何安也？"命人寻访不见，随即罢了。司马彪也寻了妹子的骸骨安葬。

---

[1] 彝（yí）：法度，常规。

越王班师回越,灭吴半年,封赏不闻。范蠡叩头辞越王曰:"曩[1]者奏职无状[2],致大王见辱于吴,臣所以忍辱偷生者,以冀或得一雪耻之日耳。今赖宗庙之神灵,大王之威德,旌旗所指,吴国为墟,臣愧无尺寸之功,请从此辞。"越王愕然道:"是何言也?寡人之有今天,子之力也。寡人正图酬子之劳,奈何竟忍舍寡人而去?子住乎,分国共之;子去乎,妻子受戮。"范蠡道:"臣闻君子俟时,计不朔谋[3],死不被疑,内不自欺,舍既逝矣,妻子何辜?"叩头而出,私与文种道:"吴王有言,高鸟已散,良弓将藏;狡兔已死,良犬就烹。越王为人,长颈鸟喙[4],鹰视狼步,可以共患难而不可与共安乐。大夫不去,将受其害。"文种道:"大夫之虑过矣!越王蒙于耻辱之中,得群臣翼而起之。大仇已报,大功已成,而忍自诛肱膂[5]乎?大夫之虑过矣!"范蠡曰:"大夫岂不闻四时之序乎?进退存亡之际,不可不察也。"文种只是不信,范蠡当夜弃了妻子,独乘扁舟,出三江,入五湖,人莫知其所适[6]。

次日,越王知之,挨户大索,形影毫无,乃愀然变色,问文种道:"蠡可追乎?"文种道:"蠡有鬼神不测之机,今既飘然长往,不可追也。"文种辞了越王回府,将近黄昏,有人投书一封。文种拆开视之,其言曰:

天不祚越,祸连勾吴。国之危亡,不绝如线。求成之耻,越与大夫实共蒙之。吴夫差幸胜而骄,昵谗戮忠,贪利渔色,越得乘隙而甘心焉。沼吴之宫,墟吴之庙,夫差授首,全吴之地,胥入版图。行者言功,蠡实不德。居者之力,大夫实多。今者大势敉定[7],诸大夫相与庆于朝,论功行赏,为大夫首,而蠡窃有不能不为大夫虑者,盖有说焉。君之去国也久,越之政令,大夫主之;越之人民,大夫抚之;越之僚佐,大夫左右之。

---

[1] 曩(nǎng):以往,从前。
[2] 无状:没有任何办法。
[3] 朔谋:回顾过去之计谋。
[4] 喙(huì):鸟兽的嘴。
[5] 肱膂:辅佐、辅弼之人。
[6] 所适:向何处去。
[7] 敉(mǐ)定:安抚,平安。

昔天不绝越，系于大夫之手；今天复昌越，启于大夫之手。大夫之志行矣，大夫之功伟矣，而大夫之祸亦伏矣！君在蒙难中忍耻含垢，惟延旦夕，以冀幸生。及返国，卧薪尝胆，惟切仇怨，以图报复，虑在外不在内，志在人不在己也。今则疆宇已启，敌国已破，大耻已雪，积念已伸，窃念倾危之际，维持调护，诸臣中，计孰秘？功孰高？计秘者，难于防；功高者，难于赏。又念大夫主政令也久，知必悉；抚人民也久，情必亲；左右僚佐也久，势必顺；好为秘计，而又挟不赏之功。如不如志，其倾覆我越国也，直反掌间事。中夜深思，心震荡而不安，必思有以处大夫。大夫其能免乎？大夫明哲善察，何难审此？独是古今来，能以危机中人，卒至中人危机而不觉者，明于料人，昧于料己也！蠡系舟湖口，将倘佯于烟波中，与凫鸥相狎。弟念与大夫交最契，殊难恝置[1]，用敢沥告不至。后之忠而见疑，功而见杀者，援大夫以为喻，大夫之幸，亦蠡之幸也。如大夫自多其功君必不负，盍观子胥之弃楚投吴也？三战破楚，吴遂以霸，后又练兵训武，覆越以复吴仇，勋业之隆，大夫能比拟乎？而胡为见杀于属镂[2]也，且沉之江？大夫念及此，其亦可以悚然[3]矣。祸福之际，惟大夫图之！

文种在灯下看了又看，细细思想，总觉范蠡过虑，随即搁开，才想起送书的人，叫从人来问，从人道："那人投了书就去了。"文种觉得心内踌躇难安。后来见越王封范蠡妻子百里之地，盟于国人道："有敢侵之者，上天所殃。"又使良工铸金像范蠡之形，置诸座侧，朝夕论政，日昃[4]之后，必亲祝奠。想道：越王如此眷念功臣，何至如书中所言？便坦然了。

不料，数月之后，凡泄庸、皋如、计砚一班旧臣，渐次疏远，不觉内忧起来，每每托疾不朝。越王左右，有与文种不睦者，进谗言于越王道："文种弃宰相之位，而令君称霸于诸侯。今官不加增，位不益封，乃

---

[1] 恝（jiá）置：淡然置之，不加理会。
[2] 属镂（lòu）：剑名。
[3] 悚然：形容害怕的样子。
[4] 昃（zè）：日西斜。

怀怨望[1]之心，愤发于内，色变于外，故不朝耳。"越王本有疑忌文种之心，听了这般谗言，越发疑忌，便日夜在心，想寻文种过失，借词杀之。无奈文种，毫无差错，寻思已久，只得横了心肠，因文种告病不朝，假意去看文种之病。文种听说越王来了，装作病容，勉强迎接，越王解了佩剑坐下道："寡人闻之，志士不忧其身之死，而忧其道之不行。子有七术，寡人仅行其三，而吴已破，尚余四术，将用焉之？"文种愕然，只得对道："臣不知所用也。"越王道："愿以四术，谋吴之前王于地下可乎？"说罢，升舆而去，遗下佩剑于座。文种取而视之，剑室有"属镂"二字，即夫差赐子胥自刎之剑也，不禁仰天叹曰："吾悔不听范少伯之言，乃为越王所害，岂非愚哉！"又自笑曰："后世论者，必以吾配子胥，亦复何恨？"遂伏剑而死。越王听得文种已死，心中大快，默念道："方去我心腹之患，葬文种于卧龙山。后人因名其山曰文种山。葬一年，海水大发，冢忽崩裂，有人见子胥同文种逐浪而去，故前潮沈候者伍子胥也，后重水者文种也。

一班文武见越王薄待功臣，莫不心怀怨气。赵平同蒙杰商量道："现在听说我国变乱将作，势甚垂危，何心留此？不如请辞归国。"蒙杰称是，与陈继志、卫英等说知。陈继志正当守服，未与朝贺，文种一事，心中甚不平，早与韩夫人商议，决计告退，韩夫人甚愿。那日听了赵平、蒙杰的话，极口称是，并不阻留。赵平、蒙杰辞了越王，虽有赏赐，分毫不受。卫英约同陈继志、司马彪与二人饯行，饮酒中间，卫英道："我久已有心要同彪哥到牪山看望师博，只因朝中文武，纷纷告退，怕的连接辞朝，反触朝廷之怒，只得暂时隐忍。不过三五月，我们往牪山时，先到尊府请候。"司马彪道："我是恨不得一时飞到牪山去，做官有何好处？真把人气闷死！"赵平道："老朽年近八旬，风烛瓦霜，苟延残喘。众位正当英年，尽好替国家出力，也不枉人生在世。"蒙杰道："我看越王嫉功妒能，难与相处。虽说为国宣力，分所当然，也要明于进退，方是保身之道。你看范、文二大夫，就是榜样了。"众人点头称善。大家畅谈，痛饮一会，方散。次日，赵平、蒙杰告辞回齐去了。

又过了半年，陈继志、卫英、曹渊、雍洛十一人等，陆续告退。唐

---

[1] 怨望：怨恨，心怀不满。

必振已官至司直,也告了终养。就是宁毅、利颖见朝事如此,都退隐深山,耕种度日,几于朝署一空。所以越王虽暂时称霸。此时勾践二十六年,到了三十三年,越王薨后,传至兴夷,便一蹶不振。国势之强弱,系于人才之盛衰,失道寡助,而欲国势振兴,其可得乎?

　　再过些时,卫英约了司马彪去牤山看望师傅,陈继志也要同去。择了吉日,带了从人,往齐进发。先到苦竹桥,赵平因田和篡国,愤而死。蒙杰伏于稷门要杀田和,虽然伤了田和许多卫卒,奈众寡不敌,为众所害。黄通理之子黄奇逃得快,幸而不死,却只好埋头牖下。只剩赵允年近七旬,接待三人,告知一切。三人听了,一起洒泪。次日到各人坟上,哭祭一番,便辞了赵允,直往牤山而去。

　　到了牤山,正是四月天气,野花怒发,芳草平铺,丽日悬空,和风荡袂。一直走上山去,到了庄院,静荡荡的毫无人声。从人将马系好在树上,三人走进里面,架上的刀枪,壁上的弓箭,一件也没有了。急急到师傅所住的房去,门上并未下锁,推门进去,哪里有师傅的影子?床帐桌椅,却好端端地摆得齐整,略无纤尘。随即出来,四下寻找,各处都是草满径荒,帘破门榻,从前那一个小厮也不见了。灶房内蛛丝结网,尘土厚封,是个久不住人的光景。

　　三人一同转到师傅的房中坐下。陈继志道:"如此看来,令师不在此处了。我们既然到此,总表了师弟之情,不如下山,早早回去。"卫英道:"就是当年,师傅也不长居此地,一月来三五次不等。我想,师傅房里,如此洁净,师傅还是不时来此,也未可知。我们回去,没什么要事,不如在此略住几日,或者师傅到来,得见一面,也不枉我一场跋涉。"二人一听有理,便叫从人另外去打扫个地方,设了铺陈,把带来的锅炉支好,弄些干粮吃了。大家路上辛苦,一起睡了,日里无事,便在山前山后,恣意游玩。夜里便聚在一处谈叙,颇不寂寞。且喜带的干粮充足,十日半月,还可支持。

　　过了三天,一夜大家安睡,约有三更光景,忽听檐前"扑"的一声,势如鹰隼斜掠一般。卫英一蹶劣翻身起来,道:"师傅来了。"二人也连忙起身,衣服都不及穿,一同跑出房去,哪里有个人影?只见星斗满天,寒烟四塞而已。卫英连忙敲了火,点燃蜡烛,到师傅房里去看,却煞作怪。

桌上放着一张帖子，三人急忙取看，上写道：

　　危哉时局，险哉世途，
　　忽而坦易，忽而崎岖。
　　阴阳二气，消长[1]盈虚，
　　祸福倚伏，吉凶或殊。
　　吴之兴也，越作囚徒。
　　吴之亡也，越启霸图。
　　优胜劣败，岂独越吴？
　　太宰伯嚭，食佞当诛。
　　大夫文种，死于属镂。
　　同是一死，各判荣枯。
　　陈音忠勇，殉难身殂。
　　卫茜功成，遁于荒墟。
　　一时忠孝，万世楷模。
　　报仇雪耻，是大丈夫。

---

[1] 消长：增减，盛衰。